포참군집주 3
鮑參軍集注

An Annotated Translation of "Baocanjunjizhu : or Annotations on the Collection of Bao Zhao' Works"

옮긴이

송영정 宋永程, Song Youngjong

서울대학교 인문대학 중어중문학과를 졸업하고, 동 대학원 중어중문학과에서 문학석사와 문학박사 학위를 취득했다. 육군사관학교 교수부 아주어과에서 중국어 교관으로 군 복무를 마친 후, 계명대학교 중국어문학과 교수로 재직했다. 재직 중 대만 대북의 대만국립사범대학 국문연구소와 중국 상해의 부단대학 중문과에서 방문학자로 연구했다. 주요 연구 논저로는 박사학위 논문인 「포조 시 연구」 외에 다수 논문을 발표했고, 『음갱(陰鏗) 시』(계명대학교 출판부), 『포조시선(鮑照詩選)』(문이재), 『하손(何遜) 시 역주』(중문), 『중국 어문학의 이해』(공저, 신아사) 등의 저 · 역서가 있다.

포참군집주 3

초판인쇄 2023년 10월 20일 **초판발행** 2023년 10월 31일

지은이 포조 **옮긴이** 송영정 **펴낸이** 박성모 **펴낸곳** 소명출판 **출판등록** 제1998-000017호

주소 서울시 서초구 사임당로14길 15 서광빌딩 2층

전화 02-585-7840 **팩스** 02-585-7848

전자우편 somyungbooks@daum.net **홈페이지** www.somyong.co.kr

값 27,000원

ISBN 979-11-5905-836-3 94820
ISBN 979-11-5905-833-2 (전4권)

이 저서는 2017~2019년 대한민국 교육부와 한국연구재단의 지원을 받아 수행된 연구임(NRF-2017S1A5A7021130)

한국연구재단
학술명저번역총서

포참군집주 3

鮑參軍集注

An Annotated Translation of "Baocanjunjizhu : or Annotations on the Collection of Bao Zhao's Works"

포조 저
전중련 증보 집설 교감
송영정 역

세창출판

일러두기

1. 이 책은 1980년 11월 상해고적출판사(上海古籍出版社)의 초판본 『포참군집주(鮑參軍集注)』(전중련(錢仲聯) 증보집설교(增補集說校))를 우리말로 옮긴 것이다.
2. 작품 원문의 번역은 직역을 위주로 했다. 시부(詩賦)는 가능한 한 압운과 음수율에 맞추어 번역하려고 노력했으며, 부의 경우 부득이한 경우 산체(散體)로 번역했다.
3. 주석과 평설에 인용된 자료는 중간송본(重刊宋本) 『십삼경주소(十三經注疏)』, 점교본(點校本) 『이십사사(二十四史)』, 중간송순희본(重刊宋淳熙本) 『문선(文選)』 등을 비롯해, 중국・대만과 국내에서 출판된 자서(子書)・별집(別集) 및 전산 자료 등을 통해 교감하여, 원서에 오류가 있는 경우 이를 수정해 번역했다. 다만 『문선』 이선 주에 인용된 문장은 통행본과 다르더라도 가능한 한 그대로 번역하고, 통행본의 해당 문장을 역주에 인용해 번역했다.
4. 이 책의 작품별 번역 체제와 문장부호 등은 다음과 같다.
   (1) 역주는 기본적으로 원문 전문을 제시한 다음 번역문을 붙이고, 이어서 해제와 주석을 달았다. 다만 권2의 「황하가 맑아짐을 기리는 송－서와 함께(河淸頌－幷序)」는 '서'와 '명'이 모두 너무 길어서 '서'와 '명'을 분리했고, '해제'는 '서'의 번역 뒤에 붙였다.
   (2) 원서의 제목에 대한 주석이 '주석 1'인 경우 이를 '해제'로 처리했다. 작품의 주제, 창작 시기 등에 대한 보충 설명은 '해제'의 역주로 처리했다. 원서에 제목 주석이 없는데 보충 설명이 필요한 경우 '해제' 난 제목만 적고 거기에 역주를 달았다.
   (3) 원서의 전진륜 '주(注)'는 [전진륜]으로 처리하고, 권3-6의 황절 '보주(補注)'와 '집설(集說)'은 [황절]로, 권1-2의 전중련 '보주(補注)'와 '집설(集說)' 및 권3-6의 전중련 '증보(增補)'와 '보집설(補集說)'은 [전중련]으로 각각 표기했다.
   (4) 원서의 주석에서 인용한 문장은 출처마다 행을 바꾸어 번역하고, 원서에서 '왈(曰)'로 인용한 문장은 모두 '『**설문해자**』: "'**彤(동)'은 붉은색 장식이다.**"'처럼 출처와 내용 사이에 '쌍점(:)'을 넣어 처리했다.
   (5) 원서에서는 출처가 서명(書名)만 제시된 경우가 대부분인데, 번역에서는 편명이나 작품명을 확인해 밝혔다. 또 원서에서 출처가 "漢書注(한서주)"처럼 제시된 경우, 구체적인 용례를 찾아 '『**한서**』「**○○전**」 '**원문(번역문)**'' 형식으로 제시했다.

(6) 원서에서 『옥편(玉篇)』이나 『강희자전(康熙字典)』 등 자서(字書)에서 인용한 재인용을 원전의 직접인용처럼 처리한 것으로 보이는 경우가 상당히 많은데, 원전에서 일일이 확인하려고 했으며, 확인하지 못한 것은 역주에서 자서 인용인 것 같다고 밝혔다.

(7) 역주는 모두 각주로 처리하되 별도 표시를 하지 않았다. 머리말과 책머리에서 전중련의 원주가 각주로 처리된 경우는 이를 '**[원주]**'로 표기하여 역주와 구별했다.

(8) Robert Shanmu Chen(진산목, 陳山木)의 박사학위논문 부록에 실린 「포조 연표」를 번역하여 권말 부록에 실어서 원서의 부록에 실린 전중련의 「포조 연표」와 비교할 수 있게 했다.

(9) 번역문은 한글전용 원칙을 지키되, 고유명사와 동음이의어로 혼돈의 여지가 있거나 특별히 한자의 제시가 필요한 경우, '**포조**鮑照', '**공력**功力'처럼 위첨자로 처리했다. 단 『이아(爾雅)』·『설문해자(說文解字)』·『강희자전(康熙字典)』 등의 뜻풀이를 인용하는 경우는, '**彤**동'처럼 한자를 먼저 적고 우리 음을 위첨자로 처리했다. 또 위첨자에서 우리말과 한자를 같이 적는 경우, '조조曹肇 : 자 장사(長思)'처럼 괄호로 구분했다.

(10) 주석에 인용된 작품의 제목은 관용적으로 써오거나 단순한 어구로 된 것은 '「**감천부(甘泉賦)**」'처럼 원제목의 발음으로 표기하고, 서술식 문장의 경우에는 '「**화자강에 들어서니 마원의 제삼곡이다[入華子岡是麻源第三谷]**」'처럼 번역했다.

(11) 한자어의 독음은, 우리말을 먼저 적고 한자를 괄호에 적을 경우는 '**역(歷)**'처럼 두음법칙을 적용하되, 한자를 먼저 적는 경우는 '**歷(력)**'처럼 원음을 적었다.

(12) 원서의 인용에는 빠졌지만 필요하다고 판단하여 원문을 추가해 번역한 것은 대괄호('[ ]') 안에 넣어 구분하되, 그 양이 많지 않을 때는 별도로 구분하지 않았다. 원문에 없지만 역자가 보충 설명을 가한 부분은 필요한 경우 소괄호('( )')로 처리했다.

(13) 원서에는 '절록(節錄)' 즉 발췌 인용이 모두 전문 인용으로 처리되어 있는데, 번역에서는 생략된 부분은 모두 (…**중략**…)으로 처리했다. 또 '의인(意引)' 즉 간접인용이나 개요설명이 직접인용으로 처리된 곳도 적지 않은데, 모두 인용부호를 없애 '의인'으로 처리하고 역주에서 밝혔다.

(14) 저자의 주석은 본문의 주석문으로 처리했고, 옮긴이의 주석은 각주로 처리했다.

역자 서문

포조鮑照, 414?~466는, 문벌귀족시대에 한문寒門과 다름없는 몰락 사족의 후예로서, '연작燕雀'처럼 평범하게 살기를 거부하고, 문인을 애호했던 임천왕臨川王 유의경劉義慶을 찾아가 시를 바쳐 지우를 받고 막료가 됨으로써 관리 생활을 시작했을 정도로, 적극적이고 진취적인 기상을 품은 문인이었다. 그러나 비가 새는 지붕을 손수 수리하기 위해, 병환 중인 모친의 간병과 또 본인의 치료를 위해 장기간의 휴가를 청원했을 정도로, 여전히 가난과 질병에서 벗어나지 못했다. 관직도 주로 지방의 현령이나 제후왕의 시랑·참군 등 중·하급 관리로 전전했고, 그 와중에 동료들의 무고를 받기도 하고 몇 차례 금지형을 당하기도 하는 등 벼슬길도 그다지 평탄치 못했다. 그래서 수없이 진퇴를 고민하던 중, 마지막으로 모시고 있던 주군이 가담한 반란 사건의 와중에서 아이러니하게도 반란군에게 살해당함으로써 파란만장한 생을 마감했다. 그는 남북조의 극심한 대립과 왕실 내부의 살벌한 권력 투쟁 등 내우와 외환이 점철된 시대를 살다 간, 때를 못 만난 시인이었다.

포조의 시문 특히 시는 대부분 이러한 여의치 못한 삶에서 오는 수많은 고뇌와 갈등을, 때로는 격정적으로 때로는 체념적으로 토해낸 불평지명不平之鳴이다. 그의 시는 생전에도 어느 정도는 평가를 받았고 사후 남북조 후기에도 그를 배우려는 시인들이 있었지만, 주류 평단의 평가는 험속險俗한 변체變體라는 것이 대세였다. 긍정적인 평가가 나온 것은 사후 3백 년 가까이 지난 뒤 성당의 대시인 두보杜甫, 712~770로부터였다. 두보는 이백李白, 701~762의 시를 "필적할 사람이 없다無敵"라고 극찬하면서 "준일한 면에 있어서는 포조와 같다俊逸鮑參軍"라고 하여, 포조 시의 '준일'을 인정했다.

파란만장한 삶 때문에 그의 시는 내용과 형식을 막론하고 매우 다양하고 복잡하며 난해하다. 우선 시어와 수사 면에서 정교한 대우와 수많은 전고를 활용하여 사물의 모습을 형상적으로 그려내는 이른바 '형사形似'에 주력하여, 경물의 형상화와 정감의 구상화 추구가 주조를 이루는데, 이것은 원가 문단을 휩쓴 일반적 경향이었다. 반면 남조 민가에 흔히 사용되는 구어·속어·방언도 피하지 않아서 속되다는 평가를 받기도 했다. 시의 제재도 사회의 여러 문제에서부터 자연 경물에 이르기까지 다양하다. 적극적인 포부의 피력과 우국지심憂國之心의 토로, 왕실과 주군에 대한 찬송 등이 있는가 하면, 실의와 좌절로 인한 불평지명과 사회의 부패와 부조리에 대한 풍자와 비판도 있고, 소극적인 은퇴와 명철보신明哲保身 사상을 드러낸 것도 있다. 또 자연 속에서 현실에 지친 심신의 안식을 추구하려고 하는가 하면, 어떤 때에는 경물 묘사 속에 자신의 파란 많은 인생 역정을 투영하거나 인생의 고독감을 이입하기도 하고, '입세入世'와 '출세出世' 사이의 갈등을 드러내기도 했다.

포조의 시문은 어렵기로 정평이 나 있다. 중화민국 초기의 학자 황절黃節, 1873~1935은 북경대학 문학원 교수 시절 출판한 『포참군시주鮑參軍詩注』의 서문에서, 포조의 시의 난독성難讀性을 언급하고, 주석 달기 어려운 이유 두 가지를 제시했는데, 그중의 하나가 불우한 일생으로 인해 사용한 전고가 너무 은미隱微한 데다가 독창적인 시어와 신기하고 변화가 많은 장법章法이 많은 점이다. 포조 시에 대한 해석은 학자마다 다른 경우가 많고 심지어 시의 주제를 정반대로 설명하는 상황도 왕왕 있다. 포조의 시에는 번역조차 잘 안 되는 경우도 허다하고 번역을 하고서도 무슨 의미인지 내용 파악이 어려운 경우도 적지 않다. 황절의 말을 빌리면, 전자는 대체로 포조가 창안한 어휘와 낯선 장법 때문이고 후자는 은미한 전고를 많이 사용한 것 때문이라고 할 수 있다.

역주자가 포조 시에 관심을 기울이게 된 지는 퍽 오래되었고, 선후배 동료 학자들의 도움도 매우 많았다. 석사 시절이던 1978년 가을 당시 중화민국 대사관 앞의 한 중국서점에서 대만臺灣 세계서국世界書局에서 출판한 황절黃節의 『포참군시주鮑參軍詩注』『도정절집주(陶靖節集注)』와 합본한 1974년4판를 구입하여 86수의 악부시를 중심으로 읽으면서 포조 시를 처음 접했다. 그 후 육군사관학교 교관으로 군 복무 중이던 1981년 여름 홍콩의 삼련서점三聯書店에서 이 역주의 저본이 된 전중련錢仲聯의 『포참군집주鮑參軍集注』를 우편으로 구입하여, 파일 노트에 시문의 원문을 옮겨 적어놓고 이따금 번역을 채워넣기 시작한 것이 이 역주 작업의 출발이 되었다. 그러나 작업 진척이 무척 더딘 데다 처음 맡는 강의의 준비에도 적잖은 시간이 필요한 등의 여러 이유로 사실상 원문만 정리한 채 번역은 말 그대로 작심삼일로 끝나고 말았다. 전역하고 계명대학교 중문과로 부임한 후 박사과정을 다니면서, 포조의 시를 학위논문 주제로 확정하게 되었다. 그것이 80년대 후반인데, 당시 국립대만사범대학國立臺

灣師範大學 국문연구소國文硏究所에 유학 중이던 제해성 선생현 계명대 교수이 오덕풍吳德風의 「포조생평급기작품교정鮑照生平及其作品校正」과 임숭산林嵩山의 『포조악부휘해鮑照樂府彙解』를 비롯한 수많은 중요 자료의 사본을 구입해 주었다. 이것이 이 역주 작업을 본격적으로 시작한 계기가 되었다. 제 교수는 그 후에도 북경사범대학北京師範大學 박사과정 재학 중일 때와 학위 취득 후 중국의 학회 출장 때마다 많은 연구자료를 구해 주었으니 사부비요四部備要 본 『포씨집鮑氏集』선장본(線裝本)과 정복림丁福林·총영령叢玲玲의 『포조집교주鮑照集校注』는 앞의 두 대만 자료와 함께 이 역주 작업에 불가결한 자료가 되었다. 1989년 캐나다 밴쿠버의 브리티시컬럼비아 대학교에서 Robert Shanmu Chen진산목(陳山木)이 포조 시를 주제로 박사학위논문을 발표했는데, 논문의 제2부가 포조 시 완역이라는 정보를 입수하고, 마침 90년대 초 당시 영남대학교에 재직 중이던 선배 박운석 교수가 연구년에 미국 시애틀을 방문하게 되어서, 부탁드려 논문 사본을 우편으로 받았다. 이 자료를 바탕으로 포조의 시 원문에 대한 번역은 일차로 완성을 보게 되었다. 또 계명대학교에 함께 근무할 적에 필자의 성가신 질문에 정성을 다해 응해주며 특히 주석의 독해에 많은 도움을 준 팽철호 교수현 국민대 교수의 도움 역시 매우 크다. 팽 교수는 또 이 역주 작업이 진행 중이던 2018년 연말 저서 『우리가 잘못 알고 있는 중국문학 속의 동식물』을 보내주어, '蘭란'·'蓬봉'·'柏백'·'薇미' 등 우리가 잘못 알고 있는 식물의 명칭을 바로잡는 데도 도움을 주었다. 1999년경 만든 중국 경사자집經史子集의 주요 문헌 전산화 자료 CD를 선물해

준 강민호 선생현서울대교수과 2003년 연구년으로 대만사범대학에 머물 때 국문연구소에서 박사학위논문을 작성 중이던 김이식 선생현영진전문대교수도 자료 구입에 큰 도움을 주었다. 이 역주 작업에는 이분들의 도움이 매우 컸기에 이 기회를 통해 특별히 깊은 감사를 드린다. 비슷한 시기에 같은 대학에 전임이 되었고, 93년 초여름부터 한 해 남짓 밤늦도록 학교 연구실에 남아 '동구동작同究同酌'하면서 박사학위논문을 작성하여 같은 학기에 학위를 취득했으며, 한 학기 차이로 정년을 맞은 익우益友 임진수 교수의 격려에도 감사를 드린다.

이처럼 오랜 시간에 걸쳐 이처럼 많은 분의 도움과 격려에도 불구하고 이 졸역이 이렇게 늦어진 것은 순전히 역주자의 천학비재淺學菲才와 나태함 탓이다. 필자의 이 작업은 그야말로 다그칠 때는 하루 반짝 일하고 아흐레는 쉰 '일일구치구일한一日驅馳九日閑'이요, 느슨할 때는 하루 반짝 일하고 한 달을 쉰 '일일구치삽일한一日驅馳卅日閑'으로 진행되었다. 이처럼 더딘 작업임에도 주밀周密하지도 못하고 소루疏漏한 점이 한두 군데가 아니어서 '호랑이는 근처에도 못 가고 개 비슷하게 되고畫虎不成反類狗' 말았다. 독자 제현의 따끔한 질정叱正과 후현後賢들의 완벽한 보완을 진심으로 바란다. 아울러 이 책의 편집에 정성을 다한 소명출판 편집부 여러분과 사장님에게도 감사를 드린다.

2023년 9월

송영정

머리말前言

일찍이 대시인 두보杜甫, 712~770로부터 '준일俊逸'[1]이라는 칭호를 받은 포조는 중국 남조 유송劉宋의 저명한 문학가이다. 그는 남조 문단의 쇠미한 기풍 속에서 "자못 스스로 떨쳐 일어나",[2] 현실주의 문학의 전통을 계승하고 발전시켰다. 그의 창작은 문학 동산, 특히 고대 시가의 동산에서 놀랄 만큼 신기한 꽃을 피웠다.

포조는 자는 명원明遠이고 본적은 상당上黨[3]사람으로 뒤에 동해東海[4]

1) **[원주]** 두보, 「봄날 이백을 그리며(春日憶李白)」: "청신한 면은 유신(庾信)이요, 준일한 면은 포조이다[清新庾開府, '俊逸'鮑參軍]."
[역주] 두보가 여기서 말한 '준일(俊逸)'은 단순히 시의 풍격만을 개괄한 것은 아니다. '준일'은 처음에는 재주가 출중하다는 의미로 사용되었다. '俊'은 '俊才(준재)'로, 『회남자』「태족훈(泰族訓)」에서 "지혜가 만 사람을 초과하는 것을 '英(영)'이라고 하고, 천 사람을 초과하는 것을 '俊(준)'이라고 하며, 백 사람을 초과하는 것을 '豪(호)'라고 하고, 열 사람을 초과하는 것을 '傑(걸)'이라고 한다[智過萬人者謂之英 千人者謂之俊 百人者謂之豪 十人者謂之傑]"라고 한 '준'이다. '逸'은 회의자로 토끼처럼 잘 달리는 것이 본뜻인데(『설문해자』: "从辵·兔, 兔謾訑善逃也"), 출중하다는 뜻이 파생되었다. 의미가 비슷한 두 글자를 합친 복합어로 쓰인 용례는 『후한서』「원소전(袁紹傳)」에 보인다. "구강태수 변양은 탁월한 재주가 '준일했다'[九江太守邊讓, 英才'俊逸']"라고 한 '준일'이다. '준일'은 문학 풍격으로는 "준발(峻拔)하고 간련(幹練)하며 표일(飄逸)하고 쇄탈(灑脫)한 것[峻拔幹練 飄逸灑脫]"(오회동(吳懷東), 『두보와 육조 시가 관계 연구[杜甫與六朝詩歌關係硏究]』, 合肥: 安徽教育出版社, 2002, 157쪽)을 가리킨다. '청신'은 남달리 맑고 산뜻한 느낌을 주는 것을 말한다.

2) **[원주]** 왕응린(王應麟), 『시수(詩藪)』: "頗自振拔."

3) **[원주]** 상당은 남조(南朝)에 교치(僑置)한 현 이름으로, 서주(徐州) 회양군(淮陽)에 속했는데, 지금의 강소성 숙천현(宿遷: 1987년 12월에 시로 승격) 지역이다.

4) **[원주]** 동해군은 서주에 속한다.

로 옮겼다. 살았던 연대약414~466는 같은 시대의 저명한 시인 도연명陶淵明, 365~427보다 약간 뒤진다. 그는 한문寒門 가정에서 태어났으며, 자칭 "가래를 멘 하층 농민"[5]이면서 "밭 갈기를 그만두고 글을 배운"[6] 사람이다. 그는 포부를 지닌 재사로 당시의 문벌 제도에 굴종하기를 거부하고 정치상의 지위를 쟁취하려고 했다. 그러나 세족 호문豪門의 억압 아래에서, 그는 정치적으로 줄곧 뜻을 얻지 못했다. 20여 세 때, 임천왕臨川王 유의경劉義慶에게 시를 지어 바치고, 임천왕국의 시랑侍郎으로 발탁되었는데, 그것은 가장 낮은 사무원이었다. 이어서 형양왕衡陽王 유의계劉義季와 시흥왕始興王 유준劉濬의 왕국에서 시랑侍郎을 맡았는데, 늘 빈곤과 질병에 시달리는 생활을 해야 했다. 나중에 유송 왕조 직속의 관부官府에서 태학박사太學博士·중서사인中書舍人·해우령海虞令·말릉령秣陵令·영가령永嘉令 등의 관직을 역임했다. 재사를 시기하던 유송 세조世祖 효무제孝武帝, 453~464 재위의 시기를 피하려고, 일찍이 고의로 "비루하고 하자 있는 표현"[7]의 문장을 지음으로써 목숨을 구차하게 보전했다. 마지막으로 임해왕臨海王 유자욱劉子頊의 참군參軍을 맡아, 통치 계급의 내부 투쟁 중에 반란군에게 살해되었다. 봉건 통치자의 억압과 박해가 포조의 비극적 일생을 빚어내었다.

---

5) [원주] 「삼베옷을 벗고 시랑이 됨을 감사하는 표[解褐謝侍郎表]」: "負鍤下農."
6) [원주] 「시랑의 임기 만료를 보고하고 궁문을 떠나며 올리는 소[侍郎報滿辭閤疏]」: "廢耕學文."
7) [원주] 『송서(宋書)』 「임천열무왕전(臨川烈武王傳)」 부(附) 「포조전(鮑照傳)」: "鄙言累句."

포조는 시인이면서 변문駢文 작가인데, 주요한 성취는 시가 창작 방면에 있다. 그가 살았던 시대는 민족 간의 갈등과 계층 간의 갈등이 매우 첨예했다. 그의 "가문은 대대로 빈천했기"[8] 때문에, 그는 하층 백성들과 비교적 가까이 다가가서 그들과 접촉한 생활면이 비교적 넓었다.

그 때문에 그의 작품은 먼저 그 시대의 현실을 반영했다. 「'지독한 무더위'를 본떠代苦熱行」, 「'동무의 노래'를 본떠代東武吟」, 「'갈 길은 험난하고'를 본떠擬行路難」 제14수, 「'고시'를 본떠擬古」 제3수 등의 작품에서는, 불리佛貍가 양자강揚子江 이남을 엿보는[9] 위협 아래, 전쟁이 백성들에게 가져다준 고통과 통치 계층의 사병들에 대한 잔혹한 압박을 묘사하고, 외적을 제어하고자 하는 자기의 굳은 포부를 토로했다. 「'고시'를 본떠」 제6수에서는 귀족 대지주가 농민들의 머리 위에 가하는 많고 무거운 조세와 요역을 폭로했다. 「'갈 길은 험난하고'를 본떠」 제3수에서는 통치자 간의 내분으로 인한 전쟁이 민간 가정에 가져다준 이별의 슬픔과 원한을 호소했다. 이러한 작품들은 포조의 전체 작품 중에서 가장 빛나는 부분으로, 그것은 당시의 민족 간의 갈등과 계층 간의 갈등을 어느 정도 반영하고 백성들의 사상 감정을 드러내었다.

다음으로, 비교적 많은 것은 불합리한 문벌 제도에 대한 폭로이다. 「'갈 길은 험난하고'를 본떠」 제6수, 「'소년 협객들의 노래'를 본떠代結

---

8) **[원주]** 우염(虞炎), 「포조집서(鮑照集序)」: "家世貧賤."

9) **[원주]** 불리(佛貍)는 북위 태무제 탁발도(拓跋燾)의 아명이다. 유송 문제 원가(元嘉) 27년(450), 탁발도는 송을 남침하여 곧장 양자강 북안의 과보(瓜步)에까지 왔다.

客少年場行」, 「'목 놓아 부르는 노래'를 본떠代放歌行」 등의 작품에서는 한문寒門 지식인의 회재불우懷才不遇의 울분과 어두운 현실에 대한 불만을 토로했다.

이것을 제외하면, 일부분은 자연 경물을 묘사한 작품이다. 그 중 "솔빛은 들판 따라 깊어지는데, 달빛 이슬 풀에 맺혀 새하얗구나松色隨野深, 月露依草白",[10] "안개 서린 나무는 파르라니 어둡고, 하늘 등진 바위는 높다랗게 건너온다靑冥搖煙樹, 穹跨負天石",[11] "나뭇잎 떨어지니 강은 추위 건네오고, 기러기 돌아오니 바람은 가을 보내온다木落江渡寒, 雁還風送秋",[12] "바람 일어 모래톱은 쌀쌀해지고, 구름 피어 태양은 빛을 잃었다風起洲渚寒, 雲上日無輝",[13] "서광은 수중 족속 밝게 비추고, 새벽 기운 수풀 위로 퍼져나간다晨光被水族, 曉氣歇林阿",[14] "첩첩한 골짝 물엔 솔바람이 숨어 있고, 겹겹의 벼랑에는 구름 빛을 간직했다複澗隱松聲, 重崖伏雲色",[15] "차갑게 이는 먼지 너른 둔치 어둑하고, 솟구치는 파도는 키 큰 나무 가린다. 외로운 햇빛은 저 홀로 배회하고, 허공의 구름은 순식간에 명멸한다涼埃晦平皐, 飛潮隱修樾. 孤光獨徘徊, 空煙視升滅",[16] "들쭉날쭉 북두칠성 높이 오르고, 어둑어둑 정수는 잠기어 간다. 널따란 강기슭엔 저녁 구름 모여들

---

10) [원주] 「동산을 지나며 황정을 캐다[遇銅山掘黃精]」를 볼 것.
11) [원주] 「향로봉을 시종하여 오르며[從登香爐峯]」를 볼 것.
12) [원주] 「황학기에 올라[登黃鶴磯]」를 볼 것.
13) [원주] 「오흥 황포정에서 유 중랑을 송별하며[吳興黃浦亭庾中郎別]」를 볼 것.
14) [원주] 「서울로 돌아오는 길에 삼산에 이르러 석두성을 바라보며[還都至三山望石頭城]」를 볼 것.
15) [원주] 「경구로 가는 길에 죽리에 이르러[行京口至竹里]」를 볼 것.
16) [원주] 「후저를 출발하며[發後渚]」를 볼 것.

고, 깎아지른 절벽에는 지는 달이 걸려 있다差池玉繩高, 掩藹瑤井沒. 廣岸屯宿陰, 懸厓棲歸月"[17] 등은 모두 형상이 선명하고 신기하다.

일부 나그네의 심정을 그린 시편, 이를테면 「'동문의 노래'를 본떠代東門行」, 「황혼 녘 강을 바라보며－순 좌승에게日落望江贈荀丞」, 「오흥 황포정에서 유 중랑을 송별하며吳興黃浦亭庾中郎別」, 「부 도조와의 이별에 부쳐贈傅都曹別」, 「심양에서 서울로 돌아오는 길에上潯陽還都道中」, 「후저를 출발하며發後渚」, 「양기에서 바람이 잦아들기를 기다리며岐陽守風」 등도 모두 애수가 처절한 정경을 생동감 넘치게 그려서 감동적인 매력이 있다.

포조의 시는 내용 면에서 사회 현실을 반영하고 개인의 진실한 감정을 표현할 수 있어서, 동시대의 일반 귀족 시인들이 짐짓 현언玄言을 농하고 산수 간에 탐닉하는 것과 달랐을 뿐만 아니라, 형식 면에서도 사영운謝靈運, 385~433과 안연지顔延之, 384~456가 과도하게 화려한 수사를 다듬고 전고를 겹쳐 쌓은 것과는 다른 길을 갔다. 포조는 민간 시가를 잘 학습하여 "내용 없이 화려하기만 함을 제거하고 혼후渾厚하고 질박함으로 돌아가고자"[18] 했다. 그의 시가 창작은 한위漢魏시대의 악부와 동시대 강남의 오가吳歌 및 형초荊楚의 서곡西曲에서 얻은 바가 많다. 오가와 서곡의 학습으로 말하자면, 그는 역시 육조에서 첫 번째 인물이다. 그는 민간 시가로부터 영양을 섭취하여, 시가의 어휘를 풍부히 하고, 시가의 표현 형식을 발전시켜, 대량의 악부시를 창작했다. 그는 적잖

17) [원주] 「양기에서 바람이 잦아들기를 기다리며[岐陽守風]」를 볼 것.
18) [원주] 호응린(胡應麟), 『시수(詩藪)』: "欲汰去浮靡, 返於渾樸."

은 오언 악부를 지었을 뿐만 아니라, 20여 편의 칠언 악부도 지어 칠언시를 성숙의 단계로 발전시켰다. 이로부터 칠언시라는 새 형식은 점차 시인들에게 광범하게 채용되었다. 당대唐代에 이르러 칠언시는 중국 고대 시가의 주요 형식이 되었다. 중국 시가 발전의 역사에 있어서, 그는 "위로는 조식曹植, 192~232과 유정劉楨, 186~217의 뛰어난 발걸음을 이어받고, 아래로는 이백李白, 701~762과 두보의 선구적 역할을 한"[19] 중요한 시인이라고 말할 수 있다. 포조의 창작은 도연명과는 다르다. 도연명은 악부시를 짓지 않고 전력을 기울여 오언시를 발전시켰고, 포조는 악부와 오언고시를 동시에 창작했는데, 두드러진 성취는 바로 악부 쪽에 있다. 포조가 악부를 지은 것은 또 육기陸機, 260~303와 다르다. 육기의 모의 악부는 모두 모방일 뿐이지만, 포조는 창조적으로 새로운 제목을 스스로 만들거나, 옛 제목을 빌려 새로운 주제를 담아낼 수 있었다. 그는 현실주의적 창작 수법을 운용하고 민간 시가의 풍격을 녹여 넣어, 생동감 넘치고 활발하면서 세련되고 참신한 대량의 시가 언어를 창조했다. 이로써 그의 작품은 안연지 · 사영운 일파의 "전아 · 단정하여 취할 만한 것도 있지만, 정리情理에는 매우 부합하지 않는"[20] 형식주의 경향과는 취지를 달리한다. 당시에 그가 형식주의 흐름을 거스른 것은 사실은 투쟁을 진행한 것이었다. 그는 일찍이 당시 시단의 지도적 위치에 있던 안연지의 시작을 "비단을 펼치고 수를 늘어놓아 아름

19) [원주] 위의 책 : "上挽曹劉之逸步, 下開李杜之先鞭."
20) [원주] 『남제서(南齊書)』「문학전론(文學傳論)」: "典正可採, 酷不入情."

다운 무늬가 눈에 가득한 것 같다"[21]라고 대놓고 비평했다. 그래서 안연지가 "평생토록 그것을 원망하도록"[22] 했다. 이것 때문에 그도 안연지의 폄훼와 배척을 더욱 받았다. 안연지는 평소에 승려 탕혜휴湯惠休의 작품을 "뒷골목의 노래일 뿐"[23]이라고 평가했는데, 또 고의로 포조와 탕혜휴 두 사람을 함께 열거하면서 "'휴 · 포休·鮑'라는 논리를 세워"[24] 포조를 탕혜휴의 뒤에 놓아 폄하의 뜻을 드러내었다. 이렇게 해서 "재주는 뛰어났으나 사람이 미천하여 당대에 인멸해버린"[25] 포조는 남조 시단에서 더욱 많은 경시를 받게 되었다. 『남제서南齊書』「문학전론文學傳論」을 지은 대귀족 소자현蕭子顯, 489~537은, 비록 객관적으로 포조의 시풍이 이미 당시 세 유파[26]의 하나가 되었음을 인정하지 않을 수 없었지만, 그러나 여전히 "사조詞藻를 조탁함이 지나치게 염려艷麗하여, 사람의 영혼을 뒤흔들어 어질하게 만드니, 역시 정색인 오색五色 가운데에 간색間色인 진홍색과 자주색이 섞여 있는 것 같고, 정성인 팔음八音 가운데에 변성變聲인 정성鄭聲과 위성衛聲이 섞여 있는 것과 같다"라고 평가했다. 『시품詩品』을 지은 종영鍾嶸, 468?~518?도 포조 시를 「중품」에 넣고, 그가 "매우 흡사하게 묘사하는 것을 귀중히 여겨 숭상하면서, 위

---

21) [원주] 『남사(南史)』「안연지전(顏延之傳)」: "如鋪錦列繡, 雕繢滿眼."
22) [원주] 위의 글: "終身病之."
23) [원주] 위의 글: "委巷中歌謠耳."
24) [원주] 종영(鍾嶸), 『시품(詩品)』: "立休·鮑之論."
25) [원주] 위의 책: "才秀人微, 取湮當代."
26) 소자현은 당시의 문학 유파를 사영운파, 부함(傅咸)·응거(應璩)파, 포조파의 셋으로 나누었다. 부록의 「제가 평론」 참조.

태롭고 편벽된 표현도 피하지 않아서 청아한 정조를 상당히 해쳤다. 그래서 험하고 속된 표현을 중시하는 사람들이 대부분 포조에게 귀의한다"라고 했다. 이러한 지적은 포조가 민간 시가를 학습하여 애정을 묘사한 작품을 가리키는 것이 분명하다. 사실상 포조 악부 중에 애정을 묘사한 작품은 주로 민간 가요에 연원을 두어, 진지한 정감이 풍부하고 내용은 건강한 것이다. 그러나 '지나치게 고운', '진홍색과 자주색'이라고 일컬을 만한, 건강하지 못한 작품은 오히려 저 남조 귀족들이 지은 궁체시宮體詩이다. 포조의 안연지에 대한 비평과 안연지 등의 포조에 대한 폄하와 배척으로부터, 당시 문학 영역 안에서의 두 개의 창작 노선 간의 투쟁을 알 수 있다.

포조 시의 내용에도 어느 정도 봉건적 잔재가 남아 있다는 점은 반드시 지적해야 할 것이다. 포조는 평생 뜻을 얻지 못했고 지위는 낮고 미미했다. 물론 이 때문에 그는 사회의 하층에 비교적 가까이 다가가고 백성의 질고에 동정을 느껴, 백성들의 사상 감정을 표현하는 적잖은 현실주의 시편을 썼지만, 동시에 사상 면에서 갈등을 빚기도 했다. 그는 한편으로는 낮은 지위에 머물고 불우한 상황에 머물 수밖에 없는 자신의 처지에 대하여 분노와 불평을 느끼면서도, 다른 한편으로는 오히려 시에서 "구중궁궐 심궁을 출입하면서, 조상曹爽·하안何晏 무리와 교유를 하고, 수레와 말 함께 타고 질주하는데, 손님과 벗 용모 모두 수려한出入重宮裏, 結友曹與何. 車馬相馳逐, 賓朋好容華",[27] 그러한 생활을 동경하는 마음을 표현하

27) [원주] 「'당상의 노래'를 본떠[代堂上歌行]」를 볼 것.

고 있다. 자신의 "십 년을 배워도 성취가 없음十載學無就"으로 인해, "좋은 관직에 하루아침에 오르는善官一朝通" 사람을 대하면, 선망의 마음을 똑같이 드러내기도 했다. 따라서 그는 또 귀족 번왕에게 충성을 드러냄으로써, 시에는 "운명은 복된 세상 만나 넘치는 은총 입어, 황금 비녀 비단옷으로 궁중 연회에 올랐구나. 그대의 후덕함이 산처럼 두터움을 생각하면, 맑고 깨끗한 정성 다해 죽도록 갚으리니, 까마귀 하얘지고 말머리에 뿔 돋는 것 말할 필요 있는가命逢福世丁溢恩, 簪金藉綺升曲筵. 思君厚德委如山, 潔誠洗志期暮年. 烏白馬角寧足言"[28)]라거나 "견마가 주인을 그리는 정犬馬戀主情"[29)] 같은 유의 아첨하는 말도 들어 있다. 문집에는 또 연회와 유람을 시종하면서 지은 작품도 있다. 「시종하여 옛 궁궐에 들러서從過舊宮」, 「임해왕을 시종하고 형주로 가려고 막 신저를 출발하며從臨海王上荊初發新渚」, 「복주산의 연회에 시종하여侍宴覆舟山」, 「배릉에 시종하여 경현산에 올라서從拜陵登京峴」, 「산산에서 시흥왕의 명으로 짓다蒜山被始興王命作」 등이 그것이다. 그와 동시에, 뜻을 실현하지 못하는 환경의 자극으로 숙명론적인 사상이 생겨, "술을 대하고 긴 노래를 하면서, 궁핍함과 운명은 하늘에 맡기려對酒敍長篇, 窮途運命委皇天"[30)]는 슬픈 한탄을 자아내기도 했다. 이러한 사상의 영향 아래, 그는 어두운 사회 현실 앞에서 자신의 안위를 걱정하는 명철보신과 소극적이고 은퇴를 고려하는 태도를 보이면서, "사슴은 깊은 풀숲에

28) [원주] 「'흰 모시 춤의 노래'를 본떠[代白紵舞歌辭]」 제4수를 볼 것.
29) [원주] 「임해왕을 시종하고 형주로 가려고 막 신저를 출발하며[從臨海王上荊初發新渚]」를 볼 것.
30) [원주] 「'갈 길은 험난하고'를 본떠[擬行路難]」 제18수를 볼 것.

서 울음을 울고, 매미는 높은 가지에 숨어서 운다鹿鳴在深草, 蟬鳴隱高枝"[31]라고 함으로써 자신의 처지를 빗대고, "후생들에 내 말을 전하려 하네, 즐기는 것 마땅히 청춘에 할 거라고寄語後生子, 作樂當及春",[32] "덧없는 인생살이 얼마나 이어질까, 즐겁게 마신 술에 마음 홀연 벅차오른다浮生會當幾, 歡酌忽盈衷",[33] "막다른 길에서 계책 부족 뉘우치고, 만년의 생각은 불로장생 중시한다窮途悔短計, 晩志重長生"[34] 등과 같이 일종의 퇴폐적 정서를 표현하기도 했다. 이런 것들은 그의 작품에서는 찌꺼기이다. 형식 면에서, 시를 아름답게 다듬는 원가元嘉 시대의 기풍이 포조에게도 닥쳐오지 않을 수 없었다. 일부의 오언시에 사영운에 가까운, 지나치게 꾸며 부자연스러운 일부 어구도 있고, 어떤 때에는 몇몇 동음의 대체자代替字를 사용하여 신기함을 즐겨 드러내기도 했다. 이 점은 후세에 일부 부정적인 영향을 끼쳐, 한유韓愈, 768~824와 맹교孟郊, 751~814 일파처럼 낯설고 편벽되고 기이한 표현에 진력하는 자들이 본받는 바가 되었다. 그러나 이러한 형식상의 결점은 결코 포조의 '준일'한 풍격에 심각한 손실을 초래하지는 못했다.

포조의 변문은 종래 문예 이론가들에게 추앙되어, "구름과 바람을 조각하고 가지와 꽃을 새겨 넣어", "그 기운이 솟아오르고, 그 꽃이 찬

31) **[원주]** 「'짝 잃은 학의 노래'를 본떠[代別鶴操]」를 볼 것.
32) **[원주]** 「'변방 생활의 노래'를 본떠[代邊居行]」를 볼 것.
[역주] 이 2구는 「'변방 생활의 노래'를 본떠」가 아니라, '소년에서 노쇠하기까지의 노래'를 본떠[代少年時至衰老行]의 마지막 2구이다.
33) **[원주]** 「외로운 바위를 바라보며[望孤石]」를 볼 것.
34) **[원주]** 「'승천의 노래'를 본떠[代昇天行]」를 볼 것.

란하게 피었으니",[35] "사조詞藻가 찬란히 빛나는 데다가 풍골風骨을 갖춰 높이 솟아올랐다"[36]라는 좋은 평가를 들었다. 지금은 마땅히 합당한 평가를 해야 한다. 변문이라는, 귀족 계층의 호사스러운 생활과 서로 어울리는 이 문학 형식은 진晉 이래 세족 호문豪門 세력의 발전을 따라서 발전했다. 모순茅盾은 "이 한 바탕의 바람은 모든 문자 영역에 불어닥쳤다. 기사·철학이나 문학 이론과 실용문을 막론하고 모두 변체駢體를 사용했다. 이로 인해 선진 제자백가와 사마천司馬遷, 145 B.C.~?이 발전시킨 산문의 좋은 전통은 돌연 중단되고, 동시에 문언과 구어의 거리는 갈수록 벌어지게 되었다"[37]라고 했다. 유감스러운 것은, "육조의 걸출한 시인들이 비록 일찍이 의식적으로, 내용 없이 아름답기만 한 당시의 시 스타일에 반대하고, 아울러 민간 가요로부터 깨우침을 받아 당시 유행하던 기풍과 달리했으나, 그들은 변문에 대해서는 아직 크게 기치를 내걸고 반대하지 않았다는 것"[38]이다. 한문 출신의 진보적 시인 포조도 역시 이러한 변려駢儷 형식을 답습하여, 시대 풍조의 한계를 전혀 뛰어넘지 못했다. 예를 들어, 유송 왕조의 '공덕'을 찬양한 「황하가 맑아짐을 기리는 송河淸頌」, 귀족 통치자의 은혜에 감사하고 보답을 도모하는 「거위 부野鵝賦」, 「시랑 직을 제수하심에 올리는 소拜侍郎上疏」, 「좌상

35) [원주] 장혜언(張惠言), 「칠십가부초서(七十家賦鈔序)」.
[역주] 부록의 「제가 평론」 참조.
36) [원주] 이상(李詳), 「손덕겸(孫德謙)에게 보낸 편지[與孫隘堪書]」.
[역주] 부록의 「제가 평론」 참조.
37) [원주] 모순(茅盾), 「야독우기(夜讀偶記)」, 『문예보(文藝報)』 1958년 제1기.
38) [원주] 위와 같음.

시로 전임시켜주심에 감사하는 상소轉常侍上疏」, 불교 사상을 선전하는 「불영을 기리는 송佛影頌」과 같은 작품들은 의심할 것 없이 많은 봉건적 잔재가 섞여 있다. 그렇지만, 포조 변문의 내용은 결국 남조 어용 문인의 작품과 완전히 일치하지는 않는다. 그의 문집에서 더욱 많이 보이는 것으로는, 문벌 제도의 불합리함을 대담하게 폭로한 「과보산 갈문瓜步山楬文」이 있고, 통치 집단의 내전이 백성들에게 가져다준 중대한 재난을 반영한 「황폐한 성 부蕪城賦」 등이 있는데, 이러한 작품들은 모두 어느 정도의 현실적 의의를 지니고 있다. 「자벌레 부尺蠖賦」에서는 명철보신明哲保身의 소극적 사상의 먼지를 털어내고 "정의를 보면 용기 있게 지키려는見義而守勇" 정의감을 의연히 드러내었다. 「불나방 부飛蛾賦」에서는 현실에 대담하게 맞서는 앙양된 정신 상태를 표현했다. 그밖에 예술적으로 비교적 높은 성취를 지닌 몇 편의 작품이 있다. 「대뢰안에 올라서 누이에게 부친 편지登大雷岸與妹書」는 여산廬山의 경색을 묘사했는데, 채색이 곱고 아름다워 마치 휘황찬란한 누대와 같다. 「석범산 명石帆銘」은 또 기이하게 돌출한 산천의 형상을 잘 그려내었다. 이러한 회화화繪畫化한 서경문은, 남조에는 도홍경陶弘景과 오균吳均의 서경 서찰의 창작에 영향을 주었고, 북방에서는 역도원酈道元, 472~527이 쓴 『수경주水經注』에 어느 정도 영향을 주었다. 또 「비백서의 필세 명飛白書勢銘」은 중국 고대 서법의 예술적 경계를 형상적으로 묘사했다. 포조의 변문은 그의 문학 창작의 한 중요한 구성 성분으로, "멀리 양웅揚雄, 53 B.C.~18 A.D.과 사마상여司馬相如, 179?~118 B.C.를 좇고",[39] "기세와 풍격이 활달하고 웅장한"[40] 가작이다.

포조 문집의 판본 문제와 돌아가신 조부전진륜께서 주를 달기 시작한 후 나의 교감과 증보에 이르기까지의 과정에 관해서는, 돌아가신 조부의 원서와 황절黃節, 1873~1935 선생의 서문과 나의 부지附識에 이미 상세히 밝혀져 있어, 여기서는 다시 췌언을 보태지 않겠다.

1958년 9월 전중련錢仲聯이 강소사범대학江蘇師範學院에서 쓰다.

39) [원주] 오여륜(吳汝綸), 「『하청송』 평어(評河淸頌語)」: "遠追揚馬."
40) [원주] 손덕겸(孫德謙), 『육조여지(六朝麗指)』: "氣體恢宏."

전진륜서錢序

나는 『번남문집보편樊南文集補編』 주를 달아서 이미 출판한 뒤, 명 장부張溥, 1602~1641의 『한위육조백삼가집漢魏六朝百三家集』에서, 강엄江淹, 444~505과 포조 두 시인을 뽑아내어 스스로 서序를 짓고 주를 달려 했으나, 실천하지 못했다. 기력이 쇠약해진 데다 오吳 제부制府[1]도 떠나버려 책조차 빌릴 수 없게 되었다. 그 중 『포명원집鮑明遠集』은 더욱이 진심으로 아끼는 것이다. 그러나 늘 틈을 낼 수가 없어서, 생각나는 바가 있으면 그때그때 서미書眉에 표지를 가했다. 오래되어 점차 많아지고 고치고 보충한 것이 빼곡히 차자, 한 차례 따로 필사하여 책을 만들었다. 포조의 시와 문장 중 『문선文選』에 보이는 것은 이선李善, 630~689의 주를 수록했다. 시 중 『옥대신영玉臺新詠』에 보이는 것은 근인近人 오조의吳兆宜, 1672 전후의 주가 있고, 왕사정王士禛, 1634~1711의 『고시선古詩選』에 들어 있는 것은 문인담聞人倓의 주가 있어서, 모두 그대로 수록하되 그들의 이름을 빠뜨리지 않았다. 이선이 『문선』에 주를 달면서 설종薛綜・유규

---

1) '制府'는 총독에 대한 존칭이다. 이 무렵 절강성(浙江省)과 복건성(福建省)은 민절총독(閩浙總督)이 관장했다. 전진륜이 이 글을 쓸 무렵에 재임한 '오씨 총독'으로는, 이 서를 쓴 동치 7년이 되기 직전에 민절총독 직을 떠난 오당(吳棠)이 있다. 그는 동치(同治) 5년(1866)에 민절총독으로 부임해 동치 7년에 사천총독(四川總督)이 되어 이임했다.

劉逵 등의 주를 채용했는데, 그 체례體例는 원용할 만하기 때문이다. 『수서隋書』「경적지經籍志」와 『당서唐書』「예문지藝文志」에 의하면, 『포조집鮑照集』은 모두 10권이라고 적고 있다. 하작何焯, 1661~1722은 「황폐한 성부蕪城賦」를 비주批注하면서, "'重江複關之隩중강복관지오'는 송각본 『포씨집鮑氏集』에는 '重關複江중관복강'으로 되어 있다"라고 했으니, 그는 당연히 송본을 보았을 것이다. 지금 『사고전서』에 들어 있는 『포참군집』 10권 통행본은 명대 도목都穆, 1458~1525이 집일輯佚한 것이어서, 기윤紀昀, 1724~1805이 본 것은 이미 송본이 아니다. 권수만 10권으로 『수서』「경적지」나 『당서』「예문지」와 우연히 일치하지만, 송본보다 잔결이 얼마나 많은지도 알 수 없다. 이 밖에 또 정덕正德 경오년庚午(1510) 주응등朱應登의 간행본이 있는데, 도목본과 같다. 장부 역시 명나라 사람인데 수록한 시문은 2권에 불과하니, 또 여타 판본들보다 얼마나 결루가 있는지도 모른다. 『한위육조백삼가집』에는 원서原序를 수록했는데, 장부는 우염虞炎, 488 전후의 서가 있는 것을 알면서도 채록하지 않은 것도 이해가 안 된다. 예전 항주杭州에서 강의할 때를 생각해보면, 진급珍笈을 찾을 때마다 문란각文瀾閣[2]에서 빌려 보았다. 당시 송본은 얻을 수 없어도 통행본은 그래도 얻을 수 있었다. 이제 고향은 아득히 멀어지고 병란으로 소실되어 알아볼 길조차 없게 되었다. 간혹 계해計偕[3]로 서울에

2) 청 『사고전서』 수장 장서각의 하나로, 건륭(乾隆) 49년(1784) 절강성 항주(杭州) 서호(西湖) 북서쪽 고산(孤山)에 건축했는데, 함풍(咸豐) 10년(1860) 무너져 광서(光緖) 6년(1880) 중건했다.

3) 거인(擧人)으로 서울에 과거 보러 가는 사람을 말한다.

가는 사람이 있으면, 책방을 찾아보도록 부탁했으나 전혀 구할 수가 없었다. 이 단편잔간短篇殘簡만 끌어안고 부지런히 전주箋註해도 도저히 마칠 수가 없었다. 그렇지만 『번남문집』도 애초에는 유서類書에서 주워 모아 이룬 것일 뿐인데, 서徐와 풍馮의 주가 나오면서[4] 수집이 점차 풍부해졌다. 그런데 내가 흠정欽定 『전당문全唐文』에서 채록하고 보완하여 주를 단 것이 수량 면에서 거의 동등하다.[5] 책 만든다는 것이 이처럼 쉽지 않다. 앞으로 누군가가 『포조집』의 완본完本을 구하여 완성한다면, 이것으로 태로大輅의 추륜椎輪으로 삼으면 좋고, 그렇지 않다면 가난한 집안의 해진 빗자루가 되어도 좋다. 이로써 서에 가름한다.

동치同治 7년1868 10월

귀안歸安 전진륜이 원포袁浦: 항주(杭州) 강사講舍에서 적다

---

4) 서형(徐炯)·서수곡(徐樹谷)의 『이의산문집전주(李義山文集箋注)』 10권과 풍호(馮浩)의 『번남문집상주(樊南文集詳注)』 8권 및 『옥계생시집전주(玉溪生詩集箋注)』를 말한다.

5) 전진륜은 아우 전진상(錢振常)과 함께 1864년에 『번남문집보편병전주(樊南文集補編并箋注)』 12권을 편찬했다.

*

선조고先祖考의 『포참군집주鮑參軍集注』 6권은 만년에 손으로 쓰신 것이다. 1923년에 순덕順德 : 지금의 광동성 불산시(佛山市) 황절黃節, 1873~1935 선생이 우리 집에서 초본抄本을 빌려 가서, 시집 부분 4권에 '보주補注'와 '집설集說'을 추가하여, 북경대학北京大學에서 인쇄하여 출판했는데, 널리 유포되지는 못했다. 나는 강의 틈틈이 원주原注에다 '보주'와 '집설'을 보태되, 체례體例는 황 선생과 똑같이 했다. 시주詩注 부분에는, 황절의 보주에도 아직 하루罅漏가 있어서 아울러 보충을 하고 또 '집설' 중에도 빠진 것을 보태었다. 나아가 함분루涵芬樓[6]에서 영인한 모의毛扆 교감 송본, 『육신주문선六臣註文選』 영송본影宋本, 엄가균嚴可均, 1762~1843의 『전송문全宋文』 및 『예문유취藝文類聚』·『초학기初學記』·『태평어람太平御覽』 등에 인용된 것을 취하여, 전집을 한 차례 교감하고, 주문註文의 뒤에 교어校語를 보태었다. 선조고의 '원주'에 "○로 쓴 곳도 있다一作某"라고 한 것은, 여전히 그대로 두었다. 권1·2의 2권은 내가 주를 보탠 부분에 '보주補注' 2자를 보태어 '원주'와 구분했다. 글 뒤에 '집설'을 첨가한 것 역시 내가 보탠 것이다. 권3-6의 4권은 황 선생의 '보주'를 원래 매 시의 뒤에 따로 실었는데, 지금은 각 해당 시구의 아래에 흩어 넣고 '보주' 2자를 보태어 '원주'와 구별했으며, 내가 주를 더 보탠 것은 '증보增補' 2자를 보

6) 상해(上海) 상무인서관(商務印書館)에서 선본(善本) 도서를 수장한 장서루(藏書樓)인데, 1932년 일본의 침략으로 훼멸(毁滅)되었다.

태어 '황절의 보주'와 구별했다. 시 뒤의 '집설'은 황 선생이 모은 것이며, '보집설補集說'은 내가 보탠 것이다. 권말에는 내가 엮은 '연표'를 첨부하여, 독자들이 시대 배경과 작가의 생애를 통하여 작품을 이해하는 데 도움이 되도록 했다. '집설' 외에 별도로 선인들이 포조 시문을 총괄적으로 평론한 것을 골라 모아 권말에 첨부했는데, 역시 원주 및 황절의 보주에는 없는 것이다.

1957년 7월

전중련 적다

황절서黃序

신유辛酉, 1921 12월에 나는 사영운의 시에 주를 다는 일을 마치고, 포조의 시가 어렵기가 사영운보다 심하다는 것을 생각하고, 계속하여 주를 달려고 했다. 강산江山 : 절강성 구주시(衢州市)의 하급 시 유육반劉毓盤, 자 자경(子庚), 1867~1927 선생에게 말씀드렸더니, 귀안歸安 전진륜 선생께 주를 단 원고가 있는데 아직 간행하지는 않았으며, 전순錢恂, 1853~1927[7]이 보관하고 있다고 말씀하셨다. 속으로 포조의 시에 나보다 먼저 주를 단 사람이 있다는 것이 다행이라고 생각하면서, 유 선생께 대신 좀 빌려달라고 부탁을 드려, 전편을 베껴 적었다. 전진륜錢振倫, 1816~1879이 주를 단 『포참군집』은 문장이 2권, 시가 4권이고 포조의 여동생 포영휘鮑令暉 시 6수를 책 끝에 첨부했다. 나는 마침 대학에서 시를 강의하고 있어서, 시주詩註만을 취하여 정리했다. 학생들에게 강습하면서 때때로 증주增註를 하고, 또한 선인들이 포조 시를 논한 여러 주장을 모아서 덧붙였다. 이렇게 한 지가 어느덧 2년이 되었다.

포조 시에 주를 다는 데에는 대체로 두 가지 어려움이 있다. 전진륜이 주를 달면서 근거로 삼은 판본은 장부張溥, 1602~1641. 자 천여(天如)의 『한위육조백삼명가집漢魏六朝百三名家集』본 『포참군집鮑參軍集』인데, 송본은 보지 못했다고 이미 탄식했다. 이제 내가 전에 베껴 적어둔, 왕이王伊가 교감한 송본 및 함분루涵芬樓에서 영인한 모의毛扆, 자 계부(季斧) 교감 송본을 근거로

7) 전진륜의 아우인 전진상의 장남으로, 자가 염구(念劬)이다.

살펴보니, 문자상의 오류는 송본 역시 피할 수가 없었다. 「'동무의 노래'를 본떠」의 "倚杖牧雞豚의장목계돈"은 송대의 왕안석王安石의 시[8] 및 주희朱熹의 말[9]에 보이는 것인데, 송본에는 '杖牧장목'이 '仗族장족'으로 되어 있다. 「오지방 노래吳歌」 제2수의 "曹公却月樓조공각월루"는 송본에는 '曹조'가 '魯로'로, '公공'은 '都도'로, '月월'은 '丹단'으로 되어 있다. 「그윽한 택란幽蘭」 제3수의 "抱梁輒乖忤포량첩괴오"는 송본에는 '梁량'이 '渠거'로 되어 있다. 「삼짇날 남원을 유람하며三日遊南苑」의 "騰蒨溢林疏등천일림소"는 송본에는 '騰蒨등천'이 '勝舊승구'로 되어 있다. 「후저를 출발하며發後渚」의 "華志分馳年화지분치년"은 송본에는 '分분'이 '公공'으로 되어 있다. 「장송을 출발하면서 눈을 만나發長松遇雪」의 "土牛旣送寒토우기송한"은 송본에는 '土토'가 '出출'로 되어 있고, "冥陸方浹馳명륙방협치"는 송본에는 '冥陸명륙'이 '尊陵존릉'으로 되어 있다. 「임천왕의 복상을 마치고 고향으로 돌아가며臨川王服竟還田里」의 "送舊禮有終송구례유종"은 송본에는 '舊구'가 '佳가'로 되어 있다. 「단비喜雨」의 "何用知柏皇하용지백황"은 송본에는 '皇황'이 '篁황'으로 되어 있다. 이러한 예가 셀 수 없을 정도로 많다. 이것은 그래도 알기 쉬운 것이다. 「정원에서 가을 시름을 달래며園中秋散」의 "復切夏蟲酸부절하충산"이 송본에는 '夏하'가 '夜야'로 된 것, 「'백마의 노래'를 본떠代白馬篇」의 "要途問邊急요도문변급"이 '송본에는 '問문'이 '間간'으로 된 것, 「마름을 따며採菱歌」의 "含傷拾泉花함상

8) 왕안석의 「두순 선생을 애도함(悼四明杜醇)」의 제5구가 "藜杖牧雞豚[명아주 지팡이로 닭과 돼지를 친다]"이다.
9) 『주자어류(朱子語類)』에 실린 포조 시평에 인용되어 있다.

사천화"가 송본에는 '捨사'가 '拾습'으로 된 것 등은 시 전편을 깊이 따져보지 않으면, 그 잘못을 알 수가 없다. 아마도 당唐 이후로 포조 시를 읽는 사람이 적어져서 작품이 많이 산일散佚되었고, 문자상으로 와오訛誤가 생겼기 때문에, 완전한 판본을 구할 수 없게 되었을 것이다. 따라서 모든 판본을 다 교감한들 어느 판본을 따라야 할 것인가? 하물며 모든 판본이 다 틀린 것도 있으니, 「오 지방 노래」 제2수의 "觀看水流還관간수류환" 같은 것은 교감을 할 도리가 없다. 주를 달기 어려운 첫 번째 이유가 바로 이것이다.

포조는 태어난 때를 잘 못 만나, 그의 시에는 우려하고 두려워하는 말이 많고 공명의 뜻은 적은 데다가, 또 시기심 많은 군주를 만나 전고의 인용이 지나치게 은미隱微하다. 게다가 스스로 조어를 잘하고 문장 구성 방법이 신기하고 변화가 많아 『이소離騷』와 유사한 점이 있다. 「뽕을 따며採桑」에서 "길게 한숨짓는綿歎" 사람이 누구이며, "소리 높여 노래하는揚歌" 것이 의미하는 것은 무엇인가? 「'뱃노래'를 본떠代櫂歌行」에서는 왜 진퇴가 여의치 않음을 탄식하는가? 「'백마의 노래'를 본떠」에서는 왜 군신君臣이 오랑캐를 잊어버리고 있는 것을 마음 아파하는가? 「'승천의 노래'를 본떠」에서는 왜 세상을 피해 돌아오지 않겠다는 생각이 견고한가? 「'밝은 달의 노래'를 본떠代朗月行」에서는 왜 사대부의 부끄러움을 모르는 풍조를 드러내 보이는가? 「'당상의 노래'를 본떠」와 「부풍의 노래扶風歌」에서는 왜 감개에 젖어 중원을 생각하는가? 「중흥의 노래中興歌」에서는 왜 조야를 풍자하는가? 또 「배릉에 시종하여 경현산에 올라서」에서의 배릉이 황후의 장례인 것, 「유 중랑을 따라 원산의 석실에 놀러 가서從庾中郎遊園

山石室」의 원산이 화림원華林園: 남경 소재인 것,「봄날의 유랑春羈」이 팽성왕彭城王 유의강劉義康을 슬퍼한 것,「주역을 말함講易」이 빈한한 선비를 존숭하는 것 등은 전고의 의미가 불분명하다. 이와 같은 것 역시 셀 수 없을 정도로 많다. 주를 다는 사람이 단지 전고만을 찾을 뿐 시인의 마음에 연결하지 않는다면, 담긴 뜻이 드러나지 않아 모두 수사적인 시어만 되고 말 것이다. 이것이 주를 달기 어려운 두 번째 이유이다.

전진륜 선생은 천여 년 이래 아무도 말하지 않은 포조 시에 의연히 주를 달았는데, 해박하고 상세하면서도 확실하여 후학의 존경을 받는다. 내가 강습하는 틈틈이 그때그때 그 내용을 찾아서 학생들에게 제시한 것은 전진륜의 주에서 얻은 바가 적지 않았다. 옛날 남송의 왕십붕王十朋, 1112~1171. 자 귀령(龜齡)이 소식蘇軾, 1037~1101. 호 동파거사(東坡居士)의 시에 주를 달았는데, 시원지施元之, 1102~1174가 그 상략에 따라 가감하고 또 따로 천착하여 별도로 수록하는 근거로 삼았다.[10] 내가 전진륜의 주에 감히 가감할 수는 없지만, 별도로 수록할 만한 다른 견해가 없을 수는 없다. 원고가 막 판각을 끝내자마자 이미 가감할 것이 생겼지만, 손댈 겨를이 없는 것을 안타까워하며 후일을 기약한다.

계해년1923 12월 23일

순덕順德 황절黃節

---

10) 각각 『집주분류동파시(集注分類東坡詩)』 25권과 『주동파선생시(注東坡先生詩)』 42권을 말한다.

우염서虞炎序

포조는 자가 명원明遠으로, 본래 상당上黨 사람인데 가문이 대대로 빈천했다. 어려서부터 문재文才가 있었다. 유송의 임천왕臨川王 유의경劉義慶이 그 재주를 아껴 임천왕국의 시랑侍郞으로 삼았다. 임천왕이 죽자 시흥왕始興王 유준劉濬이 또 시랑으로 불러서 썼다. 효무제 초에 해우령海虞令을 제수받고, 태학박사太學博士로 전임하여 중서사인中書舍人을 겸임했다.[11] 그 후 외직으로 나가 말릉령秣陵令이 되었고, 또 영가령永嘉令으로 전임했다. 대명大明 5년461 전군행참군前軍行參軍에 제수되었다. 임해왕臨海王 유자욱劉子頊을 시종하여 형주荊州 : 치소[12]는 지금의 호북성 강릉시(江陵市)에 부임하여 내명內命을 관장하는 일을 맡았으며, 얼마 후 전군형옥참군사前軍刑獄參軍事로 옮겼다. 유송 명제明帝, 465~472 재위 초에 강북에서 항명했다.[13] 유자훈劉子勛의 반란이 실패하자 형주 지역도 소란스러워졌는데, 강릉 사람 송경宋景이 혼란을 틈타 성을 약탈했다. 포조는 이때 송경에게 살해되었는데, 당시 나이 50여 세였다. 몸이 환난을 입자 문

---

11) **[원주]** 다른 판본에는 "당시 군주가 질투가 많고 스스로 문장이 뛰어나다고 자부하여, 좌우의 시종들이 그 뜻을 잘 알아서, 그 때문에 글을 지을 때 그 재사(才思)를 다하지 않았다"라고 했다.

12) '치소(治所)'는 지방정부 소재지의 옛 칭호이다.

13) 명제 태시(泰始) 2년(466) 당시 강주자사(江洲刺史)이던 진안왕(晉安王) 유자훈(劉子勛)이 심복 등완(鄧琬) 등의 추대를 받아 심양(尋陽 : 지금의 강서성 구강시(九江市))에서 칭제(稱帝)하고 연호를 의가(義嘉)로 고쳤는데, 유자욱도 이에 동조한 사건을 말한다.

장도 유실되어 버렸다. 사람들 사이에 흘러 떠도는 것이 왕왕 아직도 남아 있다. 태자[14]께서 여러 사람의 저술을 두루 채집하고 문예를 애호하시어, 한 마디 문장이라도 수집하지 않는 것이 없다. 포조가 지은 것은 비록 정치精緻하고 전아한 점은 결핍되어 있지만, 초일超逸하고 화려한 점은 있다. 명령을 받들어 배종하면서 꼼꼼하게 찾아다녔다. 연대가 차츰 멀어져 없어져 버린 것이 많으니, 지금 남아 있는 것은 절반이나 될 수 있을지 모르겠다.

산기시랑散騎侍郎 우염이 교지를 받들어 짓다

14) 제 문혜태자(文惠太子) 소장무(蕭長懋, 458~493)를 말한다. 그는 무제(武帝) 소색(蕭賾, 440~493)의 태자로 영명(永明) 10년(493)에 죽었고, 아들 소소업(蕭昭業)이 즉위한 후 문황제(文皇帝)로 추증되었다. 우염은 문혜태자와 경릉왕(竟陵王) 소자량(蕭子良, 460~494)과 사이가 좋았다.

장부제사張溥題辭

포조는 재능은 빼어났으나 출신이 미천하여 정사正史에 전기가 별도로 실리지 않았다. 그래서 관직의 임면任免 연월年月은 고찰할 근거가 없다. 그런대로 의거할 만한 것이 산기시랑 우염虞炎이 칙령을 받들어 지은 「서」 하나뿐이다. 포조의 「송백의 노래」의 서에서, 위급한 병중에 『부휴혁집傅休奕集』을 읽으면서 영원히 떠나가는 말을 보니 구슬퍼 마음이 쓰리다고 스스로 말했다. 또 시에서는 무덤 위 풀은 갈수록 우거지고 무덤 앞 찾아오는 사람은 자취가 스러진다고 하면서, 생명에 대해 우려하는 것이 참으로 깊다. 나중에 임해왕의 서기직을 맡았다가 끝내 반란군에게 살해되었다. 사영운謝靈運은 "요절의 슬픔은 보통 죽음의 배夭枉兼常"[15]라고 했는데, 이 사람이 바로 그런 사람이 아닌가! 임천왕 유의경은 문학文學을 애호했는데, 포조는 스스로 연작燕雀이 되는 것을 부끄러워하며 시를 지어 바쳐 포부를 피력했다.[16] 문제文帝[17]가 자신의 글재주를 자랑하자 또 자신을 낮추었다. 시기를 살펴 주군에게 의탁하여 자신의 장점을 잘 활용했으니, 예형禰衡, 173~198. 자 정평(正平) · 양수楊修, 175~219. 자 덕조(德祖)의 부류는 아니다.[18] 문집에 실린 문장에는 기실 "비

---

15) 사영운의 「여릉왕의 묘에서 짓다[廬陵王墓下作]」 시에서 "약하고 촉급함은 실로 애처로운 것, 요절하는 슬픔은 보통 죽음의 배이다[脆促良可哀, 夭枉特兼常]"라고 했다.

16) 『남사(南史)』 「포조전」에 실린 일화이다.

17) '문제(文帝)'는 『송서』에 의하면 '효무제(孝武帝)'의 잘못이다. 『송서』 「포조전」에는 '世祖'로 되어 있는데, '효무제'이다.

루하고 하자 있는 표현"은 없다. 그런데 당시 어떻게 이런 말이 보태졌는지 모르겠다. 강엄江淹, 444~505. 자 문통(文通)은 양 무제武帝, 502~549 재위를 만난 것이 만년을 바라볼 때이지만, 감히 문장으로 임금을 능가하지 못했다. 그 내용이 포조와 같아서 재주가 다했다는 기롱譏弄을 받았지만, 사신史臣이 그 일을 드러내어 전기에 밝히지 않았다. 심약沈約, 441~513. 자 휴문(休文)이 후인을 몰래 비웃을 것이다.[19] 포조의 문장으로 가장 유명한 것은 「황폐한 성 부」와 「황하가 맑아짐을 기리는 송」 및 「대뢰안에 올라서 누이에게 부친 편지」이다. 『남제서』 「문학전론」에서 말한, "노래하는 기세가 놀랄 만큼 힘차고, 시어의 가락이 험하고 급박하며, 사조詞藻를 조탁함이 지나치게 염려艶麗하여, 사람의 영혼을 뒤흔들어 어질하게 만든다"라는 것이 아마도 이를 두고 말한 것은 아닌지 모르겠다. 시편은 매우 참신하니, 악부와 오언시는 이백과 두보의 먼 원조이

18) 예형은 공융(孔融)과 친하여 공융이 조조(曹操)에게 추천했으나 나아가지 않았다. 재주를 믿고 오만하게 굴다가 강하태수(江夏太守) 황조(黃祖)에게 살해되었다. 양수는 재능이 뛰어났고 한때 조조의 신임을 받았으나, 조비(曹丕)와 조식(曹植)의 갈등 등 복잡한 정치적 상황에서 결국 조조에게 살해되었다.

19) 『송서』의 저자 심약은 「포조전」에서 포조가 제왕의 시기 때문에 고의로 비루한 문사로 글을 지었다고 한 데 반해, 요사렴(姚思廉)이 편찬한 『양서』 「강엄전」에는 강엄이 젊어서는 문재(文才)가 뛰어났으나 노년에 재주가 다했다는 정도만 언급했고, 『남사』 「강엄전」에는 종영(鍾嶸) 『시품(詩品)』 「중품(中品)·제광록 강엄(齊光祿江淹)」에 나오는 꿈 이야기만 수록했을 뿐, 제왕의 시기를 언급하지 않은 것을 말한다. 『시품』과 『남사』에는, 강엄이 선성(宣城) 태수를 그만둔 뒤, 꿈에 스스로 곽박(郭璞)이라고 하는 미남자가 나타나, 빌려준 붓을 돌려달라고 하여 돌려준 이후, 글재주가 다하여 '江淹才盡'이라는 말이 나왔다는 일화가 실려 있다.

다. 안연지顔延之가 사영운과 이름을 나란히 했는데, 포조에게 사적으로 우열을 물어 포조는 성심으로 판단해주었다. 선비는 재능이 어떤지를 따질 뿐이지 관작과 벌열閥閱을 어찌 논해야 하겠는가!

누동婁東 : 강소성 태창시(太倉市) 소재 장부 쓰다

『포참군집』 10권은 포조가 지었다. 포조의 자는 명원明遠으로 동해東海 사람이다. 조공무晁公武, 1105~1180의 『군재독서지郡齋讀書志』에 상당上黨 사람이라고 했는데, 아마도 우염 「서」의 "'본래' 상당 사람"이라는 말을 잘못 읽은 것 같다. '照'를 '昭소'로도 적는데, 대개 당대唐代 사람들이 측천무후則天武后의 이름[20]을 피하려고 바꾼 것이다. 위장韋莊, 836?~910?의 「강가를 걸으면서 서쪽을 바라보다江行西望」 시에 "西望長安白日遙, 半年無事駐蘭橈. 欲將張翰松江雨, 畵作屛風寄鮑'昭' 서쪽으로 장안 보니 태양은 아득한데, 반년 동안 일없이 작은 배에 머물렀네. 장한의 고향 오송강에 내리는 비를, 병풍에 그려 넣어 포조에게 부칠까"라고 하여, 평성zhāo으로 압운을 했으니, 사실에서 너무 멀어져 버렸다.[21] 심약의 『송서』와 이연수李延壽의 『남사』·『북사北史』는 측천무후가 칭제하기 전에 지어진 것이어서, 사실 모두 '照'로 적었지 '昭'로 적지 않았다. 포조는 임해왕 유자욱劉子頊의 참군이 되었다가 반란군의 손에 목숨을 잃었다. 유고는 흩어졌는데 제 산기시랑 우염虞炎이 처음으로 편차를 정하여 문집을 완성했다. 『수서』 「경적지」에 10권으로 밝혀 적으면서 주에 "양梁대에는 6권"이라고 했으니, 후인이 또 이어서

20) 측천무후는 본명은 '珝(후)'인데, 뒤에 '照(조)'로 개명했고, 다시 글자를 '曌(조)'로 바꾸었다.

21) **[원주]** 송대 예부(禮部)의 공거(貢擧) 규정에 따르면, '齊桓(제환 : 제 환공)'은 (송 흠종(欽宗) 조환(趙桓의) 이름을 피하여) '齊威(제위)'로 적었는데, 이것은 시구의 중간에 쓸 수는 있어도 '微(미)' 운으로 압운할 수는 없었다.

보탰을 것이다. 이 판본은 명 정덕正德 경오년庚午(1510)에 주응등朱應登이 간행한 것으로 도목都穆, 1458~1525의 집에서 얻었다고 했다. 권수卷數는 『수서』「경적지」와 합치하고 우염의 「서」를 첫머리에 넣었으나, 『수서』「경적지」에 기록한 구본舊本인지는 확실하지 않다. 그 편차를 살펴보면, 이미 악부를 별도로 1권으로 독립시키고서도, 「뽕을 따며」와 「매화는 지고梅花落」, 「'갈 길은 험난하고'를 본떠」 등도 모두 악부인데도 고시에 넣었다. 당 이전 문인들은 모두 성률을 다 알고 있었으니, 이처럼 어그러졌을 리가 없다. 또 「'갈 길은 험난하고'를 본떠」 제7수 '蹲蹲준준' 아래의 주에서 "'문집集'에는 '樽樽준준'으로 되어 있다"라고 하고, '啄탁' 자 아래의 주에서 "'문집集'에는 '逐축'으로 되어 있다"라고 했는데, 만약 정말로 원집原集이라면 어째서 "'문집集'에는 ○로 되어 있다"라고 할 수 있겠는가? 이는 후인이 다시 모아서 만들었다는 명백한 증거이다. 그러나 문장은 이미 모두가 수미首尾가 갖춰져 있고, 시부詩賦 역시 왕왕 포조의 자서自序와 자주自註가 있어서, 육조의 다른 문집이 유서類書에서 뽑아낸 것과는 다르다. 아마도 구본이 전해져 내려오면서 차츰차츰 고쳐지고 바뀌었기 때문이 아닌가 여겨진다. 종영의 『시품』은 "포조를 배우면서 겨우 '日中市朝滿한낮에 번화가가 사람으로 가득 차니' 정도밖에 못 미치고, 사조謝朓, 464~499를 배우면서 겨우 '黃鳥度青枝꾀꼬리가 푸른 가지를 건너간다'를 얻었다"라고 했다. 지금의 문집에는 이 구절이 없으니 아마도 양나라 때의 판본은 아니리라는 것은 알 수 있다.[22]

---

22) 『시품』 인용문은 「서」에 나오는 말인데, 표현에 다소 차이가 있다. 『시품』의 문

장은 "포조를 스승으로 삼지만 끝내 포조의 '日中市朝滿'에는 못 미치고, 사조를 배우지만 '黃鳥度靑枝'를 겨우 얻었다[師鮑照, 終不及'日中市朝滿'; 學謝朓'黃鳥度靑枝']"로 되어 있다. 『제요』는 『시품』의 글을 잘못 읽은 것으로 보인다. 『시품』의 본뜻은, 당시 일반인들이 포조와 사조를 존중하여 그들을 배웠지만, 포조의 「소년 협객들의 노래」 중의 '日中市朝滿' 수준에는 못 미쳤고, 사조의 「옥섬돌에서의 비원(玉階怨)」을 본떠 우염이 겨우 '黃鳥度靑枝' 같은 졸렬한 구절만 얻었다는 것을 말한 것이다. 부록의 「제가 평론」 참조.

포참군집주 전체 차례

부첨 : 포영휘 시(鮑令暉詩)

부록

『포참군집주(鮑參軍集注)』와 포조의 시문

포조 연표(鮑照年表)

첨부 : 송본『포씨집』목차宋本鮑氏集目錄[1]

권1

춤추는 학[舞鶴賦]
황폐한 성[蕪城賦]
연꽃[芙蓉賦]
떠도는 생각[遊思賦]
불나방[飛蛾賦]

권2

자벌레[尺蠖賦]
물시계를 보고－서와 함께[觀漏賦－幷序]
거위－서와 함께[野鵝賦－幷序]
죽은 이를 애도하며[傷逝賦]
남새밭 아욱[園葵賦]

권3

「동무의 노래」를 본떠[代東武吟][2]
「계의 북문을 나서며」를 본떠[代出自薊北門行]
「소년 협객들의 노래」를 본떠[代結客少年場行]
「동문의 노래」를 본떠[代東門行]

---

1) **[원주]** 송본의 문집 명칭과 분권 및 차례는 모두 장부본과 다르다. 「시흥왕에게 '흰 모시 춤의 노래'를 바치는 계[奉始興王白紵舞曲啓]」가 「'흰 모시 춤의 노래'를 본떠[代白紵舞歌辭]」 4수 앞에 실려 있지, 별도로 산문 부분으로 뽑아내지 않았다. 장부본의 「부풍의 노래[扶風歌]」 1수, 「오 지방의 노래[吳歌]」 제1수, 「늙음에 부쳐[詠老]」 1수, 「봄에 부쳐[春詠]」 1수, 「묵조참군 고 아무개에게[贈顧墨曹]」 1수 등 5수는 송본에는 없다. 여기에 송본 목차를 첨부하여, 상호 참고에 도움이 되도록 한다.

2) 이하는 포씨집의 목차에 실린 원주이다.
[원주] 이하 작품에 모두 '代(대)' 자가 없는 판본도 있다.

「지독한 무더위의 노래」를 본떠[代苦熱行]
「흰머리 될 때까지」를 본떠[代白頭吟]
「호리의 노래」를 본떠[代蒿里行]
「목놓아 부르는 노래」를 본떠[代放歌行]
「승천의 노래」를 본떠[代昇天行]
「짝 잃은 학의 노래」를 본떠[代別鶴操]
「꿩은 아침부터 나는데」를 본떠[代雉朝飛]
「회남왕」을 본떠 2수[代淮南王二首]
「황성의 참새」를 본떠[代空城雀]
「기러기는 우는데」를 본떠[代鳴鴈行]
「밤에 앉아 읊조리며」를 본떠[代夜坐吟]
「북풍은 쌀쌀하고」를 본떠[代北風涼行]
「봄날의 노래」를 본떠[代春日行]
「소장에서 노쇠하기까지의 노래」를 본떠[代少壯時至衰老行]
「봄날 형산에 올라」를 본떠[代陽春登荊山行][3]
「밝은 달의 노래」를 본떠[代朗月行]
「당상의 노래」를 본떠[代堂上歌行]
「빈천의 고통」을 본떠[代貧賤愁苦行]
「변방 생활의 노래」를 본떠[代邊居行]
「대문 밖에 수레 탄 손님이 있어」를 본떠[代門有車馬客行]
「슬픔의 노래」를 본떠[代悲哉行]
「뱃노래」를 본떠[代櫂歌行]
「규가의 노래」를 본떠[代邽街行][4]
진사왕 조식의 「백마의 노래」를 본떠[代陳思王白馬篇]
진사왕 조식의 「낙양의 노래」를 본떠[代陳思王京洛篇]
육기의 「군자가 생각할 것」을 본떠[代陸平原君子有所思行]
「흰 모시의 노래」를 본떠 2수[代白紵曲二首]
「흰 모시 춤의 노래」를 본떠 4수[代白紵舞歌辭四首][5]

3) [원주] '荊(형)'은 '京(경)'으로 된 판본도 있다.
4) [원주] 「去邪行(거사행)」으로 된 판본도 있다.
5) [원주] 시흥왕의 명을 받들어 짓다-계(啓)와 함께.

권4

「고시」를 본떠 8수[擬古八首]

「푸르고 푸른 언덕 위의 측백나무」를 본떠[擬靑靑陵上柏]

공간 유정(劉楨)의 체를 본받아 5수[學劉公幹體五首]

완적(阮籍)의 「밤중에 잠 이룰 수 없어」를 본떠[擬阮公夜中不能寐]

도연명(陶淵明)의 체를 본받아[學陶彭澤體][6]

「옛 시」를 이어 7수[紹古辭七首]

그윽한 택란 5수[幽蘭五首]

「고시」를 본받아[學古][7]

권5

심양에서 서울로 돌아오는 길에[潯陽還都道中]

서울로 돌아오는 길에 3수[還都道中三首][8]

환도의 송시[還都口號]

서울로 돌아오는 길에 삼산에 이르러 석두성을 바라보며[還都至三山望石頭城]

동산을 지나며 황정을 캐면서[過銅山掘黃精]

황혼 녘 강을 바라보며 – 순 좌승에게[日落望江贈荀丞]

약효를 위한 걷기로 성 동쪽 다리까지 가면서[行藥至城東橋]

손님에게 답함[答客]

흰 구름[白雲]

왕 비서승의 시에 화답하여[和王丞]

가을밤 2수[秋夜二首]

농부가 채소 심는 것을 보고[觀圃人藝植]

뽕 따기에 부쳐[詠採桑]

쌍 제비에 부쳐 2수[詠雙鷰]

후저를 출발하며[發後渚]

수시(數詩)

건제(建除)

---

6) [원주] 의흥태수 왕승달의 시에 삼가 창화하여.

7) [원주] 「北風雪(북풍설)」로 된 판본도 있다.

8) 이 제목은 저본 목차에는 빠져 있다.

시종하여 옛 궁궐에 들러서[從過舊宮]
배릉에 시종하여 경현산에 올라서[從拜陵登京峴]
임천왕의 복상을 마치고 고향으로 돌아가며[臨川王服竟還田里]

권6

경구로 가는 길에 죽리에 이르러[行京口至竹里]
번거현에 올라[登翻車峴]
겨울날[冬日]
역사를 읊다[詠史]
유 중랑을 따라 원산의 석실에 놀러 가서[從庾中郎游園山石室]
여산에서 동쪽으로 진택을 바라보며[自廬山東望震澤]
운양의 구리보에 올라[登雲陽九里埭]
오 시랑과 이별하며[與伍侍郎別]
오흥 황포정에서 유 중랑을 송별하며[吳興黃浦亭庾中郎別]
선성 태수 왕승달(王僧達)을 송별하며[送別王宣城]
종제 포도수를 송별하며[送從弟道秀別]
부 도조와의 이별에 부쳐[贈傅都曹別]
부 대농의 「동료와 이별하며」에 화답하여[和傅大農與僚故別]
성 시랑을 전송하며 후정에서 전별연을 베풀어[送盛侍郎餞候亭]
순 중서와 이별하며[與荀中書別]
단비[喜雨][9]
소사에 부쳐[詠蕭史]
벗 마자교에게 6수[贈故人馬子喬六首]
마름을 따며 7수[採菱歌七首]
산길을 가면서 외로운 오동나무를 보고[山行見孤桐]

권7

옥기 파는 사람을 보고－서와 함께[見賣玉器者－幷序]
향로봉을 시종하여 오르며[從登香爐峯]
꿈속의 귀향[夢歸鄉]

---

9) [원주] 칙명을 받들어 짓다.

임해왕을 시종하고 형주로 가려고 막 신저를 출발하며[從臨海王上荊初發新渚]
외로운 바위를 바라보며[望孤石]
황학기에 올라[登黃鶴磯]
양기에서 바람이 잦아들기를 기다리며[岐陽守風]
강릉에서 세월을 탄식하고 늙음을 슬퍼하며[在江陵歎年傷老]
성 서문의 관아에서 달을 감상하며[翫月城西門廨中]
「만가」를 본떠[代挽歌]
밤에 가기(歌妓)의 노래를 듣고[夜聽妓]
매화는 지고[梅花落]
옛 체의 시[古辭]
사랑스러운 것[可愛]
밤에 소리를 들으며[夜聽聲]
술 마신 뒤에[酒後]
『주역』을 말함[講易]
왕소군(王昭君)
중흥의 노래 10수[中興歌曲十首]
오 지방 노래 2수[吳歌二首]
상서 사장(謝莊)과의 세 번째 연구[與謝尙書莊三連句]
형주에서 장 사군, 이 거사와의 연구[在荊州與張史君李居士連句]
달빛 아래 누각에 올라서 지은 연구[月下登樓連句]
글자수수께끼 3수[字謎三首]

권8

「갈 길은 험난하고」를 본떠 19수[擬行路難十九首]
송백의 노래－서와 함께[松柏篇－幷序]
복주산의 연회에 시종하여 2수[侍宴覆舟山二首][10]
여산에 올라 2수[登廬山二首]
장송을 출발하면서 눈을 만나[發長松遇雪]
산산에서 시흥왕의 명으로 짓다[蒜山被始興王命作]
동지(冬至)
촉의 네 현인을 읊다[蜀四賢詠]

10) [원주] 칙명으로 유원경을 위해 짓다.

권9

11) [원주] 釋惠休(석혜휴).
12) [원주] 「園中載散(원중재산)」으로 된 판본도 있다.
13) [원주] 이때 중서사인(中書舍人)이었다.

권10

포참군집

鮑參軍集

권5

귀안 전진륜 주

순덕 황절 보주집설

전중련 증보집설

侍宴覆舟山(1)

息雨淸上郊, 開雲照中縣.[1] 遊軒越丹居, 暉燭集凉殿.[2]

凌高躋飛楹, 追焱起流宴.[3] 極苑含靈群, 㟏庭藏物變.[4]

明輝爍神都, 麗氣冠華甸.[5] 目遠幽情周, 醴洽深恩徧.[6]

복주산의 연회에 시종하여(1)

비 그치자 천자 교외 청정해지고
구름 걷혀 중원 고을 밝게 비춘다.
유람 수레 타고서 붉은 궁궐 지나서
밝은 촛불 밝히고 여름 궁전에 모였다.
높은 산을 넘어가 하늘 누대 올라서
출렁이는 불꽃 따라 성연을 시작한다.
행마 친 궁원宮苑에는 영걸들이 모였고
암벽 두른 정원에는 자연 변화 숨어 있다.
밝은 빛은 신령한 도읍 환히 비추고
고운 기운 화려한 경기 뒤덮고 있다.
시야가 탁 트이니 그윽한 정 두루 미치고
맛있는 술 스미듯이 깊은 은덕 고루 퍼진다.

【해제】

[전진륜] 원주 : "칙명으로 유원경을 위해 짓다勅爲柳元景作"

이하는 오언시이다.

『환우기寰宇記』: "복주산覆舟山은 건강성建康城 북쪽 5리에 있는데, 둘레 3리 높이 31장으로, 모양이 마치 '배를 엎어놓은 것覆舟' 같아서 이렇게 이름을 지었다."

'유원경柳元景'은 「유원경을 위해 쓴 표기장군 직의 제수를 사양하는 표爲柳令讓驃騎表」 해제에서 보았다.

[황절] 제목 아래에 "칙명으로 유원경을 위해 짓는다"라는 말이 있으니, 아마 유원경이 세조世祖 효무제孝武帝를 모신 연회에서 시를 짓도록 칙령을 받았는데, 포조가 그를 대신하여 지은 것 같다.

『송서』「유원경전柳元景傳」: "세조효무제는 경성으로 들어가 부친 문제文帝를 시해한 원흉 유소劉劭, 424~453를 토벌하고, 유원경을 자의참군諮議參軍으로 삼아 도성을 지키는 중병中兵을 통솔하게 하면서, 관군장군冠軍將軍 직을 겸임하고 태수 직은 유지하도록 했다. 1만 명을 배정하여 전봉前鋒으로 삼았다. (…중략…) 유원경은 몰래 신정新亭[1]에 이르러 산에

1) 지금의 남경시 우화대구(雨花臺區)에 있었던 군사 보루. 삼국시대 오에서 건축하여 임창관(臨滄觀)이라고 불렸는데, 동진 안제(安帝) 융안(隆安, 397~401) 중에 단양윤(丹陽尹) 사마회지(司馬恢之, 340?~420?)가 중수하고 '新亭'으로 개칭했다고 한다. 동진 시기 명사 주의(周顗)·왕도(王導) 등이 유연(遊宴)하던 장소로 유명하다. 『세설신어』「언어(言語)」에, 이들이 여기에 모여 연음(宴飮)을 하다가, 주의가 풍경은 "다르지 않은데 산하가 달라졌구나"라고 탄식하자 모두 눈물을 흘렸는데, 왕도만이 안색을 고치고 "함께 힘을 모아 중원을 회복하자"라고 했

의지하여 보루를 세우고, 동서로 험준한 지형에 근거하여 방어했다. (…중략…) 임금은 신정에 이르러 즉위하여, 유원경을 시중侍中에 임명하고 좌위장군左衛將軍을 겸임토록 했다. 곧 사지절使持節[2]로 옹주雍州·양주梁州·남진주南秦州·북진주北秦州 등 4주와 형주荊州의 경릉竟陵·수군隨郡 등 2군의 제군사도독諸軍事都督, 전장군前將軍·영만교위寧蠻校尉와 옹주雍州 자사가 되었다."

아마 이때 칙령을 받아 지었을 것이다.

[전중련] 『송서』「효무제본기孝武帝本紀」에 의하면, 유원경이 옹주 자사가 된 것은 원가元嘉 30년453 5월 무자戊子이다. 황절은 아마 이 시를 이해 5월 작으로 본 것 같다. 포조의 이 시에는 '짙은 서리繁霜'라는 말이 있으니 마땅히 가을 이후에 지은 것이지 5월은 아닐 것이다.[3]

다는 일화가 실려 있다. 이 일화는 '나라를 걱정하고 시대를 마음 아파하는 비분에 찬 심정'을 뜻하는 '신정대읍(新亭對泣)'이라는 성어의 전고가 되었다.

2) 위진남북조시대 황제를 대신하여 직접 지방의 군정 권력을 행사한 관직이다. 권력이 버금가는 것으로는 지절(持節)과 가절(假節)이 있다. '절(節)'은 고대의 신표로 용도에 따라 종류가 다양하다.

3) 정복림은 효무제 효건 3년(456)에 지은 것으로 보았다. 그 이유는 다음과 같다. 첫째, 복주산은 수도 건강 근교여서 효무제가 원가 30년뿐만 아니라 언제든지 찾아갈 수 있는 곳이다. 둘째, 유원경은 옹주자사에 제수되기는 했지만 실제로 부임하지는 않았으며, 효무제 재위 기간 줄곧 서울에서 보필했으므로, 효무제를 시종하고 복주산을 찾을 가능성이 언제나 있었다. 셋째, 효무제는 연회에서 신하들에게 시를 짓게 하는 경우가 많았으며, 무신(武臣)들은 흔히 문신들에게 대필하도록 했는데, 대필하는 문신들은 일반적으로 효무제의 신임이 두터운 신하였다. 이런 점에 모두 부합하는 것은 포조가 태학박사가 되어 중서사인을 겸직하면서 수도 건강에 머물던 효건 3년이다(『교주』, 719~721쪽). 복주산은 지금의 현무호 남안에 있는 구화산(九華山) 풍경구이다.

효무제에게 「복주산을 유람하며游覆舟山」라는 시가 있다. "성년15세 된 후 기쁜 일 퍼져나가고, 약관에는 유랑도 제법 하였다. 본마음을 끝내 쏟지 못하였는데, 마침내 산과 골에 찾아왔구나. 높은 산봉이 하늘 높이 뻗어 올랐고, 넓은 물가는 땅끝까지 면면도 하다. 기슭마다 신선 동산 늘어서 있고, 토단土壇마다 신선 누각 세워져 있다. 솔숲 속 돌길은 푸른빛을 머금었고, 연꽃 핀 수원에는 붉은빛이 찬란하다. 물속에는 물고기가 헤엄을 치고, 돌 마당엔 학의 울음 울려 퍼진다束髮始怡衍, 弱冠頗流薄. 素想終勿傾, 聿來果丘壑. 層峯亘天維, 曠渚綿地絡. 逢皐列神苑, 遭壇樹仙閣. 松磴含青暉, 荷源煜彤爍. 川界泳游鱗, 巖庭響鳴鶴."

이때 효무제의 나이는 막 24세가 되었다.

【주석】

1 **[전진륜]** 『한서』 「고제기(高帝紀) · 하」 : "[11년 5월] 조칙을 내렸다. '[월인(粤人)의 습속은 서로 다투기를 좋아한다.] 이전 진(秦)나라 때에 "중현(中縣)"의 백성들을 남방의 삼군(三郡)으로 이주시켜서, 백월(百粤)과 섞여 살게 했다.'" 여순 주 : "'중현의 백성'은 중원 지역 현의 백성이다. [진시황은 영남 지역을 약취하고 계림군[桂林] · 상군(象郡) · 남해군[南海]을 만들었다. 그래서 삼군(三郡)이라고 했다]."[4]

2 **[전진륜]** 『설문해자』 : "'軒(헌)'은 휘어진 끌채에 휘장을 친 수레이다."

---

4) '上郊(상교)'는 수도의 교외이고, '中縣(중현)'은 중앙의 고을 즉 수도권 지역을 말한다.

악부 「자야사시가(子夜四時歌)·여름 노래[夏歌]」 제16수 : "아리땁고 고운 요대의 여인, '더위 식힐 전각'으로 나와서 노네[窈窕瑤臺女, 冶遊戲'凉殿']."

3 **[전진륜]** 『설문해자』 : "'燄(염)'은 불꽃이다."[5]

4 **[전진륜]** 『설문해자』 : "'枑(호)'는 행마(行馬 : 관부(官府))의 문밖에 설치해 통행을 차단하는 가로막이)이다."

『설문해자』 : "'嵒(암)'은 산에 있는 바위[山巖]이다."

『정자통(正字通)』 : "'嵒'은 '嵓(암)'과 같다."

[황절] 『주례』 「천관총재·장사(掌舍)」 : "[임금이 제후와 회동하는] 궁사(宮舍)를 관장하는데, '梐枑(폐호)'를 이중으로 설치한다." 정현 주 : "'梐枑'는 행마이다."

왕응린(王應麟) 『한제고(漢制考)』 : "행마는 나무로 당랑(螳螂)을 만들어 울타리를 쳐서 차단 진(陣)으로 사용하는 것이다."[6]

5 **[전진륜]** 『광운』 : "천자가 거처하는 곳을 '都(도)'라고 한다."

『상서』 「우공(禹貢)」 : "서울로부터 사방 오백 리가 '甸服(전복)'이다."[7]

---

5) 이상 4구는 궁성을 벗어나 복주산의 여름 궁전으로 이동하여 연회에 참석하는 과정을 묘사했다. '流宴(류연)'은 성대하고 끝없이 이어지는 연회이다.

6) 나무로 사마귀 모양으로 만들어 양 끝을 뾰족하게 하여 전차에 장착함으로써, 적의 공격을 방어하는 울타리로 삼는 것을 말한다. 『육도삼략(六韜三略)』 「군용(軍用)」에 "삼군의 방어에는 목당랑(木螳螂)의 검인부서(劍刃扶胥 : 끝을 날카롭게 한 전차의 방패)를 사용하는데, 너비가 2장이고 120개를 쓰는데, 일명 '행마'라고 한다. 평탄한 지형에서 보병이 그것을 이용해 적의 전차와 기병을 격퇴할 수 있다[三軍拒守木螳螂, 劍刃扶胥, 廣二丈, 百二十具, 一名'行馬'. 平易地, 以步兵敗車騎]"라고 했다. '靈群(령군)'은 총명한 무리이고, '物變(물변)'은 산수의 다양한 모습을 가리킨다.

7) 고대에 왕기(王畿)의 외위(外圍)는 5백 리씩 나누어 가까운 데서부터 전복·후복

[전중련] '輝(휘)'는 송본에는 '暉(휘)'로 되어 있다.

6 [전진륜] 『설문해자』: "'醴(례)'는 빚은 지 하루 만에 익은 부드러운 술이다."[8]

(侯服)·수복(綏服)·요복(要服)·황복(荒服)으로 나누었는데, 이것을 오복(五服)이라고 했다. 오복의 명칭은 시대에 따라 다소 달랐다. '服'은 천자를 좇아 모신다[服事]는 뜻이다. '神都(신도)'는 수도이고, '華甸(화전)'은 경기 지역이다.

8) '幽情(유정)'은 마음속 깊은 곳에서 우러나는 정취이다. 이 구는 시선이 멀리까지 미치도록 탁 트여서 유정이 충분히 드러나게 된다는 뜻이다.

侍宴覆舟山(2)

繁霜飛玉闥, 愛景麗皇州.[1] 淸蹕戒馳路, 羽蓋伫宣游.[2]

神居旣崇盛, 岧嶮信環周.[3] 禮俗陶德聲, 昌會濫民謳.

慙無勝化質, 謬從雲雨遊.[4]

복주산의 연회에 시종하여(2)

짙은 서리가 옥문 안에 휘날리니

아련한 광경에 황도는 아름답다.

벽제소리 치도馳道를 맑히어 경계하고

어가는 유람 출발 기다리고 서 있다.

신선의 거처는 이미 매우 높은데

험준한 암벽이 실로 사방 둘렀다.

예속禮俗은 덕성德聲에서 빚어 나오고

성회盛會는 민구民謳에서 흘러넘친다.

부끄럽게도 덕화를 감당할 자질도 없이

외람되게도 은혜로운 연회에 시종하였다.

【주석】

1 **[전진륜]** 『모시』 「소아 · 정월(正月)」 제1장 : "정양(正陽)의 달 음력 사월 '짙은 서리'에[正月'繁霜'], [내 마음은 서글퍼진다.]"

『모시』「제풍·동방지일(東方之日)」 제2장 : "[저 아름다운 여인이,] 우리 '대문 안'에 와 있네[在我'闥'兮]." 「모전」 : "'闥(달)'은 대문의 안[門內]이다."[9)]

2 **[전진륜]** 위굉(衛宏) 『한관구의(漢官舊儀)』 권상 : "황제의 보련(寶輦)이 거동하면 좌우에서 유악(帷幄 : 천자)을 모시는 것을 '警(경)'이라고 하는데, (…중략…) 궁전을 나서면 '벽제[蹕]'를 전하여, 행인의 통행을 금지하여 '길을 깨끗이 정리한다[淸道]'."[10)]

『한서』 「성제기(成帝紀)」 '不敢絶馳道(감히 치도를 횡단하지 못하다)' 주 : "'馳道(치도)'는 천자가 다니는 길이다. 오늘날의 중도(中道)와 같다. (…중략…) '絶(절)'은 가로질러 건너는 것이다."

채옹 「독단(獨斷)」 권하 : "제왕의 모든 탈것[乘輿車]은 다 '새 깃으로 장식한 덮개[羽蓋]'를 씌운다."

『초사』 왕포(王褒) 「구회(九懷)·통로(通路)」 : "여러 별자리를 '두루 유람

---

9) '玉闥(옥달)'은 제왕의 거처 또는 신선의 거처를 가리키고, '愛景(애경)'은 '曖景(애경)'과 같으며 아련한 풍경이다. Chen은 '愛'의 본뜻대로 "사랑스러운 분위기(lovely atmosphere)"라고 풀이했고(331쪽), 정복림은 '曖'의 뜻으로 보되, 『문선』 권58 왕검(王儉)의 「저연 비문(褚淵碑文)」의 '曖有餘暉' 이선 주 "'曖'는 따뜻한 모양[溫貌]이다"를 근거로 '따뜻한 햇볕'이라고 설명했다(725쪽). 출구의 '짙은 서리'를 고려하여 '아련한 광경'으로 번역했다.

10) 이 글은 『한관구의』의 본문인데, 표현은 다소 차이가 있다. 청 손성연(孫星衍) 등이 집록하고, 현대 주천유(周天游)가 표점 교감한 『한관육종(漢官六種)』본에 의하면, '皇帝輦'은 '輦動則'으로 되어 있고, '止行人'은 '止人'으로 되어 있다. 번역은 이를 따랐다. '帷幄'은 유막(帷幕 : 둘러친 장막)인데, 천자의 거처에는 항상 유막을 설치하므로 제왕을 가리키는 말로 쓰인다. 포조 시의 '淸蹕(청필)'은 '淸道(청도)'와 같다. 임금의 행차에 사람의 통행을 금하고 길을 깨끗이 하여 경계하는 것이다.

하고', 북극성을 따라 배회를 한다['宣遊'兮列宿, 順極兮仿偟]."

[황절] '宣(선)'은 『설문해자』에 "천자의 선실(宣室 : 제왕이 거처하는 정실)이다. '宀(면)'의 뜻을 취하고 '亘(선)'[11]의 음을 취했다"라고 했다. 서현(徐鉉) 『설문해자』 '亘(선)' 주 : "'回(회)'의 뜻을 취했다. 바람이 회전하는 것이니 음과 양을 펴는 것이다."

'游(유)'와 '斿(유 : 깃발)'는 고대에 통용했다.

사마상여 「상림부(上林賦)」 : "피헌(皮軒 : 호랑이 가죽으로 꾸민 수레)을 앞세우고, 도거(道車)와 '유거(游車)'가 뒤따른다[前皮軒, 後道游]."[12] 이선 주 : "'游(유)'는 '유거'를 말한다."

『주례』 「춘관종백(春官宗伯) · 사상(司常)」 : "'유거(斿車)'에 정(旌 : 새 깃 장식을 한 기)을 싣는다."

'宣游'는 천자의 '유거(斿車)'를 말한다. 그래서 앞에서 '우개(羽蓋)'라고 한 것이다. 송본에 '遊(유)'로 적은 것은 잘못이다. 전진륜 주에서 『초사』 「구회」를 인용한 것도 잘못이다.[13]

3 **[전진륜]** '神居(신거 : 신선의 거처)'는 「대뢰안에 올라서 누이에게 부친 편지

---

11) '亘'의 본자이다. 단옥재 주에서는 발음을 "'須(수)'와 '緣(연)'의 반절(선)"이라고 했다. '亙' 자의 주에서는 "須와 緣의 반절이다. 고서에서는 '桓(환)'과 같이 읽는다"라고 했다. 지금은 '선회하다, 펼치다'라는 뜻일 때는 독음이 '선(xuān)'이고, '뻗치다, 가로지르다, 잇닿다'라는 뜻일 때는 독음이 '긍(gèn/gèng)'이다.

12) '道車'는 『주례』 「하관사마(夏官司馬) · 도우(道右)」의 '道車' 정현 주에서, "상로(象路 : 즉 象輅(상로), 상아로 장식한 수레)이다. 왕이 도덕을 시행할 때 타는 수레이다"라고 했다. '游車'는 유람을 하거나 전시에 순유(巡遊)할 때 타는 수레이다.

13) 오덕풍은 주석찬에서 '遊'를 '游'로 고친 것이 옳다고 했다(75b쪽). 정복림도 장부본을 근거로 '游'로 고쳤다(『교주』, 725쪽).

[登大雷岸與妹書]」(주석 36)에서 보았다.

『설문해자』: "'巘(험)'은 가파르고 험하여 위험한[阻難] 것이다."

[황절] 장형 「서경부」: "'험준한 암벽이 견고하게 에워싸서', 옷깃과 띠처럼 두르고 있어 수비하기가 쉽다['巖險周固', 衿帶易守]."[14)]

4 **[전진륜]** 응양(應瑒, 177~217) 「오관중랑장(조비(曹丕))을 모시고 건장대에 모여[侍五官中郎將建章臺集]」 시 : "'운우 같은 은택의 모임'을 빌려, 날개 씻고 높은 자리 오르려 한다[欲因'雲雨會', 濯翼陵高梯]."[15)]

'游'와 '遊'는 같은 뜻이니 중운(重韻)으로 보인다.

[전중련] '遊'는 송본에는 '浮(부 : 떠오르다)'로 되어 있다.[16)] 앞의 '游'는 '斿車'를 가리키므로, 이 구의 동사 '遊'는 중운이 아니다.

【평설】

[전중련] 왕개운 : 이 2수는 사조謝朓와 흡사하다. 『상기루설시』 권8

---

14) 이 2구는 복주산의 모습을 묘사했다.

15) 응양의 시 전문은 뒤에 나오는 「부 도조와의 이별에 부쳐[贈傅都曹別]」 주석 6의 역주를 볼 것. '雲雨(운우)'는 구름과 비가 식물에 베푸는 것과 같은 은택을 말한다. 『후한서』 「등즐전(鄧騭傳)」에 "被雲雨之渥澤(운우와 같이 도타운 은택을 입었다)"라고 했다. '雲雨遊'는 천자가 베푼 유연(遊宴)이다.

16) 『전송시』도 같다.

從拜陵登京峴

孟冬十月交, 殺盛陰欲終.[1] 風烈無勁草, 寒甚有凋松.[2]

軍井冰晝結, 士馬氈夜重.[3] 晨登峴山首, 霜雪凝未通.

息鞍循隴上, 支劍望雲峯. 表裏觀地險, 昇降究天容.[4]

東嶽覆如礪, 瀛海安足窮.[5] 傷哉良永矣, 馳光不再中.[6]

衰賤謝遠願, 疲老還舊邦. 深德竟何報, 徒令田陌空.[7]

배릉에 시종하여 경현산에 올라서

겨울이 시작되는 음력 시월 초

음기 성해 찬 기운이 극에 달한다.

바람이 매서워서 견딜 풀 없고

한기가 극심하니 솔도 잎 진다.

군영 우물 얼음은 낮에도 얼고

병사와 말 모전毛氈은 밤에 두껍다.

새벽같이 경현 마루 오르려 하니

서리와 눈 엉겨 붙어 길이 막혔다.

말 멈추고 구릉 따라 올라가면서

검을 짚고 구름 낀 봉 바라다본다.

안팎으로 험한 지세 살피어보고

아래위로 하늘 모습 헤아려본다.

태산이야 숫돌처럼 될 수 있다 하여도

큰 바다가 어떻게 마를 수가 있으랴.
아프구나, 슬픔 실로 끝이 없으니
질주하는 세월은 다시 오지 않는다.
쇠하고 천하여 먼 소원을 단념하고
지치고 늙어서 고향으로 돌아왔다.
깊은 은덕 무엇으로 갚을 것인지?
부질없이 전답만 비워두었다.

【해제】

[전진륜]『송서』「예지禮志 · 2」: "[한대의 의식儀式은 오공五供이 끝나면 상릉上陵을 하는데,[17] 해마다 그렇게 하는 것을 상례로 했다. 위魏 때에는 정해진 예가 없었다. 제왕齊王[18]은 재위 9년에 비로소 고평릉高平陵을 한 번 배알했는데, 이때 조상曹爽이 주살되었다.[19] 그 뒤에 마침내 이를 폐지하고 위나라 왕조가 끝났다.] 진晉 선

17) '五供'은 남교(南郊) · 북교(北郊) · 명당(明堂) · 고조묘(高祖廟) · 세조묘(世祖廟)에서 제사를 지내는 것을 말한다. '上陵'은 능묘에 올라가 묘 옆 침전(寢殿)에서 제를 지내는 것이다.

18) 폐제 조방(曹芳, 232~274 · 240~254 재위)으로, 254년 사마사(司馬師)에게 폐위되어 제왕으로 강등되었고, 진(晉) 건국 후에는 소릉현공(邵陵縣公)으로 개봉되었다.

19) 정시(正始) 10년(249) 정월 조방은, 대장군 조상(조조의 양자 조진(曹眞)의 아들) 등과 함께 명제의 능인 고평릉을 배알했는데, 이때 사마의(司馬懿)가 정변을 일으켰고, 얼마 후 조상은 모반죄로 족주(族誅)되었다. 이를 '고평릉사변'이라고 한다.

제宣帝 : 사마의(司馬懿)의 유조遺詔는, 자제와 관료들이 모두 능묘를 참배하지 못하도록 했다. [그래서 경제景帝 : 사마사(司馬師)와 문제文帝 : 사마소(司馬昭)는 그 뜻을 따랐다. 무제武帝 : 사마염(司馬炎)에 이르러 오히려 숭양릉崇陽陵 : 사마소의 능을 두 번 참배하고 준평릉峻平陵 : 사마사의 능을 한 번 참배했으나, 고원릉高原陵 : 사마의의 능은 끝내 감히 참배하지 못했다. 혜제惠帝 : 사마충(司馬衷)에 이르러서는 다시 중지했다.] 동진東晉 초기에, 원제元帝 : 사마예(司馬睿), 317~323 재위가 붕어한 후, 여러 제후가 비로소 '알릉謁陵 : 능묘를 참배하여 제사를 지내는 것'과 '사릉辭陵 : 능묘를 하직하는 예를 올리는 것'[20]을 하는 일이 있게 되었다. 이것은 대체로 친족과 돈독한 벗으로서 정의情誼를 좇아 거행한 것이지, 낙양洛陽 : 서진(西晉)의 구제舊制를 회복한 것은 아닐 것이다. [성제成帝 : 사마연(司馬衍) 때에는 중궁中宮 : 황후도 역시 해마다 능묘를 참배했는데, 논자들이 예가 아니라고 해서 마침내 그만두고, 그것을 영구적인 제도로 삼았다. 목제穆帝 : 사마빙(司馬聃) 때에 이르러 모후인 저태후褚太后가 섭정을 하면서 또 능묘를 참배했는데, 황제가 어렸기 때문이었다. 효무제孝武帝 : 사마요(司馬曜)가 붕어하자 아우인 표기장군驃騎將軍 사마도자司馬道子가

20) '謁陵辭陵'은 『진서(晉書)』 「예지 · 중」에는 '謁陵辭告'로 되어 있다. 뒤에 나오는 문장 '斷 (…중략…) "謁陵"而 "辭"如故("알릉"하던 것을 중단시켰으나, "사고"는 옛날대로 두었다)'를 보면, 『진서(晉書)』의 기록이 옳은 것 같다. '사릉'은 '알릉'을 하고 능소(陵所)에 머물다가 내려올 때 지내는 제사여서, '알릉'은 중단시키고 '사릉'은 예대로 두었다는 것은 정리상 맞지 않기 때문이다. 다만 '辭告(사고)'가 구체적으로 어떻게 하는 것인지는 명확하지 않은데, 제왕이 직접 가는 대신 제문을 지어 보내서 침전에 고하는 것이 아닌가 여겨진다. 『국어(國語)』 「노어(魯語) · 상」의 "齊孝公來伐魯, 臧文仲欲以'辭告', 病焉(제 효공이 노나라를 침공하자 대부 장문중이 '말로 사죄를 고하려' 했는데, 병이 났다)"에 나오는 '말로 사죄의 뜻을 고하는' 것이라는 '辭告'의 예를 참고했다.

명령을 내렸다. '지금 비록 권제權制 : 임시 제도로 복상은 벗었으나, 삭망과 여러 명절에는 물론 능소陵所에서 정회情懷를 펼 수 있는데, 1주년에 한한다.' (…중략…)] 안제安帝 원흥元興 원년402에 이르러 상서좌복야 환겸桓謙이 상주했다. '[여러 관료가 능묘를 배알하는 것은 중흥 왕조인 동진에서 시작된 것이지, 진나라의 옛 제도가 아닙니다. 오랜 습속이 상규가 되어, 마침내 관행의 법이 된 것입니다.] 무제사마염의 조칙에 의하면, 임금과 제후들에게 "배릉拜陵"하지 못하도록 했으니, 어찌 여러 벼슬아치뿐이겠습니까? 마땅히 받들어 준수해야 할 것입니다.' [그래서 시행했다.] 안제 의희義熙, 405~418 초에 이르러 다시 동진의 옛 제도를 회복했다. 송 명제明帝, 465~472 재위는 또 군신群臣이 처음 관직에 임명되었을 때 '알릉謁陵'하던 것을 중단시켰으나, '사고辭告'는 옛날대로 두었다. [원가元嘉, 424~453 이래로 매년 정월에 황제는 반드시 초녕릉初寧陵 : 무제의 능을 배알하여, 한漢의 제도를 복원했다. 세조 효무제孝武帝와 태종 명제明帝는 매년 초녕릉과 장녕릉長寧陵 : 문제의 능을 배알했다.]"

『송서』「무제기武帝紀」: "욱손旭孫이 혼混 : 유송 무제 유유(劉裕)의 증조부을 낳았는데, 처음으로 양자강을 건너와 진릉군晉陵郡 단도현丹徒縣의 경구리京口里 : 지금의 진강시(鎭江市) 경구구에 거주했다."

『당유함唐類函』: "「경구기京口記」에 있다. '성에서 9리 떨어진 곳에 "백석현白石峴"이 있는데, 산의 동편이 모두 흰 바위이다.'"

[황절] 『원화군현지元和郡縣志』: "'영녕릉永寧陵'은 단도현 남동 35리에 있는데, 송 무제의 아버지 교翹를 추존하여 '효황제릉孝皇帝陵'이라고 했다."[21]

21) 저본의 '永寧陵'은 '興寧陵(흥녕령)'의 잘못이다. 유송 무제 유유(劉裕)의 부친

『송서』「후비열전后妃列傳 : "효목조황후孝穆趙皇后는 (…중략…) 고조무제유유를 낳고 [그날 황후는 산후 질병으로] 단도의 관사에서 돌아가셨는데, [그때 나이 21세였다. 진릉군 단도]현 동쪽 마을인 연벽리練壁里 : 지금의 진강시 경구구 간벽진(諫壁鎭)의 우산雩山에 장사지냈다. 송 초에 추존하여 시호를 내리고 능묘를 '흥녕興寧'이라고 명명했다. (…중략…) 효의소황후孝懿蕭皇后는 (…중략…) '흥녕릉'과 합장했다. (…중략…) 무제의 호첩여胡婕妤는 (…중략…) 문제文帝를 낳았다. 단도에 장사지냈다. [(…중략…) 태조 문제가 즉위하자, 유사가 상주했다. '(…중략…) 삼가 시호를 장황태후章皇太后로] 능묘를 희녕熙寧으로 [지어 올립니다.]'"

이상의 모든 능묘는 모두 단도에 있는데, 당시 '배릉拜陵' 의례로 「문제기文帝紀」에 보이는 것은 원가 4년427 2월 단도에 행행行幸하여 황릉皇陵을 배알한 것이다.[22] 그렇다면 이 거동은 '알릉謁陵'의 거동을 회복한 것이다. 이 시에서 '배릉을 시종하여 경현산에 오른' 것은 맹동 10월의 일이니, 아마도 원가 17년440 9월 26일에 문제원황후文帝元皇后를 장녕릉長寧陵에 장사지낼 때, 지은 것으로 여겨진다. 장녕릉은 안연지顏延之

유교(劉翹)의 능묘는 '흥녕릉'이다. 바로 다음의 인용인 『송서』「후비열전」에 "송 초에 추존하여 시호를 내리고 능묘를 흥녕(興寧)이라고 명명했다"라고 했다. '永寧陵'은 진(陳) 문제(文帝) 진천(陳蒨)의 능묘이다. 『진서(陳書)』「문제본기(文帝本紀)」에 "영녕릉에 장사를 지냈다"라고 했다. 또 '孝皇帝陵'은 '孝穆皇帝陵(효목황제릉)'이 되어야 할 것 같다. 『송서』「무제기·3」에 의하면 유유(劉裕)는 420년 6월 14일에 유송 황제로 즉위한 후, 조칙을 내려 "부친을 '효목황제(孝穆皇帝)'로, 모친을 '효목황후(孝穆皇后)'로 추존했다"라고 했다.

22) 「문제기」에 "(元嘉)四年 (…중략…) 二月, 行幸丹徒, 謁京陵"이라고 기록되어 있다.

의 「송 문제 원황후 애책문宋文皇帝元皇后哀策文」에서 말한, "남쪽으로 도성의 문을 등지고, 북쪽으로 능원을 머리에 인南背國門, 北首山園" 것으로, 역시 단도에 있다. 「애책문」 서에서 "황제는 조궤祖饋에 친히 임하여 몸소 소재宵載를 보았는데, 여러 신하가 시종했다"[23]라고 했는데, 「애책문」 본문에서 말한, "마부가 말의 속도를 조절하여 천천히 달리고, 복마는 끌채를 뒤돌아본다僕人按節, 服馬顧轅"라고 한 것이, 그것이다. 포조는 장례가 끝난 뒤에 경현산에 올랐기 때문에 "초겨울 시월 초孟冬十月交"라고 한 것이다.

『독사방여기요讀史方輿紀要』: "경현산은 단도현 동쪽 5리에 있으며 일명 단도현丹徒峴이라고 하는데, 전해오는 바에 의하면, 진秦 때에 굴을 뚫어서 왕기王氣를 새게 한 곳이다. 『진강지鎭江志』에 '북쪽은 경산京山이고 또 남서쪽 5리는 현산峴山이다'라고 했다."

[전중련] 황절의 주는, 이 시를 원가 17년 겨울에 지은 것이라고 보았다. 내 견해는 이렇다. 포조는 송 명제明帝 태시泰始 2년466에 죽었고, 우염虞炎의 「포조집서」에서 이때의 나이가 50여 세라고 했으니, 원가 17년까지 거슬러 올라가면 포조의 나이 25~26세가 되는데, 시에서 "지치고 늙어 고향으로 돌아왔다疲老還舊邦"라고 한 것과는 부합하지 않는다. 아마도 세조 효무제孝武帝 효건孝建 연간455~456의 일이 아닌가 여겨진다. 그러면 포조의 나이가 40여 세이고, 이때 바로 중서사인과 말릉

23) '祖饋(조궤)'는 '祖奠'으로 발인 전날 밤에 지내는 제사이고, '宵載'는 이날 밤 영구(靈柩)를 상여에 안치하는 것을 말한다.

령林陵令이 되었으므로, 비교적 부합하는 것 같다. 그러나 배릉의 일은 『송서』와 『남사』의 「세조기世祖紀」에 증거가 없으니, 감히 멋대로 천착하여 말할 수는 없다.[24]

【주석】

1 **[전진륜]** 『모시』 「소아 · 시월지교(十月之交)」 제1장 : "'시월의 초[十月之交]', [초하루 신묘 날에[朔月辛卯]]."[25]

---

24) 정복림은, 황제가 수도를 비우고 선황의 능묘를 배알하는 것은 매우 중대한 일이고, 특히 '고평릉사변' 이후 배릉은 더욱 신중하게 했기 때문에, 문제나 효무제가 배릉을 했다면, 『송서』와 『남사』에 기록하지 않았을 리가 없다고 보았다. 따라서 이 시는 그가 모시던 번왕(藩王)이 경구(京口)에서 능묘를 배알할 때, 시종하며 지어졌을 가능성이 매우 크다고 보았다. 포조가 모시던 주군 중 임천왕 유의경(劉義慶), 형양왕 유의계(劉義季), 임해왕 유자욱(劉子頊)은 모두 경구(京口)에 진수(鎭守)했던 적이 없으므로 가능성이 없다. 시흥왕 유준(劉濬)은 원가 26년(449) 겨울 시월[冬十月] 갑진(甲辰 : 12일)에, 양주(揚州 : 치소는 건강) 자사에서 남서주(南徐州 : 치소는 경구)와 남연주(南兗州) 2주의 자사로 옮겨, 원가 말년(453)까지 경구를 다스렸으며, 포조는 원가 24년(447) 시흥왕 막료로 들어가, 28년(451) 봄에 임기를 마치고 스스로 해직을 청했으므로(「시랑의 임기 만료를 보고하고 궁문을 떠나며 올리는 소[侍郎報滿辭閤疏]」의 해제 참조), 원가 26년 시흥왕을 따라 경구로 간 것은 틀림없다고 보았다. 원가 26년(449) 10월 시흥왕이 임지인 경구에 도착하여 경현산의 능묘를 배알했을 가능성이 매우 크며, 이 시는 이때 지은 것이라고 보았다(『교주』, 471~473쪽).

25) '交(교)'는 「시월지교」 모전에서 "日月之交會(해와 달이 서로 교차하면서 만나는 것)"이라고 했는데, 달이 공전하다가 태양과 지구 사이에 이르러 어두운 반구가 지구를 향하는 시기이다. 바로 '朔(삭)'이라고 부르는 음력 초하루를 말한다. '十月(시월)'은 정현의 전에서 "주력(周曆)으로 시월은 하력(夏曆)으로는 팔월"이라고 했다. '殺(살)'은 '殺氣(살기)'로 한기(寒氣)이고 음기(陰氣)이며, 조락(凋落)의 기운이다. 『예기』 「월령」에 "중추의 달에 '살기'가 점차 성해지고 양기는 나날이 쇠퇴한다['殺氣'浸盛, 陽氣日衰]"라고 했다. '終(종)'은 종극(終極)이

2 **[전진룬]** 『후한서』「왕패전(王霸傳)」: "[왕패는 영천군[潁川] 영양현[潁陽 : 지금의 하남성 허창(許昌) 남서부] 사람이다. (…중략…) 광무제(光武帝)가 대사마(大司馬)가 되었을 때, 왕패를 공조영사(功曹令史)에 임명하자 시종하여 하북(河北)으로 건너갔다. 빈객으로 왕패를 따르던 자가 수십 명이었는데, 차츰차츰 떠나갔다.] 광무제가 왕패에게 말했다. '영천(潁川)에서 나를 따라오던 이들이 다 떠나고, 그대만이 남아 애를 쓰는구나. "거센 바람이 불어야 굳센 풀을 알 수 있다[疾風知勁草]"더니.'"

3 **[전진룬]** 『주례』「하관사마(夏官司馬) · 설호씨(挈壺氏)」: "설호씨는 '단지[壺]'를 매달아 '군영의 우물[軍井]'을 알리는 일을 담당한다." 정현 주: "[정중(鄭衆)은 말했다.] '단지를 매달아 군영의 우물을 알린다'라는 것은 군사들을 위해 우물을 파고, 우물이 완성되면 그 위에 단지를 매달아, 군영의 병사들이 그것을 보고 그 아래에 우물이 있음을 알도록 한다는 것을 말한다."

『삼국지』「위서 · 등애전(鄧艾傳)」: "[겨울 시월에] 등애는 음평도(陰平道 : 치소는 지금의 감숙성 문현(文縣) 서쪽 백룡강(白龍江) 북안)에서 무인지경 7백여 리를 가는데, 산을 뚫어 길을 내고 잔도(棧道)를 만들었다. [산은 높고

다. '陰欲終(음욕종)'은 음기가 종극에 이르려 한다는 뜻이다. 포조 시에서 '十月'은 음력 시월인데, 시월의 월괘(月卦)는 곤괘(坤卦, ䷁)로 음이 종극에 이른 것을 보여주는 괘상(卦象)이다. 그러나 시월은 양기가 잠복하고 있다는 의미에서 별칭이 '양월(陽月)'이다. 동짓달에는 양월에 잠복하던 양기가 나타나므로 월괘가 복괘(復卦, ䷗)가 된다. 이 두 구는 배릉(拜陵)의 시기를 말했는데, 겨울이 시작되는 음력 시월 초가 되자 한기가 성해지고 음의 기운은 종극에 이르려 한다는 뜻이다. Chen은 제2구를 "공기는 음의 기운이 충만해져 차갑다(The air is stern with the passive nature reaching fullness)"라고 번역했다(331쪽).

골은 깊어 매우 험난했다. 게다가 운반해온 군량도 거의 다 떨어져 위태로운 상황에 처했다.] 등애는 '모전[氈]'으로 자기의 몸을 싸매고 몸을 굴려 내려갔다. 장병들은 모두 나무를 부여잡고 절벽을 따라 물고기 꿰미처럼 한 명씩 전진했다."

4 **[전진륜]** 『주역』 「감괘(坎卦) · 단사」: ""땅이 험한 것[地險]'은 산천(山川)과 구릉(丘陵)을 말한다."

[전중련] '表裏(표리)'는 「'소년 협객들의 노래'를 본떠[代結客少年場行]」(주석 5)에서 보았다.

5 **[전진륜]** 『사기』 「고조가 공신을 후작으로 봉한 자의 연표[高祖功臣侯者年表] · 서(序)」: "작위를 봉하는 맹서(盟誓)에서 말했다. '황하가 허리띠만큼 작아지고 "태산이 숫돌만큼 작아질 때까지"[使河如帶, "泰山如礪"], [나라가 영원히 안녕하고 먼 후예에까지 미치도록 하라.]'"

『사기』 「맹자전(孟子傳)」: "추연(騶衍)은 (…중략…) 중국의 바깥에 적현신주(赤縣神州)와 같은 것이 아홉 개가 있으니 소위 구주(九州)이며 거기에 작은 바다[裨海]가 그것을 싸고 있[어서 사람들과 새 · 짐승들이 서로 교통할 수 없]으며, 이와 같은 것이 아홉 개인데 '큰 바다[大瀛海]'가 그 바깥을 싸고 있[어서 천지(天地)의 끝이 된]다고 생각했다."

6 **[전진륜]** 『사기』 「봉선서(封禪書)」: "신원평(新垣平)이 말했다. '저는 태양이 "다시 남중하기[再中]"를 기다리고 있습니다.' 잠시 지나자 태양이 되돌아와서 다시 남중했다."[26]

---

26) 이 2구는 무한히 순환하는 자연을 대하고 일어나는 무상감(無常感)을 표현했다.

7 **[전진륜]** '陌(맥 : 전답 사이 동서로 난 길)'은 「남새밭 아욱[園葵賦]」(주석 7)에서 보았다.[27]

[황절] 『후한서』 「진번전(陳蕃傳)」 : "진번이 환제(桓帝)에게 간했다. '(…중략…) 지금의 세상에는 세 가지가 비는 재액[三空之厄]이 있으니, "전야가 비고" 조정이 비고 창고가 비었습니다["田野空", 朝廷空, 倉庫空].'"

본전에 의하면 포조는 말릉령으로 옮기고, 문제가 그를 중서사인(中書舍人)으로 삼았다. 따라서 마지막 구절에서 "깊은 은덕 끝내 무엇으로 보답하리? 부질없이 전답만 비웠을 뿐이다[深德竟何報, 徒令田陌空]"라고 한 것은 말릉을 다스리면서 이렇다 할 치적이 없었음을 말한 것이다.

[전중련] 『송서』 본전에는 포조가 말릉령이 되었다고 하지 않았으며, 중서사인이 된 것도 세조(효무제) 때이다. 황절 보주는 단지 『남사』 본전에만 의거했다. 우염의 「포조집서」에 의하면 "효무제 초에 해우령(海虞令)을 제수받고, 태학박사로 옮겨 중서사인을 겸임하다가, 외직으로 나가 말릉령이 되었다"라고 하여, 문제 때라고 하지 않았다. 우염은 생존 시기가 포조로부터 멀지 않으므로 그의 말은 응당 믿을 만한 것이다.

---

27) '田陌(전맥)'은 '田野(전야)'와 같다.

蒜山被始興王命作

暮冬霜朔嚴, 地閉泉不流.[1] 玄武藏木陰, 丹鳥還養羞.[2]

勞農澤旣周, 役車時亦休.[3] 高薄符好蒨, 藻駕及時遊.[4]

鹿苑豈淹睇, 兎園不足留.[5] 升嶠望日軌, 臨迥望滄洲.[6]

雲生玉堂裏, 風靡銀臺陬.[7] 陂石類星懸, 嶼木似煙浮.[8]

形勝信天府, 珍寶麗皇州.[9] 白日廻淸景, 芳醴洽歡柔.[10]

參差出寒吹, 飂戾江上謳.[11] 王德愛文雅, 飛翰灑鳴球.[12]

美哉物會昌, 衣道服光猷.[13]

산산에서 시흥왕의 명으로 짓다

선달이라 서리 삭풍 매우 차갑고
땅은 닫혀 샘물도 아니 흐른다.
현무는 나무 그늘에 숨어버렸고
단조도 먹이를 저장해둔다.
농민 위로 은택은 두루 미쳤고
짐수레도 이때에는 휴식 취한다.
교목 숲은 참으로 아름다운데
왕의 수레 때맞춰서 유람 떠난다.
녹원이 어찌 오래 볼 만하리오
토원도 머물기엔 충분치 않다.
산정 올라 하늘을 올려다보고

먼 곳으로 물가를 내려다본다.
구름은 옥당玉堂에서 피어오르고
바람은 은대銀臺에서 일어 솟는다.
산비탈의 바위는 별들이 매달린 듯
섬 안의 나무는 안개 속에 떠 있는 듯.
형세가 빼어나니 실로 하늘 곳간이요
진귀한 보배로서 황성을 빛낸다.
밝은 해는 맑은 빛을 되돌려 놓고
맛있는 술 즐거움을 흡족히 한다.
차가운 퉁소 소리 들쭉날쭉 들려오고
강가의 노래는 또랑또랑 전해온다.
왕의 덕행 문아文雅를 좋아하시어
일필휘지 옥구슬을 뿌려내신다.
아름답다, 온갖 사물 번창하나니
도를 지켜 밝은 길을 따랐음이라.

【해제】

[전진륜] 안연지 「어가가 경구에 행차할 때 산산 유람에 시종하여 짓다車駕幸京口侍遊蒜山作」 이선 주 : "산산蒜山은 윤주潤州 : 치소는 지금의 강소성 진강시의 서쪽 2리에 있다. 유정劉楨의 「경구기京口記」에 있다. '산산은 봉우

리가 없으며 고개의 북쪽은 양자강을 임하고 있다蒜山無峰, 嶺北臨江.'"[28]

[황절] 『송서』 「시흥왕준전始興王濬傳」: "자는 휴명休明이다. 원가 13년 436 8세에 시흥왕에 봉해졌다. 어려서 문적文籍을 좋아하고 자질이 단정하고 고왔다. 경구 자사로 부임할 때 [양주치소는 건강 즉 지금의 남경의] 문무 관원 2천여 인이 스스로 따라갔다. 경구의 속지屬地에서 유유자적하며 매우 만족해했다."

포조의 이 시는 틀림없이 시흥왕 유준이 경구로 부임했을 때 명을 받아 지은 것이다.[29]

[전중련] 『원화군현지』 「강남도江南道 · 윤주 · 단도현」: "산산은 단도현 서쪽에 있으며 양자강에 임한 쪽은 절벽이다. 동진 안제安帝 때에 해적 손은孫恩이 무리를 이끌고 산에 올라갔는데, 송 무제[30]가 그를 격파한 곳이 바로 이곳이다. [산에 달래澤蒜가 많이 나서 이 이름을 얻었다.]"

『태평환우기太平寰宇記』에서는 '마산산馬蒜山'이라고 했다.

조민曹旼 『윤주유집潤州類集』: "'蒜山'은 양자강 가에 있는데, 사람들

28) 『문선』 권22 '유람(遊覽)' 조 이선 주는, 유정의 『경구기』를 먼저 인용하고, 이어서 "문집에 이르기를, '원가 26년(449)이다. "산산은 윤주 서쪽 2리에 있고", 경구는 윤주에 있다'라고 했다"라는 주를 달았다. 원 유희로(俞希魯)의 『지순진강지(至順鎮江志)』 권7에는 "'蒜山'은 지금의 서진 나루[西津渡口 : 지금의 서진도역사문화가구(西津渡歷史文化街區)]의 물 가운데에 있는 고봉(孤峰)이 그것이다"라고 했다. 경구는 지금의 강소성 진강시이다.

29) 유준은 원가 26년(449) 시월에 경구로 부임했다. 전중련은 이해에 지은 것이라고 했고, 정복림도 「배릉에 시종하여 경현산에 올라서」와 같은 시기인 원가 26년 늦겨울 작품으로 보았다(『교주』, 741~742쪽).

30) 유유(劉裕)는 당시 동진(東晉)의 북부군(北府軍) 장령 관군장군(冠軍將軍) 손무종(孫無終)의 사마(司馬)였다.

은 산에 달래澤蒜가 많아서 이렇게 부른다고 한다."

『독사방여기요』「남직南直 · 진강부鎭江府 · 단도현」: "산산은 진강부鎭江府 서쪽 3리의 양자강 가에 있는데, 산에 달래가 많아서 이렇게 이름 붙였다. 어떤 사람은 오의 주유周瑜와 촉의 제갈량諸葛亮이 여기에서 조조曹操에 항거할 계획을 도모했기 때문에, '算山산산'이라고 한다고도 했다."

【주석】

1 **[전진륜]** 완적「영회시」제16수 : "'삭풍은 엄동설한 매우 사납고', 음기 서려 엷은 서리 두루 내린다['朔風厲嚴寒', 陰氣下微霜]."

『예기』「월령 · 맹동지월(孟冬之月)」: "[하늘의 기운은 위로 날아가고, 땅의 기운은 아래로 내려가서,] 하늘과 땅의 기운이 서로 통하지 않고, '막히어 겨울이 된다[閉塞而成冬]'."

2 **[전진륜]** 장형「사현부(思玄賦)」: "북방의 신 '현무'는 껍데기 속으로 웅크리는구나['玄武'縮于殼中兮]." 이선 주 : "거북과 뱀이 교접하여 태어난 것을 '현무'라고 한다."

『좌전』「소공(昭公) · 17년」: "'단조씨(丹鳥氏)'는 '입추(立秋)와 입동(立冬)을 관장하는[司閉]' 관직이다."[31)]

31) 두예(杜預) 주에 "'단조'는 별치(鷩雉 : 꿩보다 작고 배가 붉은 금계(錦鷄))로 입추에 와서 입동에 떠나 큰물에 들어가 대합조개[蜃]가 된다. 이상의 사조(四鳥 : 玄鳥氏 · 白鳥氏 · 青鳥氏 · 丹鳥氏)는 다 역정(曆正 : 천문 역법을 주관하는 관리)의 속관(屬官)이다"라고 했고, 공영달 소에 "입추와 입동을 '폐(閉)'라고 한다. 이 새는 가을에 와서 겨울에 가기 때문에, 관직의 이름으로 삼아, 입추와 입동을 주관하게 한다"라고 했다.

『예기』「월령·중추지월(仲秋之月)」: "온갖 새들이 '먹이를 저장하여' 겨울에 대비한다[群鳥'養羞']."

[황절] 『대대예기(大戴禮記)』「하소정(夏小正)·팔월(八月)」: "'붉은 새[丹鳥]'가 ['흰 새[白鳥]'를] 먹이로 저장한다[羞]." 전(傳): "'羞(수)'라고 하는 것은 먹이를 드리되[進] 다 먹지는 않는 것이다."[32)]

[전중련] '烏(조)'는 송본에는 '烏(오)'로 되어 있다.[33)]

3 **[전진륜]** 『예기』「월령·맹동지월(孟冬之月)」: "'농민들을 위로하여[勞農]' 그들을 휴식하게 한다."

『모시』「당풍(唐風)·실솔(蟋蟀)」 제3장: "귀뚜라미 대청으로 올라오니, '짐수레도 휴식을 한다'[蟋蟀在堂, '役車其休']."

4 **[전진륜]** 『초사』「구장·섭강(涉江)」 '露申辛夷, 死林薄兮(신초(申椒)와 신이가 초목 우거진 숲에서 말라 죽는구나)' 왕일 주: "초목이 어우러진 것을 '薄

---

32) 『예기』「월령·중추지월」의 '群鳥養羞(뭇 새들이 먹이를 저장한다)' 정현 주에 "'羞'는 먹을 것[所食]을 말한다"라고 하고, 「하소정」의 본문과 '설(說)'을 인용했다. 다만 '八月(팔월)'이 '九月(구월)'로 되어 있는데, 공영달은 소에서 정현이 본 판본이 다르기 때문이라고 했다. 공영달 소에서는 또 "단조(丹鳥)는 백조(白鳥)를 진수(珍羞)로 여기기 때문에 '丹鳥羞白鳥'라고 했다"라고 했다. 인용문 다음 문장 즉 정현이 말한 '설'은 "丹鳥者, 謂丹良也. 白鳥, 謂蚊蚋也. 其謂之鳥, 何也? 重其養者也. 有翼者爲鳥. 羞也者, 進也, 不盡食也('붉은 새'는 '단량'이고, '흰 새'는 모기이다. 그것을 새라고 하는 것은 그 양생의 방식을 중시해서인데, 날개가 있는 것이 새이다. 수(羞)는 음식을 바치면 그것을 다 먹지 않고 남겨 두는 것이다)"라고 되어 있다. '단량(丹良)'은 황간(皇侃)은 반딧불이[螢]라고 했는데, 손이양(孫詒讓)의 『대대예기교보(大戴禮記斠補)』에서는 사마귀[螳螂]라고 했다.

33) 오덕풍은 '烏'는 '鳥'의 필획이 훼손되어 생긴 오자로 보고, 그 근거로 『좌전』과 『대대예기』의 기록을 제시했다(76b쪽). 정복림은 장부본을 따라 '鳥'로 고쳤다(『교주』, 742쪽).

(박 : 숲)'이라고 한다."

'蒨(천 : 선명하다, 우거지다)'은 「연꽃[芙蓉賦]」(주석 10)에서 보았다.

[황절] 사영운 「산속 생활 부[山居賦]」 : "[백 길의 절벽엔 나는 샘물[飛泉] 쏟아지고,] 천 개의 산록에는 '높은 숲'이 빽빽하다[森'高薄'于千麓]."

『설문해자』 : "'符(부)'는 신표[信]이다."

좌사 「오도부」 : "[기이한 꽃 무성하게 피어], 여름에도 빛나고 '겨울에도 우거졌다'[夏曄'冬蒨']." 유규(劉逵) 주 : "남방 지역의 초목은 겨우내 살아있기 때문에 '우거져 있다[蒨]'라고 했다."[34)]

육기 「문부(文賦)」 '先士之盛藻(전대 문사들의 빼어난 문장)' 이선 주 : "『상서』 공안국(孔安國) '전'에 '"藻(조)"는 수초 중에 무늬가 있는 것을 말한다'라고 했다. 따라서 문장에 빗댄 것이다."

[전중련] 송본에는 '符(부)'자 아래 주에서 "'浮(부)'로 된 판본도 있다"라고 했고, '蒨(천)'자 아래 주에서 "'淸(청)'으로 된 판본도 있다"라고 했다.[35)]

---

34) 저본의 '南土草木通曰冬生'은 호극가(胡克家)의 『문선고이(文選考異)』에서는 '南土草木通冬日生'의 잘못으로 보았고, 고보영(高步瀛)의 『문선이주의소(文選李注義疏)』(臺北 : 廣文書局, 1977, 825~826쪽)도 이 견해를 취했는데, 번역은 이를 따랐다.

35) '高薄(고박)'은 교목으로 이루어진 숲이다. '符'는 어우러진다는 뜻이고, '好蒨(호천)'은 무성하게 우거졌다는 뜻이다. 노문초는 '好'를 '妙(묘)'로 교감했다. 이 구를 Chen은 "숲 덤불이 우거진 겨울 풀과 어울릴 때(As forest bushes match with the luxuriant winter grass)"로 번역했다(332쪽). 대구와의 대응관계를 고려하여 '符'를 '틀림없이'로 '好蒨'을 '아름답고 무성하다'라는 뜻으로 풀이했다. 대구의 '藻駕(조가)'는 화려한 무늬가 있는 수레로, 수레에 대한 미칭(美稱)이다. '藻志'·'藻性'(이상 「황하가 맑아짐을 기리는 송[河淸頌]」), '藻思'(「능연루 명(凌煙樓銘)」), '藻質'(「춤추는 학[舞鶴賦]」) 등처럼 포조가 창안한

5 **[전진륜]** 『삼보황도』 : "한 혜제(惠帝)의 안릉(安陵)은 장릉(長陵 : 고조 유방의 능)에서 10리 떨어져 있는데 과수원과 '사슴 동산[鹿苑]'이 있다."

『서경잡기』 권2 : "양효왕(梁孝王)은 궁실(宮室)과 원유(苑囿)를 만들어 즐기기를 좋아하여[好],[36) [요화궁(曜華宮)을 짓고] '토원(兎園)'을 만들었다."

6 **[전진륜]** 『이아』「석산(釋山)」 : "산이 뾰족하고 높은 것을 '嶠(교)'라고 한다."

『설문해자』 : "軏(월)'은 수레 끌채의 끝에서 멍에를 매는 데이다."

'日軏(일월)'은 '日御(일어 : 해를 모는 신. 희화(羲和) : 태양)' '日輪(일륜 : 태양)'의 의미와 같은 것 같다.[37)]

완적 「정충을 위해 쓴, 사마소(司馬昭)에게 진공(晉公)의 작위를 받기를 권유하는 편지[爲鄭沖勸晉王牋]」 : "순임금이 '창주에 나아가[臨滄洲]' 지백(支伯 : 자주(子州)의 자. 지보(支父)라고도 함)에게 양위의 뜻을 알렸고, [요임금이 기산(箕山)에 올라가 허유(許由)에게 왕위를 양보함을 고했으니, 어찌 성대한 일이 아닙니까?]"

표현이다.

36) 사고전서본에는 '好(호)'자 아래에 '營(영 : 짓다, 만들다)'자가 있다. 번역은 이를 따랐다.

37) 오덕풍(吳德風)은 노문초가 '軏'을 '軌(궤)'로 고친 것에 근거하여, '日軏'은 풀이할 수가 없으니 '軌'가 옳다고 했다. 아울러 앞 구의 '望(망)'은 송본, 『군서습보』 및 『전송시』에 모두 '眺(조)'로 되어 있는 점과 아래 구에 '望' 자가 있는 점에 근거하여, '眺'가 옳을 것 같다고 했다(76b쪽). '日軌(일궤)'는 태양이 운행하는 궤도라는 뜻으로 시에서는 하늘을 가리키는 것으로, 대구의 '滄洲(창주)'가 푸른 물가(흔히 은자가 사는 곳을 비유)인 것과 호응한다. Chen은 전자를 '일출(the sunrise)'로 후자를 '아름다운 섬(the fairy island)'으로 번역했다. '臨迥(림형)'은 높고 먼 곳으로 임한다는 뜻으로 멀리 조망할 수 있는 높은 곳으로 다가가는 것을 말한다. Chen은 '벼랑 끝에서(on the brink of the precipice)'로 번역했다.

7 **[전진륜]** 『십주기(十洲記)』: "곤륜산에 유정궐(流精闕)과 '벽옥당(碧玉堂)'이 있는데, 서왕모가 사는 곳이다."

장형 「사현부(思玄賦)」: "서왕모를 '은대'에서 모셔온다[聘王母於'銀臺'兮]."

이선 주: "'銀臺'는 서왕모가 사는 곳이다."

『설문해자』: "'陬(추)'는 산비탈의 구석진 곳[阪隅]이다."

[전중련] 곽박(郭璞) 「유선시(遊仙詩)」 제2수: "구름은 들보와 마룻대 사이에서 피어오르고, 바람은 창과 문 안에서 불어 나온다[雲生梁棟間, 風出窗戶裏]."[38]

8 **[전진륜]** 『설문해자』: "'陂(피)'는 산비탈[阪]이다."

'嶼(서)'는 「떠도는 생각[遊思賦]」(주석 8)에서 보았다.

[황절] 『설문해자』: "'嶼'는 섬[島]이다."

9 **[전진륜]** 『전국책』 「진책(秦策)·1」: "소진(蘇秦)이 [먼저 연횡(連橫)을 주장하며] 진 혜왕(惠王)에게 유세했다. '대왕의 나라는, (…중략…) 비옥한 들판이 사방 천 리이고, 거기서 나는 생산의 축적이 풍요로우며, "지세가 빼어나고 유리합니다[地勢形便]". 이는 이른바 '하늘의 곳간처럼 비옥한 곳[天府]'이며, 천하의 웅대한 나라입니다."

10 **[전중련]** '豔(염: 곱다)'은 송본에는 '醴(례: 맛있는 술)'로 되어 있다.[39]

11 **[전진륜]** '參差(참치)'는 「물시계[觀漏賦]」 주(주석 3)에서 보았다.[40]

---

38) '玉堂'과 '銀臺'는 모두 신선들이 산다는 곳인데, 시에서는 산의 동굴이나 절벽을 가리킨다. 고대 중국인들은 구름이 암벽 속 동굴에서 피어오른다고 여겼다.

39) 오덕풍은 노문초가 '醴'로 교정한 것을 근거로 '醴'가 옳다고 했다(위의 책). Chen은 그대로 보고, "향기로운 꽃들이 즐겁고 우아함과 잘 어울린다(Fragrant flowers harmonize with joy and grace)"라고 풀이했다(333쪽).

40) '參差'를 「물시계」에서는 '퉁소(洞簫: 즉 배소(排簫))'의 뜻으로 말했는데, 그것

유향(劉向) 「구탄(九歎) · 봉분(逢紛)」: "'소용돌이치고' 구부러지며, 물결은 막히어 서로 부딪친다['繚戾'宛轉, 阻相薄兮]."

12 **[전진륜]** 『대대예기』 「보부(保傅)」: "천자가 [자기가 배운 것을 업신여기고, 좌우와 친압(親狎)한 것이 스승의 가르침에 반하며, 원방(遠方)의 제후에게 응답함에] '고상하고 우아한[文雅]' 표현을 쓸 줄 모르고, [여러 신하 및 좌우를 응대함에 금지와 응낙의 올바른 기준을 모르며, 간책(簡策)을 통해 배우고 소싯적에 암송한 것을, 전수하지도 않고 익히지도 않는다면, 이런 모든 부류의 일들은] 소사(少師)의 책임이다."[41)]

13 **[전진륜]** 『하도괄지상』: "[민산(岷山)의 정령(精靈)이, 하늘로 올라가 정수(井宿)가 되었다.] 천제는 이에 '창성한 경사를 모으고[會昌]', 천신은 이에 큰 복을 세웠다."[42)]

[황절] 『석명(釋名)』 「석의복(釋衣服)」: "'衣(의)'는 '의지하는 것[依]'이니,

은 이 악기가 처음 제작되었을 때의 모양이 봉황새 날개처럼 들쭉날쭉한 데서 유래한 명칭이기 때문이다. 시에서는 대구의 '飂戾(료려)'와 호응하는 의성·의태어로 보는 것이 더 낫다. '료려'는 노랫소리가 맑고 높은 모양이고, '참치'는 퉁소 소리가 바람에 따라 끊어졌다 이어졌다 하는 모양이다. '寒吹(한취)'는 추위 속에 들려오는 취주악기 연주 소리이다. '江上謳(강상구)'는 강에서 들려오는 어부들의 뱃노래이다.

41) '飛翰(비한 : 붓을 날리다)'은 신속하게 글을 지음을 말하고, '鳴球(명구)'는 본래 '옥경(玉磬)'인데 울림이 커서 '명구'라고 부른다. 『상서』 「익직(益稷)」에 "'명구'를 두드린다[戛擊'鳴球']"라고 했다. 이 구는 시흥왕이 일필휘지로 주옥 같은 명문을 지음을 표현했다. 출구의 '文雅(문아)'는 시문을 읊조리며 즐기는 풍류를 말한다. 이 4구는 시흥왕에 대한 찬미이다.

42) 『문선』 권4 좌사 「촉도부(蜀都賦)」 이선 주에 인용된 문장이다. 전진륜이 인용한 2구는 『삼국지』 「촉서 · 진복전(秦宓傳)」에 실린 진복의 말에도 인용되어 있다.

[사람이 의지하여 추위와 더위를 가리는 것이다.]"

『회남자』「원도훈」: "이런 까닭에 지인(至人)이 천하를 다스림은, 그 총명한 이목을 가리고 그 아름다운 문채를 없애고, '도에 의지하여[依道]' 지혜를 폐기하고, 백성들과 함께 공정함에서 출발한다."

登廬山

懸裝亂水區, 薄旅次山楹.[1] 千巖盛阻積, 萬壑勢迴縈.[2]
巃嵷高昔貌, 紛亂襲前名.[3] 洞澗窺地脈, 聳樹隱天經.[4]
松磴上迷密, 雲竇下縱橫.[5] 陰冰實夏結, 炎樹信冬榮.[6]
嘈囋晨鵾思, 叫嘯夜猿淸.[7] 深崖伏化迹, 穹岫閟長靈.[8]
乘此樂山性, 重以遠遊情.[9] 方躋羽人途, 永與煙霧幷.[10]

여산에 올라

행장 메고 냇물을 가로질러 건너서
여정을 멈추고 산방에서 묵는다.
천 개의 산봉우리 대단히 험조險阻하고
만 개의 골짜기는 세차게 감아친다.
험준한 봉우리는 옛 모습보다 높고
어지러운 골짜기는 이전 명성 그대로다.
깊은 산골 물속으로 지맥이 엿보이고
높이 솟은 나무들은 하늘길을 가렸다.
솔숲 사이 돌길은 빽빽하게 올라가고
동굴에서 피는 구름 종횡으로 드리운다.
응달에는 얼음이 여름에도 녹지 않고
양달에는 나무들이 겨울에도 싱그럽다.
조잘조잘 곤계鵾鷄 울음 새벽에 애절하고

끼익끼익 원숭이는 밤새도록 써늘하다.

깊숙한 절벽에는 화인化人 자취 숨어 있고

높다란 산봉에는 오랜 신령 닫혀있다.

산을 좋아하는 이러한 본성에다

멀리 노닐고픈 감정을 보탠다.

바야흐로 신선 되는 이 길에 올라서

영원히 연무와 함께하고 싶구나.

【해제】

[전진륜] 『고시전』의 문인담 주를 수록한다.

『신당서新唐書』「지리지·5」: "'강주江州 [심양군潯陽郡 : 지금의 강서성 구강시'에는 (…중략…) 현이 셋이 있다. (…중략…)] 심양현潯陽縣에는 (…중략…) '여산廬山'이 있다."

[전진륜] 이하 3편은 모두 임천왕 유의경을 시종하여 강주江州에 가서 지은 것이다.43)

---

43) 임천왕 유의경이 강주(江州) 자사가 된 것은, 『송서』「문제기」에 의하면, 원가 16년(439) 4월이다. 포조가 임천왕 제후국의 시랑이 되어 강주로 간 것은, 부임 중 쓴 편지인 「대뢰안에 올라서 누이에게 부친 편지[登大雷岸與妹書]」의 내용을 보면 가을이다. 따라서 전중련은 이 3수를 모두 이 해에 지은 것으로 보았다(「포조 연표」). 정복림은, 유의경이 다음 해 10월 남연주(南兗州) 자사로 옮겼으므로, 강주에 머문 기간이 19개월 정도 되며, 포조가 여산을 오른 것은 이 10여 개월 사이라고 보았다(『교주』, 728쪽).

[전중련] 송본은 다음 작품인 「여산에 올라 석문을 바라보며登廬山望石門」와 함께 하나의 제목으로 하여 '「여산에 올라」 2수登廬山二首'라고 했다.[44)]

【주석】

1 **[문인담]** 『진서(晉書)』 「대약사전(戴若思傳)」 : "대약사는 [광릉(廣陵) 사람이다. 그는 풍의(風儀)가 있고 성품은 한적(閑適)하고 활달하며 소년 시절에는 유협(遊俠)을 좋아하고 조행(操行)에 얽매이지 않았다.] 육기(陸機)가 낙양으로 가는 [걸 마주쳤는데], '배에 실어놓은 물품[船裝]'이 매우 풍성했다. [그래서 무리와 함께 그것을 약탈했다. 기슭으로 올라가서 호상(胡床)에 앉아 동료들을 지휘하는데 모두 알맞았다. 육기는 그의 행동거지를 관찰하고 그가 범인이 아님을 알아보았다. 그래서 멀리 갑판에서 말했다. '그대의 재기가 이러한데 어찌 도적질이나 하고 있소?' 대약사는 각성하고 눈물을 흘리며 검을 던지고 다가왔다. 육기는 그와 대화를 나눈 후 그의 비범함을 더욱 인정하고 마침내 그와 벗이 되었다.]"

좌사 「오도부(吳都賦)」 : "[배에 휘장을 둘러치고 유소(流蘇)를 꾸며 붙였는데,] 선실 문 휘장을 여니, 광채가 거울처럼 '물'에 비쳤다[開軒幌, 鏡'水區']."[45)]

『주역』 「여괘(旅卦) · 괘사」 공영달 소 : "'旅(려)'라고 하는 것은 타지에서 머

44) 『예문유취』는 장부본과 같다.

45) '水區(수구)'는 하천, 물을 가리킨다. '亂(란)'은 하천을 가로지르는 것이다. 『모시』 「대아 · 공류(公劉)」 제6장 '涉渭爲亂(위수를 건너 가로지른다)'에 대해, 공영달 '소'는 "물은 흘러내리는 것을 '順(순)'이라고 하는데, 그것을 가로질러 건너면[橫渡] 그 흐름을 끊게 된다. 그래서 '亂'이라고 한다"라고 했고, 주희 '집전'에서는 "'亂'은 배가 '흐름을 끊으며 가로 건너는[截流橫渡]' 것이다"라고 했다.

무는 것을 부르는 이름이며, [객지에 떠도는 것을 일컫는 칭호이니, 자기의 본디 거처를 잃고 타지방에 의탁하는 것을 '旅'라고 한다.]"

장기(莊忌) 『초사』 「애시명(哀時命)」 : "'산석을 파서 기둥으로 삼아' 방을 만들었다[鑿'山楹'而爲室兮]."46)

『탁씨조림(卓氏藻林)』 「궁실류(宮室類)」 : "'山楹(산영)'은 '산방(山房)'으로 [산석을 파서 기둥으로 삼아 방을 만든 것이다.]"

2 **[문인담]** 『진서(晉書)』 「문원전(文苑傳) · 고개지(顧愷之)」 : "'수천 개의 암벽'은 빼어남을 다투고, '수만 개의 골짝'은 흐름을 다툰다['千巖'競秀, '萬壑'爭流]."

곽박 「강부(江賦)」 : "깊은 산골 물은 '험하고 첩첩하다'[幽澗'阻積']."

육운(陸雲) 「고영(顧榮)을 위해 지은, 아내와 주고받은 시[爲顧彦先贈婦往返詩]」 제3수 : "넘실넘실 가을 물은 '얽어 두른다'[郁郁寒水'縈']."

3 **[문인담]** 사마상여 「상림부(上林賦)」 : "[이곳에 높은 산 우뚝 솟아] '험준하고' 웅장하다['巃嵸'崔嵬]."

내 견해는 이렇다. 봉우리는 각자 이름이 있는데 모두 옛것을 답습했다는 뜻이다.

[황절] 송 지담체(支曇諦) 「여산부(廬山賦)」 : "'옛날부터로다', 장려함이여!

---

46) 왕일 주에 "자신이 비록 궁핍하지만, 그래도 산석(山石)을 파서 방의 기둥을 만들 수 있다는 것을 말한다"라고 했다. Chen은 '산속 수도원(a mountain monastery)'으로 풀이했는데, 포조가 묵은 이곳은 도관일 가능성이 크다. 예로부터 여산(廬山)은 도교의 명산으로 신선이 되려는 도사들이 많이 찾아와 많은 도관(道觀)이 생겼기 때문이다. 동진 시기에 세워진 동림사(東林寺)를 비롯한 사찰도 많다. '薄(박)'은 머무르는 것[泊(박)]이고 '次(차)'는 투숙하는 것이다.

지극히 높은데 구름이 자욱하다. (…중략…) 모두 그 티 없이 맑음을 미리 들었으나, 묘하여 '이름'을 붙일 수 없구나['昔哉'壯麗, 峻極氤氳. (…중략…) 咸豫聞其淸塵, 抄無得之'稱名'也]."[47]

'옛 모습[昔貌]'과 '이전 명성[前名]'은 여기서 나온 것이 아닌가 한다.

[전중련] '亂(란)'은 송본에는 '純(순)으로 되어 있다.[48]

4 **[문인담]** '聳(용 : 솟다)'은 '疎(소 : 성기다)'로 된 판본도 있다.[49]

『사기』「몽염열전(蒙恬列傳)」: "[몽염은 한참 있다가 천천히 말했다. '저의 죄는 본디 죽어 마땅한 것이었습니다.] 임조(臨洮 : 지금의 감숙성 중부 정서시(定西市) 서쪽 임조현)에서 시작하여 요동(遼東)까지 만여 리에 걸쳐 성을 쌓고 해자를 팠으니, 그 사이에 "지맥(地脈)"이 잘리지 않은 곳이 없을 수는 없

---

47) '宋(송)'은 '晉(진)'이 되어야 할 것 같다. 동진에서 유송 초까지 산 구도호(丘道護)의 「도사 지담체 뇌문[道士支曇諦誄]」은 "동진 의희(義熙) 7년(411) 5월 어느 날에 도사 지담체가 졸하였으니, 춘추가 65세이다"로 시작된다. 또 『수서』「경적지(經籍志)」에는 동진의 고승 혜원(慧遠, 334~416)의 문집인 '"진(晉)" 사문(沙門) 『석혜원집(釋慧遠集)』 12권' 바로 앞에 '"진" 사문 『지담체집(支曇諦集)』 6권'이 기록되어 있다. 또 「여산부」 중 '抄無得'의 '抄(초)'는 『예문유취" 권7에는 '妙(묘)'로 되어 있는데, 의미상 더 낫다. 정복림도 '宋'은 '晉'으로, '抄'는 '妙'로 되어야 한다고 보았다(『교주』, 730쪽).

48) 주응등본도 같다. 오덕풍은 "『전송시』와 『고시선』 주에 '"純"으로 된 판본도 있다'라고 했다. '純'이 되어야 할 것이다. '紛純(분순)'이 되어야 앞 구의 '巃嵸(롱종)'과 대우가 맞게 된다"라고 했다. 오덕풍의 견해에 따르면 첩운연면자의 대우로는 맞지만, 의미상 문제가 있다. '紛純'이라는 표현이 『상서』「고명(顧命)」에 '敷重筍席玄紛純'로 나오지만, 그것은 대자리의 검은 '실로 가장자리를 꾸미는 것'으로, 포조 시에서의 의미와는 맞지 않는다. 정복림은 오히려 장부본과 『예문유취』에 근거하여 '亂'으로 고쳤다(『교주』, 729쪽). '紛亂'은 잡다하고 어수선한 모양을 나타낸다.

49) 『고시전』 권8에는 '聳'자 아래의 문인담 주는 "『예문유취』에는 '疏(소)'로 되어 있다[『藝文』作疏]"라고 되어 있다.

었을 것 아니겠습니까? [이것이 바로 저의 죄입니다.]"

[전중련] '澗(간 : 간수)'은 송본에는 '間(간 : 사이)'으로 되어 있다.50)

5 **[문인담]** '磴(등)'은 돌다리[石橋]이다.

'迷密(미밀)'은 매우 많은 것이다.

'雲竇(운두)'는 구름이 빈 동굴 속에서 피어나오는 것이다.

6 **[문인담]** 『회남자』「지형훈」: "[남방에는 죽지 않는 풀이 있고[不死之草],] 북방에는 '녹지 않는 얼음[不釋之冰]'이 있다."

『초사』「원유(遠遊)」: "아름다워라, 남방 고을의 '화덕(火德)'이여! 아름다워라, '계수나무는 겨울에도 무성하네'[嘉南方之'炎德', 美'桂樹之冬榮']."51)

7 **[문인담]** 육기 『문부』: "[혹은 문장을 분방하면서 조화를 이루도록 하고,] 특히 '성운 면에서 번잡하면서도' 아름답게 하려고 힘쓴다[務'嘈囋'而妖冶]."

『비창(埤蒼)』: "'嘈啈(조찰)'은 시끄러운 모양[聲貌]이다. '啈'은 '囋' [및 '囐']과 같은데, [才(재)와 曷(갈)의 반절[찰(zá)]이다.]"52)

『초사』「구변(九辯)」: "곤계는 시끄럽게 구슬피 운다[鵾鷄啁哳而悲鳴]."53)

『형주기(荊州記)』: "중첩한 암벽의 산봉우리는 하늘과 태양을 가리고, '높은 산 원숭이의 긴 파람 소리는 오래도록 끊임없이 맑고 멀리 울린다[高猿長嘯, 屬引淸遠]'."

---

50) 『예문유취』와 『고시귀(古詩歸)』에는 모두 '澗'으로 되어 있다.

51) 석음헌총서본에는 '南方(남방)'은 '南州(남주)'로, '美(미)'는 '麗(려)'로 되어 있다.

52) 『문선』 권17 육기 「문부」의 이선 주에 인용된 문장에는, [ ]안의 번역에 해당하는 '及囐'과 '才曷切'이 더 있다. '嘈囋(조찰)', '嘈啈', '嘲哳'은 의성어로 시끄럽게 떠드는 모양을 나타내는데, 우리말 '조잘조잘·주절주절'에 해당하는 의성어이다.

53) 저본에는 '哳(찰)'이 '晰(석)'으로 되어 있는데 오자여서 고쳤다.

8 **[문인담]** '化迹(화적)'은 서국(西國) 화인(化人)의 자취이다.[54)]

장형 「사현부」: "가을바람 차갑게 오래도록 불어서, '산봉우리'에 세차게 부딪는다[寒風淒而永至兮, 拂'穹岫'之騷騷]."[55)]

사영운 「산속 생활 부[山居賦]」: "외물을 천시하고 자기를 중시하여, 세속을 버리고 '신령'을 바란다. 저 촉급한 목숨에 놀라고, 이 '장생'을 사랑한다[賤物重己, 棄世希'靈', 駭彼促年, 愛是'長生']."

[황절] 동진 담방생(湛方生) 「여산의 신선[廬山神仙詩]」: "오악을 집으로 삼고, 적송자(赤松子) 왕자교(王子喬)를 손님과 벗으로 삼는다[室宅五岳, 賓友松喬]."

승 혜원(慧遠) 「여산 동림사에서[廬山東林雜詩]」: "[높은 암벽에선 맑은 기운 토해내고[崇岩吐清氣],] '그윽한 동굴엔 신선 자취 깃들었다[幽岫棲神跡]'."

이것이 이른바 '化迹'과 '長靈(장령)'이다.

9 **[전중련]** 『논어』 「옹야(雍也)」: "[지혜로운 자는 물을 좋아하고[知者樂水]], '어진 자는 산을 좋아한다[仁者樂山]'."

'遠遊(원유)'는 『초사』의 작품 이름이다.[56)]

---

54) 『열자』 「주목왕(周穆王)」에 "주목왕 때 서쪽 먼 변방국[西極之國]에서 도술을 부리는 사람[化人]이 왔는데, 물과 불 속으로 들어가고 쇠붙이와 돌을 뚫으며, (…중략…) 허공을 날며 떨어지지 않고 사물에 부딪혀도 막히지 않는다"라고 했다.

55) '淒而(처이)'는 『문선』 권15에는 '淒其(처기)'로 되어 있다. 여향(呂向)은 '穹岫(궁수)'는 산봉우리[山峰]라고 했다.

56) 주로 상상 속에 천계를 유람하는 내용의 작품으로, 왕일과 홍흥조는 굴원 작품이라고 했지만, 요평(廖平, 1852~1932)은 『초사강의(楚辭講義)』에서 "「원유」는 사마상여의 「대인부(大人賦)」와 한 사람 손에서 나온 것처럼 대동소이하다"라고 했다.

10 **[문인담]** 손작(孫綽) 「천태산 유람 부[遊天台山賦]」 : "'신선'의 자취 따라 단구에 왔다[仍'羽人'於丹丘]."[57]

[황절] 혜원 「여산 동림사에서」 : "나그네는 홀로 그윽이 노닐면서, 곧장 나아갈 뿐 돌아갈 생각 않는다[有客獨冥遊, 徑然忘所適]."

마지막 구는 이것을 본떴다. 모두 여산(廬山)과 밀접하게 부합한다.

【평설】

[황절] 진조명 : 견창堅蒼 : 문장이나 글씨가 고아하면서 기세가 좋음하다. 그 근원은 사영운謝靈運으로부터 나왔는데, 그윽하고 의미심장함은 미치지 못하지만, 헌걸차고 씩씩한 점은 능가한다. 경물의 묘사가 풍성함이 절로 느껴진다. '험준한 봉우리巃嵷' 2구에서, '옛 모습昔貌'과 '이전 명성前名'이라는 말은 이치에 닿지 않으니, 지워버려야 할 것 같다.『채숙당고시선』 권18

* 내 견해는 이렇다. 진조명은 지담체의 「여산부」를 보지 못했기에 함부로 포조의 시를 지워버리려고 했는데, 옳지 않다.

방동수 : '천 개의 산봉우리千巖' 이하 14구는 모두 실경의 묘사이다. '洞澗동간'의 '洞'은 깊다는 뜻이고 '聳樹용수'의 '聳'은 높다는 뜻이다. 비록 조구造句가 기발하고 재치가 있어 평범한 보통 작가가 배울 수 있는 바는 아니지만, 전편은 판실板實 : 밋밋하고 수수함하여, [엄격하고 확실한 장법章法이 없을 뿐만 아니라, 반드시 여산 풍경일 수도 없으니, 이 또한 후인들에게 난잡

---

57) 이 구는 『초사』 「원유」에도 있다. '丹丘(단구)'는 전설 속에서 신선이 산다는 곳으로, 왕일은 "밤낮으로 항상 밝다"라고 했다.

하고 무질서하게 위체僞體와 범박한 시를 짓는 병폐를 초래할 만하다. 따라서 사영운 산수시가 정심하면서 제목에 부합한 것에 못 미친다. (…중략…)] 이것은 반드시 여산을 읊은 시라고 볼 수도 없고, 또 반드시 포조가 지은 것이라고 볼 수도 없다. 지은이를 바꾸고 묘사 대상인 산을 바꾸어도 다 적용될 수 있다. 이전 사람으로 이것을 발견하여 언급한 이가 없었다. 그러면 지금 어떤 것을 취한 것인가? 조구가 기초奇峭하고 창의적인 점만 취할 뿐이다.『소매첨언』 권6

[전중련] 왕개운 : 「여산에 올라」와 「산산에서 시흥왕의 명으로 짓다」를 보면, 비로소 안연지와 사영운顔謝은 미칠 수 없음을 알게 된다.『상기루설시』 권8[58)]

58) 저본의 '此二篇'은 『상기루설시』에는 '「登廬山」與「蒜山被始興王命作」'으로 되어 있다. 번역은 이를 따랐다.

登廬山望石門

訪世失隱淪, 從山異靈士.[1] 明發振雲冠, 升嶠遠棲趾.[2]

高岑隔半天, 長崖斷千里.[3] 氛霧承星辰, 潭壑洞江汜.[4]

巘絶類虎牙, 巑岏象熊耳.[5] 埋冰或百年, 韜樹必千祀.[6]

鷄鳴淸澗中, 猨嘯白雲裏. 瑤波逐穴開, 霞石觸峯起.[7]

廻互非一形, 參差悉相似.[8] 傾聽鳳管賓, 緬望釣龍子.[9]

松桂盈膝前, 如何穢城市.[10]

여산에 올라 석문을 바라보며

세속을 찾으면 은둔을 할 수 없고

산을 좇아봐도 은사와는 다르구나.

여명이 밝아 오자 구름 모자 떨쳐 쓰고

산정에 올라가서 자취 멀리 맡겨 본다.

높은 봉은 하늘을 반으로 갈라치고

긴 벼랑은 천 리 멀리 가로질러 뻗었다.

자욱한 운무는 별들과 맞닿았고

깊은 골짝 간수는 큰 강으로 이어진다.

험준한 절벽은 범 이빨 비슷하고

뾰족한 봉우리는 곰 귀를 닮았다.

얼음을 묻어두면 백 년은 갈 것 같고

나무를 간직하면 천 년은 갈 것이다.

산닭은 맑은 시내 가에서 울고
원숭이는 흰 구름 속에서 운다.
옥색 물결 동굴마다 흘러나오고
놀 빛 바위 산봉마다 솟구쳐 있다.
구불구불 흐르는 건 한 모습 아니지만
들쭉날쭉 솟은 것은 거의 다 비슷하다.
봉황 피리 부는 객을 귀 기울여 들어보고
용을 낚는 사람을 멀리서 바라본다.
솔과 계수 무릎 앞에 우거졌는데
도시의 더러움이 어찌 들오랴?

【해제】

[전진륜] 문인담 주를 수록한다.

여산제도인廬山諸道人「석문을 유람하며遊石門詩 · 서」: "석문은 정사精舍: 동림사(東林寺)의 남쪽 10여 리에 있는데, 일명 장산障山이라고 한다. 토대는 큰 산맥과 이어져 있으나, 몸체는 여러 산과 떨어져 있다. 세 가닥의 샘물이 합류를 시작하는 곳에, 암벽 둘이 나란히 서서 물길을 여는데, 비탈진 바위가 물 위에 어둡게 비치어, 문설주 형상을 받아蒙形 자연의 도道로 들어가는 문의 표지가 된 것이다.[59] 그리하여 그 모양에

59) '蒙形(몽형)' 구의 번역은 성천청효(星川淸孝, Hoshikawa Kiyotaka)의 심덕잠

서 '석문'이라는 이름을 따오게 되었다. 이것은 비록 여산廬山의 한 자락이지만, 실로 이 대지의 기이한 장관이다."

[전중련] 송본에는 이 시가 앞 제목 아래에 함께 들어 있고 별도로 제목을 달지 않았다.

【주석】

1 **[문인담]** 곽박 「강부」: "'은둔하여 지내는' 여러 신선을 받아들였다[納'隱淪'之列眞]."[60]

손작 「천태산 유람 부[遊天台山賦]」: "[천태산이라는 곳은 산악 중에서 신비롭게 빼어난 곳이다. 바다로 나가면, 방장산(方丈山)과 봉래산(蓬萊山)이 있고, 육지로 올라가면, 사명산(四明山)과 천태산이 있는데, 모두 빼어난 선인들[玄聖]이 유람하며 교화하고,] '신령한 선인들'이 굴속에서 거처하는 곳이다['靈仙'之所窟宅]."

내 견해는 이렇다. 양생하는 사람이 세상에 관심을 가지면 자주 잃게 되고, 산을 찾아가면 다름이 많게 된다는 뜻이다.[61]

『고시원(古詩源)』 번역(『한시대계(漢詩大系)』 동경, 1983)을 참고했다.

60) 이선 주에 『환자신론(桓子新論)』을 인용하여, "천하의 신인(神人)은 다섯 부류가 있는데, 첫째는 신선(神仙)이요, 둘째는 '은륜(隱淪)'이요, 셋째는 사귀물(使鬼物)이요, 넷째는 선지(先知)요, 다섯째는 주응(鑄凝)이다"라고 했다. 권1 「자벌레[蚇蠖賦]」 주석 10 참조.

61) 이 2구를 Chen은 "나는 세속을 찾았기에 은자가 못 되었는데, 지금 산을 오르고 있지만, 수도자로서는 아니다(I have entered the world and failed to become a recluse, Now I am ascending the mountains, but not as a hermit)"라고 번역했다(334쪽).

[황절] 방동수 : "'靈士(령사 : 도 닦는 은사)'는 혜강(嵇康)의 「찬(贊)」을 활용했다.[62]

[전중련] 대명양(戴明揚)이 교집(校輯)한 혜강의 「성현고사전찬(聖賢高士傳贊)」에는 '靈士'라는 문자가 없다. 방동수가 무엇을 근거로 했는지 확실치 않다.

2 **[문인담]** 『모시』 「소아·소완(小宛)」 제1장 : "'날 샐 때까지' 잠들지 못하고 ['明發'不寐], [부모님을 그리워하고 있네.]"

『초사』 「구장·섭강(涉江)」 : "절운관을 높다랗게 머리에 썼다[冠切雲之崔嵬]."

『이아』 「석산(釋山)」 : "산이 뾰족하고 높은 것을 '嶠(교)'라고 한다."

'棲趾(서지)'는 '託足(탁족 : 발을 붙이고 의지함)'과 같다. 임방(任昉)에게도 "연꽃 핀 못가에 '발을 맡겨 둔다'['棲趾'傍蓮池]"라는 시구가 있다.[63]

3 **[문인담]** 조식 「칠계(七啓)」 : "왼편으로는 세차게 흐르는 물이 있고, 오른쪽으로는 '높이 솟은 산봉우리'가 있다[左激水, 右'高岑']."

4 **[문인담]** 『예기』 「월령」 '중동지월' : "[중동에 여름의 정령을 시행하면] '안개'가 자욱해지고['氛霧'冥冥], [천둥이 치게 될 것이다.]"

『후한서』 「양기전(梁冀傳)」 '連房洞戶(잇단 방들은 문이 서로 통한다)' 주 : "'洞'은 통하는 것[通]이다."

---

62) 아래 '평설'에 인용된 『소매첨언』 권6의 문장 바로 뒤에 나오는 평어이다.
63) 『예문유취』 권86에 「못가의 복사꽃을 읊은 시[詠池邊桃詩]」라는 제목으로 실려 있다. 이 구는 이 산정에서 하루를 묵을 것이라는 뜻이다. 이하는 서경이다.

[전진륜] 『모시』 「소남・강유사」 제1장 : "양자강에는 샛강이 있다[江有汜]."

[전중련] '氛(분)'은 송본에는 '氣(기)'로 되어 있다.[64]

5 **[문인담]** 『집운(集韻)』 : "'嶄(참)'은 산이 뾰족하고 가파른 모양이다."

성홍지(盛弘之) 『형주기(荊州記)』 : "'호아산(虎牙山)'은 암벽이 붉은색이고 사이사이에 흰 무늬가 있어서 이빨 모양 비슷하다."[65]

『운회(韻會)』 : "'巑岏(찬완)'은 산이 높고 뾰족한 모양이다."

『상서』 「우공(禹貢)」 '熊耳外方桐柏(웅이・외방・동백산)' 공영달 소 : "'웅이산(熊耳山)은 홍농군(弘農郡) 노씨현(盧氏縣 : 지금의 하남성 삼문협시(三門峽市) 속현) 동쪽에 있다."

청 섭승(葉承) : "여산의 형상이 그 뾰족한 곳은 호아산과 웅이산을 닮았다는 뜻이다."

[황절] 곽박 「강부」 : "'호아산'은 우뚝 솟아서 높고 가파르다['虎牙'桀豎以屹崒]."[66]

6 **[문인담]** 『광운』 : "'韜(도)'는 갈무리하는 것[藏]이다."

내 견해는 이렇다. '얼음을 묻어두면[埋冰]'과 '나무를 간직하면[韜樹]'은 그 지세가 깊음을 말하고, '백년(百年)'과 '천년[千祀]'은 그 기간이 오램을 말한다.

[황절] '비슷하다[類]'라느니 '닮았다[象]'라느니 '어쩌면[或]'이라느니 '반드시

64) 사고본과 『고시기』에는 '氛'으로 되어 있다. 『예기』의 예를 보면 '氛霧(분무 : 자욱한 안개)'가 옳은 것 같다. '江汜(강사 : 큰 강과 샛강)'는 이 시에서는 큰 강의 뜻으로, 구체적으로는 양자강을 가리킨다.

65) 『문선』 권12 곽박 「강부」 주에도 인용되어 있다.

66) 저본의 '桀(걸 : 홰, 걸출하다)'은 『문선』에는 '嵥(걸 : 높다)'로 되어 있다.

[必]'라느니 하는 것은, 모두 바라보면서 말하는 가설적인 표현이다.

7 **[문인담]** 도연명 「'산해경'을 읽고[讀山海經]」 제3수 : "[우뚝하게 진주 같은 나무 밝게 비추고], 맑고 투명하게 '옥 같은 물 흐른다'[落落'淸瑤流']."

장재(張載) 「부(賦)」 : "'붉은 돌'은 알록달록하다['霞石'駁落]."

8 **[문인담]** 목화 「해부」 : "[바다는] 남만을 등지고 동이를 격하여, 만 리 멀리 '감돌아 뻗쳐 있다'[乖蠻隔夷, '迴互'萬里]."

[황절] "높은 산 운무는 별들과 맞닿았다[氛霧承星辰]" 구는 "높은 산봉우리가 중천에 솟은[高岑半天]" 것과 호응하고, "깊은 계곡 골물은 큰 강으로 통한다[潭壑洞江汜]" 구는 "긴 벼랑은 천 리에 뻗쳐 있다[長崖千里]"와 호응한다. "닭이 맑은 시냇가에서 우는[鷄鳴淸澗]" 시내 속의 "물결은 동굴마다 흘러나오고[波逐穴]", "원숭이가 흰 구름에서 우는[猨嘯白雲]" 구름 속의 "바위는 봉우리마다 솟구친다[石觸峯]". 이른바 "구불구불 흐르는 것은 한 모습이 아닌[迴互非一]" 것이다. '높은 산봉우리[高岑]' 이하는 모두 석문을 바라본 풍경을 그린 것이다. 석문을 바라봄으로 인해 구산(緱山)과 능양산(陵陽山)에 생각이 미쳐, "들쭉날쭉 솟은 모습은 비슷하다[參差相似]"라고 한 것이다.[67]

[전중련] '悉(실 : 다)'은 송본에는 '反(반 : 오히려)'으로 되어 있다.[68]

---

67) 구산은 지금의 하남성 낙양시의 하현인 언사(偃師) 남동쪽 20리에 있는 산으로, 『하남부지(河南府志)』에 의하면, 고봉(孤峰)이 우뚝 돌출해 있는데, 주(周) 영왕(靈王)의 태자 진(晉) 즉 왕자교(王子喬)가 이곳에서 신선이 되어 승천했다고 한다. 능양산은 지금의 안휘성 황산시(黃山市) 황산구의 태평호진(太平湖鎭)에 있는 산으로, 산 위에 동봉(東峰) · 중봉(中峰) · 서봉(西峰)의 세 봉우리가 우뚝 솟아 있다.

68) 주응등본도 같다. 사고본과 『예문유취』, 『고시기』에는 '悉'로 되어 있다.

9 **[문인담]** 『열선전』 권상 : "왕자교(王子喬)는 주(周) 영왕(靈王)의 태자 진(晉)으로,[69] 생황 불기를 좋아하여 생황으로 봉황 울음소리를 내었다."

『열선전』 권하 : "능양자명(陵陽子明)은 [질향(銍鄕) 사람으로 낚시를 좋아했다. 선계(旋溪)에서] 흰 용[白龍]을 낚았는데 [자명은] 두려워서 [낚시에서 풀어 절을 하고] 놓아주었다.[70] 나중에 흰 물고기[白魚]를 얻었는데 배 속에 편지가 있어, 자명에게 단약(丹藥)을 복용하는 방법을 가르쳐주었다. 자명은 마침내 황산(黃山)으로 올라가 오석(五石)[71]의 기름을 채취하여 물에 넣고 끓여 그것을 먹었다. 삼 년이 지나자 용이 와서 데리고 갔다."

10 **[문인담]** 여산은 역시 도시에서 가까운 곳에 있기는 하지만, 소나무와 계수나무가 앞에 가득 자라고 있으니, 어찌 세속에 의해 더럽혀질 수 있겠는가 하는 뜻이다.

【평설】

[황절] 방동수 : [처음 4구는 제목의 '登등' 자를 서술했다. '높은 산봉우리高岑' 이하 12구는 본격적인 묘사이다. '구불구불廻互' 2구는 마무리이다. '봉황 피리傾聽' 2구는 흥기興寄이다. 포조의 흥기는 선인仙人을 만남을 말함에 불과하니 그 뜻이 매우 얕다.] '소나무 계수나무松桂' 2구는 여산이 매우 가까운 곳에 있는데, 왜

---

69) 저본의 '王子晉'은 금본에는 '王子喬者, 周靈王太子晉也'로 되어 있다. 번역은 이를 따랐다.

70) 백룡(白龍)이 천제(天帝)의 사자(使者)일 것으로 여겨졌기 때문이다.

71) 고대 도가의 도사들이 장생약으로 연단에 활용하던 5종의 광물로, 단사(丹砂)·웅황(雄黃)·백반석(白礬石)·증청(曾青)·자석(磁石)을 말한다.

도시 사람은 더럽고 혼탁한 것을 달게 여겨, 이곳에 와서 선인과 놀지 않는가 하는 뜻이다. 유산시遊山詩는 산속에 선인仙人이 있기에 흥기가 우연히 미치는 것도 가능하다. 사조謝朓의 「경정산을 유람하며遊敬亭山」[72]가 그것이다. [그러나 이미 실제와 부합하지 않는 공허한 소리泛聲일 뿐이다. 포조의 이 시 처음 2구 경우에는 다만 의미가 선인을 찾는 것뿐인 듯하니, 제목과는 더욱 부합하지 않는다.] 사영운의 「화자강에 들어서니, 이곳이 마원의 세 번째 골짜기이다入華子崗是麻源第三谷」 시[73]는 화자기華子期[74]를 위해 말했으므로 묘

---

72) 『문선』 권27 「행려(行旅)·하」에 실려 있다. 전편은 다음과 같다.

茲山亘百里	이 산은 백 리에 걸쳐 뻗었고
合沓與雲齊	첩첩이 쌓여서 구름과 맞닿았다.
隱淪既已託	숨은 은사 이미 여기 의탁하였고
靈異居然棲	신령한 이사(異士)도 편히 숨어 지낸다.
上干蔽白日	위로는 높이 솟아 해를 가리고
下屬帶迴谿	아래로는 뻗어내려 골짜기가 구불구불.
交藤荒且蔓	뒤엉킨 등나무는 무성하게 뻗어나고
樛枝聳復低	구부러진 나뭇가지 솟았다가 처진다.
獨鶴方朝唳	외로운 두루미는 아침에 울고
飢鼯此夜啼	굶주린 다람쥐는 이 밤에 운다.
渫雲已漫漫	흩어지는 구름은 아득히 펴졌고
夕雨亦凄凄	저녁에 내리는 비 처량도 하다.
我行雖紆組	이번 여정 공적인 일 때문이지만
兼得尋幽蹊	가는 김에 유심한 골도 찾아보련다.
緣源殊未極	근원을 찾고파도 끝을 보지 못했는데
歸徑窅如迷	돌아갈 길 아득하여 미로 같구나.
要欲追奇趣	신기한 흥취를 찾아보려면
卽此陵丹梯	예서부터 높은 산을 올라가 보라.
皇恩竟已矣	황제의 은총 이미 끝이 났으니
茲理庶無暌	이 이치 어긋날 리 없을 것이라.

73) 『문선』 권26 「행려(行旅)·상」에 실려 있다. 전편은 다음과 같다.

하고 절실하여 운치가 있지만, [이것은 이렇다 할 만한 게 없으니, 이른바 군더더기 말은 진부한 말보다도 더 실제에 부합하지 못한다는 것이다. 다만 중간의 구법이 좋으니, 두보는 항상 그것을 본떴다.]『소매첨언』 권6

南州實炎德　　남쪽 고을 참으로 더운 곳이라
桂樹淩寒山　　계수나무 가을 산을 뒤덮고 있다.
銅陵映碧澗　　구릿빛 언덕이 푸른 물에 비치고
石磴瀉紅泉　　돌 비탈엔 붉은 샘이 쏟아 내린다.
旣枉隱淪客　　자취 숨긴 신선들이 찾아온 데다
亦棲肥遯賢　　은둔하는 현사들도 살고 있구나.
險逕無測度　　험한 길은 측량할 길도 없으며
天路非術阡　　하늘길은 사람 다닐 길이 아니다.
遂登群峰首　　군봉 중 으뜸 봉에 끝내 오르니
邈若升雲煙　　아득하여 구름 위에 오른 듯하다.
羽人絶髣彿　　선인은 어렴풋한 자취도 끊겨
丹丘徒空筌　　단구에는 빈 통발만 남아 있다네.
圖牒復摩滅　　도첩은 이미 벌써 마멸됐는데
碑版誰聞傳　　비석의 문자는 누가 다시 전하랴?
莫辯百世後　　백 년 뒤를 설명할 길이 없거늘
安知千載前　　천 년 전의 지난 일을 어떻게 알랴?
且申獨往意　　자연에 맡기는 뜻 잠시 펼치고
乘月弄潺湲　　달빛 타고 출렁출렁 놀아보리라.
恒充俄頃用　　언제나 순간을 충실히 즐기려네
豈爲古今然　　그 어찌 옛사람만 그러했으리.

74) 『문선』 이선 주에 의하면, 화자기는 상산사호(商山四皓) 중 한 사람인 녹리선생(甪里先生)의 제자인데, 그가 늘 이곳에 날아와서 놀았기 때문에 '화자강(華子崗)'이라는 이름을 얻게 되었다고 한다.

從登香爐峯

辭宗盛荊夢, 登歌美鳧繹.[1] 徒收杞梓饒, 曾非羽人宅.[2]

羅景藹雲扃, 沾光扈龍策.[3] 御風親列涂, 乘山窮禹跡.[4]

含嘯對霧岑, 延蘿倚峯壁.[5] 青冥搖煙樹, 穹跨負天石.[6]

霜崖滅土膏, 金澗測泉脈.[7] 旋淵抱星漢, 乳竇通海碧.[8]

谷館駕鴻人, 巖栖咀丹客.[9] 殊物藏珍怪, 奇心隱仙籍.[10]

高世伏音華, 綿古遁精魄.[11] 蕭散生哀聽, 參差遠驚覿.[12]

慙無獻賦才, 洗汙奉毫帛.[13]

향로봉을 시종하여 오르며

사부 종사 송옥宋玉은 운몽택을 칭찬하고

묘당 노래 「비궁閟宮」시는 부산 역산 찬미하나,

가래나무 소태나무 많기는 해도

신선의 거처는 전혀 아니다.

펴지는 햇살이 구름 창에 아련한데

은광을 입고서 어가를 호종한다.

바람 타고 열자列子 옛길 직접 가보고

산에 올라 우禹의 자취 두루 찾는다.

휘파람을 머금고 안개 낀 뫼 마주하니

뻗어나간 덩굴풀이 절벽을 뒤덮었다.

안개 서린 나무는 파르라니 어둡고

하늘 등진 바위는 높다랗게 건너온다.
서리 빛 절벽에는 기름진 흙 한 점 없고
황금빛 계곡물로 샘의 원천 짚어 본다.
깊은 못물 은하수를 껴안고 있고
종유동은 푸른 바다로 이어져 있다.
골짝에는 기러기 탄 사람이 살고
암벽에는 단약 먹는 손님이 산다.
색다른 사물은 진기함을 간직했고
신기한 마음은 선적仙籍에 숨어 있다.
아득한 옛적부터 소리 모습 숨겼지만
까마득한 옛날부터 정신과 넋 간직됐다.
구슬픈 소리는 소슬하게 피어나고
놀라운 광경은 들쑥날쑥 아득하다.
부를 지을 재주 없어 부끄러워하면서
더러움을 씻고서 붓과 비단 받쳐 든다.

【해제】

[전진륜] 문인담 주를 수록한다.

[문인담] 『후한서』 「군국지郡國志 · 4」 '양주揚州 · 여강군廬江郡' 주: "[석釋 혜원慧遠의 「여산기략廬山記略」에 있다.] 여산은 심양潯陽 남쪽에 있다. (…

중략…) 남동쪽에 '향로산香爐山'이 있어서, 그 위로는 향연香煙처럼 무성한 기운이 피어오른다."

[황절] 『송서』 「임천열규왕도규전臨川烈規王道規傳」: "임천왕 유의경이 강주江州에서 문장에 빼어나고 박학한 인사들을 초빙하자 원근에서 다 모여들었다. 태위太尉 원숙袁淑은 문장이 당시에 으뜸이었는데, 유의경은 강주에서 초청하여 위군자의참군衛軍諮議參軍으로 삼았다. 그 외에 오군吳郡의 육전陸展, 동해東海의 하장유何長瑜와 포조 등이 모두 사장辭章의 아름다움 때문에 초빙되어, 그를 보좌하는 왕국의 보좌관이 되었다."

이 작품은 아마 포조가 유의경을 시종하여 향로봉을 올랐을 때 지은 것 같다.

[전중련] 『송서』 「문제본기」에 의하면, 유의경이 원가 16년439 여름 4월 조칙을 받아 강주 자사로 부임할 때부터 이듬해 10월 남연주南兗州 자사로 옮기기까지 사이는 19개월이 된다. 포조가 여산을 오르는 데 시종한 것은 당연히 이 십여 개월 사이이다.[75)]

【주석】

1 **[문인담]** 『후한서』 「열녀전(列女傳) · 여남원외처(汝南袁隗妻)」[76)]: "[남군(南郡君)은] 학문이 깊고 도가 오묘하며, 문장은 '사종(辭宗)'이 되었다."[77)]

---

75) 정복림은 전중련 견해를 따랐다(『교주』, 572쪽).
76) 원외(袁隗)의 처는 마융(馬融)의 딸이다. 당시 마융은 남군(南郡)의 태수였다.
77) '辭宗'은 『한서』 「서전 · 하」에서 「사마상여전」에 대한 언급에 나온 표현으로, 뒤의 '황절'의 언급처럼 본래는 굴원과 송옥 같은 '사부(辭賦)의 종사(宗師)'를 뜻

『상서』「우공」: "형산(荊山)에서 형양(衡陽)까지가 '형주(荊州)'이다. (…중략…) '운택[雲]'의 높은 흙 구릉과 '몽택[夢]'의 땅이 농사를 지을 수 있게 정리되었다['雲'土'夢'作乂]."78)

『예기』「문왕세자(文王世子)」: "「청묘」 시를 '당상에 올라가서 노래한다'['登歌'淸廟]."79)

『모시』「노송·비궁(閟宮)」 제6장: "노 희공(僖公)은 '부산과 역산 지방'을 차지하고, 마침내 서 나라 땅까지 평정했다[保有'鳧·繹', 遂荒徐宅]."

[황절] '辭宗(사종)'은 당시 문학지사(文學之士)들이 굴원(屈原)과 송옥(宋玉)을 대단하게 보았음을 뜻한다.

유의경을 찬양하여 노 희공(僖公)에 견주었다. 그때 유의경은 강주 자사로 남연주·서주(徐州)·연주(兗州)·청주(靑州)·기주(冀州)·유주(幽州) 등 6주의 제군사(諸軍事)를 도독하여서, 마치 노 희공이 부산과 역산을 보유한 것과 똑같았다. '鳧'와 '繹'은 두 산의 이름이다.

『원화군현지(元和郡縣志)』「연주(兗州)·추현(鄒縣)」: "'역산(嶧山)'은 [일명 추산(鄒山)이라고도 하는데] 현 남쪽 20리에 있다. (…중략…) '부산'은 현

했는데, 지금은 문장의 모든 장르에서 으뜸으로 받드는 대가를 가리키게 되었다.

78) '雲土夢作乂'의 공안국 전에 "운몽택[雲夢之澤]은 강남에 있는데, 그중에는 평평한 흙 언덕[平土丘]도 있고, 물이 빠지면 경작을 하는 전답[耕作畎畝]으로 이용할 수 있는 것도 있다"라고 했다. 또 공영달 소에 "면적이 사방 8·9백 리나 될 만큼 넓어 여러 지역에 걸쳐 있어서, 합쳐 부르면 하나(雲夢澤)가 되고 분리하여 부르면 두 못(雲澤과 夢澤)"이라고 했다.

79) '登歌(등가)'는 고대 제전(祭典)과 대조회(大朝會) 때에 악사(樂師)가 당상으로 올라가 노래를 하는 것 또는 그 음악을 말한다. 「청묘」는 『모시』「주송(周頌)」에 실린 작품으로, 주 문왕을 제사할 때 부르던 노래이다.

의 남동쪽 38리에 있다."[80]

[전진륜] 방동수 『소매첨언』 권6 : "첫 구는 대개 송옥의 고당관(高唐觀)의 일[81]을 인용하여 제목에 맞추었는데, 주석자들이 알지 못했다.

2 **[문인담]** 『좌전』「양공 · 26년」 : "[진(晉)의 경(卿)은 초(楚)보다 못하나 대부(大夫)는 더 현명하니, 모두가 다 경의 재목이다. 마치] '소태나무와 가래나무[杞梓]', 모피와 가죽이 초로부터 진으로 보내지는 것[과 같다. 즉 비록 초나라에 재료가 있지만, 진나라가 실은 그것을 사용하는 것이다.]"

『산해경』 : "'우인(羽人 : 날개 달린 신선)'의 나라가 있다."[82]

[황절] '杞梓(기재)'는 인재가 많음을 비유했다. 유의경을 찬양하여 노 희공이 부산과 역산을 보유한 것에 비기면서, 부산과 역산은, 이 여산이 신선이 사는 곳이어서 '펴지는 햇살[羅景]'과 '적셔오는 광택[沾光]'이 마음에 새겨둘 만한

---

80) 저본의 인용문은 '鳧繹'의 순서에 맞춰 내용을 수정한 것이다. 금본에는 '역산'이 먼저 나오는데 '嶧山'으로 되어 있다. 번역은 이를 따랐다. 육덕명(陸德明)의 『경전석문(經典釋文)』「모시음의(毛詩音義) · 하」의 '繹'자 주에 "글자는 또 '嶧'으로도 적는다[字又作嶧]"라고 했다. 지금은 '嶧山'으로 적는다. 또 '兗州 · 鄒縣'은 항목의 명칭인데, 저본에서는 본문처럼 처리했다. 번역은 금본의 원문에 따랐다. '鄒縣'은 지금의 산동성 추성시(鄒城市)이다.

81) 송옥의 「고당부(高唐賦) · 서」에 나오는, 초 양왕(襄王)과 송옥이 함께 운몽택의 고당관(高唐觀)에 올라가 회왕(懷王)과 무산신녀(巫山神女)의 일을 이야기한 이른바 '巫山雲雨(무산운우)'를 말한다.

82) 금본 『산해경』에는 없는 문장이다. 『초사』「원유」의 '仍羽人於丹丘兮, 留不死之舊鄕(신선을 따라 단구로 가서, 영원히 죽지 않는 오랜 고을에 머물리라)'의 왕일 주에, "『산해경』에 '우인의 나라와 불사의 백성이 있다[有羽人之國, 不死之民]'라고 했다. 어떤 이는 '사람이 득도하면 몸에 모우(毛羽)가 생긴다'라고 한다"라고 했다. 『산해경』「해외남경(海外南經)」의 '羽民國在其東南, 其爲人長頭, 身生羽(우민국은 비익조(比翼鳥) 남동쪽에 있는데, 그곳 사람들의 생김새는 기다란 얼굴에 온몸에 깃털이 나 있다)'에 대한 곽박의 주는 왕일의 이 주를 인용했다.

것보다는 못하다고 말한 것이다.

곽박의 「시」[83] : "'소태나무와 가래나무가 남방 형주에서 나면', 뛰어난 인재가 세상에 응하여 나온다['杞梓生南荊', 奇才應世出]."

3 **[문인담]** 『광아』 : "'羅(라)'는 벌여놓은 것[列]이다."

'景(영)'은 햇빛[日景]이다.

'雲扃(운경)'은 '雲扉(운비 : 구름이 끼어 있는 문)'와 같다.

『운회(韻會)』 : "'扈(호)'는 뒤따르는 것[尾]이다. 뒤에서 시종하는 것을 '扈'라고 한다."

『운급칠첨(雲笈七籤)』 : "허리에는 '용책'을 패물로 차고, 머리에는 호문을 두건으로 쓴다[腰佩'龍策', 頭巾虎文]."

[전중련] 『운급칠첨』은 나중에 나온 도서(道書)이므로, 포조 시에 사용된 시어의 출처가 아니다.[84]

4 **[문인담]** '列涂(렬도)'는 '열자(열어구(列禦寇))가 바람을 타고 날아올라서 갔던[列子御風]' 길이다.

『상서』 「익직(益稷)」 : "[우(禹)가 말했다. '홍수가 하늘에까지 차올라, 넘실

---

83) 『예문유취』 권67에 실려 있다. 풍유눌(馮惟訥)의 『시기(詩紀)』에는 제목이 「贈潘尼(반니에게)」로 되어 있다. 이상 4구는 송옥은 운몽택을 찬미하고, 『모시』 「비궁」에서는 부산과 역산을 찬미했는데, 그곳에는 인재는 많이 나지만 여산의 향로봉처럼 우화등선(羽化登仙)한 선인의 거처는 아니라고 함으로써, 여산 향로봉의 신비함을 강조했다.

84) 『운급칠첨』은 11세기 송(宋) 장군방(張君房)이 편찬한 도교 교리 개설서이다. 인용문은 권20에 실린, 양 도홍경(陶弘景, 456~536)이 엮은 「상청악중결(上淸握中訣)」 중의 문장이다. '龍策(룡책)'은 허리에 차는 물건인 '요패(腰佩)'의 일종으로 신분이 높은 귀인이 차는 것이다. 여기서는 임천왕을 지칭한다.

넘실 산을 둘러싸고 구릉을 삼켜, 백성들이 물에 잠기는 피해를 봤습니다.] "저는 네 가지 탈것을 타고[予乘四載]", [산길을 따라가면서 나무를 베어 길 표시를 하고, 백익(伯益)과 함께 갓 잡은 새와 짐승의 고기를 백성들에게 나눠주었습니다.']" 공안국 전 : "[탈것이 네 종류인데, 물에서는 배를 타고[水乘舟], 뭍에서는 수레를 타고[陸乘車], 진흙에서는 썰매를 타고[泥乘輴],] '산에서는 나막신을 신는다[山乘樏]'."

『좌전』「양공 · 4년」: "망망하여라, '우의 자취여[禹迹]', 구주(九州)를 획정한 것이로다."85)

5 **[문인담]** 『집운』: "'延(연)'은 미치는 것[及]이다."

6 **[문인담]** 『한서』「오행지 · 하지상」 '其廟獨冥(노(魯)의 대부 이백(夷伯)의 사당만이 어둡다)' 안사고 주 : "'冥(명)'은 어두운 것[暗]이다."

『광운』: "'穹(궁)'은 높은 것[高]이다."

『설문해자』: "'跨(과)'는 건너가는 것[渡]이다."

『장자』「소요유」: "'푸른 하늘을 등지고[背負靑天]' 있어서, [방해될 것이 아무것도 없으니, 그런 후에 남명(南溟 : 남쪽 큰 바다)으로 갈 것을 도모하는 것이다.]"

내 견해는 이렇다. 안개를 흔드는 나무가 검푸른 것은 시야가 아득하여 어둡기 때문이고, 하늘을 짊어진 바위가 높이 솟은 것은 마치 멀리서 건너오는 것

---

85) '跡(적)'은 중간송본에는 '迹(적)'으로 되어 있는데, 같은 뜻이다. 『상서』「입정(立政)」에 "너의 군대를 잘 다스리어, '우의 자취를 따라 올라가서[陟禹之迹]' 천하를 두루 다니고 바다 끝까지 이르러, 순복하지 않는 자가 없도록 하기를"이라고 했다.

같다는 뜻이다.[86]

7 **[문인담]** 바위만 보이고 흙이 보이지 않아서 '없어졌다[滅]'라고 한 것이다.[87]

『국어』「주어(周語)·상」: "지금부터 월초까지, 양기가 다 위로 올라와서 '흙이 기름지게[土膏]' 변하기 시작한다."

'泉脈(천맥)'은 샘물이 발원하는 곳이다. 이 구는 그 지류를 통하여 원천을 헤아린다는 뜻이다.

[황절] 『수경주』 권39 「여강수(廬江水)」: "『심양기(潯陽記)』에 있다. '여산 위에 돌다리[石梁] 세 개가 있는데, 길이가 수십 장이 되지만 너비는 한 자도 되지 않고, 까마득히 바닥도 보이지 않는다. 진(晉)의 도사 오맹(吳猛)이 제자들을 데리고 산에 올라가 이 다리를 건너니, 한 노옹이 계수나무 아래에 앉아 있는 것이 보였는데, 옥배(玉杯)에 감로수를 받아서 오맹에게 주었다. 또 한 곳에 이르니 여러 사람이 보였는데 오맹에게 "옥 기름[玉膏]"을 만들어 주었다.'"

『수경주』 권39 「여강수」: "외돌개 하나가 큰 호수 가운데 우뚝 솟아 있다.

---

86) '靑冥(청명)'에는 청천(靑天)이라는 뜻도 있지만 어둑어둑한 모양 또는 나무가 무성하게 우거진 모양으로 보는 것이 좋다. '안개를 흔드는 나무[搖煙樹]'는 안개 속에 바람에 흔들리는 나무이다. '하늘을 짊어진 돌[負天石]'은 하늘 위로 높이 솟은 바위 산봉이다. 이 2구는 동적인 묘사를 통해 경물의 생동감을 더했다.

87) '滅(멸)'은 송본에는 '減(감)'으로 되어 있다. 노문초도 '減'으로 고쳤다. 정복림은 '土膏(토고)'는 흙 속의 기름 성분[土中之膏脂]으로 바로 땅속의 자양분이므로, 그것이 줄어들었다는 의미의 '減'이 옳다고 했다(『교주』, 575쪽). '霜崖(상애)'는 눈 쌓인 절벽을 말하기도 하지만 이 시에서는 험준한 서리 빛 절벽을 말한다. '金澗(금간)'은 금빛으로 흐르는 계곡물이고 '泉脈(천맥)'은 땅속으로 흐르는 샘물의 줄기이다. 이 2구는 위로는 깎아지른 절벽인데 온통 바위뿐 흙은 보이지 않고, 아래로는 까마득히 깊은 계곡물인데 그것을 통해서 땅속에 있는 천맥을 헤아려본다는 뜻이다.

(…중략…) 나는 새들도 거의 모여들지 않는다. 전해오는 바에 의하면 그 위에는 채취할 만한 '옥 기름[玉膏]'이 있다고 한다."

8 **[문인담]** 『회남자』「숙진훈(俶眞訓)」: "[오직 도를 체득해야만 무너지지 않을 수 있으니] '소용돌이치는 깊은 물[湍瀨旋淵]'과 [여량(呂梁) 같은 깊은 물도 그 사람을 막을 수 없다.]"

내 견해는 이렇다. 물이 산의 꼭대기에 있으면 높으므로, '은하수를 껴안았다[抱星漢]'라고 한 것이다.

범성대(范成大) 『계해우형지(桂海虞衡志)』「지금석(志金石)」: "[내가 동굴을 유람하여 친히 찾아가서] 석맥(石脈)이 용솟음친 곳[을 쳐다보니,] '종유석 석상[乳牀]'이 있어서 [눈처럼 새하얀데,] 암석의 녹은 액체가 엉겨서 된 것이다. '종유석 석상'은 아래로 드리워져 있는데 [마치 여러 개의 산봉우리가 거꾸로 매달린 것 같았다. 작은 산봉우리 끝은 점점 가늘어지고 길어진 것이 마치 고드름 같았는데, 기둥 끝은] 가볍고 얇으며 속은 비어서 마치 거위 깃 촉 같았다. '흘러내리는 종유동의 물[乳水]'은 [끊임없이 뚝뚝 떨어지는데] 떨어지면서 엉기고 있다."

『해내십주기(海內十洲記)』: "부상(扶桑)은 동해의 동쪽 연안에 있다. 뭍으로 가서 기슭에 오르면 1만 리 되는 곳 동쪽에 또 '푸른 바다[碧海]'가 있는데, 바다가 넓고 물이 많은 것은 동해와 마찬가지다. 물은 짜고 쓰지 않은 데다 바로 '짙푸른 빛[碧色]'을 띠고 있으며, 맛이 감미롭다."

[황절] 방동수: "'깊은 못물[旋淵]' 구는 단지 물에 거꾸로 비친 경치를 말하는 것일 뿐이지 높다는 뜻이 아니다. 문인담의 주는 옳지 않다."[88)]

9 **[문인담]** 곽박 「유선시(遊仙詩)」 제3수 : "[적송자(赤松子)는 천상으로 날아 오르려고,] '기러기를 타고' 자줏빛 구름에 오른다['駕鴻'乘紫煙]."

『설문해자』 : "'咀(저)'는 씹으면서 맛을 음미하는 것[含味]이다."

『포박자』 「금단(金丹)」 : "황금의 진액[金液]을 입에 넣으면 그 몸이 온통 금빛이 된다. 노자(老子)는 그것을 원군(元君)[89]에게서 받았다. (…중략…) 황금은 불에 넣어 백 번을 달구어도 녹아 없어지지 않으며 땅에 묻어도 영원히 썩지 않는다. 이것을 '금단(金丹)'이라고 한다."[90]

10 **[문인담]** 『초사』 「초혼」 : "방안을 휘둘러보니, '진기하고 괴이한 것' 많도다[室中之觀, 多'珍怪'些]."

『운급칠첨』 : "'益(익)'이란 것은 정기(精氣)를 보태는 것이고 '易(역)'이란 형체를 바꾸는 것으로, 정기를 보태고 형체를 바꿀 수 있다면, 이름이 '신선의 명부[仙籍]'에 오를 것이다."

11 **[문인담]** 『모시』 「왕풍・갈류(葛藟)」 제1장 '綿綿葛藟(길게 뻗은 칡덩굴)' 모전 : "'綿綿(면면)'은 길게 이어지며 끊어지지 않는 모양이다."[91]

---

88) 이것은 산봉우리에 올라서 굽어보는, 물에 하늘이 비친 모습을 말한다.
89) 원군은 도교에서 여선인(女仙人)의 미칭(美稱)이다. 예를 들면 서왕모(西王母)를 일컫는 칭호로는 '태화서진만기조모원군(太華西眞萬炁祖母元君)', '금모원군(金母元君)' 등이 있다. 이에 대해 남선인(男仙人)은 진인(眞人)이라고 부른다.
90) 인용문은 금본과 순서가 다르다. 금본에는 '황금은 불에 넣어[黃金入火]' 이하가 앞에 놓여 있으며, '이것을 금단이라고 한다[是謂金丹]'라는 구절은 없다. 이 2구는 이 산에서 도를 닦아 신선이 된 사람이 많음을 말했다. '駕鴻人(가홍인)'과 '咀丹客(저단객)'은 그러한 사람이고, '館(관)'과 '棲(서)'는 묵는다, 산다는 뜻의 동사이다.
91) 이 부분은 저본에는 '綿長, 不絶之貌'로 되어 있는데, 『모시정의』의 원문에는 '綿綿長不絶之貌'로 되어 있다. '綿綿'에 대한 풀이이므로, 단구(斷句)는 '綿綿, 長不

곽박「강부」: "비범한 이인의 '정신과 혼백'이 여기서 높이 드러났다[挺異人乎'精魄']."

내 견해는 이렇다. 선자(仙者 : 신선)의 음성과 용모는 이미 숨어버려 보이지 않지만, 그 혼백(魂魄)은 오래도록 은둔하여 죽지 않을 것이라는 뜻이다.

12 **[문인담]** 바위와 골짜기와 초목이 홀연히 슬픈 소리를 내니 사람이 듣고 감동할 만하다.

『설문해자』: "'覿(적)'은 보는 것[見]이다."

[전중련] '散(산)'은 송본에는 '瑟(슬)'로 되어 있다.[92)]

13 **[문인담]** 『동관한기(東觀漢記)』 권16 「반고(班固)」: "반고는 금중(禁中)에 자주 들어가 독서를 하며, 천자가 순행할 때마다, '부와 송을 지어 바쳤다[輒獻賦頌]'."

【평설】

[황절] 진조명 : 시구를 다듬음에 색다름을 취하고, 글자를 사용함에 반드시 새로움을 추구했지만, 그러나 억지스러운 말은 물론 없다.『채숙당고시선』 권18

방동수 : 회삽晦澁하면서도 세련되고, 전아하면서도 박실朴實하며, 깊

絶之貌'가 되어야 한다. 주희「집전」에서는 '綿綿, 長而不絶之貌'라고 했다. '高世(고세)'와 '綿古(면고)'는 모두 아득히 먼 상고시대라는 뜻이다.

92) 장씨원간본과 『전송시』 및 『고시선』에도 '瑟'로 되어 있다. '蕭散'에도 '맑고 깨끗하다[瀟灑]', '흩어져 사라지다[消散]'는 의미 외에, '고요하고 쓸쓸하다[蕭條]'라는 뜻도 있다.

이 있고 오묘하여, 지극히 공교工巧하고 지극히 곱고 산뜻하니, 실로 경망스러우면서 부박하고 번들거리면서 거칠며 천박하면서 평이한 것을 치료하는 요긴한 약이다. 이것은 커다란 변격變格이다. 두보와 한유는 모두 이것을 모태로 했다. 다만 그 체재가 평이하고 무디어서, 웅장 호방하고 변화가 풍부하며 높고 빼어난 기세는 없으니, 이른바 "거대한 칼날을 들어 하늘에 휘두르는巨刃摩天揚"[93] 기개는 한위漢魏의 조식·왕찬·완적 등에 모두 미칠 수 없다. 두보와 한유가 고인을 잘 학습하는 까닭은, 그들의 장점을 아울러 취하되, 오로지 한 사람만을 받들지 않고 그때그때 상황에 맞게 활용하는 데에 있다.『소매첨언』 권6

[전중련] 왕개운 : ["안개 서린 나무는 파르라니 어둡고, 하늘 등진 바위는 높다랗게 건너온다靑冥搖煙樹, 穹跨負天石" 구는] 전적으로 갈고닦아 단련한 것으로 뛰어나다.『상기루설시』 권8

---

93) 한유의 「장적을 놀리며[調張籍]」 시의 시구로, 이백과 두보의 시문을 찬양하는 데 사용되었다.

從庾中郎遊園山石室

荒塗趣山楹, 雲崖隱靈室.[1] 岡澗紛縈抱, 林障沓重密.[2]

昏昏磴路深, 活活梁水疾,[3] 幽隅秉晝燭, 地牖窺朝日.[4]

怪石似龍章, 瑕壁麗錦質.[5] 洞庭安可窮, 漏井終不溢.[6]

沈空絶景聲, 崩危坐驚慄,[7] 神化豈有方, 妙象竟無述.[8]

至哉鍊玉人, 處此長自畢.[9]

유 중랑을 따라 원산의 석실에 놀러 가서

황폐한 길을 따라 산속 거처 향하는데
구름 낀 벼랑에 신선 석실 숨어 있네.
산마루와 골짜기는 어지러이 휘감고
수풀과 절벽은 중중첩첩 빽빽하네.
어둑어둑 비탈 돌길 깊숙이 뻗어 있고
콰알콰알 다리 밑 물 세차게 흘러가네.
어둑한 구석에선 낮에도 촛불 들고
갈라진 땅 틈새로 아침 해 보이네.
괴상한 암석은 용무늬 흡사하고
알록진 절벽은 비단처럼 아름답네.
동정호를 어떻게 다 채울 수 있으리?
누정漏井처럼 끝끝내 넘치지 않는데.
공막空漠하게 가라앉아 모습 소리 사라졌고

위태롭게 깎인 벼랑 앉아 있기 두렵네.

신비한 조화에 정한 방도 있겠는가?

기묘한 형상은 서술할 길 끝내 없네.

대단하다 옥액玉液을 제련하는 사람은

예서 살며 한평생을 마치려 하다니.

【해제】

[전진륜] 문인담 주를 수록한다.

[문인담] 『송서』「유열전庾悅傳」: "유열庾悅은 자가 중예仲豫이고 언릉鄢陵 : 지금의 하남성 허창시(許昌市) 속현 사람이다. (…중략…) 고조가 수도를 평정한 후,[94] 무릉왕武陵王 사마준司馬遵이 조칙을 받아, 유열을 영원장군寧遠將軍·안원호군安遠護軍·무릉내사武陵內史로 삼았다. 병으로 사직했다. 진군장군부鎭軍將軍府에서 자의참군諮議參軍으로 임명했고, '거기종사중랑車騎從事中郎'으로 전임했다."

[황절] 오여륜 『고시초古詩鈔』: "'유 중랑'은 유영庾永이다. 원가 22년 445 경릉왕竟陵王 유탄劉誕[95]의 북중랑장 녹사참군北中郎將錄事參軍에 제수

94) 환현(桓玄)이 반란을 일으켜 403년 천자로 즉위하자, 404년 유유(劉裕)가 북부병(北府兵)의 장령 유의(劉毅)·하무기(何無忌)·유창(劉暢)·유도규(劉道規) 등과 연대해 평정한 것을 말한다.

95) 유탄(433~459)은, 유송 문제(424~453 재위)의 여섯째 아들로, 효무제 유준(劉駿)과 명제 유욱(劉彧)의 이복동생이다. 어려서 광릉왕(廣陵王)에 봉해졌고, 효무제 즉위 후 경릉왕으로 개봉(改封)되었다. 원가 21년(444) 남연주(南兗州)

되었다. 『송서』에 있다. '영永은 경서와 사서史書를 섭렵하고 문장을 잘 지었으며, 예서隸書를 잘 썼고 음률과 기마 궁술 및 잡예雜藝에 밝았다. (…중략…) 원가 23년446에 화림원華林園과 현무호玄武湖를 조성할 때, 영永에게 감독하고 통할하도록 해, 모든 유관 업무는 다 그의 결정에 따르도록 했다.' 이 '원산의 석실園山石室'은 아마도 화림원에 지은 석실인 듯하다."

이에 의하면 문인담의 주에서 유열庾悅로 본 것은 틀린 것 같다.

[전중련] 『남사』와 『송서』를 살펴보면, 오여륜은 장영張永의 일을 유영庾永에게 잘못 연결한 것이다.[96] 문인담이 유열庾悅로 본 것도 옳지 않다. 『송서』에서 유열이 중랑中郞이 된 것이, 한 번은 동진 안제 원흥元興 2년403 환현桓玄이 반역을 일으켰을 때 '중서시랑中書侍郞'으로 옮긴 것이고, 한 번은 유유劉裕가 환현이 난을 일으켜 장악한 서울을 평정했을 때, 무릉왕 사마준이 어지御旨를 받들어 유열을 영원장군·안원호군·무릉내사로 삼았는데 병으로 사직한 뒤, 진군장군부에서 자의참군으로 임명하고 '거기종사중랑'으로 전임시켰으며, 유의劉毅가 무군사마撫軍司馬로 초청했으나 가지 않은 것이다. 그러나 그때는 포조가 아직 태어나기 전이다.[97]

의 제군사(諸軍事)를 도독하고, '북중랑장(北中郞將)'과 남연주 자사가 되어, 광릉(廣陵 : 남연주의 치소, 지금의 강소성 양주(揚州))으로 나갔다.

96) 오여륜이 인용한 『송서』는 권53 「장영전(張永傳)」의 기록이다.

97) 정복림도 문인담과 오여륜의 견해는 모두 틀렸으며, 이곳의 유 중랑이 어떤 사람인지는 알 수 없다고 했다. 그리고 뒤에 나오는 「오흥 황포정에서 유 중랑을 송별하며[吳興黃浦亭庾中郞別]」의 유 중랑도 이 사람이 아닌지 모르겠다고 했다(『교

【주석】

1 **[문인담]** '靈(령 : 신령한)'은 '虛(허 : 빈)'로 된 판본도 있다.[98]

동중서(董仲舒) 「선비가 때를 못 만남을 읊은 부[士不遇賦]」 : "'황폐한 길' 걷기에 어려울까 두렵다[懼'荒塗'而難踐]."[99]

'山楹(산영 : 산방)'은 앞 주(「여산에 올라」 주석 3)에서 보았다.

내 견해는 이렇다. '雲崖(운애)'는 '雲峰(운봉 : 구름이 피어 있는 높은 산봉우리)'이라고 한 것과 같다. '靈室(령실)'은 석실이 운무가 끼어 아련한 가운데에 있어서 신령이 사는 곳과 같다는 것이다. 시인이 유 중랑을 따라 황폐한 길을 통해 원산(園山)을 향하다가 구름 낀 산봉우리 사이에 어슴푸레하게 석실이 있는 것을 보았다는 뜻이다.

2 **[문인담]** 『광운』 : "'縈(영)'은 둘러싸는 것[繞]이다."

『이아』 「석산(釋山)」 : "산이 위가 평평한 것을 '章(장)'이라고 한다."[100]

『집운』 권3 「陽(양)」 : "[墇(장) · 障(장) · 瘴(장)은 막는 것(壅)이다. ('墇'은) 혹은 '障'으로도 적는다. '瘴'은] 통상적으로 '障'으로 적는다."

내 견해는 이렇다. '沓(답)'은 겹쳐 합하는 것[合]이다.

3 **[문인담]** 손작 「천태산 유람 부[遊天台山賦]」 : "하늘에 높이 '매달린 돌다리'

注』, 499쪽).

98) 송본 '靈' 자 아래의 원주도 같다. 시 전편의 내용으로 보면 '靈'이 옳은 것 같다.

99) 『전한문(全漢文)』 권23에는 "'疑'荒塗而難踐(황폐한 길 걷기에 어려울 것 '같다')"으로 되어 있고, 엄가균 교어(校語)에 "『문선』의 좌사(左思) 「초은(招隱)」 시 주와 왕찬(王粲)의 「증채자편(贈蔡子篇)」 시 주에는 '懼荒塗而難踐'으로 되어 있다"라고 했다.

100) 「석구(釋丘)」에서는 "上正, '章丘'(언덕이 위가 평평한 것을 '장구'라고 한다)"라고 했다.

를 건너간다[過穹隆之'懸磴']."[101]

『모시』「위풍(衛風)·석인(碩人)」 제4장 : "[황하는 넘실넘실[河水洋洋],] 북류하며 '콸콸' 흘러가네[北流'活活']."[102]

4 **[문인담]** 장형(張衡) 「칠변(七辨)」 : "무위 선생은 '궁벽한 곳'에 머물면서, 소리도 숨기고 모습도 감춘 채 자취를 드러내지 않고 숨어 지냅니다[無爲先生淹在'幽隅']."

「고시십구수」 제15수 : "[살 세월 백 년도 못 채우는데, 언제나 천년 근심 품고 있구나. 낮은 짧고 괴로운 밤 길기만 한데[生年不滿百, 常懷千歲憂. 晝短苦夜長],] 어찌하여 '촛불 들고' 놀지 않는가[何不'秉燭'遊]?"

『노자』 제47장 : "[대문 밖을 나가지 않아도 천하의 이치를 알 수 있고,] '창문 밖을 내다보지[窺牖]' 않아도 하늘의 도를 알[知] 수 있다."[103]

5 **[문인담]** 『상서』「우공」 : "[발해와 태산[岱] 사이가 청주(靑州)이다. (…중

---

101) '懸磴(현등)'은 『문선』 권11 이선 주에서 '돌다리[石橋]'라고 했다. 포조 시에서는 산비탈의 돌길이어서 적합하지 않다. 그래서 정복림은 『광운』 권4의 "'磴'은 험준한 산길[巖磴]"이라는 풀이를 근거로, '磴路(등로)'는 '돌이 많은 좁은 길[石徑]'을 말하며, '磴道(등도)'와 같다고 풀이한 뒤, 안연지의 「칠역(七繹)」 중 "巖屋橋構, '磴道'相臨(높은 산 암벽에 높다랗게 집을 얽었는데, '산비탈 돌길'을 따라 찾아간다)"를 용례로 제시했다(『교주』, 501쪽).

102) '活活(괄괄)'은 물이 세차게 흐르는 소리이다. 『광운(廣韻)』에 "물이 흐르는 소리[水流聲]"라고 했다.

103) 저본의 '知(지)'는 금본에는 '見(견)'으로 되어 있다. 앞 구가 '知天下'이기 때문에 '見天道'가 되어야 옳다. '地牖(지유 : 땅의 창문)'는 땅의 갈라진 틈새(crevice)이다. 이 2구는, 『수경주』 권34 「강수(江水)」에서 "삼협(三峽) 7백 리에는 양안으로 산이 연이어져 거의 빈틈이 없는데, 첩첩한 암벽이 하늘과 태양을 가려[重巖疊嶂, 隱天蔽日] 정오와 한밤중[停午夜分]이 아니면 태양과 달[曦月]을 볼 수 없다"라고 한 것처럼, 이곳이 험준한 협곡임을 표현했다.

략…)] 그곳에서 바치는 공물(貢物)로는 (…중략…) 납과 소나무와 '괴석(怪石)'이 있다."

『진서(晉書)』「조지전(趙至傳)」: "[조지는 혜강(嵇康) 형의 아들 혜번(嵇蕃)과 우정이 깊었는데 멀리 떠나게 되자, 혜번에게 편지를 보내 이별의 정을 토로하고 아울러 자기 뜻을 피력했다. '(…중략…) 이제 귤과 유자를 추운 북방에 심고, 연뿌리를 높은 언덕에 거꾸로 심고,] "용무늬의 옷[龍章]"을 벌거벗고 사는 사람들에게 보여주고, [「소악(韶樂)」과 「무악(武樂)」을 청각 장애가 있는 속인에게 연주하려 하는데, 실로 이러한 것이 귀중한 사물로 인정받기는 어려울 것이오.']"

내 견해는 이렇다. '瑕壁(하벽)'은 석벽에 이끼가 끼어 얼룩무늬를 이룬 것이 마치 옥에 티가 있는 것 같다는 말이다.

좌사 「촉도부」: "[철갑상어와 다랑어, 송어와 방어, 큰 메기와 가물치, 문절망둑과 동자개가,] 가지런한 비늘과 제각각의 색깔로, '고운 바탕'과 화려한 무늬를 뽐내며[差鱗次色, '錦質'寶章], [물결에 뛰어오르고 여울에서 장난치며, 물 가운데서 서로를 잊어버립니다.]"

[황절] 곽박 「무함산 부(巫咸山賦)」: "'알록진 돌'이 아래에 잠겨 있고, 택란과 구릿대가 위로 자란다[潛'瑕石', 揚蘭茝]."

'瑕壁'은 '瑕石(하석)'과 같다.

[전중련] 송본에는 '壁(벼랑)'이 '璧(벽 : 벽옥)'으로 되어 있다.[104]

---

104) 주응등본과 『전송시』도 같다. 오덕풍은 '璧'이 되어야 할 것 같다고 했고(77b쪽), 정복림은 곽박의 「무함산 부」를 근거로 속본(俗本)에서는 '瑕璧'을 '瑕壁'으

6 **[문인담]** 『수경주』 권38 「상수(湘水)」: "'동정호(洞庭湖)'는 넓이가 5백여 리로 해와 달이 마치 그 속에서 뜨고 지는 것 같다."

『주례』 「천관총재 · 궁인(宮人): "'井(정)'과 匽(언)을 만들어 깨끗하지 못한 물을 제거하고 악취를 없앤다." 정현 주: "['井'은] '누정(漏井)'이니 길바닥에 괸 물을 받아 모으는 웅덩이이다. [(…중략…) '匽'은 언저(匽猪)이니, 흘러내리는 물이 고이는 못에서 고인 물을 받아 배출하는 곳이다.]"105)

『이아』 「석고(釋詁)」: "'溢(일)'은 가득 차서 넘치는 것[盈]이다."

7 **[문인담]** '공막하게 가라앉아[沈空]' 구는 '동정(洞庭)'과 '누정(漏井)'을 이어받고, '위태롭게 무너져[崩危]' 구는 '괴이한 암석[怪石]'과 '알록진 절벽[瑕壁]'을 이어받는다.106)

8 **[문인담]** 『습유기(拾遺記)』 권1 「염제신농(炎帝神農)」: "[신농씨의 지극한 덕은 그윽하며 어두운 가운데 갖춰졌고,] '신령한 교화[神化]'는 정밀하고 미세한 데로 관통했다."

곽박 「유선시」 제8수: "밝은 도는 비록 어두운 것 같아도, 그 가운데에 '미묘

로 고쳤는데 오류가 명백하다고 했다(『교주』, 501쪽).

105) 가공언 소에 "궁중에서 '누정'을 만들어 오수(汚水)를 모으고, '언저'를 만들어 사방의 물이 흘러들게 한다는 것이다"라고 했고, 명 양신(楊愼)의 『단연총록(丹鉛總錄)』 「지리(地理) · 누정언저(漏井匽猪)」에 "'누정'은 오늘날의 '滲坑(삼갱: 滲井(삼정)이라고도 하는데 땅속에 웅덩이를 만들어 오수가 모여 지하로 스며들게 하는 수챗구멍)'이고, '언저'는 오늘날의 '陰溝(음구: 배수를 위해 땅속으로 낸 도랑. 암거(暗渠))'이다"라고 했다. 이 2구는 '삼갱'에 물을 쏟아부으면 물이 땅속으로 스며들어 빠져 넘치지 않는 것처럼, 계곡물이 흘러드는 동정호가 워낙 호대(浩大)하여 물을 다 채울 수 없음을 말했다.

106) 이 2구는 동정호는 아득히 멀리 떨어져 있어 아무런 모습이나 소리도 들리지 않고, 깎아지른 절벽은 고소공포증을 느낄 정도로 험준함을 말했다.

한 형상'이 있다[明道雖若昧, 其中有'妙象']."

9 **[문인담]** 『운급칠첨』: "자미왕부인(紫微王夫人) 시에 "'옥을 불리고" 팔경을 정제한다["鍊玉"飛八瓊]'라고 했다."[107]

【평설】

[전중련] 방동수: 이 시는 편법篇法은 완미하나 결구結句는 아름답지 못하다.『소매첨언』 권6

왕개운: [「여산에 올라」] 몇 수는 사영운을 힘껏 배우지 않은 것은 아니지만, 단지 구절의 조탁에만 힘써서 신운神韻의 추구는 잘하지 못했다. 포조의 천재성에도 오히려 이러했는데, 명대明代의 여러 작가가 사영운을 본뜬 여러 작품이 사람을 놀라게 할 수 없음은 당연하다.『상기루설시』 권6

* 내 견해는 이렇다. 사영운의 5언시는 산수와 노장老莊을 한 덩어리로 만들었다. 포조는 이 점에 있어서는 전혀 조짐조차 보이지 않으니, 신운의 추구를 잘하지 못했을 뿐만이 아니다.

107) 권97 「찬송부(贊頌部)·가시(歌詩)」에 실린 자미부인(紫微夫人) 시의 구절이다. '八瓊(팔경)'은 '八石(팔석)'이라고도 하는데, 도교에서 연단(鍊丹)에 사용하는, 주사(朱砂)·웅황(雄黃)·운모(雲母)·공청(空靑)·유황(硫黃)·융염(戎鹽)·초석(硝石)·자황(雌黃) 등 8종의 광물을 말한다. '飛(비)'는 이들을 곱게 가루를 내어 물에 넣고 물 위로 뜨는 찌꺼기를 걸러내는 것을 말한다.

登翻車峴

高山絶雲霓, 深谷斷無光.[1] 晝夜淪霧雨, 冬夏結寒霜.
淖坂旣馬領, 磧路又羊腸.[2] 畏塗疑旅人, 忌轍覆行箱.[3]
升岑望原陸, 四眺極川梁.[4] 遊子思故居, 離客遲新鄉.[5]
新知有客慰, 追故遊子傷.[6]

번거현에 올라

높은 산은 구름을 뚫고 솟았고
깊은 골은 햇빛조차 닿을 수 없네.
밤낮으로 안개비가 자욱이 젖고
사시사철 찬 서리가 엉기어 있네.
진흙 비탈 가파르기 말 목인 데다
자갈길은 구불구불 양 창자라네.
험한 길이 두려워서 길손은 의심하고
바퀴 자국 꺼려진다, 수레가 뒤집힐지.
산봉에 올라서서 넓은 들을 바라보고
사방을 조망한다, 내와 다리 끝까지.
나그네는 고향 마을 그리워하고
길손은 새 고을을 서성인다네.
새 친구를 사귀면 길손 위안 되지만
옛 친구를 추억하면 나그네 맘 아프다네.

【해제】

[전진륜] 『강승지기江乘地記』: "성城 동쪽 45리에 죽리산竹里山이 있다. 어가가 행차하는 길이 지나는 곳인데, 길이 대단히 가파르고 험하여, 행인들은 번거현翻車峴이라고 불렀다. 포조에게 「번거현에 올라」 시가 있다."108)

【주석】

1 [전진륜] 사마표(司馬彪) 「산도에게 주는 시[贈山濤]」: "위로는 '푸른 구름과 무지개'를 짓밟고, 아래로는 천 길 골짝을 굽어본다[上淩'青雲霓', 下臨千仞谷]."109)

2 [전진륜] 『설문해자』: "'淖(뇨)'는 진흙[泥]이다."

---

108) 『태평어람』 권56 「지부(地部)·현(峴)」의 인용에는 '포조에게 「번거현에 올라」 시가 있다'라는 말은 없다. 강승현(江乘縣)은 지금의 남경시 서하구(棲霞區) 자금산(紫金山) 동쪽 산록 부근에 있었다. 창작 시기에 대해, 오비적(『포조연보』)과 전중련(「포조연표」)은 모두 포조가 효무제 대명 6년(462)에 형주 자사로 부임하는 임해왕 유자욱의 전군참군으로 형주로 가면서 지은 작품으로 보았다. 정복림은 시기는 같은 대명 6년으로 보면서도 상황은 달리 보았다. 즉 포조가 당시 오흥(吳興)에서 건강(建康)으로 돌아가면서 번거현을 넘으며 지은 것이라는 것이다(『교주』, 487쪽). 정복림의 견해에 대해 자세한 것은 「오흥 황포정에서 유중랑을 송별하며[吳興黃浦亭庾中郎別]」와 「육기의 '군자가 생각할 것'을 본떠[代陸機君子有所思行]」의 역주 2를 볼 것.

109) '絶(절)'은 운무를 뚫고 높이 솟구치는 것을 말하고, '雲霓(운예)'는 높은 하늘의 운무(雲霧)이다. 송옥(宋玉)의 「초왕의 질문에 답함[對楚王問]」에 "봉황새는 9천 리를 치고 올라 '운예를 끊고' 청천을 등지고, 발로 구름을 휘저으며 까마득한 상공에서 빙빙 돌며 비상한다[鳳皇上擊九千里, '絶雲霓', 負蒼天, 足亂浮雲, 翱翔乎杳冥之上]"라고 했다. '斷(단)'은 결코, 절대라는 뜻이고, '無光(무광)'은 햇빛이 미치지 않는 것이다. 이 2구는 번거현이 높다는 것을 과장하여 묘사했다.

『설문해자』: "'磧(적 : 서덜)'은 물가에 돌이 많이 있는 곳이다."

『화양국지(華陽國志)』 권4 「남중지(南中志) · 남광군(南廣郡)」: "북도(僰道 : 지금의 사천성 의빈시(宜賓市) 남서쪽)에서 [주제(朱提 : 지금의 운남성 소통시(昭通市))로 간다. (…중략…) 또] 우고두판(牛叩頭阪)과 '마박협판(馬搏頰阪)'이 있는데, 그곳의 험하기가 그 이름과 같다."[110]

[황절] 『속한서(續漢書)』 「군국지(郡國志) · 4」 '형주(荊州) · 계양군(桂陽郡)': "침현(郴縣)에 '객령산(客嶺山)'이 있다." 유소(劉昭) 주: "『상중기(湘中記)』에 있다. '현 남쪽 십수 리에 "마령산(馬嶺山)"이 있다.'"

『속한서』 「군국지 · 4」 '형주(荊州) · 남군(南郡)'의 '이도(夷道)' 유소(劉昭) 주: "『형주기(荊州記)』에 있다. '현 남동쪽에 "양장산(羊腸山)"이 있다.'"

포조는 형주에 나그네로 유람하면서 산천에서 느낀 바가 있을 것이니, '마령(馬嶺)'과 '양장(羊腸)'은 마땅히 이것을 가리키는 것 같다.[111]

3 **[전진륜]** 『장자』 「달생(達生)」: "저 '험난하여 두려운 길[畏途]'[112]은, 열 사람 중 하나가 살해될 수 있는데[十殺一人],[113] 그리되면 부자 형제가 서로 경

---

110) '牛叩頭阪'과 '馬搏頰阪'은 소와 말이 무거운 짐을 지고 올라갈 때, 고개를 바짝 숙여 빰이 땅을 쳐야만 올라갈 수 있을 만큼 험한 비탈이라는 뜻이다. 『수경주』 권36 「약수(若水)」에도 같은 내용이 있다.

111) '馬領(마령)'에 대해 황절 보주에서 인용한 자료는 모두 '馬嶺(마령)'으로 되어 있고, 시 본문도 송본에는 '馬嶺'으로 되어 있다. 그러나 노문초 교본과 『고시기』는 장부본과 같이 '馬領'으로 되어 있다. '坂(판 : 비탈, 둑)'은 송본에는 '坡(파 : 고개, 비탈)'로 되어 있고, 노문초 교본도 '坡'로 고쳤다.

112) 성현영 소에, 도중에 겁적(劫賊 : 강도)이 숨어 있고 길이 험하여 가기가 두려운 것이라고 했다.

113) 저본의 '日(일)'은 '十(십)'의 오자여서 고쳤다.

계하여, [반드시 많은 무리를 이룬 뒤에 감히 길에 나가게 되니, 또한 지혜롭지 않은가!]"

『주역』「여괘(旅卦)·상구」: "'여행하던 사람[旅人]'이 처음에는 웃고 나중에는 울부짖는다."

『한시외전』: "앞 수레가 넘어진 것은 뒤 수레의 감계이다[前車覆, 後車戒]."[114)]

『설문해자』: "'箱(상)'은 큰 수레의 빈복(牝服 : 사람이 타거나 물건을 적재하는 칸 양쪽으로 뻗어 있는 가로나무)이다."[115)]

4 **[전진륜]** 장형 「동경부(東京賦)」: "[어가는 태산을 순수하고,] '넓은 들판'에서 농사를 격려하신다[勸稼穡于'原陸']."

조식 「백마왕 조표에게[贈白馬王彪]」: "건너려고 하여도 '강에는 다리가 없다'[欲濟'川無梁']."

5 **[전진륜]** 『사기』「고조본기」: "[경포(黥布)의 난을 평정한 고조는 돌아가다가 고향 패군(沛郡)에 들러 머물렀다. (…중략…)] 패군의 부형들에게 말했다. '이 나그네는 언제나 고향을 그리워합니다[游子悲故鄉].'"

[황절] 『진서(晉書)』「유연전(庾兗傳)」: "[(조왕(趙王) 사마륜(司馬倫)의 난을 평정하고 혜제(惠帝)를 복위시키고 대사마(大司馬)가 된) 제왕(齊王) 사마경(司馬冏)이 서울로 돌아온 지 1년이 넘도록 조회에 나가지 않자,] 유연은 ['진 왕실이 힘이 없어졌다. 나라를 빼앗으려는 재난이 곧 일어날 것이다'라고 하

---

114) 금본 『한시외전』 권5 제19장은 "前車覆而後車不誡, 是以後車覆也(앞 수레가 넘어졌으나 뒤 수레가 경계로 삼지 않아, 그 때문에 뒤 수레도 넘어진다)"로 되어 있다.

115) 저본의 '牡(모)'는 '牝'의 오자여서 고쳤다.

고,] 처자를 데리고 임려산[林慮 : 지금의 하남성 임주시(林州市) 소재]으로 가서, 그 '새 고을[新鄕]' 섬기기를 '대대로 살아온 고을[故鄕]'처럼 했다."

6 **[전중련]** 송본에는 '新知(신지)'가 '知新(지신)'으로 되어 있다.[116]

---

116) 노문초는 '知新'으로 교감했다. 대구 '옛 친구를 추억한다[追故]'를 보면 '知新'이 더 낫다. 사고본과 『고시기』는 장부본과 같이 '新知'로 되어 있다.

登黃鶴磯

木落江渡寒, 雁還風送秋.[1] 臨流斷商絃, 瞰川悲棹謳.[2]

適郢無東轅, 還夏有西浮.[3] 三崖隱丹磴, 九派引滄流.[4]

淚行感湘別, 弄珠懷漢遊.[5] 豈伊藥餌泰, 得奪旅人憂.[6]

황학기에 올라

나뭇잎 떨어지니 강은 추위 건네오고
기러기 돌아오니 바람은 가을 보내오네.
물가에 나가니 가을 노래 애를 끊고
냇물을 굽어보니 뱃노래 구성지네.
영으로 가려 하니 동쪽 가는 수레 없고
하수를 지나면 서쪽 가는 배만 있네.
세 개의 절벽은 붉은 돌길 감추었고
아홉 가닥 지류는 푸른 물을 인도하네.
눈물 자국 대나무에 상수 이별 느끼고
구슬을 만지면서 한수 여인 그려 보네.
어찌 음악과 음식의 즐거움만이
나그네 시름을 없앨 수 있으리?

【해제】

[전진륜] 문인담 주를 수록한다.

[문인담]『구역지九域志』의 '악주鄂州' 편에 '황학루黃鶴樓'가 있다."[117)]

『도경圖經』: "비문위費文褘가 신선이 되어 학을 타고 이곳에 왔다."[118)]

육씨陸氏: "무창武昌의 '黃鵠山황학산'은 일명 '黃鶴山황학산'이라고 한다. 황학루는 '황학기黃鶴磯' 위에 있다."[119)]

---

117) 이 글은『구역지』의 내용을 문인담이 요약한 것이다.『구역지』권6의「형호북로(荊湖北路)」에, "'긴(緊) 악주(鄂州) 강하군 무창군절도사': (…중략…) 고적으로는 (…중략…) '황학루' (…중략…) 가 있다[緊'鄂州'江夏郡武昌軍節度使. (…중략…) 古跡 (…중략…) 黃鶴樓 (…중략…)]"라고 했다. 원문에 나오는 '緊(긴)'은 당송 시기 주현(州縣)의 등급이다. 주군의 경우는 일반적으로 望(망)·緊·上(상)·中(중)·下(하) 등으로 나뉘고, 현은 赤(적)·畿(기)·망·긴·상·중·하 등으로 나뉜다.『구역지』의 글은 여기까지이다. 저본에서 '육씨'의 견해까지『구역지』의 인용문으로 표기한 것은 옳지 않다.

118) 원 오사도(吳師道)의『오예부시화(吳禮部詩話)』'최호황학루(崔顥黃鶴樓)' 조에 인용되어 있는데, 저본의 '仙去(선거)'의 '去(거)' 자는 없다.『태평환우기(太平寰宇記)』에『도경』을 인용했는데, '仙去'는 '登仙(등선)'으로 되어 있다. 양사홍(楊士弘)의『당음(唐音)』권5「칠언율시」'최호(崔顥)「황학루(黃鶴樓)」' 제목 아래 주에 인용된, 염백리(閻伯理)의「황학루기(黃鶴樓記)」에도『도경』의 기록이 인용되어 있는데, 후반부는 '嘗駕黃鶴返憩於此, 遂以名樓(일찍이 황학을 타고 이곳에 돌아와 쉬었기 때문에, 이렇게 이름 지었다)'로 되어 있다. 고보영(高步瀛)은『당송시거요(唐宋詩擧要)』에서,『수경주』「강수주(江水注)」의 '황학산(黃鵠山)'과『청통지(淸統志)』'호북 무창부(武昌府)' 조의 "'황학산(黃鶴山)'은 강하현(江夏: 지금의 무한시(武漢市) 무창구) 치소의 서쪽 구석에 있는데, 일명 '黃鵠山'이라고 한다.『부지(府志)』에 '황학산은 고관산(高冠山: 지금의 사산(蛇山)으로 황학산의 동쪽 지맥) 서쪽으로부터 강에까지 이르는데, 그 꼭대기가 우뚝 솟아 있다. 황학루가 그것을 베고 있다'라고 했다"라는 기록을 근거로, 황학루라는 명칭은 산 이름에서 유래한 것이 확실하다고 했다. 포조 시의 '황학기'는 바로 '황학산'이다.

119) 이 시의 창작 시기에 대해서, 전중련은 주석 3에서 "포조의 이 시는 형주(荊州

【주석】

1 **[문인담]** 장재(張載) 「칠애시(七哀詩)」 제2수 : "'나뭇잎 떨어지니' 가지는 소삼하다['木落'柯條森]."

내 견해는 이렇다. '강이 추위를 건네오는[江渡寒]' 것은 한기가 강을 건너서 온다는 뜻이다.

2 **[문인담]** 『회남자』 「남명훈(覽冥訓)」 : "봄바람이 불면 술이 부풀어 넘치고, 누에가 실을 토해내면 '상현은 끊어진다[商弦絶]'."[120]

『운회』 : "내려다보는 것을 '瞰(감)'이라고 한다."

좌사 「오도부」 : "'뱃노래'[121] 부르고, 피리 소리 울린다['棹謳'唱, 簫籟鳴]."

: 치소는 지금의 호북성 형주시 강릉현(江陵縣))로 가는 도중에 무창(武昌)을 지나며 지은 것"이라고 했고, 「포조연표」에서는 대명 6년에 넣었다. 이해 가을 7월 임해왕 유자욱(劉子頊)이 형주 자사가 되어 부임했는데, 강북의 양주(揚州)에 머물던 포조는 임해왕을 따라 형주로 갔다. 따라서 이 시는 이때 지어졌을 가능성이 매우 크다. 정복림도 전중련의 견해를 따랐다(『교주』, 594쪽). '鵠'은 다음자(多音字)로 '鶴'과 통용할 때는 '학', 고니와 과녁의 뜻일 때는 '곡', 크다(浩)는 뜻일 때는 '호'로 읽는다.

120) 원주에, "새 실이 나오면 낡은 실은 약해진다. 상(商)은 오음(五音) 중에서 가장 가늘고 급하다. 그래서 끊어지는 것이다"라고 했다. 고유의 주에, "목풍(木風 : 동풍)이 불면, 그것은 오미(五味) 중 목(木)에 해당하는 신맛[酸 : 식초]이 되어, 술에 들어가 술이 부풀어 넘치는 현상이 생기게 한다. 누에는 오화(午火 : 십이지의 사(巳)와 오(午)는 오행의 화(火)에 해당함)에 해당하고, 상(商)은 오행의 금(金)에 해당하며, '화(火)가 성하면 목(木)은 쇠하고, 토(土)는 생기기 시작하고, 수(水)는 가두어지고, 금(金)은 죽게 된다'(『회남자』 「지형훈」)라고 하는 이치에 따라 상현은 끊어진다"라고 했다. 허신(許愼) 주에 "'상(商)'은 서방의 금에 해당하는 음[金音]"이라고 했다. 즉 계절로는 가을에 해당하는 음악이다. 그래서 '가을 노래'로 번역했다. '斷(단)'은 '단장(斷腸)'의 의미로 풀이했다. Chen은 이 구를 "물가에 다가가면 가을 현악에 가슴이 찢어진다(As I approach the water my heart is broken by an autumn zither)"라고 번역했다(337쪽).

[황절]『예기』「월령 · 맹추지월(孟秋之月)」 : “그 음악은 ‘상(商)’이다.” 정현 주 : “가을 기운이 화락하면 ‘상성(商聲)’이 조화를 이룬다.”

시에서 “물가에 나가니 가을 노래 애끊는다[臨流斷商絃]”라고 했으니, 아마 뱃노래[棹謳]가 슬퍼서 조화를 잃었기 때문일 것이다.

방동수 : “‘물가에 나가니[臨流]’ 2구는 호문(互文)으로 2구의 의미는 하나이다. 현이 끊어진 것은 급히 켰기 때문이고, 급히 켠 것은 슬픔이 절실했기 때문이다.”

3 **[문인담]** ‘還(환 : 돌아오다)’은 ‘過(과 : 지나다)’로 된 판본도 있다.[122)]

사마상여「상림부(上林賦)」‘鄢郢繽紛(언과 영에선 초의 가무가 떠들썩하다)’ 이선 주 : “이기(李奇)가 말했다. ‘[鄢(언)은 지금의 의성현(宜城縣 : 지금의 호북성 의성시)이고,] “郢(영 : 지금의 호북성 강릉시)”은 초의 수도이다.’”

내 견해는 이렇다. ‘郢’은 지금의 형주부(荊州府)이고, 무창(武昌)은 형주의 서쪽에 있다. ‘동쪽 수레가 없다[無東轅]’라고 한 것은 양자강에 가로막혀 동쪽의 수레가 서쪽으로 갈 수 없다는 뜻이다.

『초사』「구장 · 애영(哀郢)」 : “‘하수를 지나’ 서쪽으로 뜨니[‘過夏首’而西浮兮], [용문(龍門 : 초나라 도성 동문)을 돌아봐도 보이지 않네.]” 주희 집주 : “‘夏首(하수)’는 하수(夏水)의 물머리이다. ‘浮(부)’는 나아가게 하지 않고 절

---

121) 『문선』에는 ‘棹(도)’가 ‘櫂(도)’로 되어 있는데, 이체자이다. 좌사의 「촉도부(蜀都賦)」에도 나오는데, 이선 주에서 “‘櫂謳(도구)’는 노를 저으면서 부르는 노래이다”라고 했다.

122) 『예문유취』에 ‘過’로 되어 있다. 오덕풍은 『예문유취』를 좇아 ‘過’가 되어야 할 것이라고 했다(77b쪽). 내용 면에서 ‘過’가 낫다.

로 흘러가는 것이다."

[황절] "하수를 지나면 서쪽으로 가는 배 있다[還夏有西浮]"라고 한 것은 대개 하구(夏口)가 황학기의 남서쪽에 있기 때문이다.

방동수 : "'영으로 가니[適郢]' 두 첩구(疊句)는 하나의 뜻으로, 영(郢)과 하(夏)를 바라보니 모두 서쪽에 있을 뿐이라는 뜻이다. 문인담 주에서 잘못 풀이했으니 틀렸다."

내(황절) 견해는 이렇다. 영은 물론 무창의 서쪽에 있고 하도 무창의 서쪽에 있다. 그런데 황학기는 무창에 있으므로 영과 하를 바라보면 모두 서쪽에 있는 것이다.

[전중련] 내 견해는 이렇다. 방동수의 주장이 옳다. 『초사』「애영」의 "하수를 지나 서쪽으로 뜬[過夏首而西浮]" '하수(夏首)'는 하수(夏水)의 머리, 즉 하수가 양자강에서 발원하는 곳을 가리킨다. 영의 동쪽 동정호(洞庭湖)의 북서쪽에 있다. 하구(夏口)가 아니다. 황절의 주도 옳지 않다. 포조의 이 시는 형주(荊州)로 가는 도중에 무창(武昌)을 지나며 지은 것이다. 그래서 그렇게 말했다.[123]

4 **[문인담]** 『설문해자』 : "'崖(애)'는 산의 가장자리[山邊 : 낭떠러지]이다."[124]

---

123) 오덕풍(77b쪽)과 정복림(『교주』, 596쪽)도 전중련의 견해를 좇았다. 「애영」의 '夏首'는 지금의 호북성 형주시 사시구(沙市區) 남동쪽으로, 하수(夏水)가 처음으로 양자강에서 갈라지는 곳이다. 반면 황절이 말한 '夏口'는 한수(漢水)가 양자강으로 흘러드는 곳으로, 지금의 호북성 무한시(武漢) 한구구(漢口區)이다. 남조(南朝) 시기에 한수가 호북성 선도시(仙桃市)에서 하수와 합류하면서 그 하류를 하수(夏水)로도 불렀으며, 하구를 당시 '夏首(하수)'라고도 불렀다.

124) 금본 『설문해자』는 '山(산)' 부수의 '崖'자 풀이는 '高邊(고변)'으로 되어 있고, '厂(엄)' 부수의 '厓'자 풀이가 '山邊(산변)'으로 되어 있다.

『운회』: "'隱(은)'은 가려 덮는 것[蔽]이고 감추는 것[藏]이다."

『형주기(荊州記)』: "양자강은 심양(潯陽 : 지금의 강서성 구강시(九江市))에 이르러 아홉 가닥으로 나누어진다."

『심양기(潯陽記)』: "'구강(九江)'은 첫째 백오강(白烏江), 둘째 방강(蚌江), 셋째 오토강(烏土江),125) 넷째 가미강(嘉靡江), 다섯째 견강(畎江), 여섯째 원강(源江), 일곱째 늠강(廩江), 여덟째 제강(提江), 아홉째 균강(菌江)이다."

[황절] 『수경주』 권35 「강수주(江水注)」: "양자강 서쪽 기슭에 선관포(船官浦)가 있다. 황학기(黃鵠磯)의 서쪽을 거쳐 남으로 가면 앵무주(鸚鵡洲)의 아랫자락을 만난다. (…중략…) 선관포의 동쪽이 바로 황학산(黃鵠山)이다. [숲 사이가 매우 아름답다. 초군(譙郡 : 지금의 안휘성 박현(亳縣))의 대옹(戴顒)이 야인의 복장을 하고서 그 아래에 살았다. 황학안(黃鵠岸)이라고 한다. 안 아래에 물굽이가 있는데, 그것을 황학만(黃鵠灣)이라고 부른다.] 황학산의 북동쪽은 하구성(夏口城)을 마주한다. [위 황초(黃初) 2년(221) 손권(孫權)이 쌓은 것이다. 산에 의지하고 강을 따라서 형세를 열어 밝고 멀리 보이며, 보루에 의지하고 험준함에 기대어 높은 망루에서 강물을 베개로 삼는다. 위로는 흐르는 내를 멀리 바라보고 아래로는 격랑이 출렁거린다. 실로 뱃사람이 어려워하는 바다.]"

---

125) 저본의 '士(사)'는 '土(토)'의 잘못이다. 『고시전』과 『연감유함(淵鑑類函)』 권37 「지부(地部)·강(江)」의 인용에 모두 '土'로 되어 있다. 또 '菌江'은, 송 모황(毛晃)의 『우공지남(禹貢指南)』 권2 '九江孔殷(아홉 강이 크게 바로잡혔다)' 주에 인용된 『연강도(緣江圖)』에는 '箘江(균강)'으로 되어 있다. 「대뢰안에 올라서 누이에게 부친 편지」 주석 9 전중련 증보에 인용된 『경전석문』을 볼 것.

이에 의하면 황학기(黃鶴磯)의 남서쪽은 '선관포'이고, 곧바로 내려가면 '앵무주'이며, 북동쪽은 '하구'를 마주하고 있으니, 시에 말하는 '세 절벽[三崖]'이다. **[전중련]** 내 견해는 이렇다. 황절 보주는 선관포·앵무주·하구를 '세 절벽'이라고 했으나, '절벽[崖]'의 뜻과 부합되지 않는 것 같다. 시의 의미상으로 '適郢還夏' 2구는 무창 이서 지역을 말했으니, 이 2구는 무창 이동 지역을 말하는 것이다. '세 절벽'은 강녕(江寧)의 '세 산[三山]'을 가리켜 말한 것 같다. 땅이 이미 멀리 떨어져 있기에 가려져서 보이지 않는 것이다. '세 산'은 아래의 「서울로 돌아오는 길에 삼산에 이르러 석두성을 바라보며[還都至三山望石頭城]」 주('해제')를 볼 것.[126]

5 **[문인담]** 『박물지(博物志)』 권8 : "요(堯)의 두 딸(아황(娥皇)과 여영(女英))은 순(舜)의 두 왕비인데, 상부인(湘夫人)이라고 한다. 순이 죽은 후 '두 왕비가 울어서 눈물이 대나무에 뿌려지자 대나무는 모두 얼룩이 졌다[二妃啼, 以涕揮竹, 竹盡斑]'. [왕비는 죽어서 상수(湘水)의 신이 되었다. 그래서 그 대나무를 '상비죽(湘妃竹)'이라고 한다.]"

장형 「남도부(南都賦)」 : "弄珠於漢皐之曲(놀러 나온 여인이 한고대 굽이에서 진주를 만지작거리네)." 이선 주 : "『한시외전』에 있다. '정교보(鄭交甫)는 남쪽으로 초나라로 가려고 저 한고대 아래를 따라가다가 "두 여인을 만났다[乃遇二女]". 두 개의 진주를 차고 있었는데, 크기가 형계(荊鷄 : 크기가 작은 남방 닭. 월계(越鷄))의 알만 하다. [정교보가 말했다. '바라건대 그대들의 "패옥(佩玉)"을 청합니다.' 두 여인은 정교보에게 주었다. 정교보는 받아서 그것

126) 정복림은 전중련의 견해를 좇았다(『교주』, 596~597쪽).

을 품고 초연히 떠나서 열 걸음을 가다가, 그것을 더듬어보니 없어졌다. 돌아보니 두 여인도 자취가 없어졌다].'"

『명승지(名勝志)』 : "만산(萬山)은 양양부성(襄陽府城)의 서쪽에 있는데, 전해지기로는 정교보가 만난, 놀러 나온 여인은 이 산 아래에 살았다고 한다."

[전진륜] '行(행)'은 마땅히 '竹(죽)'이 되어야 할 것 같다.

[전중련] 송본에는 '行'이 '竹'으로 되어 있다.127)

방동수 『소매첨언』 : "'淚竹(루죽)' 2구는 한공(韓公 : 한유(韓愈))이 본떠, '얼룩 대는 순임금의 부인이 울어서 그렇고, 맑은 상수에는 초나라의 신하 굴원이 빠졌다[斑竹啼舜婦, 淸湘沈楚臣]'128)라고 했다."

6 **[문인담]** 『이아』 주 : "약물과 음식보다 좋다[良於藥餌]."129)

『주역』 「여괘(旅卦)·상구」 : "'나그네[旅人]'는 먼저 웃고 나중에 울부짖는다."

[황절] '藥餌(약이)'는 어떤 판본에는 '樂餌(악이)'로 되어 있다.130)

『노자』 제35장 : "대상(大象 : 형상이 없는 형상)인 도를 잡아 지키면 천하의 모든 사람이 귀순할 것이며, 귀순해 와도 해를 입는 일이 없을 것이요 안전하고 평안하고 '태평해질[太]' 것이다. '음악과 음식은 길손의 발길을 멈추게 하지만[樂與餌, 過客止]' [도는 밖에 나타나도 담백하여 맛이 없다.]"

---

127) 『전송시』와 『고시선』도 같다.

128) 한유(韓愈)의 「'혜사' 스님을 전송하며[送惠師]」 시의 구절이다. 이 시 자서에서 "나는 연주에서 스님 경상·'원혜'와 노닐었다. '혜사'가 바로 '원혜'이다[愈在連州與釋景常·元惠遊. 惠師卽元惠也]"라고 했다.

129) 통행본 『이아주소』에는 없다.

130) 내용 상 '樂餌'가 더 낫다. 정복림은 황절의 견해를 참고로 인용했다(『교주』, 597쪽).

시 3 · 4구는 '가을 노래[商絃]'와 '뱃노래[棹謳]'를 말했으니 바로 '음악[樂]'이다. 마지막 구는 '나그네[旅人]'를 말했으니 바로 '과객(過客)'이다.

【평설】

[황절] 방동수 : 처음 2구는 시령時令의 모습을 그렸고, 다음 2구는 등림登臨의 정서를 서술했는데, [맹호연의 원조이니 맑고 깨끗하기淸絶가 천고에 으뜸이다.] '영으로 가니適郢' 6구는 상황과 풍경을 바라보는 것을 본격적으로 그렸고, 마지막에서는 자기의 감정을 말하여 앞의 '가을 노래애를 끊고, 뱃노래 구성진斷絃悲謳' 것과 호응한다. 모두 4단으로 나눠진다. 기구起句의 흥상興象은 만고에 부는 맑은 바람이니, "동정호에 물결이 이니 나뭇잎이 떨어진다洞庭波兮木葉落"131)와 견줄 만하다. 맹호연의 "나뭇잎 지니 기러기 남으로 건너오고, 북풍이 불어오니 강가는 춥다木落雁南度, 北風江上寒"132)는 전적으로 이 구를 탈화脫化한 것으로 조구법造句法을 깨쳤다 할 만하다. 만약 "가을바람은 기러기를 돌려 보내오고秋風送雁還"나 "차가운 바람은 가을 기러기를 보내오고寒風送秋雁"나 "나뭇잎 지니 가을 기러기 돌아오고木落秋雁還"라고 했다면, 모두 이 조구의 묘에는 미치지 못한다. 맹교의 "나그네 옷 나부끼네, 가을; 칡꽃 떨어지네, 바람客衣飄飄秋, 葛花零落風"133) 같은 것은 비록 불완전한 문장이기는 하지

131) 『초사』「구가·상부인」의 시구이다.
132) 「이른 추위에 강가에서 감회가 일어[早寒江上有懷]」 시의 구절이다.
133) 이 2구는 맹교의 「분수령을 지나며[過分水嶺]」 시의 제7·8구이다. 따라서 인용부호를 하나로 묶어야 한다. 또 '飄飄(표표)'는 사고본 『맹동야시집(孟東野詩

만, 그러나 만약 "칡꽃 떨어지게 하는 바람零落葛花風"이라고 한다면 구句는 비록 아름다우나 평범하다는 혐의가 있다.『소매첨언』 권6

[전중련] 왕부지 : 포조의 악부시는 본래 거리낌 없이 호방한 것으로 사람을 감동케 하고, 오언시는 얌전한 아가씨靜女처럼 유심幽深하고 수려하다. 고인은 글을 지음에 있어서 준칙이 있어서, 재주가 넘치는 것을 뽐내지 않았으니, 요즘 사람들이 단지 한 가지 재주를, 가는 곳마다 팔아먹는 것과는 결국 달랐다. 나뭇잎이 떨어지는 것이 양자강 나루의 이른 추위에서 기인하는 것이지, 양자강 나루가 추운 것은 나뭇잎 때문이 아닌 것처럼 느껴질 것이다. 그러나 만약 차가운 달밤에 양자강 나루에 나가보면 정말 그럴(나뭇잎 때문에 나루가 춥다는 것을 느낄) 것이다. 따라서 경생經生 : 경서를 배운 서생의 이치가 시의 이치와 상관없는 것은, 마치 낭자浪子 : 방탕한 건달의 감정이 시의 감정과 합치되지 않는 것과 같다.『고시평선』 권5

왕개운 : "나뭇잎 떨어져 강은 추위 건네오고, 기러기 돌아와 바람은 가을 보내온다." 2구는, 광대무변하여 너르고 시원하다.『상기루설시』 권6

集)』 권6에는 '飄颻(표요)'로 되어 있다.

登雲陽九里埭

宿心不復歸, 流年抱衰疾.[1] 既成雲雨人, 悲緖終不一.[2]

徒憶江南聲, 空錄齊后瑟.[3] 方絶縈絃思, 豈見繞梁日.[4]

운양의 구리보에 올라

옛 포부는 다시는 돌이킬 수 없는데

흐르는 세월에 쇠질만을 안게 됐다.

구름과 비처럼 헤어진 처지 됐으니

슬픈 심사 이는 까닭 한둘이 아니로다.

강남의 노래를 부질없이 추억하고

제 왕의 슬瑟 이야기 공연히 기억한다.

현絃 감도는 생각도 바야흐로 끊겼는데

대들보를 에울 날을 어찌 볼 수 있을까.

【해제】

[전진륜] 문인담 주를 수록한다.

[문인담] 『삼국지』 「오서 · 손권전」: "가화嘉禾 3년234에 조칙을 내려 곡아현曲阿縣을 '운양현雲陽縣'으로 복원했다."

내 견해는 이렇다. '운양현'은 지금의 진강부鎭江府 단양현丹陽縣: 지금의 강소성 단양시이고 '구리태九里埭'는 현의 서쪽에 있다.[134)]

[전중련] 송본에는 '埭태 : 보(㴜)' 자 아래의 주에서 "'塚총 : 무덤, 산봉' 으로 된 판본도 있다"라고 했다.[135]

【주석】

1 **[문인담]** 혜강(嵇康) 「가슴 깊이 서린 울분[幽憤詩]」: "안으로는 묵은 본심 저버렸고[內負宿心], [밖으로는 좋은 벗에게 부끄럽다.]"

부의(傅毅) 「뜻을 밝히는 시[迪志詩]」: "'가는 세월은 물 흐르는 듯 빠르니', 한가로이 지낼 날은 거의 없다['徂年如流', 渺玆暇日]."[136]

2 **[문인담]** 안연지 「비서감(秘書監) 사영운에 화답하여[和謝監靈運]」 시 : "[사람과 신 이승 저승 단절되었고,] 친한 벗들 '구름 비로 헤어졌구려'[朋好'雲雨乖']."[137]

---

134) 『원화군현지(元和郡縣志)』 권26 「강남도(江南道) · 윤주(潤州) · 단양현」에 다음과 같이 기록했다. "본래 옛 '운양현'인데, 진(秦) 때 망기(望氣 : 나타나 있는 기운을 살펴 길흉의 조짐을 판단하는 것)를 하는 자가 구름에 왕기(王氣)가 서린 것을 보고서, 땅을 파서 그 형세를 망가뜨리고, 그곳의 곧은 길[直道]을 잘라서 '구부러지게[阿曲]' 만들었다. 그래서 '곡아현[曲阿]'으로 부르게 되었다. 무덕(武德) 5년(622) 현에 간주(簡州)를 설치했다가 8년(625) 폐지했다. 천보(天寶) 원년(742) 단양현으로 개칭했다." 단양시는 지금의 강소성 진강시 남동쪽에 인접해 있는데, 진강시에서 대관(代管)하는 현급(縣級) 시이다. 단양시 남서쪽에 구리촌(九里村)과 '구리풍경구'가 있으며, 그 사이를 향초하(香草河)가 동북동으로 흐르는데, '구리태'는 이곳에 있었던 것 같다.

135) 주응등본도 같다.

136) '渺(묘)'는 『후한서』 「부의전」에는 '鮮(선)'으로 되어 있다. '宿心(숙심)'은 일찍부터 품어온 뜻이고, '流年(류년)'은 속절없이 흘러가는 시간이며, '衰疾(쇠질)'은 노쇠하여 생기는 질병이다.

137) 『문선』 권26 유량(劉良) 주에 "벗들이 제각기 떠나는 것이 마치 구름과 비가 어긋나게 되는 것과 같다"라고 했다.

구름은 합치면 비가 되어 흩어지는데, 구름이 일단 비가 되면 떠나서 다시 합쳐질 수 없게 된다. 그래서 포조는 그것으로 자신의 처지를 말한 것이다.

사영운 「장가행(長歌行)」: "풍물을 살피니 '슬픈 마음' 일어나고[覽物起'悲緖'], [자신을 돌아보면 시름 단서 깨닫는다.]"

[황절] 『논형』 권11 「설일(說日)」: "[비는 산에서 나오는데, 어떤 사람은 구름이 비를 싣고 가다가,] '구름이 흩어져 물이 되어 떨어지면, 그것을 비라고 한다[雲散水墜, 名爲雨矣]'[138][라고 한다. 대체로 구름이 바로 비이고 비가 바로 구름이니, 처음 나올 때는 구름이지만, 구름이 짙어지면 비가 되는 것이다.]"

응양 「오관중랑장을 모시고 건장대에 모여[侍五官中郞將建章臺集]」 시: "'운우 같은 은택의 모임을 빌려', 날개 씻고 높은 자리 오르려 하네. 좋은 기회 만나기가 쉽지 않은데, 눈썹 펴고 갈 길은 어느 섬돌인가['欲因雲雨會', 濯翼陵高梯. 良遇不可値, 伸眉路何階]."[139]

본전에 "포조는 처음에 유의경(劉義慶)을 찾아갔으나 지우를 받지 못했다"라고 했는데, 이 시는 혹 당시에 지은 것이 아닌가 한다.[140]

---

138) 저본에는 '成(성)'으로 되어 있는데, 통행본에 '名(명)'으로 되어 있어서, 고쳤다.

139) 전편은 뒤에 나오는 「부 도조와의 이별에 부쳐[贈傅都曹別]」 주석 6의 역주를 볼 것. 응양 시의 '雲雨'는 은택의 비유로, 황절은 포조가 임천왕 유의경을 처음 찾아갔다가 인정받지 못한 시기라고 보아 이 용례를 든 것 같은데, 대구의 '悲緖(비서)'와 호응하지 않는다. 문인담의 견해가 옳다. 정복림, 『교주』, 508~509쪽 참조.

140) 포조가 유의경을 찾아가서 인정을 받은 것은 원가 16년(439) 포조 20대 중반의 일이다. 그 이전에 지었다면 이 시의 내용과 부합하지 않는다. 정복림은, 포조가 임천왕을 처음 찾아간 것은 원가 12년 임천왕이 형주(荊州)에 있을 때라 운양과는 수천 리가 떨어져 있으며, 또 '宿心(숙심)' 2자를 보면 중후기 작품이 틀림없다고 했는데(『교주』, 507~508쪽), 일리가 있다.

3 **[문인담]** 『고금악록(古今樂錄)』에 「강남농(江南弄)」 여러 곡이 있다.[141)]

『한비자』 「외저설(外儲說) · 좌하(左下)」 '삼(三)' : "'제 선왕(宣王)'이 광천(匡倩)에게 물었다. '(…중략…) 유자(儒者)도 "슬(瑟)"을 연주합니까?' 광천이 대답했다. '안 합니다. 슬이라는 악기는 작은 현으로 큰 소리를 내고 큰 현으로 작은 소리를 내는데, 이것은 대소가 순서를 바꾸고 귀천이 위치를 바꾼 것입니다. 유자는 의를 해친다고 보기 때문에 연주하지 않습니다.' 선왕이 말했다. '훌륭하다[善].'"[142)]

[황절] 『한비자』 「내저설(內儲說) · 상」 "제 선왕이 사람을 시켜 우(竽 : 피리의 일종)를 불게 할 때는 반드시 3백 인이 합주하도록 했다. 남곽처사(南郭處士)가 왕을 위해 피리를 불겠다고 청했다. 선왕이 기뻐하여 수백 인에게 관가의 곡식을 나누어 주었다. 선왕이 죽고 민왕(湣王)이 즉위했는데, '한 사람씩(一一)' 연주하는 것을 듣기를 좋아하자, 부는 시늉만 하던 남곽처사는 달아났다." '一一(일일 : 한 사람씩 연주하는 것)'은 '瑟(슬)'이다.[143)]

---

141) 『악부시집』 권50 「청상곡사 · 강남농(江南弄) · 상」 양 무제 「강남농 7수」 '해제'에 『고금악록』을 인용했는데, "양 천감(天監) 11년(512) 겨울 무제는 「서곡(西曲)」을 고쳐 「강남 · 상운악(江南上雲樂)」 14곡을 지었다. 「강남농」 7곡은 첫째가 「강남농」, 둘째가 「용적곡(龍笛曲)」, 셋째가 「채련곡(採蓮曲)」, 넷째가 「봉적곡(鳳笛曲)」, 다섯째가 「채릉곡(採菱曲)」, 여섯째가 「유녀곡(遊女曲)」, 일곱째가 「조운곡(朝雲曲)」이다. 또 심약(沈約)이 4곡을 지었는데, 첫째가 「조슬곡(趙瑟曲)」, 둘째가 「진쟁곡(秦箏曲)」, 셋째가 「양춘곡(陽春曲)」, 넷째가 「조운곡(朝雲曲)」인데, 「강남농」이라고도 한다"라고 했다.

142) 저본의 '康倩(강천)'은 '匡倩'의 잘못이고, 제 선왕의 마지막 말 '然(연)'도 '善(선)'의 잘못이어서, 고쳤다. '匡倩(생졸년 미상)'은 제 선왕 시기의 명사였다.

143) 원래 제 선왕이 '우(竽)'의 300명 합주를 좋아했으므로, 실력 없는 남곽처사도 '남우충수(濫竽充數)'할 수 있었는데, 민왕이 독주를 좋아하자 들통이 날까 두려

한유(韓愈)「진상에게 보낸 답서[答陳商書]」: "[‘제 민왕’이 우(竽)를 좋아하는데, 제 나라에서 벼슬을 하고 싶어 하는 사람이 ‘슬(瑟)’을 들고 찾아갔습니다. 왕의 대문 앞에서 3년을 기다렸지만 들어가지 못하자 성을 내며 말했습니다. ‘내가 슬을 연주하면 귀신도 감동케 할 수 있고, 나의 슬 연주는 헌원씨(軒轅氏)의 율려(律呂)에 들어맞습니다.’ 어떤 객이 있어 그를 꾸짖었습니다. ‘왕은 우를 좋아하는데, 그대는 슬을 연주하니, 설령 연주 솜씨가 뛰어나다고 해도 왕이 좋아하지 않는다면 어찌겠소!’"

4 **[문인담]** 육기「연연주(演連珠)」제10편: "‘대들보를 휘감는 묘한 음악 소리’는 사실은 ‘구부러진 현’이 생각하는 것이다[繞梁之音, 實縈絃所思]." 이선 주: "(유효표가 주에서 ‘縈絃’을) ‘엉기어 구부러진 현[縈曲之絃]’이라고 한 것은, 현이 엉기어 구부러져 펼쳐지지 않는 것을 말한다."

내 견해는 이렇다. ‘엉기어 구부러진 현(재능을 발휘하고 싶지만 그럴 기회가 없는 사람)’이 대들보를 에우며 묘를 다하기를 생각한다는 뜻이다.[144] 지금은 이 생각마저 이미 끊어져 버렸으니, 어찌 대들보를 에울 날이 있겠는가?

【평설】

[황절] 방동수: 이것은 공연히 심회를 읊었으니, 지음을 만나지 못함

워 달아난 것인데, 황절은 선왕은 피리[竽]를 좋아하고, 민왕은 슬(瑟)을 좋아했기에, 남곽처사가 달아난 것으로 본 것이다.

144) 이것은『문선』권55 ‘연주(連珠)’의 이 작품에 대한 유효표 주이다. 유효표는 이 문장 뒤에서, "이것으로써 재능을 간직한 사람이 밝은 시대를 기다려 업적을 내고자 하는 것을 비유했다"라고 했다.

에 감개가 일어 지은 것으로, 제목과는 전혀 부합하지 않는다. [처음 2구는 가슴 속에 품고 있는 생각을 직접 토로한 것인데 갑작스레 멈추었다. 3·4구는 순조롭게 이어받았는데, 운필이 분방하며 다시 갑작스럽게 멈추었다. 평생의 포부는 성취할 수 없고 세월은 덧없이 흘러가는데, 이별은 감정을 쉬이 자극하여 슬픔이 어지러이 온다는 뜻이다. 5·6구는 느닷없이 방향을 틀어 형세를 바꾸어 주제로 들어가서 작의作意를 닫아걸고, 중견中堅에서 제 위치를 지킨다. (…중략…) 7·8구는 의미상은 순접이지만 형세 상으로는 역접이어서, 운필이 호응한다. 이미 현을 튕기기를 중단했는데, 어찌 나의 묘음妙音을 알 수 있겠는가? 결구結句는 슬픈 정서가 충만하다. 8구의] 시가 양분되고 4단락으로 나누어져서, 마치 순금이 거푸집에 들어 있는 듯하다. 나중에 한유의 단편短篇이 이것을 많이 본떴다. 그러나 사조謝朓의 「동작대銅雀臺」[145]는 작법의 운용이 더욱 묘하다.『소매첨언』 권6

145) 『문선』 권23 「애상(哀傷)」에는 제목이 '同謝諮議銅雀臺(자의 사경(謝璟)의 "동작대" 시에 응하여)'로 되어 있고, 『악부시집』 「상화가사·평조곡(平調曲)」에는 제목이 '銅雀妓(동작대의 가기)'로 되어 있다. 동작대는 조조가 건안(建安) 15년(210) 세운 것으로, 당시로는 가장 높은 건물이었다. 높이가 10장이고 주변의 전각(殿閣)이 120칸이 이어졌다고 한다. 옛터는 지금의 하북성 임장현(臨漳縣) 남서쪽에 있다. 『악부시집』에 인용된 『업도고사(鄴都故事)』의 기록에 의하면, 조조는 여러 아들에게 자기가 죽은 뒤에 업성 서쪽 언덕 위에 매장을 하도록 하고, 첩과 가기(歌妓)들은 동작대에 가서 누대 위에 6척의 평상을 설치하고 휘장을 드리워, 매월 초하루 보름에 휘장 앞에서 가무를 연출하게 하며, 그때 아들들은 누대에 올라가 서릉(西陵)의 자기 무덤을 바라보도록 하라고 했다. 이 시는 바로 이 유언에 따라 동작대의 가기들이 조조를 위해 가무 제례를 거행하는 모습을 묘사한 것이다. 마지막 구를 통해서 시인은 신분이 최고였던 조조 사후의 적막함을 빌려, 미천한 신분의 가기의 처지를 동정했다.

繐幃飄井幹　　술 드리운 휘장은 정간(동작대)에서 펄럭이고
罇酒若平生　　술동이는 생전처럼 차려져 있다.
鬱鬱西陵樹　　서릉(조조 무덤)에는 나무가 울창도 한데

[전중련] 왕부지 : 지극히 산뜻하고 적정하여, 넘치지도 않고 모자라지도 않으니戌削之極, 명사로 인정할 만하다. 후반 4구는 바야흐로 가닥을 나눠 차분하게 이어받아 마침내 마음속 생각을 충분히 드러내었다. 고인이 법을 운용함에는 자연히 법외의 취지法外意가 있으니, 문서 작성에 결점이 없는文無害 것만이 훌륭한 사관史官인 것은 아니다. 『고시평선』 권5[146)]

詎聞歌吹聲　　노랫소리 어떻게 들을 수 있나.
芳襟染淚迹　　가기들 옷깃에는 눈물 자국 얼룩져
嬋媛空復情　　부질없이 추모의 정 되살아난다.
玉座猶寂寞　　옥좌에 앉았던 이도 이처럼 적막한데
況迺妾身輕　　하물며 기첩(妓妾) 신분 가벼움에랴.

146) '술삭(戌削)'은 본래 옷을 몸에 맞게 재단한다는 뜻에서, 깎아 세운 듯이 우뚝 높은 모양을 나타내거나, 고상한 지조를 비유하는 말로도 사용되었다. 시문의 풍격이 청정(淸淨)하면서 굳센 것을 말하기도 하는데, 왕부지가 『강재시화(薑齋詩話)』 권2에서 명 고숙사(高叔嗣, 1501~1537)의 시풍을 '술삭'으로 평가한 것이 그 예이다. 여기에서는 본뜻처럼 과부족이 없는 상태를 말한 것으로 보인다. '법외의 취지[法外意]'는 『진서(晉書)』 「도간전(陶侃傳)」에 실린, 사안(謝安)이 도간을 평가한 말 "도공은 비록 법을 운용하지만, 항상 '법조문 밖의 취지'를 잘 살렸다[陶公雖用法, 而恒得'法外意']"에서 취했고, '문서 작성에 결점이 없음[文無害]'은 『사기』 「소상국세가(蕭相國世家)」의 "'문서 작성을 잘하고' 법 집행이 공정하여 패현의 주리연이 되었다[以'文無害'爲沛主吏掾]"에서 취했다.

自礪山東望震澤

爛漫潭洞波, 合沓嶀嶂雲.[1] 漲島遠不測, 岡澗近難分.

幽篁愁暮見, 思鳥傷夕聞.[2] 以此藉沈痾, 棲迹別人群.[3]

結言非盡意, 有念豈敷文.[4]

여산에서 동쪽으로 진택을 바라보며

출렁출렁 깊은 못에 물결이 일고

뭉게뭉게 높은 산에 구름이 핀다.

물이 불어 섬들은 멀어서 못 세고

산과 골은 가까워서 구분하기 어렵다.

그윽한 대숲은 박모에 보기 슬프고

애처로운 새소리는 밤에 듣기 아프다.

여기에 묵으면서 고질병을 치료하려

자취를 맡기러 사람들을 떠나리라.

말로는 내 마음을 다 보일 수 없는데

이 생각을 글 속에 다 적을 수 있을까?

【해제】

[전진륜] 『상주부지湘州府志』: "'여산礪山'은, 산에서 나는 돌로 '숫돌礪'을 만들 수 있다. 속칭으로 '糲山려산'이라고 하는데, 옳지 않다."

『상서』「우공」: "[(오송강吳松江, 전당강錢塘江, 포양강浦陽江의) 세 강이 바다로 흘러 들어가자] '진택震澤'이 안정을 이루었다." 공안국 전: "'진택'은 오소주(蘇州)의 남쪽 큰 호수太湖(태호)의 이름名이다."[147]

【주석】

1 **[전진륜]** 왕연수(王延壽) 「노 영광전 부(魯靈光殿賦)」: "[저 붉은 채색 장식은 오로지 무엇을 위함인가? 광채가 찬란하여] '사방으로 퍼져나간다[流離爛漫]'."

왕포 「퉁소 부[洞簫賦]」: "[곡조가 조용히 흩어질 때는 배우자와 짝을 잃은 듯하고,] 급박하게 '모여들 때'는[薄索'合沓'] [물귀신 망상(罔象)이 서로 찾는 듯하다.]"

장형 「서경부」 '坻崿鱗眗(전각 지대(址臺)는 까마득히 높다)' 이선 주: "[『문자집략(文字集略)』에서 말했다.] '崿(악)'은 낭떠러지[崖]이다."

---

147) 저본의 '也(야)'는 '名(명)'의 오자여서 고쳤다. 태호(太湖)는 남쪽이 절강성 호주(湖州), 동쪽과 북쪽은 각각 강소성 소주(蘇州)와 무석(無錫)과 맞닿아 있다. 호주는 포조 당시 지명이 오흥(吳興)이어서 지금 호주에는 오흥구가 있다. 여산(礪山)은 호주의 남서쪽에 있는 작은 산이다. 호주의 지형은 남서가 높고 북동이 낮아 여산에서 북동쪽으로 태호를 볼 수 있다. 또 태호에는 50여 개의 크고 작은 섬이 있는데, 그중 가장 큰 섬은 서산도(西山島), 즉 동정서산(洞庭西山)으로 면적이 약 80km²이다. 현재 18개의 섬에는 사람이 살고 있다고 한다(『백도』「백과」'호주(湖州)'조, 2021.7.21). 제3구에서 '물이 불어난 섬[漲島]'이라고 한 것은 이 섬들을 가리킨다. 이 시의 창작 시기에 대해서 정복림은, 임해왕 유자욱이 오흥(吳興) 태수로 재임하던 대명 5년(460) 포조가 그의 참군으로 발탁되었을 때 지은 것이라고 했다(『교주』, 504~505쪽). 「영안령 직에서 금지령을 해제하심에 감사하는 계[謝永安令解禁止啓]」 역주 2; 「오흥 황포정에서 유 중랑을 송별하며[吳興黃浦亭庾中郎別]」 역주 2 참조.

[전중련] 송본에는 '爛(란)'이 '瀾(란)'으로 되어 있다.[148)]

2 **[전진륜]** '篁(황 : 대숲)'은 「뽕을 따며[採桑]」(주석 3)에서 보았다.

[황절] 『초사』 「구가 · 산귀(山鬼)」 : "나는 '깊고 빽빽한 대숲'에 사느라 종일 토록 하늘을 보지 못하는 데다[余處'幽篁'兮, 終不見天], [길도 험난하여 홀로 늦게 왔다.]"

육기 「재종형 거기장군에게 주는 시[贈從兄車騎]」[149)] : "[이 말이 어찌 헛되이 한 말이겠소,] '무리를 그리는 새' 구슬프게 울지요['思鳥'有悲音]."

3 **[전진륜]** 『진서(晉書)』 「악광전(樂廣傳)」 : "[악광이 그(술잔 속에 뱀이 있었던) 이유를 알려주자, 객은 속 시원히 알게 되어] '묵었던 병[沈痾]'이 곧바로 낳았다."

조식 「우수를 푸는 법[釋愁文]」 : "멀리 길을 떠나 '자취를 맡기고'[趣遐路以'棲迹'], [가볍게 구름을 타고 높이 날아오른다.]"

4 **[전진륜]** '結言(결언)'은 「그윽한 택란[幽蘭]」(제3수 주석 1)에서 보았다.[150)]

『속진양추(續晉陽秋)』[151)] : "사안(謝安)은 산수에 한가롭게 노닐면서, '글을

---

148) 주응등본도 같다. '爛漫'은 '爛熳'으로도 적는데, '爛熳'은 본래 빛이 사방으로 퍼지는 모양을 나타내는 의태어이고, '瀾漫'은 물방울이 뚝뚝 떨어지는 모양, 또는 어지럽게 흩어진 모양을 나타내는 의태어인데, 통용하기도 한다. 물결이 넓게 출렁이는 모양을 표현한 것으로는 '瀾'이 더 나아 보인다.

149) 『문선』 권24에 실린 이 시 제목 아래 주에서, 이선은 "『문집』에서 '陸士光(륙사광)'이라고 했다"라고 했다. '陸士光'의 성명은 육엽(陸曄)으로 육기의 재종형이다.

150) 「그윽한 택란」에서는 '언약을 맺는 것'인데, 여기서는 '생각을 말로 표현해내는 것' 즉 '문사(文辭)를 엮는 것'을 뜻한다.

151) 저본에는 '『진양추(晉陽秋)』'로 되어 있는데, 『세설신어』 「상예(賞譽)」 '謝太傅爲桓公司馬(사안(謝安)이 정서대장군(征西大將軍) 환온(桓溫)의 사마가 되다)' 조의 인용에 근거하여 '『속진양추(續晉陽秋)』'로 고쳤다.

지어[敷文]' 사리를 분석하면서 스스로 즐겼다."

[전중련] 송본에는 '意(의 : 생각)'가 '書(서 : 적다)'로 되어 있다.[152)]

152) 장씨원간본과 『전송시』도 같다.

三日遊南苑

採蘋及華月, 追節逐芳雲.[1] 騰蒨溢林疏, 麗日曄山文.[2]
淸潭圓翠會, 花薄緣綺紋.[3] 合樽遽景斜, 折榮忝組芬.[4]

삼짇날 남원을 유람하며

맑은 달 춘삼월에 개구리밥 뜯고서
세시 풍습 따라서 고운 구름 좇는다.
싱그러운 초목은 수풀 위로 넘치고
아름다운 햇빛은 산 위에서 빛난다.
맑은 못은 푸른 풀이 에우고 있고
꽃 숲에는 고운 무늬 두르고 있다.
함께 술 드는데 홀연 해가 기우니
꽃을 꺾어 향기를 엮어 두련다.

【해제】

[전진륜] 『송서』「예지禮志 · 2」: "[채옹蔡邕의 『월령장구月令章句』에 있다. '(…중략…)] 삼월 "첫 사일上巳"에 물가에서 몸을 깨끗이 씻고 재액을 물리친다.' (…중략…) 위魏 이후로는 '초사흗날三日'에만 하고, '사일巳日'에는 하지 않았다. 위 명제明帝가 천연지天淵池[153] 남쪽에 술잔을 띄우는

153) 황초(黃初) 5년(224)에 판 못으로, 하남성 낙양시 북동쪽 한위고성(漢魏故城)

돌 도랑을 만들어 여러 신하에게 연회를 베푼 것이나, 진晉 왕조 때 해서海西 : 지금의 강소성 관남현(灌南縣)의 종산鍾山 후면에서 곡수曲水에 술잔을 띄워 백관들을 초대한 것이 모두 그 일 때문이다. 관리들이 지금까지 그 것을 답습하고 있다."

『남조궁원기南朝宮苑記』: "'남원南苑'은 대성臺城[154]의 남쪽 봉대산鳳臺山 : 지금의 남경시 진회구(秦淮區) 중화문(中華門)안 남서쪽에 있다."

【주석】

1 **[전진륜]** 『모시』「소남 · 채빈(采蘋)」 제1장 : "어디에서 '개구리밥 뜯는가'[于以'采蘋'], [남쪽 시냇가에서라네.]"

[황절] 『모시』「소남 · 채빈」 모전 : "'蘋(빈)'은 큰 부평[大萍]이다.

내 견해는 이렇다. '蘋' 자는 '萍(평)'으로도 적는다.

『예기』「월령 · 계춘지월(季春之月)」 : "오동이 꽃이 피기 시작하고, (…중략…) '부평[蓱]'이 자라기 시작한다."[155]

[전중련] 송본에는 '蘋'이 '性(성)'으로 되어 있다.[156]

북쪽에 있었다.

154) '苑城(원성)'이라고도 한다. 지금의 남경시 계명산(雞鳴山) 남쪽에 있었다. 본래 삼국 오(吳)의 후원의 성인데, 동진 성제(成帝) 때에 신궁(新宮)을 개축하고, 이름을 '臺城'이라고 붙였다. 계명산은 현재 남경시 고루구(鼓樓區) 고루 동쪽의 북극각(北極閣) 공원이다. 북쪽으로는 명성장(明城墻)과 현무호(玄武湖)가 있고, 서쪽으로는 고루강(鼓樓崗), 동쪽으로는 복주산(覆舟山)이 있다.

155) 『옥편(玉篇)』에 '蓱(평)'은 '萍'과 같다고 했다. 『이아』「석초(釋草)」에 "'萍'은 '蓱'인데, 큰 것은 '蘋'이다"라고 했다.

156) 『고시기』는 '蘋'으로 되어 있다. 오덕풍은 '蘋'은 '萍(평)'으로 쓰기도 하므로,

2 **[전진륜]** '蒨(천 : 선명하다, 우거지다)'은 「연꽃[芙蓉賦]」 주(주석 10)에서 보았다.

[전중련] 송본에는 '騰(등 : 오르다)'이 '勝(승 : 뛰어나다)'으로 되어 있다.[157]

3 **[전진륜]** '薄(박 : 숲)'은 「산산에서 시흥왕의 명으로 짓다[蒜山被始興王命作]」 시 주(주석 4)에서 보았다.

[전중련] 송본에는 '花(화)'가 '化(화)'로 되어 있다.[158]

4 **[전진륜]** 『사기』 「골계열전(滑稽列傳) · 순우곤(淳于髡)」 : "해가 저물고 술이 바닥나려 하는데 '함께 술잔을 기울이면서[合尊]' 무릎이 붙도록 바짝 다가앉아, [남녀가 동석했는데, 신발도 어지러이 뒤섞이고, 잔과 안주 그릇도 어지러이 흩어졌다.]"

'折榮(절영 : 꽃을 꺾다)'은 「'봄날 형산에 올라'를 본떠[代陽春登荊山行]」 주(주석 8 '折芳柔(절방유)')에서 보았다.

'性'은 '萍'의 오자일 것이라고 했다(78a쪽). 정복림은 장부본과 『고시기』를 따라 '蘋'으로 고쳤다(『교주』, 780쪽).

157) 사고본과 『고시기』에는 장부본처럼 '騰'으로 되어 있다. 노문초는 '勝'으로 고쳤다. 오덕풍은 "당연히 '勝'이 되어야 할 것 같다. '勝蒨'이 되어야 아래 구 '麗日(려일)'과 서로 대가 된다"라고 했다(78a쪽).

158) 오덕풍은 '化'는 '花'의 괴자(壞字)일 것으로 보았다(78a쪽). 정복림은 장부본과 『고시기』 노문초 교본에 근거해 '花'로 고쳤다. '緣(연)'도 송본에는 '綠(록)'으로 되어 있는데, 정복림은 역시 장부본과 『고시기』에 근거해 '緣'으로 고쳤다(『교주』, 781쪽).

贈故人馬子喬(1)

躑躅城上羊, 攀隅食玄草.[1] 俱共日月輝, 昏明獨何早.
夕風飄野籜, 飛塵被長道.[2] 親愛難重陳, 懷憂坐空老.

벗 마자교에게(1)

머뭇머뭇 망설이는 성 위의 양은
성 모퉁이 올라가서 시든 풀 먹고 있소.
해와 달의 밝은 빛은 함께하지만
황혼과 새벽은 유독 어찌 빠른지요.
저녁에 부는 바람 대 껍질을 날리고
흩날리는 먼지는 먼 길을 뒤덮었소.
친애하는 사람을 다시 뵙기 어려우니
슬픔을 안은 채로 부질없이 늙어가오.

【해제】

[전진륜] 『옥대신영』에는 '馬子喬마자교' 3자가 없다. 제2·6수는 오조의 주를 수록한다.[159)]

---

159) 시인의 벗 '마자교'가 누구인지는 알 수 없다.

【주석】

1 **[전중련]** 최표『고금주』: "'양척촉(洋躑躅 : 철쭉)'은 꽃[이 누런데 꽃에 독이 있어 양이 먹으면 죽으므로,] 양이 그것을 보면 '머뭇거리다가[躑躅]' 흩어지기 때문에, 그 이름을 '양이 머뭇거림[洋躑躅]'이라고 부르게 되었다."160)

2 **[전중련]** '籜(탁 : 대껍질)'은 「뽕을 따며[採桑]」 주(주석 3)에서 보았다.161)

【평설】

[황절] 진조명 : 성 위에서 홀로 일찍 해를 본다고 함으로써, 자기가 홀로 슬퍼함을 기흥寄興했다.『채숙당고시선』 권18

왕부지 : 비흥比興을 중요하게 운용하여, 평어平語 : 대우를 활용하지 않은 어구로 드러내었으니, 한대 시인의 유지遺旨일 뿐 아니라 삼백편三百篇의 유

---

160) '성 위의 양'은 시인 자신을 비유한다. '玄草(현초)'는 말라서 검어진 풀이다. 다음 연 출구의 '俱共(구공)'은 '함께, 모두'라는 의미의 부사로 보았다. Robert Shanmu의 풀이도 같다(338쪽). 이 2구의 의미는 해와 달은 다 밝게 빛나지만, 밝은 낮은 금방 지나가 땅거미가 내리고 밤을 밝히는 달도 금방 져서 금방 여명이 온다는 의미이다. '共(공)'을 '함께한다'라는 의미로 보고 이 구를 "해와 달의 밝은 빛을 둘이서 함께했지만"이라고 풀이할 수도 있다.

161) '長道(장도)'는 멀리 가는 큰길이다. 「고시십구수」의 「수레 돌려 몰아서 빨리 달려가[迴車駕言邁]」에서 "수레 돌려 몰아서 빨리 달려가, 아득하게 '머나먼 길' 가려고 하네[迴車駕言邁, 悠悠涉'長道']"라고 했다. 시에서는 벗이 떠나갈 길을 말한다. 다음 연 출구의 '陳(진)'은 주응등본에는 '見(견)'으로 되어 있다.『전송시』 주에 '見'으로 된 판본도 있다고 했다. 송본에도 '見'으로 되어 있는데, 정복림은『교주』의 '교기(校記)'에서 장부본과『고시기』 권61에는 '陳'으로 되어 있다고 했다(546쪽). 번역은 '見'으로 풀이했다. Chen은 "친애하는 이는 다시 나와 말하기 어렵다(The beloved one will hardly come to chat with me again)"라고 '陳'으로 풀이했다(338쪽).

풍이기도 하다.『고시평선』 권5

贈故人馬子喬(2)

寒灰滅更然, 夕華晨更鮮.1 春冰雖暫解, 冬冰復還堅.2

佳人捨我去, 賞愛長絶緣.3 歡至不留日, 感物輒傷年.4

벗 마자교에게(2)

식은 재 불 꺼져도 다시 탈 수 있고

저녁 꽃 아침이면 다시 싱싱해지지요.

봄 얼음은 잠시간 풀어지지만

겨울 물은 다시 또 굳게 얼지요.

가인께서 절 버리고 떠나가시면

깊은 사랑 장구히 끊어지겠죠.

기쁜 일이 생겨도 하루도 못 갈 테고

철 사물에 문득문득 슬픔이 일겠지요.

【주석】

1 **[오조의]** 『한서』「한안국전(韓安國傳)」: "[한안국이 법을 어기고 죄를 지었다. 몽현(蒙縣)의] 옥리 전갑(田甲)이 한안국에게 모욕을 주었다. 한안국이 말했다. '불 끄진 재라고 다시 불붙지 말라는 법이 있소[死灰獨不復然乎]?'"[162)]

---

162) 『사기』「한장유열전(韓長孺列傳)」에도 같은 내용이 실려 있다.

[전중련] 송본에는 '寒(한)'이 '空(공)'으로 되어 있다.[163)]

2 [오조의] '復還(부환)'은 '還復'로 된 판본도 있다.

'春冰(춘빙)'은 『尙書(상서)』에 보인다.[164)]

'解凍(해동)'과 '冰堅(빙견)'은 『예기』에 보인다.[165)]

[황절] 장형 「촉루부(髑髏賦)」: "'겨울 얼음이 언 것'이 어찌 '봄 얼음이 녹은 것'과 같겠소['冬冰之凝'何如'春冰之消']?"[166)]

[전중련] 송본에는 '冬氷(동빙)'이 '冬水(동수 : 겨울 물)'로 되어 있다.[167)]

3 [전중련] 송본에는 '緣(연 : 인연)'이 '絃(현 : 현)'으로 되어 있다.[168)]

---

163) 『옥대신영』과 『고시기』에는 장부본처럼 '寒'으로 되어 있다. 주석찬과 노문초는 "명각본(明刻本)에는 '空'으로 되어 있는데, 틀린 듯하다"라고 했다. 정복림은 '寒'으로 고쳤다(『교주』, 547쪽).

164) 「주서(周書) · 군아(君牙)」에 "마음속으로 걱정하고 두려워하는 것이 마치 범의 꼬리를 밟고 '봄철의 살얼음'을 건너가는 것 같다[心之憂危, 若蹈虎尾, 涉于'春冰']"라고 했다.

165) 「월령 · 맹춘지월(孟春之月)」의 "동풍이 불어 '얼음이 녹고', 겨울잠을 자는 곤충들이 활동하기 시작한다[東風'解凍', 蟄蟲始振]"에 있는 '解凍'과 「월령 · 계동지월(季冬之月)」의 "'얼음'이 바야흐로 성해지고, 물이 많은 못은 얼음이 두껍고 단단하게 '언다'['冰'方盛, 水澤腹'堅']"의 '冰'과 '堅'이 그것이다.

166) '冬冰之凝(동빙지응)'은 『예문유취』 권17 「촉루(髑髏)」에 인용된 장형 「촉루부」에는 '冬之冰凝'으로 되어 있다.

167) 주응등본과 장씨원간본도 '水'로 되어 있는데, 오덕풍은 장형 「촉루부」의 표현을 근거로 잘못된 것이라고 했다(78b쪽). 의미상으로는 '冬水(동수)'가 더 나은 것 같다. 번역은 이를 따랐다.

168) 오덕풍은 '絃'으로 된 것이 잘못으로 의심했다(위의 글). 정복림은 송본에 따라 '絃'으로 보고, 백아(伯牙)의 '고금(鼓琴)' 솜씨를 인정한 종자기(鍾子期)가 죽은 뒤, 백아가 '금을 부수고 현을 끊어버린[破琴絶絃]' 후 다시는 탄금(彈琴)하지 않았다는, 『여씨춘추』 「본미(本味)」의 기록을 근거로 제시했다(『교주』, 548쪽). 일리 있는 견해이다. '賞愛(상애)'는 인정하고 아끼는 것이다.

4 **[전진륜]** 『옥대신영』에는 '日(일)'이 '時(시)'로, '感物(감물)'이 '每感(매감)'으로 되어 있다.[169]

【평설】

[전중련] 왕부지 : 산호의 가지는 잎이 없지만, 곱고 아름다운 자태가 있고 광채와 윤기가 있다. 포조 시는 (산호와 같은 타고난 아름다움을) 숨길수록 심원해지는 반면, 있는 힘껏 조탁한 것은 모두 막히고 엉킨다. 그러나 어찌 포조만 그렇겠는가? 오언 장편은 조탁을 가하면 막히고 엉키지 않을 것이 드물다. 나는 이 때문에 『모시』 「소아 · 채기采芑」와 「대아 · 한혁韓奕」[170]에 대해서도 만족하지 못하고 있는데, 하물며 그 나머지랴! 『고시평선』 권5

169) '感物'은 계절의 변화에 따라 바뀌는 사물을 보고 일어나는 감정의 움직임을 말한다.

170) 「채기(采芑)」는 주 선왕(宣王) 때 형만(荊蠻)이 반란을 일으키자, 왕이 방숙(方叔)에게 명하여 남정(南征)하게 한 것을 노래한 시이다(주희 '집전'). 전편은 3장이고 각 장은 12구인데, 앞 3장은 군사훈련 모습을 묘사했고, 마지막 장은 그의 지용겸전(智勇兼全)을 찬양했다. 「한혁(韓奕)」은 한(韓)의 젊은 제후가 주 왕실로 내조(來朝)하여, 왕명을 받고 돌아간 것을 노래한 시이다(주희 '집전'). 전편은 6장이고 각 장은 12구이다. 각 장은 인물의 활동을 순서대로 서술했는데, 나열과 묘사가 풍부하다.

贈故人馬子喬(3)

松生隴坂上, 百尺下無枝.[1] 東南望河尾, 西北隱崑崖.[2]
野風振山籟, 朋鳥相驚離.[3] 悲涼貫年節, 蔥翠恒若斯.
安得草木心, 不怨寒暑移.[4]

벗 마자교에게(3)

소나무가 농산 위에 자라고 있는데
백 척 키에 줄기에는 가지도 없소.
남동으론 황하 끝이 멀리 보이고
북서로는 곤륜산이 아련하지요.
들 바람 세게 일어 온 산이 진동하니
새 무리는 놀라서 뿔뿔이 흩어졌소.
슬프고 처량함이 한 해를 이어져도
푸르고 무성함은 언제나 이와 같소.
어찌하면 늘 푸른 나무 마음 지녀서
추위 더위 바뀜을 원망하지 않을지요?

【주석】

1 **[전진륜]** 『한서』「지리지」 주 : "응소 : 천수군(天水郡)에 큰 비탈이 있는데, 이름이 '농판(隴阪)'이다."[171)]

『진주기(秦州記)』: "'농판(隴阪)'은 아홉 굽이인데, 높이가 몇 리가 되는지 알 수 없다."

매승 「칠발(七發)」: "용문의 오동나무는 '높이가 백 척인데 줄기에는 가지가 없다'[龍門之桐, '高百尺而無枝']."

2 **[전진륜]** 『사기』 「하본기(夏本紀)」: "북쪽으로 향하여 흩어져 '아홉 개의 하천[九河]'이 되었다가 합쳐져 '역하(逆河)'가 되어, [바다(발해)로 흘러든다.]" 주: "정현이 말했다. "'하류의 끝부분[下尾]'이 합쳐진 것을 "逆河(역하)"라고 이름 붙였는데, 서로를 향해 "맞이하여 받아들인다[逆受]"라는 뜻이다.'"

『수경주』 「하수(河水)」: "'곤륜허(崑崙墟)'가 '북서쪽'에 있는데, 숭고(嵩高 : 숭산(嵩山))에서 5만 리 떨어져 있으며, 땅의 중심이다. 그 높이는 1만1천 리이다."

171) 이것과 다음의 『진주기』는 모두 『문선』 권29 「잡시·상」 장형 「사수시(四愁詩)」 제3수 '我所思兮在漢陽, 欲往從之隴阪長(내 그리운 이 한양에 있는데, 좇아가려 해도 농판이 길다)'에 대한 이선의 주이다. 『문선』에는 '응소가 말했다[應劭曰]' 앞부분에 "『한서』에서 '천수군(天水郡)은 (…중략…) 명제(明帝) 때에 한양(漢陽)으로 개칭했다'라고 했다"라는 문장이 더 있다. 표점교감본 『한서』의 기록은 『문선』의 인용과는 차이가 있다. 「지리지·하」의 '농서군(隴西郡)' 조에서 "진(秦) 때에 설치했다. 왕망(王莽) 때에 염융(厭戎)이라고 불렀다"라고 했다. 이에 대한 주는, "응소가 말했다. '농지(隴坻)가 있는데, 농서군은 그 서쪽에 있다.' 안사고는 '농지(隴坻)는 농판(隴阪)을 말하는데, 바로 지금의 농산(隴山)이다. 이 군은 농산(隴山) 서쪽에 있어서 농서(隴西)라고 부른다'라고 했다"이다. 또 '천수군(天水郡)' 조에서는 "무제(武帝) 원정(元鼎) 3년에 설치했다. 왕망 때에 전융(塡戎)이라고 불렀다. 명제(明帝) 때에 한양(漢陽)으로 개칭했다"라고 했다. 이에 대한 주도 안사고의 견해를 인용했다. "『진주지기(秦州地記)』에 있다. '군(郡) 앞쪽에 호수가 있는데 겨울이나 여름이나 물이 늘지도 줄지도 않아서, 이런 이름[天水]을 붙였다'."

3 **[전진륜]** 『장자』「제물론」: "'지뢰(地籟)'는 땅의 온갖 구멍에 바람이 지나가면서 소리가 나는 것이고, '인뢰(人籟)'는 사람이 대나무를 엮어 만든 관악기를 불어 소리가 나는 것이다."172)

[황절] 『금경(禽經)』: "새 한 마리를 隹(추)라 하고, 두 마리를 雔(수)라 하고, 세 마리를 '朋(붕)'이라 하고, 네 마리를 乘(승)이라 한다."

4 **[전진륜]** 이 시는 장화의 문집 『장무선집(張茂先集)』에도 보이는데, 제목은 「의고(擬古)」로 되어 있다.173)

[전중련] 이광지 『용촌시선』 권2: "마지막 2구는, 어떻게 하면 사람이 이 초목과 같은 마음을 지니고, 추위와 더위의 바뀜을 원망하지 않을 수 있겠는가 하는 것을 말했다. 일설에는 송백도 초목일 따름인데, 어떻게 추위와 더위의 바뀜을 이처럼 원망하지 않을 수 있겠는가 하는 뜻이라고 했다. 일설에는 송백만이 그러할 뿐이지, 기타 초목의 마음으로 어떻게 추위와 더위의 바뀜을 원망하지 않을 수 있겠는가 하는 뜻이라고 했다."

【평설】

[전중련] 왕부지: 두보는 준일俊逸이라는 말로 포조의 시풍을 논평했

---

172) 통행본 『장자』의 원문은 '地籟則衆竅是已, 人籟則比竹是已'이다. 번역은 이를 따랐다.

173) 『예문유취』 권88 「목부(木部)·송(松)」에는 '장화의 시(張華詩)'로 실려 있다. 명 풍유눌의 『고시기(古詩紀)』는 권31 '장화(張華)' 조에서 「의고(擬古)」라는 제목으로 이 시를 수록하고, "『예문유취』 「송류(松類)」에 시만 있고 제목이 없는데, 옛 '유집(遺集)'에서는 「擬古」라고 했다"라고 주를 달았다. 그리고 권61에서는 이 작품을 또 포조의 '「贈故人馬子喬」 6수'의 제3수로 실었다.

는데, 그것은 악부만을 대상으로 한 언급이다. 포조의 오언고시는 항상 심원하고 빼어남을 장점으로 하지만, 둔중하고 회삽晦澁한 단점이 있어서, 전혀 준일로 자처하지 않으려 한다. 오직 이 작품만은 매우 '일치逸致'가 있다. 그러나 한결같이 담박하고 심원하기만 할 뿐, 전혀 '준어俊語'[174]와는 부합하지 않는다. 오언고시는 본시 '준俊' 자를 붙여서는 안 되는 것이다. 양의 오균吳均, 469~520과 유운柳惲, 465~517 이후로 당의 장적張籍, 766?~830?과 조업曹鄴, 816?~875에 이르기까지 모두 '준俊'함이 단점이 되었다.『고시평선』 권5

174) '俊語'는 준발(俊拔)한 표현이다. 남송 주희의 「주한정(晝寒亭)에 놀러 가서 '茂林修竹淸流激湍(무림수죽청류격단 : 우거진 숲과 키 큰 대나무들, 맑은 강물과 세찬 여울)' 8자로 운을 나누어 시를 지었는데, 나에겐 '竹(죽)' 자['屋'韻]가 배당되었다[游晝寒以茂林修竹淸流激湍分韻賦詩得竹字]」 시에 "後生更亹亹, '俊語'非碌碌(후생은 더욱 더 노력할지니, '준어'는 범용(凡庸)한 게 아니라네)"라고 했다.

贈故人馬子喬(4)

種橘南池上, 種杏北池中. 池北既少露, 池南又多風.

早寒逼晩歲, 衰恨滿秋容. 湘濱有靈鳥, 其字曰鳴鴻.[1]

一摀繒繳痛, 長別遠無雙.[2]

벗 마자교에게(4)

남쪽의 못가에는 귤을 심었고

북쪽의 못가에는 살구 심었소.

못 북쪽엔 이슬이 적은 데다가

못 남쪽엔 바람도 많이 분다오.

이른 추위 세모에 들이닥치니

쇠락의 한 가을빛에 가득하다오.

상수 가에 한 마리 영조 있으니

그 이름 슬피 우는 기러기라오.

주살 맞은 고통을 가득히 안고

긴 이별에 까마득히 짝도 없지요.

【주석】

1 **[전진륜]** 장형 「사현부(思玄賦)」: "애처롭다, 두 왕비(아황과 여영)가 따라가지 못하고, 저 '상수 가'에서 '방황하고' 있는 것이[哀二妃之未從兮, '翩繽'處

彼'湘濱'].”[175]

2 **[전진륜]** 『삼보황도』: “차비(佽飛 : 춘추 초나라 용사)가 '주살[繒繳]'을 갖추어서 오리와 기러기를 쏘았다.” 주 : “화살에 줄이 있는 것을 '繒(증(矰) : 주살)'이라고 하는데, '繳(작)'이 바로 줄이다.”

[황절] 한 고조 유방 「홍곡가(鴻鵠歌)」: “[고니가 높이 날아, 순식간에 천 리를 가네. 날개가 이미 다 자랐으니, 사해를 가로질러 날 수 있다네. 사해를 가로질러 나는데, 어떻게 할 수 있겠는가?] 비록 '주살'이 있다 해도, 오히려 어디에 쓸 것인가[雖有'繒繳', 將安所施]?”

【평설】

[전중련] 왕개운 : [마무리에서 “상수 가에 한 마리 영조가 있어, 그 이름 슬피 우는 기러기라네. 주살 맞은 고통을 가득히 안고, 긴 이별에 까마득히 짝도 없다”라고 했는데,] 전반부를 이어받자마자 바로 결말을 지었으니, 한 자의 짧은 편폭篇幅 속에 만 리의 장관이 갖춰져 있다. 『상기루설시』 권8[176]

175) 「사현부」 이선 주에서 '翩繽(편빈)'에 대한 주는 없다. 호극가는 『문선고이』에서, “'繽'은 『후한서』(「장형열전」)에서는 '儐(빈)'으로 되어 있고, 장회(章懷)의 주에 '翩은 펄펄 나는 것[連翩]이고 儐은 버리는 것[弃]'이라고 했다. 이선은 주를 달지 않았으니, 과연 어떻게 쓴 것인지 알 수 없다. 오신 중 이주한의 주에서는 '翩繽은 아름다운 모양[美貌]'이라고 했는데, 아마도 잘된 풀이는 아닌 것 같다. 그 글자는 굳이 '繽'으로 적어야 하는 것은 아니니, 아마도 다음에 나오는 '繽連翩兮紛暗曖(어지러이 나부끼어 분분히 어둑어둑하네)'의 영향에 의한 잘못인 것 같다. 오신은 그래서 '美貌'라고 풀이한 것이다”라고 했다. 좌사 「오도부(吳都賦)」의 “締交翩翩, 儐從弈弈(교유를 맺어 왕래하는데, 시종하는 이도 민첩하다)”의 이선 주에 翩翩(편편)은 오가는[往來] 모양이라고 했는데, 이 '翩翩'의 뜻으로 번역했다.

176) '尺幅' 구의 원문은 '尺幅中具萬里之觀'이다.

贈故人馬子喬(5)

皎如川上鵠, 赫如握中丹.[1] 宿心誰不欺, 明白古所難.[2]

憑楹觀皓露, 灑酒盪憂顏. 永念平生意, 窮光不忍還.

淹留徒攀桂, 延佇空結蘭.[3]

벗 마자교에게(5)

희기는 냇가의 고니와 같고
붉기는 손안의 단사와 같소.
오랜 포부 어느 뉘라 아니 어길까?
명백히 안다는 건 예로부터 어려웠소.
기둥에 기대서서 흰 이슬 보고
술 뿌리며 슬픈 얼굴 씻어 낸다오.
평소의 뜻 영원히 생각하지만
늘그막에 안 돌아올 수가 없었소.
서성이며 부질없이 계수 붙잡고
우두커니 공연스레 택란을 엮소.

【주석】

1 **[전진륜]** 『모시』「소아 · 백구(白駒)」 제1장 : "'새하얀' 흰 망아지['皎皎'白駒], [우리 텃밭 곡식 싹 먹네.]"

『모시』「패풍 · 간혜(簡兮)」 제3장 : "얼굴은 상기되어 진홍 주사'처럼 붉은데'['赫如'渥赭], [공께서 술잔을 내리시네.]"

[전중련] 송본에는 '赫如(혁여)'가 '赫似(혁사)'로 되어 있다.

2 **[전진륜]** '宿心(숙심 : 일찍부터 품고 있는 생각)'은 「운양의 구리보에 올라[登雲陽九里埭]」 주(주석 1)에서 보았다.

『노자』 제10장 : "'명백히 알아 사방으로 통달하면서도[明白四達]' 무위자연의 태도를 지킬 수 있겠는가?"[177]

3 **[전진륜]** 『초사』「초은사」 : "'계수나무 가지를 잡고 올라서 오래도록 있었네'['攀桂枝兮聊淹留']. [왕손은 떠나가서 돌아오지 않는데, 봄풀은 돋아나서 무성히 우거졌네.]"

『초사』「이소」 : "[때는 뉘엿뉘엿 저물려 하는데,] '그윽한 택란을 엮으며 우두커니 서 있네[結幽蘭而延佇]'."

[전중련] 송본에는 '留(류 : 머무르다)'가 '流(류 : 흐르다)'로 되어 있다.[178]

---

177) '無爲(무위)'는 왕필본에는 '無以爲(무이위)'로 되어 있고, 마왕퇴(馬王堆) 백서(帛書) 을본(乙本)'에는 '毋以知(무이지)'로 되어 있다. 통행본은 '無知(무지)'로 되어 있는데, '知'는 '智'와 통하여 인간적인 지혜나 교지(狡智)를 가리킨다. 이상 4구는 자신이 고니의 색깔처럼 결백하고 단사(丹沙) 빛처럼 붉은 마음을 지녔지만, 예로부터 사리 판단이 명백하기는 어려웠으므로, 자신의 오랜 마음을 어기지 않을 수 없었음을 고백했다. 제5~8구도 같은 마음을 표현했다. 기둥에 기대어 하얗게 맑은 이슬 보면서 평소의 생각[宿心·平生意·宿昔意]이 노년에 돌아올 수밖에 없었던 현실과 대비되면서 회한이 일어 술로써 슬픔을 씻으려 하는 모습을 보여준다. 이 점은 「'흰머리 될 때까지'를 본떠[代白頭吟]」의 첫 4구에서 "곧기는 붉은색 명주 현 같고, 맑기는 옥 병 속 얼음과 같아, 묵은 뜻은 부끄러울 것 전혀 없지만, 시기와 원한이 공연히 일어난다[直如朱絲繩, 淸如玉壺氷. 何慙宿昔意, 猜恨坐相仍]"라고 했을 때와는 상황이 달라졌음을 보여준다.

178) 「초은사」를 보면 '留'가 옳다. 오덕풍도 이를 근거로 송본에 '流'로 된 것은 오류라고 했다(79a쪽).

贈故人馬子喬(6)

雙劍將離別, 先在匣中鳴.[1] 煙雨交將夕, 從此遂分形.[2]
雌沈吳江裏, 雄飛入楚城.[3] 吳江深無底, 楚關有崇扃.[4]
一爲天地別, 豈直限幽明.[5] 神物終不隔, 千祀儻還幷.[6]

벗 마자교에게(6)

한 쌍의 검 닥쳐올 이별 앞두고
먼저 칼집에서 울음을 우오.
구름과 비 갈마드는 저녁 무렵에
이제부터 홀연히 헤어져야 하지요.
자검은 오강 물에 빠질 것이고
웅검은 초성으로 날아들겠죠.
오강은 깊고 깊어 바닥도 없는데
초성의 관문에는 빗장 높게 걸렸소.
한 번의 헤어짐이 하늘땅의 이별이니
어찌 다만 이승 저승 나눔뿐이리오.
신물은 끝끝내 떼놓을 수 없으니
천 년이 지나면 혹여 다시 합할지요.

【주석】

1 **[전진륜]** '離別(리별)'은 『옥대신영』에는 '別離'로 되어 있다.[179]

2 **[전중련]** 송본에는 '遂(수 : 마침내)'가 '忽(홀 : 홀연히)'로 되어 있다.[180]

3 **[전진륜]** '裏(리)'는 『옥대신영』에는 '水(수)'로 되어 있다.[181]

4 **[전진륜]** '關(관)'은 『옥대신영』에는 '城(성)'으로 되어 있다.[182]

[오조의] 『설문해자』: "'扃(경)'은 문의 빗장[關]이다."

[전진륜] '楚關(초관 : 초의 관문)'은 「능연루 명(凌煙樓銘)」 주(주석 5)에서 보았다.

[황절] 『송서』 「주군지 · 2」의 '강주(剛州)[자사]' 관할로 '예장(豫章)[군'이 있고, (예장태수 관할로) '풍성현(豊城縣 : 지금의 강서성 풍성시)'이 있는데, 지금의 강서성 남창부(南昌府)이고, 진(晉)의 양주(揚州) 예장군이다.[183] 시에

---

179) 『전송시』도 같다.

180) 주응등본도 같다. 『예문유취』에는 이 두 구가 없다. 의미상 '忽'이 더 좋다. 오덕풍, 79a쪽 참조.

181) 『전송시』도 같다. 오덕풍은 '水'가 더 좋은 것 같다고 했는데(79a쪽), 아래 구의 '楚城(초성)'과 짝을 이루는 점에서 '水'가 나은 것 같다. 번역은 이를 따랐다. '吳江(오강)'은 지금의 오송강(吳松江)으로 강소성 소주(蘇州) 오강구(吳江區) 송릉진(松陵鎭) 남쪽 태호(太湖)의 瓜涇(과경) 어귀에서 동류하여 상해시 황포공원(黃浦公園) 북쪽에서 황포강(黃浦江)으로 유입한다. 또 주 6의 『진서』 「장화전」 고사를 참고하면 강서성 감강(灨江)으로 볼 수도 있고(역주 참조), 고대 오나라 영내의 강을 통칭(統稱)하는 것으로 볼 수도 있다. '楚城(초성)'은 고대 초나라의 도읍 영(郢 : 지금의 호북성 강릉시(江陵市) 기남진(紀南鎭))의 성이다. 또 고대 초나라 성을 범칭하는 것으로 볼 수도 있다. 어느 쪽이든 오강은 양자강 남쪽이고 초성은 양자강 북쪽이다.

182) 『전송시』도 같다.

183) 「주군지」 '강주자사' 조에서 "서진 혜제(惠帝) 원강(元康) 원년(291), '양주의 예장' · 파양(鄱陽) · 여릉(廬陵) · 임천(臨川) · 남강(南康) · 건안(建安) · 진안(晉

서 '오강(吳江)'과 '초관(楚關)'이란 말을 쓴 것은, 아마도 풍성현과 매우 가까워서 말한 것 같다.

[전중련] 송본에는 '關'이 '闕(궐)'로 되어 있다.[184]

5 **[전진륜]** '限(한 : 경계로 하다)'은 『옥대신영』에는 '阻(조 : 사이가 멀다)'로 되어 있다.[185]

6 **[오조의]** 『진서(晉書)』「장화전(張華傳)」: "[오가 아직 멸망하기 전에] 북두성과 견우성 사이에 항상 자줏빛 서기가 어려 있었다. (…중략…) 장화는 '예장(豫章)' 사람 뇌환(雷煥)이 별자리의 현상(緯象)을 살피는 데 신묘하게 통달했다는 [소문을 듣고 뇌환을 불러 머물게 했다. (…중략…) 뇌환이 말했다.] '보검(寶劍)의 정기(精氣)가 하늘에까지 뻗친 것입니다.' [(…중략…) 장화가 물었다. '어느 군에 있는가?' 뇌환이 말했다. '예장군 풍성현(豐城縣)입니다.'][186] (…중략…) 장화는 뇌환을 '풍성령(豊城令)'으로 보임했다. 뇌환은 현에 부임하자 옥사(獄舍)의 터를 팠다. 4장 남짓 파 들어가니 돌 상자가 하나 나오는데 [광채가 범상치 않았다.] 그 안에 '한 쌍의 검[雙劍]'이 있어 명문이 새겨져 있는데, 하나는 용천검(龍泉劍)이라고 했고 하나는 태아검(太阿劍)이

安), 형주(荊州)의 무창(武昌)·계양(桂陽)·안성(安成) 등 10군을 분리하여 강주(江州)를 만들었다"라고 했다.

184) 주응등본도 같다.

185) 『전송시』에도 '阻'로 되어 있다. 송본과 『예문유취』에는 모두 '限'으로 되어 있다. 오덕풍은 『설문해자』의 "'限'은 '阻'이다"와 『옥편』의 "'限'은 '界'이다"를 근거로, '限幽明'은 '界別幽明(이승과 저승을 경계 지어 구별함)'을 말하는 것이므로, '限'이 옳은 것 같다고 했다(79a쪽).

186) 예장군의 치소는 지금의 강서성 남창시(南昌市)에 있었고, 풍성현은 지금의 풍성시로 강서성 중부 감강(贛江) 중하류 지역, 파양호(鄱陽湖) 분지 남단에 위치한다.

라고 했다. [그날 밤에 북두성과 견우성 사이에 정기는 다시 보이지 않았다. 뇌환은 (…중략…)] 한 자루를 [흙과 함께] 장화에게 보내고 한 자루는 자신이 찼다. (…중략…) 장화는 뇌환에게 편지를 보내었다. '칼의 무늬를 상세히 살펴보니 바로 "간장(干將 : 웅검(雄劍))"이다. "막야(莫邪 : 자검(雌劍))"는 어째서 다시 오지 않는가? 그러나 하늘이 내린 "신물(神物)"이니 끝내 합쳐질 것이다.' (…중략…) 장화가 주살되자 검의 소재를 잃어버렸다. 뇌환의 사후 아들 뇌화(雷華)가 주 자사의 종사(從事)가 되어, 검을 가지고 연평진(延平津)[187]을 지나갈 때, 검이 홀연히 허리에서 튀어나와 물속으로 빠져버렸다. 사람을 시켜 물속에 들어가 찾게 했는데, 칼은 보이지 않고 두 마리의 용만 보였다. 용은 모두 길이가 수 장(丈)이고 서리어 얽혀 있는데 무늬가 있었다. 물속에 들어간 사람이 두려워서 돌아왔다. [잠시 후 광채가 물에 비치고 물결이 거세게 솟구쳐서,] 그 때문에 검(劍)이 사라져버렸다."

【평설】

[전중련] 왕개운 : 시작하면서 ["한 쌍의 검 닥쳐올 이별 앞두고, 먼저 칼집에서 울음을 운다. 구름과 비 저녁 무렵 번갈아 내리는데, 이제부터 홀연히 헤어져야 한다"라고 했는데,] 무형 중에 기를 단련하여, 자연스러운 신력神力을 상당히 갖추었다. 첫머리는 모두 범상한 뜻이지만, 소리를 단련하고 기세를 취함이 다 훌륭하여 마침내 생동감이 진하게 다가옴을 느끼게 된다.『상기루설시』 권8

187) 진(晉)나라 때 연평현(延平縣 : 지금의 복건성 남평시(南平市) 남동)에 있던 나루터 이름이다.

答客

幽居屬有念, 含意未連詞.[1] 會客從外來, 問君何所思.[2]
澄神自惆悵, 嘿慮久廻疑. 謂賓少安席, 方爲子陳之.[3]
我以蓽門士, 負學謝前基.[4] 愛賞好偏越, 放縱少矜持.[5]
專求遂性樂, 不計緝名期. 歡至獨斟酒, 憂來輒賦詩.
聲交稍希歇, 此意更堅滋.[6] 浮生急馳電, 物道險絃絲.[7]
深憂寡情謬, 進伏兩暌時. 願賜卜身要, 得免後賢嗤.

손님에게 답함

은거하며 근자에 사념에 잠기지만
생각에 담아둘 뿐 말하지는 않았다.
때마침 외지에서 손님이 오셔
물어보네, "그대는 무슨 생각 하느라고
생각에 깊이 잠겨 슬픔에 젖은 채로
말 없는 사념으로 오래도록 주저하오?"
손님에게 말했네, "잠시 좌정하시면,
이제부터 그대에게 말씀을 드리겠소.
저는 본디 빈한한 집 유생으로서
학식 믿고 이전 기반 사절하였소.
치우치고 괴상한 것 좋아하고 기리며
절제 근신 못 하고 방종하였소.

본성이 좋아하는 즐거움만 찾을 뿐
명성을 모을 기대 계획하지 않았소.
즐거운 일 생기면 홀로 술을 따르고
시름이 닥칠 때면 시를 지어 읊었소.
명성과 교제는 점차 사라졌지만
이 생각은 더욱더 굳건해졌소.
뜬 인생은 번개보다 훨씬 빠르고
세상 이치 현줄처럼 팽팽한데도,
큰 걱정과 무심함이 모두 잘못되어서
진퇴가 모두 다 시기를 어겼소.
이 한 몸 지킬 요결 알려주시면,
후현들의 비웃음은 면할 수가 있겠소."

【주석】

1 **[전진륜]** 「고시십구수 · 오늘 이 좋은 연회는[今日良宴會]」: "[바라는 것 모두 다 한 맘이지만], 품은 생각 펼쳐내지 못할 뿐이다[含意俱未申]."

[전중련] 『후한서』「오한전(吳漢傳)」: "'요즈음에는' 남들과 함께하지 못할까 두렵다['屬者'恐不與人]." 이현 주: "'屬(촉)'은 '近(근 : 요즘)'과 같다."

『삼국지』「위서 · 가후전(賈詡傳)」: "[태조(조조(曹操))가 물었다. '경에게 말을 했는데 대답을 하지 않으니 어떻게 된 일이오?' 가후가 말했다.] '"방금 마침 생각하는 게 있어서[屬適有所思]", 그래서 즉시 대답하지 못했습니다.'"[188]

2 **[전진륜]** 「고시십구수 · 객종원방래(客從遠方來)」: "'손님께서 먼 곳에서 찾아오셔서[客從遠方來]', [나에게 비단 반 필 전해주시네.]'"[189]

3 **[전진륜]** 『전국책』「초책(楚策) · 1」: "[초 위왕(威王)이 말했다.] 과인은 '잠자리에 누워도 편히 잠을 이루지 못하고[臥不安席]', 음식을 먹어도 맛이 있는 줄 모르며, '마음은 공중에 매달린 깃발처럼 흔들리며[心搖搖如懸旌]' 안착할 곳이 없구려."

4 **[전진륜]** 『좌전』「양공 · 10년」: "[왕숙(王叔)의 재(宰)가 말했다.] '문은 사립문이고 벽에 구멍만 내어 방문을 만든 누추한 집에 사는 미천한 인사들[篳門閨竇之人]'이 [그 윗자리를 누르고 있으니, 윗사람 되기도 어렵습니다.]"[190]

---

188) '幽居(유거)'는 속세를 떠나 그윽하고 외딴곳에 묻혀 사는 것이다. 『예기』「유행(儒行)」 공영달 소에서 "'幽居'는 벼슬하지 않고 홀로 지내는 것[未仕獨處]을 말한다"라고 했다.

189) 이하 '問君(문군)' 3구는 손님의 질문이다. '澄神' 이하 2구는 제1구에서 말한 '有念(유념)'의 구체적 서술이기도 하다. '澄神'은 정신을 고요하고 맑게 해 외부의 방해를 받지 않는 것이고, '惆悵'은 낙담하거나 실의에 젖은 모양 또는 슬픔에 잠긴 모양이다. '嘿慮(묵려)'는 '默慮'와 같으며 말없이 사념에 잠기는 것이고, '廻疑(회의)'는 '回疑'로도 적으며 끊임없이 의심하는 것, 즉 계속 주저하면서 결정하지 못하는 것이다.

190) '篳門(필문)'은 잡목 가지를 엮어서 만든 사립문으로 가난하고 옹색하며 초라한 집을 비유한다. '負學(부학)'은 재주와 학식을 자부하는 것이고, '前基(전기)'는 이전의 기반, 즉 선대로부터 이어온 토대를 말한다. 『진서(晉書)』「육기전(陸機傳)」의 '전론(傳論)'인 '제왈(制曰)'에, 육기는 "지혜는 시대를 안정시키기에 족하고 재능은 황제를 보좌할 만하며, 명성과 지위를 지키고 '이전의 기반'을 욕되게 하지 않을 거라 스스로 여겼다[自以智足安時, 才堪佐命, 庶保名位, 無忝'前基']"라고 했다. 이곳의 '無忝前基'는 『상서』「군아(君牙)」의 '無忝祖考(선조를 욕보이지 않도록 하라)'와 같은 의미이다.

5 **[전진륜]** 『진서(晉書)』 「왕희지전(王羲之傳)」 : "[이때 태위(太尉) 치감(郗鑒)이 문생을 왕도(王導)에게 보내 사위를 구하려 했다. 왕도는 동상(東廂)으로 안내한 뒤 자제들을 두루 보게 했다. 문생이 돌아와 치감에게 말했다.] '왕씨의 모든 자제가 다 훌륭했습니다. 그러나 소식을 듣고서 모두가 다 스스로 "신중하고 절제를 하는데[矜持]", [오직 한 명만이 동쪽 평상에서 배를 드러내고 밥을 먹고 있는 것이, 혼자만 소식을 못 들은 듯했습니다.' 치감이 말했다. '바로 그가 훌륭한 사위로구나.' 방문하여 알아봤더니 바로 왕희지였다. 마침내 딸을 그에게 아내로 주었다.]"

[전중련] 송본에는 '徧(편)'이 '偏(편)'으로 되어 있다.[191)]

6 **[전중련]** 송본에는 '聲交(성교)' 아래 주에서 "'交友(교우)'로 된 판본도 있다"라고 했다.[192)]

7 **[전진륜]** '馳電(치전 : 번쩍이는 번갯불)'은 「'갈 길은 험난하고'를 본떠[擬行路難]」(제11수 주석 3 '絶電(절전)' 주)에서 보았다.

『속한서』 「오행지 · 1」 : "순제(順帝) 말년에 서울의 동요에 이렇게 노래했다. '"현줄처럼 곧으면 노상에서 객사하고", 낚싯바늘처럼 굽으면 도리어 제후에 봉해진다["直如絃, 死道邊"; 曲呂鉤, 反封侯].'"[193)]

---

191) 정복림은 '偏'은 '徧'과 통한다고 했다(『교주』, 415쪽). '偏越(편월)'은 한쪽으로 치우치는 것이다. '矜持(긍지)'는 스스로 단속하고 절제하는 것으로 '放縱(방종)'의 반의(反義)이다.

192) 『군서습보』본도 같다. '聲交(성교)'는 명성과 교우 또는 명성을 통해 서로 알게 되는 것이고, '希歇(희헐)'은 '稀歇'과 같으며 희미해져 사라지는 것이다.

193) '深憂(심우)'는 매우 근심하는 것이고, '寡情(과정)'은 너무 무관심한 것이다. '進伏(진복)'은 나아감과 물러남이고, '暌時(규시)'는 시기를 어기는 것이며, '卜

【평설】

[황절] 진조명 : 감회를 서술하여 직서한 작품으로, 가락은 서투르나生 자태는 노련하다老. 『채숙당고시선』 권18

오여륜 : 소탈하고 질박함이 두보와 한유韓愈의 선성先聲을 열었다. 『고시초』 권4

身(복신)'은 처신을 점치는 것이다.

和王丞

限生歸有窮, 長意無已年.[1] 秋心日迥絶, 春思坐連綿.[2]

銜協曠古願, 斟酌高代賢.[3] 遯迹俱浮海, 採藥共還山.[4]

夜聽黃石波, 朝望宿巖煙.[5] 明澗子沿越, 飛蘿予縈牽.[6]

性好必齊遂, 迹幽非妄傳.[7] 滅志身世表, 藏名琴酒間.[8]

왕 비서승의 시에 화답하여

유한한 삶 궁극으로 돌아가건만

긴 생각은 영원히 마칠 때가 없구려.

가을 심사 나날이 아득해지고

봄 사념은 공연히 끝도 없구려.

옛사람의 소원과 서로 통하니

먼 옛적 현자 맘을 헤아려 보오.

은둔하러 바다로 같이 나가고

약초 캐러 산으로 함께 가려오.

밤에는 돌 위를 흐르는 물소리 듣고

아침에는 벼랑에 낀 구름 보려오.

밝은 시내 따라서 그대는 건너가고

담쟁이 붙잡고서 나는 절벽 오르려오.

본성이 좋아함을 꼭 함께 이루려니

은둔함에 헛된 이름 안 전하길 바라오.

나와 세상 밖으로 속된 마음 없애어

금琴과 술 사이에 이름을 숨기려오.

【해제】

[전진륜] 문인담 주를 수록한다.

[문인담] 『송서』 「왕승작전王僧綽傳」: "왕승작王僧綽은 처음 강하왕江夏王 유의공劉義恭의 사도참군司徒參軍이 되고, 시흥왕始興王의 문학文學, 중앙 관직인 '비서승秘書丞',[194] [사도좌장사司徒左長史와 태자중서자太子中庶子]로 전임했고, [원가 26년에 상서이부랑尙書吏部郞으로 옮겼다.]"

[황절] 오여륜 『고시초』: "『송서』에 왕승작은 원가 26년449에 상서이부랑尙書吏部郞이 되었다고 했다. 이 시는 원가 26년 이전에 지은 것으로, 대개 임천왕 유의경劉義慶의 복상을 마치고 고향으로 돌아올 때이다."

[전중련] 『송서』 「왕승작전」에, 왕승작은 처음 시흥왕의 문학, 비서승, 사도좌장사, 태자중서자가 되고 원가 26년에 상서이부랑으로 옮

194) 『송서』 「백관지 · 하」에 의하면, 왕부(王府)에는 '비서승(秘書丞)'이라는 관직이 없고, 중앙 관직 중에 "비서감(秘書監) 1인, '비서승' 1인, 비서랑(秘書郞) 4인"이 설치되어 있다. 왕부의 관직 중에는 "서진 무제 초에 사(師) · 우(友) · 문학(文學) 각 1인을 설치했다"라는 기록이 있다. 따라서 저본의 인용문 '始興王文學秘書丞(시흥왕의 문학비서승)'은 '始興王文學(시흥왕의 문학)'과 '秘書丞(중앙 관직인 비서승)'으로 나누어져야 한다. 표점교감본 『송서』에는 그렇게 되어 있다. 전중련의 '증보'에서는, 인용문의 단구는 문인담의 인용과 같지만, 안어(按語)에서는, 왕승작이 시흥왕의 문학에서 비서승으로 옮기자 포조가 이 시를 지은 것이라고 하여 두 관직을 구분했다.

졌다고 했다.

내 견해는 이렇다. 이 시는 늦어도 마땅히 원가 25년 이전에 지어졌다. 대개 왕승작이 시흥왕의 문학이었을 때, 포조는 시랑侍郎이 되어 같은 왕부王府에서 근무하게 되어 마침내 서로 친밀해졌으므로, 왕승작이 비서승으로 전임하자 이 창화시를 짓게 된 것이다. 오여륜의 견해는 옳지 않다.[195)]

【주석】

1 **[문인담]** '意(의)'는 '憶(억)'으로 된 판본도 있다.[196)]

『장자』「양생주(養生主)」: "'나의 삶은 유한하지만[吾生也有涯]', [알아야 할 것은 무한한데, 유한한 것으로 무한한 것을 좇으려 하니 위태로울 뿐이다.]"

『백호통의(白虎通義)』 권하「시귀(蓍龜)」: "거북점에서 사용하는 龜(귀·구)는 '久(구 : 오래다)'의 뜻을 취한 것이고, 시초 점에서 사용하는 蓍(시)는 耆(기 : 연로하다)의 뜻을 취한 것이다. '久'는 '오래다[長]'라는 뜻이다."

내 견해는 이렇다. 이것은 바로 도연명이 말한 "인생은 짧아도 상념은 늘 많다

195) 전중련은 「포조 연표」에서 원가 24년(447)에 넣었다. 정복림은 기본적으로는 전중련의 견해에 동의하면서, 유관 사료를 인용하여, 시흥왕 유준은 원가 17년(440)에서 26년(449)까지 양주(揚州) 자사였는데, 양주의 치소는 수도 건강이었으며, 왕승작이 비서승일 때 포조는 시흥왕의 시랑이어서, 두 사람은 같은 곳에 있었으므로, 서로 만나고 창화했을 가능성이 크다고 보고, 그 시기는 원가 24·5년(446~447)이 되어야 한다고 했다(『교주』, 421~422쪽).

196) 송본·장씨원간본·『고시선』·『전송시』의 주가 다 같다. '長意(장의)'는 '끝없는 생각'이고, '長憶(장억)'은 '늘 생각하는' 것이다.

[世短意常多]"[197]는 것이다.

2 **[문인담]** 반악 「객사에 대한 의견을 올림[上客舍議]」: "[또 수많은 겁도(劫盜)는 모두] '인가에서 멀리 떨어져 인적이 드문 곳[迥絕]'[198]에서 발생하고, 사람이 많은 곳에서는 그칩니다."

조식 「잡시·옷 걷고 규방을 나서서[攬衣出中閨]」: "봄 생각 어찌 잊을 수 있나[春思安可忘], [근심과 슬픔이 나 같을 것이라.]"

사영운 「시녕현의 별장을 찾아[過始寧墅]」: "[암벽은 가파르고 고개는 첩첩하며,] 큰 모래톱 감아 돌고 잔 모래톱 '이어지네'[洲縈渚'連綿']."

내 견해는 이렇다. '봄 생각과 가을 심사[春思秋心]'가 끊임없이 이어지니, 이른바 "긴 생각은 영원히 끝날 해 없다[長意無已年]"라는 것이다.

3 **[문인담]** '銜(함)'은 머금는 것[含]이다.

『사성편해(四聲篇海)』: "'協(협)'은 합치하는 것[合]이다."

지우(摯虞) 「좌구명 찬(左丘明贊)」: "[(좌구명은 『좌전』을 지어) 제왕의 법식을 드러내어 밝히고, 『춘추』의 대의를 밝게 연역하여, 공성(孔聖)의 취지를 크게 선양하니,] '여러 대가 흐를수록' 더욱 아름다워진다['曠代'彌休]."

『박아(博雅)』: "'曠(광)'은 먼 것[遠]이다."

내 견해는 이렇다. 고인의 바람과 일치함이 있다는 뜻이다.

---

197) 「중양절에 혼자서 국화를 보며[九日閒居]」의 첫 구이다. 이 시 「서」에서 도연명은, "나는 일 없이 한가롭게 지내면서 중양절을 무척 좋아했다. 추국(秋菊)이 뜰에 가득해도 술을 구할 길이 없어서, 부질없이 중양절 국화만 바라보면서, 이 시에 내 심사를 실어본다"라고 했다.

198) '迥絕(형절)'은 포조 시에서는 '끊임없이 이어지는 모양'을 뜻한다. 대구의 '連綿(련면)'과 동의어이다.

『후한서』「정홍전(鄭興傳)」: "정홍은 고학(古學)을 좋아하고, [특히 『춘추좌씨전(春秋左氏傳)』과 『주례(周禮)』에 밝았으며, 역법에 통달했다.] 두림(杜林)과 환담(桓譚) [위굉(衛宏)] 무리 이래로, '그의 견해를 헤아려 취하지[斟酌]'[199] 않은 이가 없었다."

4 **[문인담]** 『삼국지』「위서 · 관녕전(管寧傳)」: "관녕(158~241)은 (…중략…) [북해(北海) 주허(朱虛 : 지금의 산동성 임구현(臨朐縣) 임구진 남동쪽) 사람이다. (…중략…) 평원군(平原郡) 고당(高唐 : 지금의 상동성 고당현) 사람 화흠(華歆), 같은 현 사람 병원(邴原)과 사귀었는데, 함께] 타국으로 유학하여 당시 명사 진식(陳寔, 자 중궁(仲弓), 104~187)을 공경하고 사이가 좋았다. 천하가 크게 혼란해지자,[200] 요동(遼東) 태수 공손도(公孫度)의 영(令)이 '해외(海外 : 요동)'에서 행해진다는 것을 듣고, 마침내 병원 및 평원의 왕렬(王烈) 등과 함께 '요동(遼東)'까지 갔다."

『후한서』「일민열전(逸民列傳) · 방공(龐公)」: "방공은 (…중략…) 처자를 데리고 녹문산(鹿門山)으로 올라가서, 거기서 '약초를 캐며[採藥]' 돌아오지 않았다."[201]

---

199) 이현 주에 "'斟酌'은 그 의지(意指 · 意旨 · 意恉 : 의향, 의도)를 취하는 것을 말한다"라고 했다. '斟酌'은 본래는 술을 잔에 따르는 것이다. 여기서 '술을 마시다', '어림쳐서 헤아리다' 등의 의미가 파생되었다. 출구의 '銜協(함협)'은 부합하는 것이고, '曠古(광고)'는 아득히 먼 고대[遠古]이다. 대구의 '高代(고대)'도 같은 뜻으로, 「향로봉을 시종하여 오르며[從登香爐峯]」의 '高世'와 같다.

200) 황건적(黃巾賊)의 난을 말한다.

201) 이 2구는 은둔 생활을 말한 것이다. '浮海(부해)'에는 『논어』「공야장(公冶長)」에 나오는 공자의 말 "도가 행해지지 않아 뗏목을 타고 '바다에서 떠돌게 되면' 나를 따를 이는 아마도 중유(仲由 : 자로(子路))가 아니겠는가[道不行, 乘桴浮于

5 **[문인담]** 시냇물이 돌 위를 가로질러 지나가므로, '橫石波(횡석파)'라 하며, 산의 구름은 아침에 바위 사이에 서려 있으므로 '宿巖煙(숙암연)'이라고 했다.

[전중련] 송본에는 '黃(황)'이 '橫(횡)'으로 되어 있다.[202)]

6 **[문인담]** 『설문해자』: "'沿(연)'은 흐르는 물을 따라서 아래로 내려가는 것이다."

『설문해자』: "'越(월)'은 건너가는 것이다."

손작(孫綽) 「천태산 유람 부[遊天台山賦]」: "[드리운 나뭇가지의 '긴 덩굴[長蘿]'을 붙잡고,] '칡덩굴의 날아가는 줄기'를 끌어당긴다[援'葛藟之飛莖']."

[전중련] 송본에는 '子(자)'는 '予(여)'로, '予'는 '子'로 되어 있다.

7 **[문인담]** 두 사람의 성품이 유거(幽居)를 좋아하니, 그것을 반드시 완수하고자 다짐하여, 이름을 헛되이 전하지 않기를 바란다는 뜻이다.

8 **[문인담]** '滅志(멸지)'는 속된 마음[俗情]을 없앤다는 뜻이다.

『증운(增韻)』: "'表(표)'는 바깥이다."

【평설】

[황절] 진조명 : 발단은 심원한 감개가 풍부하다. 뜻을 펼치는 것이 광활한 데다가 시어를 엮는 것도 노련하면서 힘차다. '밤에는夜聽' 4구에는 함께 은둔하고자 하는 마음이 얼마나 유장한가!『채숙당고시선』 권18

海, 從我者其由與]!"에서 나온 성어 '乘桴浮海(승부부해)'의 의미를 담고 있다.

202) 『고시선』과 『전송시』도 같다. 대구(對句)의 '宿巖(암벽에 어려 있다)'과 대우가 되려면 '橫石(돌 위를 가로질러 가다)'이 되어야 한다. 오덕풍도 '橫'이 옳다고 했다(79b쪽). Chen도 "강을 가로지른 바위에 의해 일어나는 잔물결(ripples by the rock across the river)"로 풀이했다(341쪽).

방동수 : 『남사』에 의하면, 왕승작王承綽이 시흥왕의 비서승이 된 일이 기재되어 있지 않아서, 심약沈約의 『송서』와 상략詳略이 다르다. 왕승작의 관직 이력을 보면, 돌아가 은퇴할 수 있었던 인물이 아니다. 이것은 마땅히 가상의 포부를 가지고 두 사람이 서로 바라는 것이 되어야 한다. 그래서 뒤에서 '꼭 함께 이루기必齊遂'라고 한 것은 그러기를 바라는 말이다. '유한한 삶限生' 2구는 바로 "인생은 백 년을 살 수 없다人生不滿百"라는 뜻인데, 도연명이 5자로 연역하여, 더더욱 말은 간략하고 의미는 충분해졌다.[203] 이 2구는 비록 다시 연역한 것이지만 신묘新妙함만 보이지, 답습했다는 것을 보이지는 않는다. 시구가 겹치고 시어는 거칠지만, 말을 만드는 묘는 사람에 달렸음을 알 수 있다. '가을 심사秋心'와 '봄 생각春思' 2구는 위의 '긴 생각이 끝나지 않음長意無已'을 받는다. 이른바 '옛사람의 소원古願'과 '먼 옛적 현자高賢'는 뒤의 '관녕管寧'과 '방공龐公' 두 사람을 가리킨다.『소매첨언』 권6

[전중련] 오여륜 : 후반부는 통쾌하고 방자하다.『고시초』 권4

203) "人生不滿百"은 조식의 「유선시(遊仙詩)」의 시구이다. 이 시 제1·2구는 "人生不滿百, 戚戚少歡娛(인생은 백 살을 못 채우는데, 척척하니 즐거움도 많지 않구나)"로, 「고시십구수」 중 「사는 해 백 년을 못 채우는데[生年不滿百]」 시의 제1·2구 "生年不滿百, 常懷千歲憂(사는 해 백 년을 못 채우는데, 언제나 천년 시름 품고 있다네)"를 바탕으로 한 것이다. 도연명은 이러한 10자의 의미를 "世短意常多(인생은 짧아도 생각은 늘 많다)" 5자로 요약했다는 것이다.

日落望江贈荀丞

旅人乏愉樂, 薄暮憂思深.[1] 日落嶺雲歸, 延頸望江陰.[2]
亂流灇大壑, 長霧帀高林.[3] 林際無窮極, 雲邊不可尋.
惟見獨飛鳥, 千里一揚音. 推其感物情, 則知遊子心.[4]
君居帝京內, 高會日揮金.[5] 豈念慕群客, 咨嗟戀景沈.

황혼 녘 강을 바라보며—순 좌승에게

나그네는 즐거움이 모자라는데
땅거미에 수심은 더 깊어지오.
해는 지고 영 구름도 돌아가는데
목을 빼고 강남 쪽을 바라본다오.
어지러운 물결은 큰 골로 쏟아지고
끝없는 안개는 높은 숲을 감도오.
숲 가는 까마득히 끝도 없으며
구름 끝은 어디인지 찾을 수 없소.
홀로 나는 새 한 마리 눈에 뵈는데
천 리 밖 먼 곳으로 울음 날리오.
사람 마음 움직이는 그 심정 미뤄보면
나그네의 마음을 알게 될 거요.
그대는 서울에서 편안하게 살면서
고상한 연회에서 날마다 돈 뿌리며,

벗 그리는 나그네가 한숨을 쉬며
해 지는 것 아쉬워함 생각이나 하시겠소.

【해제】

[황절] 오여륜 : "순백자荀伯子 및 아들 순적송荀赤松은 모두 상서좌승尚書左丞이 되었다. 순백자는 원가 15년438에 죽었는데 벼슬이 동양東陽 태수였다. 그때는 포조가 아직 벼슬길에 나오기 전이었다. 순적송은 원흉 유소劉劭에게 살해되었는데, 사서에서는 문학의 재능이 있다고 하지 않았다. 이 '순승荀丞'은 좌승左丞을 지칭하지 않고, 아마 다른 사람을 말하는 것일 것이다. 순백자의 족제族弟 순창荀昶은 자가 무조茂祖로 문학적 재능으로써 중서랑中書郎에 이르렀으며, 아들 순만추荀萬秋는 자가 원보元寶로 역시 재학才學으로 스스로 유명했으나, 모두 승丞이라는 관위官位는 없었다."

[전중련] 내 견해는 이렇다. 『송서』 「예지禮志」에서, "대명大明 3년459에 '상서좌승 순만추'에게 『오로예도五路禮圖』를 짓게 했고, 4년460 1월 무진戊辰에 '상서좌승'이 『적전의주籍田儀注』를 상주했다"[204)]는 등의 표

204) 전중련이 인용한 『송서』 「예지」의 문장은 단구가 잘못되었다. 표점교감본에 의하면, "大明三年, 使尚書左丞荀萬秋造五路. 『禮圖』, [金路, 通赤旗, 無蓋, (…중략…) 五路各有所主, 不俱出也. 大明中, 始制五路俱出. (…중략…)] 大明四年正月戊辰, 尚書左丞荀萬秋奏 : '『籍田儀注』, [皇帝冠通天冠, (…중략…).'](대명(大明) 3년(459)에 '상서좌승 순만추'에게 오로(五路 : 천자가 타는 5종의 수레)를 짓게 했다. 『예도(禮圖)』[에 금로(金路)는 붉은 기를 세우고, 덮개가 없으며, (…중

현이 있으니, 이때 '순만추'는 '상서좌승'이었다. 이 문집 권6의 「달빛 아래 누각에 올라서 지은 연구月下登樓連句」에 참여한 사람으로 '순만추'가 있으니, 포조는 전부터 순만추와 친구였음을 알 수 있다. 이 시를 보낸 대상도 바로 순만추이다. 시에 "목을 빼고 '강음江陰' 쪽을 바라본다延頸望江陰" 및 "그대는 서울에서 편안히 산다君居帝京內"라는 말이 있다. 물의 남쪽을 음陰이라 하니, 포조가 대명 3년459 강북江北의 나그네 시절에 이것을 지어 멀리 강남江南의 순승荀丞에게 부친 것이다.[205]

략…) 오로는 각각 주요 용처가 있어서, 함께 출행하지 않았다. 대명 연간에 처음으로 5종의 수레가 함께 출행하게 된 것이다. (…중략…)] 대명 4년(460) 1월 무진에 '상서좌승'이 상주했는데, '『적전의주(籍田儀注)』에 의하면, 황제의 관은 통천관으로, (…중략…).'")"이 되어야 한다.

205) 조도형은 이에 대해 새로운 견해를 제시했다. 먼저, 사서(史書)에서 문학(文學)에 대한 언급이 없다고 제목의 '순승(荀丞)'을 순적송이 아니라고 할 수 없다는 점에서, 오여륜의 견해를 반박했다. 이어서, 『송서』 「순백자전(荀伯子傳)」 등의 기록을 근거로, 당시 순만추는 그다지 중용되지 못한 데 반해, 순적송은 문제(文帝)의 두터운 신임을 받았던 서담지(徐湛之) 일파의 중요 인물이기 때문에, 시에서 말한 것처럼, "서울에서 편안히 살면서, 고상한 연회에서 날로 돈을 뿌렸을" 가능성이 더 크며, 순적송이 상서좌승이던 원가 말년에, 포조는 강북인 광릉(廣陵)에 머물렀던 것이 사실이기 때문에, 대명 4년 전후에 강북에 있었을 것이라는 가설을 세울 필요가 없다고 했다. 따라서 '순승'은 반드시 순만추일 필요가 없고, 오히려 순적송일 가능성이 더 크다고 했다(「창작 시기」, 391~395쪽). 정복림은, 『송서』 「안연지전(顔延之傳)」에 실린, '상서좌승 순적송'이 안연지를 탄핵할 것을 상주한 시기를, 대략 원가 26~27년(449~450)으로 보았다. 또 『송서』 「순백자전」에 '순적송'이 "'상서좌승'이 되어 서담지의 당파가 되었는데, 원흉(유소(劉劭))에게 살해되었다"라고 했는데, 그 시기는 대략 원가 30년(453) 2월이므로, '순적송'은 원가 말년에 줄곧 '상서좌승' 직에 있었고, 포조는 원가 27~28년(450~451) 강북에 머물렀기 때문에(포조가 강북에 머문 일에 대해서는, 문집 권2 「과보산 갈문(瓜步山楬文)」 해제 및 권1 「황폐한 성[蕪城賦]」 해제 참조), 조도형의 견해가 옳다고 했다. 그리고 포조가 시흥왕 유준의 시랑 직을 사임한

【주석】

1 **[전진륜]** '旅人(려인 : 나그네)'은 「번거현에 올라서[登翻車峴]」(주석 3)에서 보았다.

조조 「고한행(苦寒行)」 : "'땅거미 지는데' 깃들일 곳도 없네['薄暮'無宿處]."

2 **[전진륜]** 『여씨춘추』 「계추기(季秋紀) · 정통(精通)」 : "천하 사람들이 '목을 길게 빼고[延頸]' 발꿈치를 들고 기다리지 않는 자가 없었다."206)

3 **[전진륜]** 『모시』 「대아 · 부예(鳧鷖)」 제4장 : "오리와 갈매기가 물들이에 있다[鳧鷖在潨]." 모전 : "'潨(종)'은 '물들이'이다."

『집운(集韻)』 : "'潨'은 혹은 '灇(총)'으로 적기도 한다."

『초사』 「칠간 · 자비(自悲)」 : "'큰 골짜기 즉 대해(大海)'의 물소리를 듣는다[聽'大壑'之波聲]."

4 **[전진륜]** '遊子(유자 : 나그네)'는 「번거현에 올라서」(주석 5)에서 보았다.

[황절] 조식 「잡시」 제1수 「높은 대엔 슬픈 바람 많이 부는데[高臺多悲風]」 : "외기러기 남으로 날아가는데, 뜰 위를 지나가며 구슬피 운다. 생각 일어 먼 곳 사람 그리워지니, 기러기 편에 소식이나 전해봤으면[孤雁飛南遊, 過庭長哀吟. 翹思慕遠人, 願欲托遺音]."

이후 의탁할 곳 없이 강북에서 방랑하던 시기여야, 시의 마지막 4구의 내용과 부합한다는 점에서, 원가 28년(451)이 비교적 부합하는 창작 시기라고 보았다(『교주』, 401~404쪽).

206) 통행본 『여씨춘추』의 「계추기(季秋紀) · 정통(精通)」에는 "[聖人南面而立, 以愛利民爲心, 號令未出而]天下皆'延頸'擧踵矣([성인이 남면하여 제 자리에 서서 백성들을 사랑하고 이롭게 하는 마음을 먹는다면, 호령을 발하지 않더라도,] 천하 사람들이 다 '목을 빼고' 발꿈치를 들고 기다릴 것입니다)"로 되어 있다.

조식 「잡시」 제3수 「북서쪽에 베 짜는 부인이 있어[西北有織婦]」 : "나는 새가 나무를 빙빙 돌면서, 짹짹 울면서 무리 찾는다. 바라건대 남쪽으로 흐르는 달이 되어, 달빛 따라 달리며 우리 임 보았으면[飛鳥繞樹翔, 噭噭鳴索群. 願爲南流景, 馳光見我君]."

이 작품의 '惟見(유견)' 이하 몇 구의 의미는 여기에서 나온 것이다.

5 **[전진륜]** 장협 「영사시」 : "'황금을 뿌리면서 그 시절 즐기느라', 만년에는 남긴 것 전혀 없었지['揮金樂當年', 歲暮不留儲]."

【평설】

[황절] 진조명 : '어지러운 물결亂流' 6구는 호탕浩蕩하기 짝이 없다. 시는 본래 솔직하게 진술했는데, 목소리와 정태情態가 쓸쓸하다.『채숙당고시선』 권18

장옥곡 : 나그네는 즐거움이 없는데 황혼 녘에 시름이 더하는 것은, 바로 마지막 구의 '해 지는 것 아쉬워하는戀景' 그 의미와 대응한다. 외로운 새는 소리를 날리며 나그네의 마음을 상하게 하니, '무리를 그리는慕群' 의미가 이미 그 속에 포함되어 있다. 뒤 4구는 순좌승이 바야흐로 뜻 이루자 '옛 친구를 생각지 않는 것不念舊交'으로 마무리했을 뿐이다. 그러나 자기가 '무리를 그리며 해 지는 것을 아쉬워하는慕群戀景' 것은 이미 그 '생각지 않는 것不念' 가운데 드러나 있다.『고시상석』 권16

[전중련] 왕부지 : 고체시와 금체시 사이에 별도로 한 체식體式을 세웠으니, 전적으로 격앙하는 풍운風韻으로 스스로 승지勝地를 이루었다. 종일

토록 늘 이러한 시들을 대하고 있으면 풍아한 경지에 들기에는 부족하더라도, 눈썹 끝과 입가에서 속진은 다 씻을 것이다. 포조 문집에서 이러한 것은 극히 적지만, 마치 검劍을 땅속에 묻었는데, 우연히 드러나게 되면 맑은 빛이 곧장 하늘에까지 뻗치려고 하는 것과 같다.『고시평선』 권5

오여륜 : '홀로 나는 새 한 마리惟見' 4구, 이것이 포조가 준일한 까닭이다.『고시초』 권4

秋日示休上人

枯桑葉易零, 波客心易驚.[1] 今茲亦何早, 已聞絡緯鳴.[2]
迴風滅且起, 卷蓬息復征.[3] 愴愴簟上寒, 悽悽帳裏淸.[4]
物色延暮思, 霜露逼朝榮.[5] 臨堂觀秋草, 東西望楚城.
百物方蕭瑟, 坐歎徒此生.[6]

가을날—혜휴 스님에게

시든 뽕나무는 잎 쉽게 떨어지고
떠돌이 나그네는 마음 쉬이 놀란다오.
올해는 또 어찌 이다지도 빠른지,
귀뚜라미 울음소리 벌써 들려 오는구려.
회오리가 잦아들다 또다시 일어나니
말려 뽑힌 망초는 멎었다가 날아가오.
쓸쓸하게 대자리는 차가워졌고
처량하게 휘장 안은 서늘해졌소.
풍물은 저녁 슬픔 자아내고
서리는 아침 꽃을 핍박한다오.
대청에서 가을 풀을 살피어보고
동서로 초성楚城을 바라본다오.
온갖 사물 바야흐로 소슬해지니
부질없는 이생에 한숨뿐이오.

【해제】

[전진륜] 『송서』「서담지전徐湛之傳」: "당시 사문 혜휴惠休[가 있어] 글을 잘 지었는데, [사채辭采가 곱고 아름다워서] 서담지는 그와 매우 사이가 두터웠다. 세조효무제, 454~464 재위가 명을 내려 환속하게 했다. 본성은 탕湯이고 관위官位는 양주종사사揚州從事史207)에 이르렀다."

[황절] 탕혜휴湯惠休「가을바람秋風」시 제2수: "[가을바람 산들산들 내실로 들어오니,] '비단 장막羅帳' 달빛 품어 그리움에 맘 아프다. '귀뚜라미蟋蟀' 밤에 울어 남의 애를 끊는데, [기나긴 밤 임 생각에 마음은 날아간다. 남은 임을

207) 표점교감본에는 '從事史'로 되어 있는데, 흔히 '從事'라고도 한다. 주자사(州刺史)의 보좌관이다. 『후한서』「백관지·4」에 '사례교위(司隸校尉)' 속관(屬官)으로 '從事史 12인'을 둔다고 했다. 탕혜휴는 유송 말 시인으로 남제(南齊) 초까지 산 것으로 보인다. 본디 승려였기 때문에 흔히 '혜휴상인(惠休上人)'으로 불렸다. 종영(鍾嶸)『시품(詩品)』에는,「하품(下品)」'제혜휴상인·제도유상인·제석보월(齊惠休上人·齊道猷上人·齊釋寶月)' 조에, 탕혜휴와 포조를 같이 평가하는 이른바 '휴포지론(休鮑之論)'이 언급되어 있다. "혜휴의 시는 지나치게 부미(浮靡)하고 감정이 재능을 지나쳤다. '세상 사람들이 마침내 포조에 견주었는데[世遂匹之鮑照]', 은나라 주왕(紂王)을 주나라 무왕(武王)에 견주는 것이나 거의 같다. 양요번(羊曜璠)은 '이것은 안연지(顏延之)가 포조의 시문을 꺼려서 "탕혜휴와 포조를 함께 거론하는 견해를 세운 것[立休鮑之論]"이다'라고 했다." 이런 평가가 나온 배경이 되는 일화는『남사』「안연지전」에 다음과 같이 실려 있다. "안연지가 일찍이 포조에게 자기와 사영운 시의 우열을 물은 적이 있는데, 포조가 대답했다. '사영운의 오언시는 연꽃이 막 피어나듯이 자연스러워 사랑스럽고, 그대의 시는 비단을 펼치고 수를 놓은 듯이 아름다운 색채가 눈에 가득합니다[謝五言如初發芙蓉, 自然可愛. 君詩若鋪錦列繡, 亦雕繢滿眼].' 안연지는 탕혜휴의 시를 깎아내릴 때마다, '탕혜휴의 시문은 뒷골목 노래일 뿐[委巷中歌謠]이니, 틀림없이 후생을 그르칠 것이다'라고 했다."『시품』「중품」의 '송 광록대부 안연지(宋光祿大夫顏延之)' 조에도 같은 일화가 실려 있는데, 다만 '포조'가 '탕혜휴'로 바뀌어 있고, 평가를 들은 안연지가 '평생토록 그것을 병통으로 여겼다[終身病之]'라는 언급이 첨가되어 있다.

그리는데 임은 그를 잊었으니,] 비단 이불 '옥 깔개瑤席'는 누굴 위해 향기롭나."[208]

이 작품의 '귀뚜라미絡緯'·'대자리簟'·'휘장帳' 등의 구는, 전적으로 탕혜휴의 이 시의 의미를 활용했다.

진조명 : "어떻게 또 탕혜휴 스님을 본떴는가? '동서로 살피면서 초성을 바라보았으니東西望楚城', 포조와 탕혜휴가 함께 형주荊州에 나그네로 머물 때 지었을 것으로 생각된다."『채숙당고시선』 권18[209]

---

208) 『악부시집』 권60 「금곡가사(琴曲歌辭)·4」에 2수가 실려 있는데, 인용한 것은 제2수의 일부분이다. 전편의 원문은 다음과 같다. "秋風嫋嫋入曲房, 羅帳含月思心傷. 蟋蟀夜鳴斷人腸, 長夜思君心飛揚. 他人相思君相忘, 錦衾瑤席爲誰芳."

209) 정복림은 진조명의 이 말을 근거로, 포조가 형주에 객거할 때 이 시를 지은 것으로 보았다. 포조가 형주에 머문 것은 그의 일생 중 두 번이 있는데, 첫 번째는 문제 원가 12년(435)에서 16년(439)까지 형주 자사 임천왕 유의경의 막료로 근무할 때이고, 두 번째는 효무제 대명 6년(462) 임해왕 유자욱의 막료로 재직할 때로, 이 시에서는 탕혜휴를 '스님[上人]'이라고 불렀으니, 아직 환속하기 전이어야 하는데, 효무제 때 환속한 뒤는 업무가 너무 바빠서 포조와 형주에 가서 서로 창화할 수가 없었을 것이라고 보고, 첫 번째 경우에 지은 것이 돼야 하며, 제목의 '가을날[秋日]'이라는 말을 고려하면, 원가 13년(436)에서 15년(438) 사이라고 보았다(『교주』, 758쪽). 반면 전중련(「머리말[前言]」, 「포조 연표」), 조도형(「鮑照的家世和籍貫」), Chen(*A Study of Bao Zhao and His Poetry : With a Complete English Translation of His Poems*) 등은, 임천왕 유의경이 강주자사 시절에 시랑으로 발탁된 것을 포조 최초의 사도(仕途) 진출로 본다. 다만 『남사』 본전에, 포조가 처음 유의경을 찾아갔으나 지우를 받지 못하자, 시를 바쳐 자기의 뜻을 피력하려 했을 때, 사람들이 만류하면서 한 말 중에 "그대 '지위'가 아직 낮은데[卿位尙卑]"라는 말이 관직을 지니고 있었을 가능성을 보여주고, 또 원가 21년(444)에 지은 「임천왕의 복상을 마치고 고향으로 돌아가며[臨川王服竟還田里]」 시의 "괭이를 놓아둔 지 십 년이 되려 한다[舍耨將十齡]"라는 말은, 근 십 년 전인 원가 12~13년(435~436)경에 벼슬길에 발을 들였을 가능성을 시사한다. 정복림은 『송서』 「사영운전」 등 사서를 근거로, 하장유(何長瑜)·육전(陸展) 등이 임천왕 유의경

탕혜휴 「원망의 노래怨詩行」 : “[밝은 달은 높은 누대 환히 비추어, 천 리 밖 그대의 빛 머금고 있네. 거리에는 그리운 정 가득하여서, 외로운 이 내 애를 끊어놓누나. 슬픈 바람 일어서 휘장을 휘저으니, 경요瓊瑤 비취翡翠 가인은 슬픔 절로 일어난다. 이 내 마음 하늘 끝에 멀리 떠나서, 생각은 하늘에 뜬 구름과 같네.] 노래를 읊조리며 가을 풀을 보는데, 응달의 시든 잎이 어찌 다시 돋을까. 만추의 택란은 세월 아니 기다리니, 지는 꽃은 얼마나 더 향기 풍길까? 바라건대 「장녀인張女引」의 구슬픈 곡조 되어, 슬픈 가락 흩날리며 그대 당상 휘감았으면. [그대 당상 정숙靜肅하고 매우 깊어서, 절창도 부질없이 흩어지겠지만.]”210)

이 작품의 ‘대청에서臨堂’ 이하 4구는 또한 이것을 본뜬 것 같다.

【주석】

1 **[전진륜]** 고사 「장성의 굴에서 말에게 물 먹이며[飮馬長城窟行]」 : “‘잎 진 뽕나무’로 바람 부는 것을 알고[‘枯桑’知天風], [바닷물로 날씨 추워진 것 안다.]”211)

의 막료로 들어간 것이 형주 자사 시절이라고 보고, 포조 역시 당시 형주에서 행복한 한 시절을 보냈으며, 그때 탕혜휴와 우정이 돈독했다고 보았다(부록 「포조 평전(鮑照評傳)」, 『교주』, 1061~1063쪽).

210) 『악부시집』 권41 「상화가사 · 초조곡(楚調曲) · 상」에 실려 있는데, 전편의 원문은 다음과 같다. “明月照高樓, 含君千里光. 巷中情思滿, 斷絶孤妾腸. 悲風盪帷帳, 瑤翠坐自傷. 妾心依天末, 思與浮雲長. 嘯歌視秋草, 幽葉豈再揚. 暮蘭不待歲, 離華能幾芳. 願作張女引, 流悲繞君堂. 君堂嚴且秘, 絶調徒飛揚.” 제13구의 ‘장녀인(張女引)’은 악부 곡 이름이다. 『문선』 권18 반악(潘岳) 「생황 부[笙賦]」의 ‘輟張女之哀彈(「장녀」의 슬픈 연주 멈춘다)’의 이선 주에, “대개 옛 가곡인데, 기원을 알 수는 없다[蓋古曲, 未詳所起]”라고 했고, 장선(張銑) 주에서는 “곡조 이름인데, 그 소리가 애절하다[曲名也, 其聲哀]”라고 했다.

211) 『악부시집』 권38 「상화가사 · 슬조곡(瑟調曲)에 실려 있다. 전편은 문집 권3 「‘동

[황절] '波客(파객 : 떠돌이 나그네)'은 이 문집 뒤에 나오는 「오흥 황포정에서 유 중랑을 송별하며[吳興黃浦亭庾中郎別]」 시의 "旅雁方南過, 浮客未西歸(나그네 기러기는 남쪽을 막 지나는데, 떠도는 길손은 서쪽 여정 못 떠난다)"의 '浮客(부객)'(주석 2)과 같다.

[전중련] 송본에는 '易(이 : 쉽게)'가 '未(미 : ~하지 않았다)'로 되어 있고, '波(파 : 떠도는)'가 '疲(피 : 지친)'로 되어 있다.212)

2 [전진륜] 최표 『고금주』: "'莎雞(사계 : 귀뚜라미)'는 일명 '促織(촉직)'이고 일명 '絡緯(락위)'이다."

3 [전진륜] 『이아』 「석천(釋天)」: "'迴風(회풍 : 회오리바람)'을 '飄(표)'라고 한다."

유주(劉晝)213) 『신론(新論)』 「탁부(託附)」: "한 해가 저물어갈 무렵이면, '망초가 바람에 뽑혀 구름 속으로 말려 올라간다[蓬卷雲中]'."

4 [전진륜] 『설문해자』: "'簟(점)'은 대자리[竹席]이다."

5 [전진륜] 『제민요술(齊民要術)』 권10 '무궁화나무[木堇 · 木槿]' 조: "무궁화는 저녁에 떨어져 죽지만 '아침이면 꽃을 피운다'[夕死'朝榮']."

문의 노래'를 본떠[代東門行]」 [평설] 부분의 역주를 볼 것.

212) 주응등본도 같다. 사고본 · 『예문유취』 · 『태평어람』 · 『고시기』 등에는 모두 '易'로 되어 있다. 오덕풍은 송본을 따르면 시의(詩意)가 전혀 성립되지 않으므로 송본은 틀린 것이라고 보고, 이곳의 '波客'은 「오흥 황포정에서 유 중랑을 송별하며」 시의 '浮客'과 같은 뜻으로 포조가 창조해낸 어휘라고 했다(80b쪽).

213) 저본에는 '桓譚'으로 되어 있는데, '劉晝(류주)'의 잘못이어서 고쳤다. 이 글은 유주의 『신론(新論)』 즉 『유자신론(劉子新論)』 권5 「탁부(託附)」에 실린 문장이다. 『유자신론』에 대해서는 권2 「황하가 맑아짐을 기리는 송[河淸頌]」 주석 82 참조.

6 **[전진륜]** 송옥『초사』「구변」: "'소슬하구나' 초목은 시들어 떨어지는구나['蕭瑟'兮草木搖落而變衰]."

【평설】

[전중련] 오여륜 : 탕혜휴에게 주는 이 두 편의 시는 아마도 아직 탕혜휴가 환속하기 전의 작품으로 문제 때에 지은 것으로 보인다. 문제 말년에 이미 혼란의 기미가 보였으니, 시에서 한 말이 이와 같았다.『고시초』

答休上人

酒出野田稻, 菊生高岡草.[1] 味貌亦何奇, 能令君傾倒.[2]

玉椀徒自羞, 爲君慨此秋.[3] 金蓋覆牙柈, 何爲心獨愁.[4]

혜휴 스님에게 답함

술은 들녘의 벼에서 나오고
국화는 높은 언덕 풀 속에서 자라는데,
그 맛과 그 모습이 또 얼마나 기이해
그대 마음 쏠리게 할 수 있었소.
옥 주발에 음식만 차려 놓을 터이니
그댈 위해 이 가을 한숨을 쉬오.
금 덮개로 상아 발우 덮어 놓고서
어이해서 그대 맘은 근심뿐이오?

【해제】

[전중련] 송본에는 이 시 앞에 석혜휴釋惠休의 「시랑 포조에게贈鮑侍郎」 시 1수가 실려 있다. "대모 빛 가지에 황금 꽃송이, 푸르른 잎사귀에 자줏빛 줄기. 그대의 옥 술잔에 들어가지 않아도, 옅은 채색 그래도 저절로 꽃피우오. 생각하면 그대는 아름답게 여기지 않고, 술 마시며 티끌처럼 여길 테지요. 마땅히 귀한 뜻을 중히 여겨서, 한창때가 기울지

않게 하시길玳枝兮金英, 綠葉兮紫莖. 不入君玉杯, 低彩還自榮. 想君不相艷, 酒上視塵生. 當令芳意重, 無使盛年傾."[214]

【주석】

1 **[전진륜]** 추양(鄒陽) 「술 부[酒賦]」: "맑은 것은 '酒(주)'이고 흐린 것은 醴(례)인데, (…중략…) 모두 다 집구(渫丘)의 밀로 누룩을 만들어, '들판의 벼[野田之稻]'로 빚는다."[215]

2 **[전중련]** 송본에는 '亦(역)'이 '復(부)'로 되어 있다.[216]

3 **[전진륜]** 『진서(晉書)』「주방전(周訪傳)」: "왕돈(王敦)이 (…중략…) 옥가락지[玉環]와 '옥 주발[玉盌]'을 선사하여 후의(厚意)를 표했다."

『설문해자』: "'羞(수)'는 정성스럽게 바치는 것[進獻]이다."

---

214) 석혜휴의 시는 국화를 읊었다. 『전송시』 권4에는 포조의 이 시 제목 아래 주에서, 시 제목이 "「혜휴 스님의 국화 시에 답함[答休上人菊詩]」으로 된 판본도 있다"라고 했는데, 『초학기』 권27에 그 제목으로 수록되어 있다. 녹흠립의 『송시』는 『초학기』를 따랐다. 두 시인의 시 모두 전반 4구는 국화 또는 국화와 술에 관한 묘사와 서술이고, 후반 4구는 이와 관련한 서정으로 이루어져 있다. 탕혜휴 시의 후반부는, 이처럼 아름다운 국화를 그대는 술에 띄워 마시려 할 텐데, 그렇게 성년을 허비하지 말라고 하는 '충고'로 읽을 수 있다. 중국에는 고대부터 중양절에 국화주를 마시는 풍습이 있었다. 도연명의 「중양절에 혼자서 국화를 보며[九日閑居]」 시 「서」에서 도연명은, "추국이 뜰에 가득해도 술을 구할 길이 없다"(앞의 「화왕승」 주석 1의 역주 참조)라고 하면서, 시 본문에서 "술은 온갖 병을 없앨 수 있고, 국화는 늙는 것을 막아준다네[酒能祛百病, 菊解制頹齡]"라고 했다. 이처럼, 위진남북조 문인들은 특히 건강 장수를 위해서 국화주를 마셨다. 제7구의 '芳意(방의)'는 타인의 마음에 대한 미칭이다.

215) 『서경잡기』 권4에 실려 있다. '渫丘'는 고유명사이다. 『강희자전』 '渫' 자 풀이에 '언덕 이름[丘名]'이라고 하고 이 '渫丘' 구를 예시했다.

216) 주응등본과 장씨원간본도 같다.

[전중련] 송본에는 '慨(개 : 개탄하다)'가 '愧(괴 : 참괴하다)'로 되어 있다.[217]

4 **[전진륜]** 『광운』 : "盤(반 : 쟁반) 자는 속체(俗體)로는 '柈(반)'으로 적는다."

---

217) 노문초도 '愧'로 교감했다. 『고시기』에는 '慨'로 되어 있다. 이하 4구는, 혜휴가 포조에게 국화를 술로 빚어 마시지 말라고 한 '충고'에 대한 답으로, 당시 승려였던 혜휴가 오계(五戒) 중의 '불음주계(不飮酒戒)' 때문에 가을이 되어도 국화주를 마실 수 없는 것을 놀린 것으로 보인다. Chen은 "그대는 옥 주발로 식사하지만, 나는 이 가을 그대를 위해 한숨을 쉬오. 금 뚜껑이 상아 쟁반 덮고 있는데, 그대 마음은 왜 우울한 거요(Though you have diner with a jade bowl, I sigh with regret for you this autumn. The golden lid covers the ivory plate, why does your heart merely fill with melancholy)?"라고 번역했다(343쪽).

吳興黃浦亭庾中郎別

風起洲渚寒, 雲上日無輝. 連山眇煙霧, 長波迥難依.[1]
旅雁方南過, 浮客未西歸.[2] 已經江海別, 復與親眷違.
奔景易有窮, 離袖安可揮.[3] 懽觴爲悲酌, 歌服成泣衣.
溫念終不渝, 藻志遠存追.[4] 役人多牽滯, 顧路慚奮飛.[5]
昧心附遠翰, 炯言藏佩韋.[6]

오흥 황포정에서 유 중랑을 송별하며

바람 일어 모래톱은 쌀쌀해지고
구름 피어 태양은 빛을 잃었소.
끝없는 산 어슴푸레 연무로 뒤덮이고
긴 파도는 멀리 뻗쳐 의지하기 어렵소.
기러기는 남쪽으로 막 가려는데
길손은 서쪽으로 못 돌아갔소.
강해 밖의 먼 이별을 이미 겪었고
친족과도 오래도록 헤어져 있소.
질주하는 햇빛도 멈출 때가 있는데
이별의 옷소매를 어찌 그리 휘두르오?
기쁨의 술잔은 슬픔의 잔이 되고
노래하는 의복은 눈물의 옷 되었소.
따뜻한 그대 마음 끝내 아니 어길 거고

아름다운 나의 포부 영원히 새기겠소.

떠돌이 벼슬아치 거리낌이 많아서

갈 길을 보면서도 떨쳐 날기 부끄럽소.

미욱한 맘 길손에게 맡기어 두고

밝은 말씀 가슴 깊이 간직하겠소.

【해제】

[전진륜] 문인담 주를 수록한다.

[문인담] 절강성 호주부湖州府 : 치소는 지금의 절강성 호주시로, 태호(太湖) 남안에 위치는 삼국시대에는 오에 속하여 '오흥吳興'이라고 한다.

『여지기승輿地紀勝』 : "'黃浦황포'는 일명 '황벽간黃蘗澗'이라고도 하는데 오정현烏程縣에 있다."[218]

'庾中郞유중랑'은 「유 중랑을 따라 원산의 석실에 놀러 가서從庾中郞遊園山石室」 해제에서 보았다.

[전진륜] 안진경顔眞卿 「호주 오정현 저산 묘희사 비명湖州烏程縣杼山妙喜寺碑銘」 : "[호주의 남서쪽] 저산杼山 남쪽에 묘희사가 있다. (…중략…) 절 앞

---

218) 진왕(秦王) 영정(嬴政) 25년(222 B.C.) 회계군(會稽郡) 속현으로 설치했으며, 치소는 고성(菰城 : 지금의 절강성 호주시 남쪽 고성 옛터)이었다. 동한 때에는 오군(吳郡) 소속이었고, 삼국시대 이후에는 오흥군 치소였다. 중화민국 원년(1912)에 오흥현(吳興縣)으로 고쳤다. 1981년에 호주시로 편입되었고, 2003년부터 호주시 오흥구가 되었다.

[20보 떨어져 시내 위에 걸친] 황포교黃浦橋가 있으며, 다리 남쪽 [50보에 또] '황포정黃浦亭'이 있으니, 유송 포조가 '성시랑盛侍郎' 및 '유중랑庾中郎'을 전송하며 시를 지은 곳이다. 그 물이 [저산 남서쪽 5리 되는] 황벽산黃檗山에서 나오기 때문에 '黃浦'라고 부른다."

[황절] 오여륜: "'유 중랑'은 '유영庾永'이다. 이 시도 원가 22년445에 지었다. 23년에 유영은 이미 강하왕江夏王 유의공劉義恭의 중병참군中兵參軍으로 관직을 옮겼으니, 이 뒤로는 전처럼 '중랑'이라고 부를 수 없다."

[전중련] 『남사』와 『송서』를 살펴보면, 오여륜이 말한 것은 모두 '장영張永'의 일에 속하는 것이지 유영이 아니다. 상세한 것은 「유 중랑을 따라 원산의 석실에 놀러 가서」 주해제에서 보았다.[219]

---

219) 효무제 초기 포조는 중앙에서 태학박사로서 중서사인을 겸직한 후, 임해왕(臨海王) 유자욱(劉子頊)의 막료로 나갔는데, 이에 대해 『송서』와 『남사』의 포조 본전에서는, "임해왕이 형주(荊州) 자사가 되었을 때, 포조가 그의 전군참군(前軍參軍)이 되어 서기(書記)의 임무를 맡았다"라고 했다. 우염의 「포조집서」의 내용은 다르다. 우선 "그 후 외직으로 나가 말릉령(秣陵令)이 되었고, 또 영가령(永嘉令)으로 전임했다"라고 하여, 중간에 다른 관직을 역임했음을 밝히고, 이어서 "대명 5년(461) 전군행참군(前軍行參軍)에 제수되었고, 임해왕 유자욱을 시종하여 형주에 부임하여 내명(內命)을 관장하는 일을 맡고, 얼마 후 전군형옥참군사(前軍刑獄參軍事)로 옮겼다"라고 했다. '행참군'은 본래 제후왕이나 장군·자사 등이 부판(府板)으로 임명하는 것(『송서』「백관지」: "除拜則爲參軍事, 府板則爲行參軍.")이므로, 『송서』와 『남사』의 '임해왕의 전군참군'과 같은 직책을 말한 것일 수 있다. 그렇다면 그것은 임해왕 유자욱이 오흥태수일 때 그의 막료가 된 것을 말하는 것일 가능성이 매우 크다. 임해왕 유자욱은 대명 4년(460) 정월에 역양왕(歷陽王)에 봉해져 오흥 태수가 되었고, 6년(462) 칠월에 형주 자사가 되었다. 정복림은 임해왕이 오흥 태수에 제수될 때 나이 겨우 5세였고, 오흥은 근기(近畿) 지방의 대군(大郡)으로 지리 위치상 상당히 중요했기 때문에, 유능한 보좌관이 문서와 장부를 관장하고 보좌할 필요가 있어서, 포조가 그의 참군으로

【주석】

1 **[문인담]** 『상서』 공안국 전 : "'眇眇(묘묘)'는 보잘것없이 작은 것[微微]이다."[220)]

『박아』 : "'眇'는 아득히 먼 것[遠]이다."

곽상 『장자주』 「서」 : "그(『장자』) '거대한 물결[長波]'이 일으키는 것과 그 거센 바람이 부채질하는 것은 [사물의 의당한 성질에 막힘없이 통하고, 백성들의 바람에 알맞다.]"

2 **[문인담]** 사혜련(謝惠連) 「서릉에서 바람을 만나 사영운에게 드리는 시[西陵遇風獻康樂]」 : "[쓸쓸하다 남아 있는 그대의 말씀,] 아쉬워라 '떠나가는 길손'의 마음[眷眷'浮客'心]."[221)]

3 **[문인담]** 장화[222)] 시 : "희화는 '해를 몰아' 쉬지 않고 달려가서[羲和'馳景'逝不

임명되어 서기의 직책을 맡은 것이며, 임해왕이 형주 자사로 옮길 때도 같이 따라갔는데(부록 「포조 평전」, 『교주』, 1082~1083쪽), 이 시는 대명 5년(461) 가을 오흥에서 지은 것으로 보았다(『교주』, 515쪽).

220) 『상서』 「고명(顧命)」의 "'眇眇'予末小子, 其能而亂四方, 以敬忌天威?"의 의미를 공안국 전에서 "'"보잘것없는" 이 천박한 소자(성왕(成王))가 어찌 아버지(무왕(武王))와 할아버지(문왕(文王))처럼 사방을 다스리어 하늘의 위덕(威德)을 경외할 수 있겠습니까'라는 뜻[言'微微'我淺末小子, 其能如父祖治四方, 以敬忌天威德乎]"이라고 풀이했다. 포조 시의 '眇'의 의미는 『박아』의 풀이가 알맞다.

221) '旅雁(려안 : 먼 곳으로 날아가는 기러기)'은 유 중랑을 가리키고 '浮客(부객 : 물결에 휩쓸리는 부평처럼 사방을 떠도는 길손)'은 자신을 말한다. 포조의 고향 경구(京口)는 오흥에서 북서쪽에 있어서, '西歸(서귀 : 서쪽으로 돌아가다)'라고 한 것이다.

222) 현존하는 장화의 시(정복보, 『전송시』; 녹흠립, 『송시』)에는 없다. 『악부시집』 권55 「무곡가사·잡무(雜舞)」에는 「진의 '흰 모시 춤의 노래' 가사[晉白紵舞歌詩]」 제목 중 제2수에 이 구절이 들어 있다. 포조 시의 '奔景(분경)'은 인용한 시구의 '馳景(치경)'과 같은 뜻인데, 포조가 만든 어휘이다. '易(역)'은 '亦(역 : 또한)'의 뜻이다. 『소문(素問)』 「골공론(骨空論)」의 "扁骨有滲理湊, 無髓孔, '易'髓無空(편골에는 혈맥이 삼투하는 결만 모여 있고 골수로 통하는 구멍인 수공은

停], [봄 이슬 마르기도 전에 짙은 서리 내리네.]"

완적 「영회시」 제19수 : "[구름 낀 하늘에 얼굴을 맡기어,] '옷소매 떨치고서' 허공으로 비상한다['揮袖'淩虛翔]."

4 **[문인담]** 『이아』 : "'溫(온)'은 온화하고 부드러운 것[溫柔]이다." 형병(邢昺) 소 : "너그럽고 동정심이 많으며 온화하고 유순한 것[寬緩和柔]이다."[223)]

『모시』 「정풍 · 고구(羔裘)」 제1장 : "[저 염소 갖옷 입은 사람이야말로,] 명을 받아 실행함에 '변함이 없다'[舍命'不渝']."

『상서』 「익직(益稷)」 '日 · 月 · 星辰 · 山 · 龍 · 華蟲作會宗彝 · 藻 · 火 · 粉 · 米 · 黼 · 黻絺繡以五采彰施于五色(해 · 달 · 별 · 산 · 용 · 꿩을 그림으로 그리고, 종이 · 물풀 · 불 · 쌀 · 보 · 불을 수놓아 오채를 오색에 드러낸다)'[224)]

공안국 전 : "'藻(조)'는 물풀 중에서 무늬가 있는 것이다."

내 견해는 이렇다. '藻'는 자기의 뜻을 찬미하는 말이다. 그 뜻은 비록 오래되더라도 여전히 간직할 만하여 나중에 추억하려고 한다는 뜻이다.[225)]

없으며, 골수는 삼투하는 결을 통해서 안팎으로 교류하기 때문에 골수가 통하는 구멍인 골공'도' 없다)" 주에 "'易'은 '亦'이다"라고 했다.

223) 「석훈(釋訓)」의 문장인데, 원문은 "晏晏 · 溫溫, 柔也('안안'과 '온온'은 부드러운 것이다)"이다. 형병의 소는 각각 『모시』 「위풍(衛風) · 맹(氓)」 제6장의 '言笑晏晏([아직 결혼하기 전 서로 좋아할 적엔] 말과 웃음 온화하고 부드러웠지)'과 「대아 · 억(抑)」 제9장의 '溫溫恭人(온화하고 부드러운 공근(恭謹)한 사람은 [바로 덕행의 근본])'을 인용한 뒤, "이것이 모두 '寬緩和柔'이다"라고 했다. 저본의 문장은 『강희자전』의 '溫' 자 풀이 중 『이아』 「석훈」을 인용한 것과 같은데, 단구만 다르다.

224) 제왕과 고급관리의 예복에 수놓는 12가지 무늬 즉 '12장복(章服)'에 대한 설명이다.
『상서』 「익직」의 '12장복도'

[황절] 『이아』 「석언(釋言)」: "'渝(투, yú)'는 변하는 것이다."

이 문집의 「황하가 맑아짐을 기리는 송[河淸頌]」의 '蠢行藻性(아름다운 덕성 가꾸기를 꾸준하게 행한다)', 「춤추는 학[舞鶴賦]」의 '鍾浮曠之藻質(가뿐하고 광활한 아름다운 바탕을 지녔다)', 「능연루 명(淩煙樓銘)」의 '藻思神居(신령스러운 곳에서 빼어난 문사를 펼친다)' 및 이 작품의 '藻志(아름다운 포부)'는 모두 포조가 스스로 만든 말이다. 종영의 『시품』에서 말한 이른바 "사물의 모습을 형상화하고 물체를 묘사하는 표현을 잘 창조한" 예이다.

5 **[문인담]** '役人(역인)'은 자신을 말한다. '牽(견)'은 얽매이는[羈牽] 것이고, '滯(체)'는 머물러 있는[留滯] 것이다.

『모시』 「패풍 · 백주(柏舟) 제5장 : "[조용히 생각해보아도,] '떨쳐 날' 수 없다

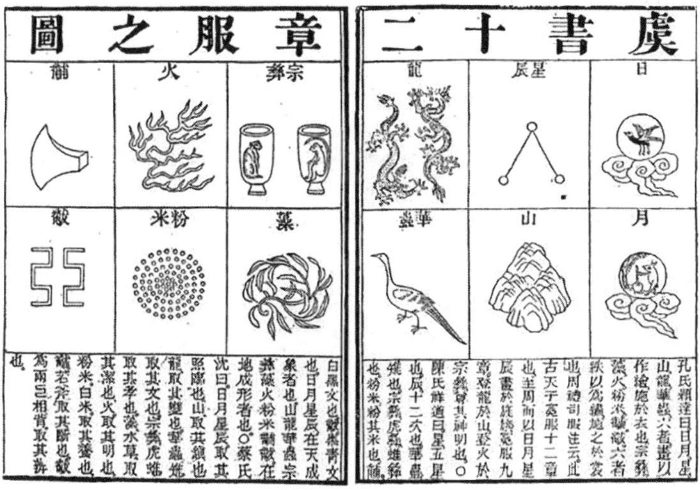

225) Chen은 '溫念(온념)'을 '그대에 대한 나의 따뜻한 정의(情誼)(my warm affection for you)'로 '藻志(조지)'는 '그대의 원대한 포부(your magnificent ambition)'로 풀이했다(343쪽).

[不能'奮飛'].”

6 **[문인담]** 『집운(集韻)』: “'附(부)'는 [가까이하는 것[近]이고,] 의탁하는 것[託]이다.”

'翰(한)'은 깃[毛羽]이다. '遠翰(원한)'은 먼 길을 가는 사람을 말한다.

『한비자』 「관행(觀行)」: “서문표(西門豹)의 성격은 급하여 '무두질한 부드러운 가죽을 몸에 참으로써[佩韋]' 자신의 성격을 느긋하게 하려고 했다.”

내 견해는 이렇다. 유중랑은 돌아가는데 포조는 돌아갈 수 없어서, 이별할 때 유중랑이 틀림없이 위로의 말을 했을 것이다. 그래서 포조는 다 같이 나그네이면서 먼저 돌아가게 된 사람을 '우매한 마음[昧心]'으로 전송하며, 애오라지 그대의 말을 '성급한 마음을 누그러뜨리는 경계[佩韋]'로 삼아, 돌아가고자 하는 마음이 너무 조급해지지 않도록 하겠다고 말한 것이다.

【평설】

[황절] 진조명 : '질주하는 햇빛奔景' 4구는 참신하고 예리하여 시정詩情이 유장하다. '기쁨의 술잔懽觴' 10자는 전별하는 자리에서 하는 말로 경책警策이다. 『채숙당고시선』 권18

방동수 : [처음 4구는] 눈앞의 정경을 직설적으로 그렸는데, 서경으로 시작하여 흥상興象이 더욱 묘하니, 사조謝朓는 손을 거둬들였고, 그 뒤에 황정견黃庭堅이 늘 이것을 본떠 [제의題意를 일으켰다. '나그네 기러기旅雁' 4구는 분명하게 제의를 서술했고, '질주하는 햇빛奔景 4구는 정식으로 이별의 말을 토해냈다.] '따뜻한 그대 마음溫念' 6구는 피차의 정을 통괄적으로 서술했

다. 이것은 함께 객지 생활을 하던 중에 돌아가는 사람을 전송하는 것이기에, 그 사람이 평소의 마음이 변하지 않음을 칭찬하고 자기가 따라갈 수 없어서 떨쳐 날고 싶음을 탄식한 것이다. 마지막 2구는 문인담의 주에서, 이별할 때 유중랑이 틀림없이 위로의 말을 했기에 그것을 '성급한 마음을 누그러뜨리는 경계佩韋'로 삼아 간직하겠다고 한 것이라고 했는데, 이 마무리로 비로소 적확하고 적절하게 되었으니, 범범한 마음으로 하는 체면치레와는 다르다. 이것과 「심양에서 서울로 돌아오는 길에上潯陽還都道中」 시의 경우는, 나중에 두보가 행역을 하며 송별에 부쳐 지은 시들도 끝내 이러한 경계境界를 벗어날 수 없었다.『소매첨언』 권6

與伍侍郎別

民生如野鹿, 知愛不知命.[1] 飮齕具攢聚, 翹陸欻驚迸.[2]

傷我慕類情, 感爾食苹性.[3] 滿滿鄢郢途, 渺渺淮海逕.[4]

子無金石質, 吾有犬馬病.[5] 憂樂安可言, 離會孰能定.

欽哉愼所宜, 砥德乃爲盛.[6] 貧游不可忘, 久交念敦敬.[7]

오 시랑과 이별하며

사람의 천성은 야생 사슴 같아서

하고 싶은 것만 알 뿐 제 운명은 모르지요.

풀 뜯고 물 마시며 함께 모여 있다가

다리 들고 놀라 뛰며 뿔뿔이 헤지요.

벗 그리는 내 마음이 애달프나니

쑥 뜯는 사슴 본성 공감하지요.

언과 영 가는 길은 까마득하고

회수 발해 가는 여정 아득히 머오.

그대는 금석 같은 강한 체질 못 지녔고

이 몸은 견마처럼 노쇠하고 병들었소.

근심과 즐거움을 어찌 말로 표현하며

이별과 재회를 누가 확언하리오.

공경하여 신중하게 시의에 따르고

어진 덕을 닦는 것이 가장 중요하다오.

빈천할 적 사귐은 잊어서는 안 되니
오랜 벗을 돈독하게 생각해야 하지요.

【해제】

[전진륜] '侍郞시랑'은 「삼베옷을 벗고 시랑이 됨을 감사하는 표解褐謝侍郞表」 해제에서 보았다.

[황절] '伍侍郞오시랑'은 아마 왕국의 시랑인 것 같다. 시에는 언鄢·영郢 회淮·해海라는 지명을 사용했는데, 오여륜은 "이것은 틀림없이 형주荊州에서 지은 것이며 오시랑은 틀림없이 회해淮海로 가는 것이다"라고 했다.[226)]

【주석】

1 **[전진륜]** 『장자』 「천지(天地)」: "지덕(至德)의 시대에는, 어진 사람을 숭상하지 않았고 재능 있는 이를 부리지 않았으며, 윗사람은 우듬지 같았고 '백성들은 야생의 사슴 같았다[民如野鹿]'."

2 **[전진륜]** 『장자』 「마제(馬蹄)」: "'풀을 뜯어 먹고 물을 마시며 다리를 들고 뛰는 것[齕草飮水, 翹足而陸]', 이것이 말 본연의 성품이다."

226) 전중련은 「포조 연표」에서, 이 시를 임해왕 유자욱이 형주 자사 시절 포조가 그의 참군으로 재직한 대명 7년(463)에 넣었다. 정복림도 시의 마지막 2구가 우려하고 저어하는 말이어서 시인의 만년의 심정과 일치한다는 점에서, 전중련의 견해에 동의했다(『교주』, 511쪽).

『창힐편』: "'攢(찬)'은 '모으는 것[聚]'이다."

장형 「서경부」 '神山崔巍, 欻從背見(신산이 우뚝하여, 홀연히 등 뒤에 나타난다)' 이선 주: "'欻(훌)'은 갑작스러운 것[忽]을 말한다."

『설문해자』: "'迸(병)'은 뿔뿔이 흩어져 달아나는 것[走散]이다."

3 **[전진륜]** 『모시』 「소아·녹명(鹿鳴)」 제1장: "[유우유우 사슴들이 울며,] '들의 다북쑥 뜯고 있네[食野之苹]'." 모전: "'苹(평)'은 다북쑥[萍]이다. 사슴은 다북쑥을 만나면 유우유우 울며 서로 부르니, 간절한 정성이 마음속에서 우러나온 것이다. 이것으로써 반갑고 즐거운 손님을, 항상 간절한 정성을 가지고 초대하여 예를 갖추겠다는 생각을 일으킨 것이다."

[황절] 유안(劉安)[227) 『초사』 「초은사(招隱士)」: "원숭이며 곰과 큰곰이, '무리를 그리며' 슬피 운다[獮猴兮熊羆, '慕類'兮以悲]."

[전중련] 송본에는 '情(정)'이 '心(심)'으로 되어 있다.[228)]

4 **[전진륜]** 양웅 「감천부(甘泉賦)」: "[바야흐로 맑게 넘쳐 드넓게 펼쳐지니,] 동쪽에서 서쪽으로 뻗어 '끝도 없이 아득하다'[指東西之'漫漫']."[229)]

『사기』 「소진전(蘇秦傳)」 '鄢郢動矣([대왕께서 합종책을 받아들이지 않는다면, 진나라는 틀림없이 군대를 두 군데로 기동할 것인데, 하나는 무관(武關)에서 나오고 하나는 검중(黔中)에서 내려올 것이니, 그렇게 되면] 언과 영은 동

227) 왕일의 『초사장구』에는 '회남소산(淮南小山)'으로 되어 있다. 회남소산은 왕일의 「초은사」 장구에 의하면, 회남왕 유안의 문객 중 일부를 부르는 명칭이다. 본 문집 권4 「'회남왕'을 본떠[代淮南王]」의 해제 중 역주를 볼 것.

228) 주응등본 및 『전송시』도 같다.

229) 『문선』 권7 「감천부」 이선 주에 "'漫漫(만만)'은 끝이 없는 모양[無厓際之貌]"이라고 했다. '鄢郢'은 남방이고, '淮海'는 북방이다.

요하게 될 것입니다)' 정의 : "'언향(鄢鄕)'의 고성은 양주(襄州) 율도현(率道縣 : 지금의 호북성 의성시(宜城市) 북쪽) 남쪽 9리에 있고, 안영성(安郢城)은 형주 강릉현(江陵縣) 북동쪽 6리에 있다."

『초사』「애시명(哀時命)」: "넋은 '아득히 멀리' 달려가고[魂'眇眇'而馳騁兮], [마음은 번뇌와 고민으로 답답하다.]"

『상서』「우공」: "'회수와 바다 사이[淮海]'가 양주(揚州)이다."

[황절] 사마상여 「상림부(上林賦)」: "'언과 영 지방'의 초가(楚歌)와 초무(楚舞)가 흐드러지게 연주되니, 「격초」와 「결풍」이로다[鄢郢繽紛, 激楚結風]." 이선 주 : "이기(李奇)는 말했다. "'鄢(언)"은 지금의 의성현(宜城 : 지금의 호북성 의성시)이고, "郢(영)"은 초나라의 수도(지금의 호북성 강릉시 기남성)이다.'"

5 **[전진륜]** 「고시십구수」 제13수(「수레 몰아 상동문을 나가서[驅車上東門]」) : "인생은 덧없기가 잠시 맡기듯, '목숨은 금석처럼 굳지 못하다'[人生忽如寄, '壽無金石固']."

『공총자(孔叢子)』「논세(論勢)」: "위왕(魏王)이 [사신을 보내 자순(子順)의 관사(館舍)로 찾아가서 사죄하게 했다. (…중략…) 자순은 사양하여] 말했다. "'저는 견마의 질병이 있어[臣有犬馬之疾]" 국사를 맡을 수 없습니다.'"[230]

6 **[전진륜]** 『초씨역림』「정지구괘(鼎之姤卦)」: "덕행과 재능을 갈고 닦는다[砥德礪材]."

---

230) 저본의 '謂魏王曰(위왕에게 말하다)'은 전진륜이 상황을 개괄한 표현이다. 이 부분에 해당하는 통행본의 원문은 "魏王遣使入其館謝, 曰 : '寡人昧於政事, 不顯明是非, 以啓罪於先生. 今知改矣. 願先生爲百姓故, 幸起而教之.' 辭曰"이다. 번역은 이를 따랐다. '犬馬之疾(견마지질)'은 자신의 병을 낮춰 표현한 말이다.

7 **[전진륜]** 『후한서』 「송굉전(宋宏傳)」 : “빈천할 때의 사귐은 잊어서는 안 된다[貧賤之交不可忘].”

[전중련] 송본에는 ‘游(유)’가 ‘遊(유)’로 되어 있다.[231)]

【평설】

[황절] 진조명 : [처음 2구는 거칠지만] ‘먹고 마시면서飲齕’ 2구를 [이어받아서] 질주하는 사슴을 그림처럼 표현하여 [제법 운치가 있다.] ‘그대는 금석 같은子無金石’ 이하는 감정이 지극히 진술하다.『채숙당고시선』 권18

오여륜 : 시에 우려하고 저어하는 생각이 많다.『고시초』 권4

---

231) 사고본과 『고시기』도 ‘游’로 되어 있다. ‘교유’의 뜻일 때에는 ‘遊’가 옳다.

送別王宣城

發郢流楚思, 涉淇興衛情.[1] 旣逢靑春盛, 復値白蘋生.[2]

廣望周千里, 江郊藹微明.[3] 擧爵自惆悵, 歌管爲誰淸.[4]

潁陰騰前藻, 淮陽流昔聲.[5] 樹道慕高華, 屬路佇深馨.[6]

선성 태수 왕승달王僧達을 송별하며

영도를 뜨자마자 초나라 생각나고

기수를 막 건너면 위나라가 그립소.

푸른 봄 무르익은 때를 만났고

개구리밥 자라나는 시절 되었소.

넓은 벌판 사방으로 천 리에 뻗쳤는데

강변 근교 여명에 풀 무성히 우거졌소.

술잔 들며 저절로 슬픔 겨운데

노래는 누굴 위해 저렇게 맑소?

영수의 남쪽에선 이전 미문 올라오고

회수의 북쪽에선 옛 명성이 퍼진다오.

도의를 세웠기에 높은 덕망 흠모하여

사람들이 길 메우고 높은 명망 칭송하오.

【해제】

[전진륜] 문인담 주를 수록한다.

[문인담] 『송서』「왕승달전王僧達傳」: "왕승달423~458은 낭야琅邪 사람이다. (…중략…) 선성宣城 태수에 제수되었다除."232)

[황절] 오여륜: "왕승달은 임천왕 유의경의 사위이다. 그가 선성 태수가 된 것은 원가 27~28년450~451 사이이다. 왕승달의 「해직을 청구하는 표求解職表」에 '선성 태수의 자리를 내려주시어 (…중략…) 중춘에 부임했는데, 10월 초겨울에 오랑캐북위(北魏)의 남침을 만났습니다'라고 했으니, 원가 27년이다. 또 '선성의 백성들이 대궐에 나아가 저를 다시 돌아오도록 청원했습니다. (…중략…) 업무에 돌아온 지 1년도 안 되어 망형亡兄 [신 왕석王錫이 갑작스럽게] 세상을 떠났습니다. (…중략…) 군의 태수 직을 겸임한 채 수도로 돌아오도록 해주셨습니다. 얼마 되지도 않아서, 다시 의흥義興 태수를 내려주셨습니다'라고 했다. 따져보면, 왕승달이 다시 선성 태수로 부임한 것은 원가 28년이며, 「표」에서 '업무에 돌아온 지 1년도 안 되었다'라고 했으니, 임지를 떠난 것은 29년452이다."

[전중련] 포조 시에 "이미 푸른 봄 무르익은 때인데, 다시 개구리밥 시절이 되었다既逢青春盛, 復置白蘋生"라고 했는데, 대체로 『예기』「월령」의 "계춘의 달에는 '부평이 나기 시작한다萍始生'"라는 말을 활용한 것이

232) 저본의 '瑯玡(랑아)'와 '爲(위)'는 표점교감본에는 각각 '琅邪(랑야)'와 '除(제)'로 되어 있어서 고쳤다. '낭야'는 오늘날은 보통 '瑯琊(랑야)'로 적는다.

니, 왕승달이 「해직을 청구하는 표」에서 "중춘에 부임했다"라고 한 말과 부합한다. 따라서 이 시는 대체로 원가 27년450에 지은 것이다.[233)]

【주석】

1 **[문인담]** 사마상여 「상림부」 이선 주 : "'郢(영)'은 초나라의 수도이다."[234)]

『모시』 「패풍·천수(泉水)」 제1장 : "[콸콸 흐르는 저 샘물,] 또 기수로 흘러든다[亦流于淇]." 모전 : "'淇(기)'는 물 이름이다."[235)]

『명승지(名勝志)』 : "(기현(淇縣)은) 창덕부(彰德府 : 치소는 지금의 하남성 안양시(安陽市))에 속하는데, 고대 조가(朝歌)의 땅이다."[236)]

2 **[문인담]** 『예기』 「월령」 : "계춘(季春)의 달에 '개구리밥이 나기 시작한다[萍始生]'."

[전진륜] 『초사』 「대초(大招)」 : "'푸르른 봄'이 차례를 이어받아, 밝은 태양이

---

233) 오비적 『포조연보』의 견해(30쪽)를 취한 것이다. 정복림도 이 견해를 따랐다(『교주』, 519~520쪽).

234) 앞의 시(「오 시랑과 이별하며」) 주석 4의 '황절'을 볼 것.

235) 『모시』 「위풍(衛風)·맹(氓)」의 제1장에 "그대를 전송하여 '기수를 건너고[涉淇]', 돈구(頓丘)까지 갔다네"라고 했다. 기수(淇水)는 대부분이 하남성 북부 임주(林州) 지역을 지나는데, 고대 황하의 지류이다. 춘추전국시대 위(衛)의 영토는 대략 지금의 하북성·하남성과 산동성 접경지역이다. 『모시』 「패풍」의 패(邶)는 은나라 도읍의 북쪽, 「용풍」의 용(鄘)은 서쪽, 「위풍」의 위(衛)는 동쪽에 있었는데, 나중에 위로 통합되었다(정현, 『시보(詩譜)』; 『한서』 「지리지」; 주희(朱熹), 『시집전(詩集傳)』 등 참조).

236) 이 글은 『강희자전』에서 인용한 것으로 보이는데, 『강희자전』에는 출처가 『광여기(廣輿記)』로 되어 있다. 조가(朝歌)는 은 주왕[紂] 시기 수도로, 기수(淇水) 가에 있었는데, 대략 지금의 하남성 학벽시(鶴壁市) 기현(淇縣) 일대이다. 이 2구는 머물던 곳은 떠나면 금방 다시 그리워진다는 말로 발단을 열었다.

환하게 빛난다['青春'受謝, 白日昭只]."

[황절] 『초사』「구가·상부인(湘夫人)」: "'개구리밥' 막 돋아서 평평하게 보일 적에[登'白蘋'兮騁望], [저녁에 장막치고 가인과 기약하네.]"[237)]

[전중련] 송본에는 '盛(성 : 무르익는다)'이 '獻(헌 : 시작된다)'으로 되어 있다.[238)]

3 **[문인담]** 『옥편』: "'藹(애)'는 나무가 빽빽하게 우거진 모양이다."

4 **[전중련]** 송본에는 '爵(작 : 술잔)'이 '簾(렴 : 발)'으로 되어 있다.[239)]

5 **[문인담]** 『한서』「지리지·상」에 영양(潁陽)·영음(潁陰)·임영(臨潁)의 세 현은 모두 영천군(潁川郡)에 소속되어 있다.[240)]

『송서』「사영운전(謝靈運傳)·논」: "[옷깃을 펼치고 마음을 터놓고 토론하여,] '전대 문인의 작품'을 탐구해보면[商搉'前藻'], [정교하고 졸렬한 정도에 대

---

237) 『문선』 권32에 실린 이선 주에 따라 번역했다. '聘(빙)'은 『문선』과 석음현총서본 『초사보주』에 모두 '騁(빙)'으로 되어 있고, 주에 '평평한 것[平]'이라고 했다. 『초사보주』에는 '登(등)' 자가 없는데, 왕일 주에서 "있는 판본도 있는데 옳지 않다"라고 했다. '蘋(빈)'은 『초사보주』에는 '薠(번)'으로 되어 있고, 주에 "가을에 나는데, 지금의 남방의 호수와 못에는 다 있다. '薠'은 '蘋'으로 된 판본도 있다"라고 했다. 주희 『초사집주』에는 '薠'은 "향부자[莎] 비슷하면서 큰데, 기러기가 먹는 것이다"라고 했다.

238) 주응등본·장씨원간본·『고시선』·『전송시』도 같다. 『초사』「초혼」에 "'새해로 들어가 봄이 시작될 때[獻歲發春]'에, 갑자기 나는 남으로 떠나가네"라고 했다.

239) 오덕풍은 '簾'은 '爵'의 오자로 보인다고 했다(81a쪽). 정복림은 '爵'으로 고쳤다. 다만 '교기'에서는 "'擧(거)'는 본래 '簾'으로 되어 있는데, 이제 장부본과 『고시기』 권61에 근거해 고쳤다"라고 했는데(『교주』, 520쪽), '擧'는 문맥상 '爵'의 오자가 분명하다.

240) 「지리지」의 내용을 개괄한 문인담이 글이다. 「지리지」의 원문은 "영천군(潁川郡)은 [진(秦) 때에 설치했다. (…중략…) 현(縣)이 스무 개다.] (…중략…) 영양현[潁陽]·(…중략…) 은, (…중략…) 영음현[潁陰]·(…중략…) 은, (…중략…) 임영현[臨潁]은, (…중략…)"로 되어 있다. 이하 4구는 왕승달의 선성 태수로서의 치적에 대한 찬미이다.

해, 말할 수 있게 될 것이다.」"

『한서』「순리전(循吏傳)·황패(黃霸)」: "황패는 (…중략…) '영천(潁川) 태수'가 되었는데, (…중략…) 치적이 천하제일이었다."

『한서』「지리지·하」: "'회양국(淮陽國)'은 고조(高祖) 11년에 설치했다."

『한서』「급암전(汲黯傳)」: "급암은 (…중략…) '동해(東海)' 태수가 되었다. 급암은 황로(黃老)의 학설을 공부하여, 민관(民官) 다스리기를 청정(淸淨)하게 하기 좋아했다. (…중략…) 병치레가 잦아서 안방에 누워 나가질 않았다. 한 해 남짓 되자 동해는 크게 안정되었다."

내 견해는 이렇다. '동해'는 지금의 '회안부(淮安府) 해주(海州 : 지금의 강소성 연운항시(連雲港市) 해주구)'이다.

[황절]『한서』「급암전」: "황상께서는 '회양(淮陽)'이 초나라의 교외이기 때문에, 급암을 불러 회양 태수에 배수했는데, 급암은 엎드려 사양하고 인끈을 받지 않았다. (…중략…) 임금이 말했다. '그대는 회양이 보잘것없는 곳이라고 생각하는가? 내가 지금 그대를 부른 것은, 회양의 관리와 백성들이 서로 잘 지내지 못하니, 나는 단지 그대가 (훌륭한 명망을 통해) 안방에 누워서 다스리는 것을 바라는 것일 뿐이오.'"

왕명성(王鳴盛)『십칠사상각(十七史商榷)』권24 : "『한서』「지리지·하」에는 '회양국(淮陽國)'만 있고 '회양군(淮陽郡)'은 없다. 「표(表)」와 「전(傳)」의 기록으로 상고해보면 이렇다. 고조(206~195 B.C. 재위)의 아들 유우(劉友)는 고조 11년(196 B.C.)에 회양왕에 봉해졌고, 혜제(惠帝 : 194~188 B.C. 재위) 원년(194 B.C.)에 조왕(趙王)으로 옮겼는데, 이때 왕국은 폐지해 없어지고 군(郡)이 되었다. 고후(高后 : 여후(呂后), 187~180 B.C. 재위)는 혜제의 아들 유강(劉强)을 임시로 회양왕에 봉했다. 유강이 죽자 유무(劉武 : 혜제의 아들)가 그것을 이어받았다. 문제(文帝 : 179~157 B.C. 재위)가 즉위한 뒤 유무가 주살되자, 왕국은 또 폐제되어 군이 되었다. 문제의 아들 유무(劉武)가 문제 3년(177 B.C.)에 회양왕에 봉해져서, 10년 간 제후로 있다가 양왕(梁王)으로 옮겨가면서, 왕국은 또 폐제되어 군이 되었다. 경제(景帝 : 156~141 B.C. 재위)의 아들 유여(劉餘)가 경제 2년(155 B.C.)에 형양왕에 봉해져, 3년 제후로 있다가 노왕(魯王)으로 옮겨가면서, 왕국은 또 폐제되어 군이 되었다. 나중에 선제(宣帝 : 73~49 B.C. 재위)의 아들 유흠(劉欽)이 원강(元康) 3년(63 B.C.)에 형양왕에 봉해져, 아들(유현(劉玄))과 손자(유연(劉縯))로 전해, 모두 60·70년간 왕국이 존재했는데, 왕망(王莽 : 9~24) 때에 와서 절멸되었다. 군과 국으로 전전하며 바뀐 것이 합쳐 일고여덟 번인데, 마지막은 왕국이었다. 「지리지」에서는 최후의 원시(元始 : 평제(平帝)의 연호. 1~6) 때의 명칭에 근거했기 때문에 '회양국'이라고만 하고, 중간의 변천 과정은 모두 생략한 것이다."

문인담 주에 『한서』「지리지」의 '회양국' 조를 인용하면서, 급암이 회양 태수가 된 일을 인용하지 않은 것은, '동해(東海)'로 '회양'을 풀이했기 때문에 동해 태수가 된 일만 인용하게 된 것이다. 그래서 여기에서 그것을 구분하여 밝혀 둔다.

6 **[문인담]** 가의 『신서(新書)』「수정어(修政語)·상」: "「도를 이루는[致道] 사람은 말[言]로 하고, 도에 들어가는[入道] 사람은 진심[忠]으로 하고,] 도를 쌓

는[積道] 사람은 믿음[信]으로 하고 '도를 세우는[樹道]' 사람은 사람[人]으로 한다."

내 견해는 이렇다. '高華(고화)'는 황패(黃霸)와 급암(汲黯)을 가리킨다. '屬路(촉로)'는 선성(宣城)의 길에 늘어선 사람이다.

【평설】

[전중련] 왕개운 : 미묘하면서 빼어나다.『팔대시선』 권9[241)]

241) 방동수는 『소매첨언』 권6에서, "처음 2구는 사람들에게 작시 방법을 가르쳐주었으니, 흥(興)을 활용하는 방법을 명확하게 말했다. 이 시는 장법(章法)이 분명하고 정돈되어 있으니, 송별시(送別詩)의 준칙이라고 할 만하다"라고 평했다.

送從弟道秀別

參差生密念, 躑躅行思悲.[1] 悲思戀光景, 密念盈歲時.[2]

歲時多阻折, 光景乏安怡.[3] 以此苦風情, 日夜驚懸旗.[4]

登山臨朝日, 揚袂別所思.[5] 浸淫旦潮廣, 瀾漫宿雲滋.[6]

天陰懼先發, 路遠常早辭. 篇詩後相憶, 杯酒今無持.

游子苦行役, 冀會非遠期.[7]

종제 포도수를 송별하며

퉁소 소리 깊은 생각 불러내 오고

철쭉꽃이 슬픈 생각 자아낸다네.

슬픈 생각 경물에 붙어 있는데

깊은 생각 세시를 가득 채우네.

세시에는 막히고 꺾이는 일 많은데

경물에는 편안하고 즐거운 일 적다네.

이 때문에 마음속은 언제나 괴로우니

매달린 깃발처럼 밤낮으로 놀랜다네.

산에 올라 떠오르는 아침 해를 맞으며

소매 떨쳐 떠나가는 그리운 이 이별하네.

질펀하게 아침 물결 아득히 넓고

뭉게뭉게 밤 구름은 피어오르네.

하늘 흐려 앞선 출발 두렵기도 하지만

길이 머니 항상 일찍 떠나야 한다네.

시 한 수로 나중에 서로를 추억하되

술 한 잔은 지금 당장 자제하지 마세나.

나그네는 행역 길이 언제나 괴로울 터

재회가 먼 후일이 아니기를 바란다네.

【해제】

[전진륜] 『이아』 「석친釋親」 : "형의 아들과 아우의 아들이 서로를 호칭할 때 '從父晜弟종부곤제 : 종형제 · 사촌형제'[242]라고 한다."

【주석】

1 **[황절]** 『초사』 「구가 · 상군」 : "[그대 기다리고 있지만 오시지 않네,] '參差(참치)'를 불며 누구를 생각하는가[吹'參差'兮誰思]?" 왕일 주 : "'參差'는 통소[洞簫 : 배소(排簫)]이다."[243]

아래에서는 그래서 "그리운 사람 이별한다[別所思]"라고 했다.

최표 『고금주』 권하 : "'양척촉(羊躑躅 : 철쭉)'은 꽃이 누렇다.[244] '양(羊)'이

242) '종부곤제'는 '종부'와 '곤제'의 합성어로, '종부'는 아버지의 형제라는 뜻이고, '곤제'는 거기에서 태어난 형제, 즉 '사촌 형제'라는 뜻이다. 진(晉)대에는 '종형제(從兄弟)' 또는 '동당형제(同堂兄弟)'라고 했고, 당(唐)대에는 일반적으로 '당형제(堂兄弟)'라고 했다. 현대 중국에서는 일반적으로 당대의 호칭인 '당형제'를 쓴다.
243) 권1 「물시계를 보고[觀漏賦]」 주석 3 및 역주 참조.
244) 황색 또는 황금색인데, 우리나라에서는 '황철쭉'이라고 한다. '철쭉'의 어원은

그것을 먹으면 죽기 때문에, 그것을 보면 '머뭇거리다가[躑躅]' 흩어진다. 그래서 이런 이름이 붙었다."

또 포조 문집의 「벗 마자교에게[贈故人馬子喬]」(제1수)에도 "머뭇머뭇 망설이는 성 위의 양은, 모퉁이로 올라가서 시든 풀을 먹는다[躑躅城上羊, 攀隅食玄草]"라고 했는데, 이 송별시도 역시 아마 이런 이름에서 의미를 취했을 것이다.

[전중련] 송본에는 '悲(비 : 슬픔)'가 '疑(의 : 의심)'로 되어 있다.[245]

2 **[전진륜]** '盈(영)'은 '彌(미)'로 된 판본도 있다.[246]

3 **[황절]** 악부 고사 「장성의 굴에서 말에게 물 먹이며[飮馬長城窟行]」: "푸릇푸릇 물가에 풀은 우거져, 면면히 먼 길을 생각게 한다. 먼 길은 생각할 수도 없으니, 이전부터 그저 꿈에서 봤다. 꿈에서 볼 때는 내 곁에 있었지만, 홀연히 잠깨면 타향에 있다. 타향은 제각기 고을이 달라, 전전반측 뒤척여도 볼 수가 없다[青青河畔草, 綿綿思遠道. 遠道不可思, 夙昔夢見之. 夢見在我傍, 忽覺在他鄉. 他鄉各異縣, 展轉不可見]." 이 악부 고사는 앞 연의 마지막 2자가 다음 연의 첫 2자가 되는 형식으로 서로 물고 이어 내려간다. 포조의 이 시 처음 6구는 그 구법을 약간 변화시켰다. 동시에 사영운의 「칠석에 견우직녀를 읊다[七夕詠牛女]」 시의 "화기 지나가니 첫 가을 계절이고, 한낮 지나가니 초승달 밤이라. 달은 초승인데 달빛 문을 비추고, 가을은 첫머리인데 바람이 틈새로

'척촉(躑躅)'이다. 「벗 마자교에게(贈故人馬子喬)」 제1수 주석 1 참조.

245) 주응등본도 같다. 노문초본은 '疑'로 교감했다. 송본에는 "'悲'로 된 판본도 있다"라고 주를 달았다. 『고시기』에는 '悲'로 되어 있고, 사고본에는 '凝(응)'으로 되어 있다. '凝'은 압운이 맞지 않는다. '思疑(의심한다)'의 뜻이 시의(詩意)에 부합하지 않는다고 여겨 '凝'으로 고친 것이 아닌가 여겨진다. 의미상 '悲'가 더 낫다.

246) 송본의 주에 "'彌'로 된 판본도 있다고 했다. '가득 채운다'라는 의미는 같다.

들어온다[火逝首秋節, 明經弦月夕. 月弦光照戶, 秋首風入隙]"와 「장가행(長歌行)」의 "쇠퇴한 모습은 고운 낯빛 바꾸었고, 초췌한 얼굴은 부드러운 얼굴 변화시켰다. 변하고 바꾸는 것 실로 재촉하는데, 얼굴빛 어찌 잠시 머뭇거리리[朽貌改顔色, 悴容變柔顔. 變改苟催促, 容色烏盤桓]" 같은 것은 더욱이 작품과 유사하다.[247]

4 **[전진륜]** '懸旗(현기)'는 바로 '懸旌(현정 : 매달린 깃발)'의 뜻이다. 「손님에게 답함[答客]」(주석 3 『전국책』「초책 · 1」 인용)에서 보았다.[248]

[황절] 『진서(晉書)』「문원전(文苑傳) · 원굉(袁宏)」[249] : "원굉은 빼어난 재주가 있고 문장이 매우 아름다웠다. 일찍이 「영사시(詠史詩)」를 지었는데, 이것은 그의 '내심의 생각[風情]'을 담은 것이다."

『초사』「구가 · 소사명(少司命)」: "[들어올 때 말 없더니 나갈 때도 말이 없이], 회오리바람 타고서 '구름 깃발'을 세웠네. 슬픔은 생이별보다 슬픈 것이 없고[乘回風兮載'雲旗'. 悲莫悲兮生別離], [즐거움은 새로운 사귐보다 즐거운 게 없네.]"

문집 권6 「'옛 시'를 이어[紹古辭]」 제2수 : "날아가는 생각은 '매달린 깃발' 같다[飛念如'懸旗']."

5 **[전진륜]** 조식 「주부(酒賦)」: "어떤 이는 '옷소매 휘두르며' 거듭거듭 춤을 추

247) 이러한 수사법을 정진(頂眞) · 정침(頂針) · 선련(蟬聯) 등으로 부른다. 「'슬픔의 노래'를 본떠[代悲哉行]」[평설] 및 역주 참조.
248) 「석범산 명[石帆銘]」 주석 5와 역주 참조.
249) '弘(홍)'은 표점교감본에는 '宏'으로 되어 있는데, 뜻이 같아서 통용하기도 하지만 인명이어서 고쳤다.

고[或'揚袂'屢舞], [어떤 이는 장검을 두드리며 낭랑하게 노래한다.]"

6 **[전진륜]** 『설문해자』: "'젖어가는 것[浸淫(침음)]'이 결을 따라 차츰차츰 진행하는 것이다."[250] 서개(徐鍇): "그 맥리(脈理)를 따라 물에 젖어가는 것이다." 왕포 「퉁소 부[洞簫賦]」: "조용하게 '뿔뿔이 흩어지니'[悼悷'瀾漫'], [짝도 잃고 벗도 잃은 것 같다.]"

7 **[전진륜]** 『모시』 「위풍(魏風) · 척호(陟岵)」 제1장: "부친께서 말씀하신다 아, 우리 아들 '역사에 나갔네'[父曰嗟, 予子'行役']."

[전중련] 송본에는 '游(유)'가 '遊(유)'로 되어 있다.[251]

【평설】

[전중련] 왕개운: 포조 시의 대우, [예를 들어 "珠簾無隔露, 羅幌不勝風진주발은 이슬을 막지 못하고, 깁 휘장은 바람을 견디지 못한다" 「진사왕 조식의 '낙양의 노래'를 본떠[代陳思王京洛篇]」와 "天陰懼先發, 路遠常早辭하늘 흐려 앞선 출발 두렵긴 해도, 길이 머니 항상 일찍 떠나야 한다" 같은 것은] 대부분 율시 중의 잘된 연聯과 같다. 『상기루설시』 권6

---

250) '淫(음)' 자에 대한 풀이이다.

251) 사고본과 『고시기』에는 '游'로 되어 있다. 오덕풍은 두 글자는 통용되지만, 포조의 시에서 '遊子(나그네)'의 경우 모두 '遊'로 적지 '游'를 쓰지 않은 점을 근거로 송본을 따르는 것이 옳다고 했다(81ab쪽). 「번거현에 올라[登翻車峴]」의 "'遊子'思故居(나그네는 고향 마을 그리워한다)", 「서울로 돌아오는 길에 삼산에 이르러 석두성을 바라보며[還都至三山望石頭城]」의 "'遊子'遲見家(집 떠난 나그네론 귀향길이 더디다)" 「환도의 송시[還都口號]」의 "'遊子'思鄉邦(나그네는 고향 땅을 그리워한다)" 등 그 예가 많다.

贈傅都曹別

輕鴻戲江潭, 孤雁集洲沚.[1] 邂逅兩相親, 緣念共無已.[2]

風雨好東西, 一隔頓萬里.[3] 追憶栖宿時, 聲容滿心耳.[4]

落日川渚寒, 愁雲繞天起.[5] 短翮不能翔, 徘徊煙霧裏.[6]

부 도조와의 이별에 부쳐

경쾌한 큰기러기 강가에서 노니는데
외로운 기러기는 모래톱에 앉아 있소.
해후하여 둘이 서로 친밀해지니
연緣과 염念은 둘이 모두 끝이 없지요.
비와 바람 동서로 흩어지길 잘하니
한 번 헤면 순식간에 만 리 밖에 떨어질 터.
둘이서 함께 지낸 그때를 추억하면
음성 용모 맘과 귀에 가득하지요.
지는 해에 물가는 싸늘해지고
슬픈 구름 하늘 에우며 피어오를 터.
날개 짧아 날아오를 도리가 없어
구름과 안개 속을 떠돌겠지요.

【해제】

[전진륜] 문인담 주를 수록한다.

[문인담] 『송서』「부량전傅亮傳」: "부량은 자가 계우季友로 (…중략…) 처음에 건위참군建威參軍과 환겸桓謙의 중군행참군中軍行參軍이 되었고, (…중략…) 또 유의劉毅의 무군기실참군撫軍記室參軍이 되었다."

[전진륜] 『송서』「백관지·상」 '상서령尙書令' 조: "'도관상서都官尙書'는 '도관都官'·수부水部·고부庫部·공론功論의 4조曹를 통솔한다."[252)]

[전중련] 『송서』에 의하면, 부량이 기실참군記室參軍이 된 것은 동진 안제 의희義熙 3~4년407~408 사이로, 포조는 아직 태어나기 전이었다. 부량의 본전에도 그가 도조都曹가 되었다는 언급이 없고, 그가 죽은 것도 원가 3년426으로, 이때 포조 나이 겨우 열서너 살이었다. 이 부傅 도조는 부량이 아니다. 문인담의 주장은 옳지 않다.[253)]

---

252) '상서령(尙書令)' 조에 의하면, 상서령이 상서성의 업무를 총괄하고, 그 아래에 복야(僕射)와 상서가 각 조의 업무를 나눠 관장했다. 첫째, 좌복야(左僕射)는 전중(殿中)과 주객(主客) 2조의 업무를 맡았고, 둘째, 이부(吏部)상서는 이부·산정(刪定)·삼공(三公)·비부(比部) 4조의 업무를 맡았다. 셋째, 사부상서(祠部尙書)는 사부와 의조(儀曹) 2조의 업무를, 넷째, 탁지상서(度支尙書)는 탁지·금부(金部)·창부(倉部)·기부(起部) 4조의 업무를 맡았다. 다섯째, 좌민상서(左民尙書)는 좌민·가부(駕部) 2조의 업무를, 여섯째, 도관상서는 도관·수부·고부·공론 4조의 업무를 맡았다. 일곱째, 오병상서(五兵尙書)는 중병(中兵)·외병(外兵) 2조의 업무를 맡았는데, 전에는 기병(騎兵)·별병(別兵)·도병(都兵)이 함께 있어서 오병이라고 했다. 그중 도관상서 휘하의 도관은 군사(軍事)와 형옥(刑獄) 및 노비와 유배 등의 업무를 주관했고, 수부는 수도 공정과 선박·교량·조운(漕運) 등의 업무를 주관했으며, 고부는 무기·의장(儀仗)을 제조·수장하는 업무를 주관했고, 공론은 문무백관을 감찰하는 업무를 주관했다.

253) 정복림도 전중련의 견해에 동의하면서, '부 도조'는 잠시 의문으로 남겨 둔다고

【주석】

1 **[문인담]** 『모시』 「소아 · 홍안(鴻鴈)」 제1장 '鴻鴈于飛(큰기러기와 기러기가 날아가네)' 정현 전: "큰 것을 '홍(鴻)'이라고 하고 작은 것을 '안(鴈)'이라고 한다."

『초사』 「어부(漁父)」: "[굴원이 추방당한 뒤에] '강가'에서 거닐었다[遊於'江潭']."

조식 「주살에 걸린 기러기 부[離繳雁賦]」: "'외기러기' 홀로 된 것 가련하구나[憐'孤雁'之偏特],[254] [마음 애절해져 속이 상한다네.]"

2 **[문인담]** 『모시』 「정풍 · 야유만초(野有蔓草)」 제1장 '邂逅相遇(우연히 서로 만나다)' 정현 전: "'邂逅(해후)'는 약속하지 않고 만나는 것이다."

『옥편』: "'緣(연)'은 인연[因]이다."

[황절] 『유마경(維摩經)』: "그림자가 몸을 따르듯이 '업연'이 생겨 나타난다[如影從身, '業緣'生見]."[255]

승조(僧肇, 384~414) 『주유마힐경(注維摩詰經)』 「방편품」: "몸[身]은 '뭇 연[衆緣]'이 이루어지는 곳이다. '연'이 합쳐지면 생겨나고[起] '연'이 흩어지면 떠나간다[離]."

『금광명경(金光明經)』 「장자자유수품(長者子流水品)」: "무명(無明)에 '연(緣)하여' 행(行)이 생기고, 행에 연하여 식(識)이 생기고, 식에 연하여 명색

했다(『교주』, 526쪽).

254) 저본의 '鴻(홍)'은 '雁(안)'의 오자여서 바로잡았다. 문인담의 『고시전』에도 '雁'으로 되어 있다.

255) 『유마경』 「방편품(方便品)」에 같은 내용이 있는데, 통행본의 원문은 '是身如影, 從業緣現(이 몸은 그림자와 같아서, '업연'으로부터 나타난 것이다)'으로 되어 있다.

(名色) 생기고, 명색에 연하여 육입(六入)이 생기고, 육입에 연하여 촉(觸)이 생기고, 촉에 연하여 수(受)가 생기고, 수에 연하여 애(愛)가 생기고, 애에 연하여 취(取)가 생기고, 취에 연하여 유(有)가 생기고, 유에 연하여 생(生)이 생기고, 생에 연하여 노사(老死)가 생긴다."[256]

『유마경』「제자품(弟子品)」: "모든 법은 서로 기다리지 않으며, '짧은 한순간의 생각[一念]'에만 머물지도 않는다." 소(疏): "'일념(一念)'에는 60 찰나(刹那)가 있고 1 찰나에는 60 생멸(生滅)이 있다. 이것이 바로 생겨나 머물다가 변하여 소멸하는 생주이멸(生住異滅)이니, 찰나 찰나에도 멈출 수 없는 것이다."

이상의 불경에서 말하는 내용이, 이 시에서 말하는 "인연과 생각은 둘이 모두 끝이 없는[緣念共無已]" 것이다.

3 **[문인담]** 『열자』「황제(黃帝)」: "[육신이 무엇을 의지하고 있고 발이 무엇을 딛고 있는지도 모르게 되었으며,] '바람 따라 동서로 자유롭게 왔다 갔다 하여[隨風東西]' [나뭇잎과 바짝 마른 껍질 같았다.]"

---

256) '滅(멸)'은 통행본에는 '老死'로 되어 있어서 이를 따랐다. '六入'도 통행본에는 '六處(륙처)'로 되어 있는데, 같은 의미여서 그대로 두었다. '육근(六根)'이라고도 한다. 이상은 불교에서 말하는 '십이연기(十二緣起·十二因緣)'이다. '무명'은 불교에서 불변의 진리라고 하는 고·집·멸·도(苦集滅道) 사제(四諦)의 근본의에 통달하지 못한 마음의 상태를 말하고, '행'은 어리석은 마음으로 일체 동작을 하는 것을 말하며, '식'은 식별하고 판단하는 마음 작용을 말한다. 명색(名色)은 개체적 존재로서 정신(명)과 물질(색)을 말하고, '육입'은 대상을 감각하거나 의식하는 안(眼)·이(耳)·비(鼻)·설(舌)·신(身)·의(意)의 작용을 말하며, '촉'은 육근(六根 : 육입)과 육경(六境 : 명색)과 육식(六識 : 식)이 접촉해서 일어나는 마음 작용을 말한다. '수'는 괴로움이나 즐거움 등을 느끼는 감수 작용, '애'는 애욕과 탐욕, '취'는 탐욕에 의한 집착, '유'는 욕계·색계·무색계의 생존 상태, '생'은 태어난다는 의식, '노사'는 늙고 죽는다는 의식을 말한다.

[전중련] 장옥곡(張玉穀) 『고시상석(古詩賞析)』 권16 : "비바람을 만나 동서로 나뉘어 날아간다는 뜻이다."

내 견해는 이렇다. '風雨' 구의 '好' 자는 거성(去聲(hào) : 좋아하다)이다. 이 말은 『상서』 「홍범(洪範)」의 "별 중에는 바람을 좋아하는 것이 있고, 별 중에는 비를 좋아하는 것이 있다[星有好風, 星有好雨]"에 근거한 것이다. 공안국 전에 "기성(箕星)은 바람을 좋아하고 필성(畢星)은 비를 좋아한다"라고 했다. 공영달의 정의에서는 "기성은 동방 목수(木宿)이고 필성은 서방의 금수(金宿)이다"라고 했다.

4 **[문인담]** 『금경(禽經)』 : "새가 숲에 깃들이는 것을 '棲(서(栖))'라 하고 물에 깃들이는 것을 '宿(숙)'이라 한다."

5 **[문인담]** 사영운 「정벌 찬양 부[撰征賦]」[257] : "'지는 해' 아래서 갓 갠 날씨 바라보니[望新晴於'落日'], [떠오르는 달 아래 밝은 빛 피어난다.]"

반첩여 「흰 비단 다듬이질 부[搗素賦]」 : "[바람 부는 난간에서 물끄러미 바라보며,] '슬픈 구름' 피고 지는 것을 마주한다[對'愁雲'之浮沈]."

6 **[문인담]** '가뿐한 큰기러기[輕鴻]'는 부 도조를 비유하고 '외로운 기러기[孤雁]'는 자기를 비유한다. '짧은 날개[短翮]'는 겸손한 표현이다. 전편이 비체(比體)이다.

[황절] 악부 고사 「고어과하읍(枯魚過河泣)」 : "마른고기 황하 지나며 슬피 우는데, 언제 다시 뉘우칠 일 닥치려는지? 방어와 연어에게 편지 써 주며, 출입할 때

257) 저본에는 '征賦'로 되어 있는데, 원제가 '撰征賦(찬정부)'여서 고쳤다. 동진 안제(安帝) 의희(義熙) 12년(416) 8월에 시작된 유유(劉裕)의 후진(後秦) 정벌을 찬양하는 부이다.

조심하라 일러준다네[枯魚過河泣, 何時悔復及? 作書與魴鱮, 相教愼出入].”

조식「학(鶴)」시 : “학 한 쌍 즐겁게 함께 노닐다, 동해의 해변에서 짝을 잃었다. 수컷은 북녘땅 삭방으로 달아나고, 암컷은 남쪽 물가 상수로 날아갔다. 목을 비비던 즐거움을 버려두고서, 이별하여 제각각 딴 곳에 있다. 만 리 길 멀어도 안타깝지 않지만, 하늘 그물 펼쳐질까 두려울 뿐이다[雙鶴俱遠遊, 相失東海傍. 雄飛竄北朔, 雌驚赴南湘. 棄我交頸歡, 離別各異方. 不惜萬里道, 但恐天網張].”[258]

이상의 시는 모두 전편이 비체이다.『삼백편』이후로 오직 악부에만 남아 있다. 그러나 증별시(贈別詩)에는 많이 보이지 않는다. 응양의「오관중랑장을 모시고 건장대에 모여[侍五官中郎將建章臺集]」시[259]도 역시 기러기로 서

258)『예문유취』권90 ‘현학(玄鵠) 조’에 실려 있다. 제목은 없고, ‘雙鶴(쌍학)’은 ‘雙鵠(쌍학)’으로 되어 있다. 정복보의『전삼국문』권2에는 ‘실제(失題)’의 작품 중 세 번째 작품으로 수록하고 출처를『예문유취』로 밝혔으며, ‘雙鶴’으로 되어 있다.

259) 전편은 다음과 같다.

朝雁鳴雲中	아침에 기러기가 구름에서 우는데
音響一何哀	울음소리 어쩌면 저리도 구슬픈지.
問子遊何鄉	묻노니 그대는 어디로 가려고
戢翼正徘徊	날개를 접고서 배회하고 있는지?
言我寒門來	추운 땅 북극 문 한문에서 왔는데
將就衡陽棲	따뜻한 곳 남방의 형양으로 간다네.
往春翔北土	지난봄에 북녘땅서 날아올라서
今冬客南淮	올겨울에 남녘 땅 회수 유역 떠돌더니,
遠行蒙霜雪	먼 여정에 서리 눈을 뒤집어써서
毛羽日摧頹	털과 깃이 나날이 망가졌다네.
常恐傷肌骨	뼈와 근육 다칠까 항상 겁을 내다가
身隕沉黃泥	육신은 떨어져서 진흙탕에 빠졌다네.
簡珠墮沙石	커다란 진주가 모래에 떨어진 격

로 비유했지만 다만 절반만 그럴 뿐이다.

【평설】

[황절] 진조명 : '비와 바람風雨' 2구는 한대 시인과 매우 흡사하다.『채숙당고시선』 권18

장옥곡 : 시는 3단계로 나누어 볼 수 있다. 앞 4구는 지난날 함께 지내던 일을 추억했고, 중간 4구는 바로 지금 갑작스레 헤어져 그리워함을 서술했으며, 뒤 4구는 후일 홀로 지내며 만나기 어려움을 멀리 기탁했다. 순전히 큰기러기와 기러기로 비유했으니 여전히 고풍스러운 격조이다.『고시상석』 권16

[전중련] 왕개운 : ["聲容滿心耳그 음성과 그 용모가 마음과 귀에 가득하다" 구는] 괴

何能中自諧	마음속이 어떻게 편안할 수 있겠소.
欲因雲雨會	운우 같은 은택의 모임을 빌려
濯羽陵高梯	날개 씻고 높은 자리 오르려 하네.
良遇不可值	좋은 기회 만나기가 쉽지 않은데
伸眉路何階	눈썹 펴고 갈 길은 어느 섬돌인지.
公子敬愛客	공자께선 문객을 경애하시니
樂飮不知疲	즐거운 연음 자리 피곤한 줄 모르시네.
和顔旣以暢	온화한 안색 이미 화창하시니
乃肯顧細微	보잘것없는 이도 살펴 주시네.
贈詩見存慰	시를 올려 안부를 여쭈려 해도
小子非所宜	미천한 몸 마땅한 바가 아니네.
爲且極讙情	지극히 즐거운 맘 다하기 위해
不醉其無歸	취하기 전에는 돌아가지 않으리.
凡百敬爾位	범백의 공경하는 여러분께선
以副饑渴懷	어진 인재 갈구하는 맘에 부응하시게.

로운 생각과 진정眞情으로, 그리움이 진실하지 않은 사람은 그 잘된 점을 알지 못한다. 지극히 단련하지 않으면 또한 이 다섯 자五字를 지을 수 없다.『상기루설시』 권6[260)]

260) 저본의 '其情(기정)'은 '眞情(진정 : 진실한 감정)'의 잘못이고, '五句(오구)'는 '五字(오자)'의 잘못이어서 바로잡아 번역했다.

和傅大農與僚故別

絶節無緩響, 傷雁有哀音.[1] 非同年歲意, 誰共別離心.[2]
伊昔謬通塗, 冠屣預人林.[3] 浮江望南嶽, 登潮窺海陰.[4]
孰謂游居淺, 慕美久相深.[5] 萋萋春草秀, 嚶嚶喜候禽.[6]
辰物盡明茂, 尊盛獨幽沈. 之子安所適, 我方栖舊岑.
墜歡豈更接, 明愛邈難尋.[7]

부 대농의 「동료와 이별하며」에 화답하여

절륜한 높은 곡조 느슨한 가락 없고
날개 다친 기러기는 애절한 울음 있소.
함께 일한 동료 마음 아니고서는
이별하는 이 심정을 누가 알겠소?
지난날 거쳐 온 길 잘못됐는데
관리 되어 사람 숲에 들게 되었소.
강물 위를 떠돌며 남쪽 산악 바라보고
조수를 타고서 바다 북쪽 엿보았소.
뉘라서 말하리오, 우리 교유 얕다고
그대 미덕 흠모함이 오래고도 깊었소.
무성하게 우거진 봄풀은 꽃 피우고
정답게 지저귀는 철새는 즐겁소.
제철 사물 모두 다 밝고도 무성한데

존귀하고 성대한 이 홀로 가라앉았소.

그대께선 어디로 가시려는지?

나는 이제 옛 산으로 들어가려오.

떨어진 즐거움을 어찌 다시 접할지

그대 사랑 멀어져서 찾을 수나 있을지요.

【해제】

[전진륜] '大農대농'은 「삼베옷을 벗고 시랑이 됨을 감사하는 표解褐謝侍郎表」[해제] 중 '전진륜'의 『송서』「백관지·하」 인용에서 보았다.[261)]

【주석】

1 **[전진륜]** '絶節(절절 : 절륜한 가락)'은 「'당상의 노래'를 본떠[代堂上歌行]」(주석 10 육기 「연연주(演連珠)」 인용)에서 보았다.

'傷雁(상안 : 다친 기러기)'은 「물시계를 보고[觀漏賦]」(주석 12 『전국책』「초책·4」 인용)에서 보았다.

2 **[전진륜]** '共(공)'은 '異(이)'로 된 판본도 있다.[262)]

---

261) '大農'은 번왕부의 관리이다. '傅大農'은 성이 부씨인 대농이다. 포조가 번왕의 막료 시절 동료일 것으로 보이지만, 어느 번왕 시절인지는 알 수 없다.

262) 오덕풍은 '異' 자가 옳을 것 같다고 보았다. 그래야만 이 구절의 의미가 '이별의 마음은 누구나 같다'라는 뜻이 되기 때문이라는 것이다. '異' 자가 이지러져 '共'으로 잘못 쓰게 되었다는 것이다(81a쪽). '誰異'는 '누가 다르겠는가'이다. '共(gòng)'은 '함께한다'라는 뜻이다. 번역은 '共'으로 보고 의역을 했다.

[황절] 『풍속통의』 「과예(過譽) · 남양오세공(南陽五世公)」: "속담에 이런 말이 있다. '백발까지 교제해도 처음 만난 사이 같은 사람도 있고, 수레 멈춰 말만 나눠도 오래 사귄 친구 같은 사귐도 있다.' 단사호장(簞食壺漿)을 조촐하게 준비하여 나무 그늘 밑에서 만나서, 이별을 앞두고 헤어지기 섭섭해하며 오로지 은정(恩情)에 보답할 생각만 하는데, 어찌 '동년에 천거되어[同歲]' 관직에 나간 사람으로서 팔짱을 끼고 침묵할 수 있는 자가 있겠는가!"263)

한(漢) 「돈황군 장사 무반의 비문[敦煌長史武班碑]」: "금향현(金鄕縣)의 현장인 하간군(河間郡) 고양현(高陽縣) 사람 사회(史恢) 등이 지난날 '동년에 천거된[同歲]' 낭서(郎署)들을 추억했다."264)

'同年歲(동년세)'는 같은 관서에 근무하는 관리[同僚]를 말한다.

3 **[전진륜]** 『옥편』: "'屣(사)'는 신[履]이다."

4 **[전진륜]** 『사기』 「봉선서」: "임금께서 남군(南郡)을 순행하여 강릉에 이르러

---

263) 저본에는 인용부호가 잘못 붙어 있다. '漢敦煌長史武班碑' 앞까지가 인용문이다. 인용문 끝의 '也(야)'는 통행본에는 '者哉(자재)'로 되어 있다.

264) 고염무(顧炎武) 『일지록(日知錄)』 권17 '동년(同年)' 조에 인용된 문장이다. 『풍속통의』 「과예」 주에도 인용되어 있다. '동세(同歲)'는 "같은 해에 관리에 천거된 사람[同年被辟擧]"(오수평(吳樹平), 『풍속통의교석(風俗通義校釋)』)이다. 당대 이후에는 같은 해에 같은 과에서 급제한 사람을 '同年(동년)'이라고 불렀다. 『일지록』 '동년' 조에서 고염무는, "오늘날 사람들은 '동시에 천거된 사람[同擧]'을 '동년'이라고 한다"라고 한 뒤 『후한서』 「이고전(李固傳)」, 『풍속통의』 「과예」, 『삼국지』 「위서 · 무제기」, 「효렴유민비(孝廉柳敏碑)」, 『진서(晉書)』 「도간전(陶侃傳)」 등에 나오는 '同歲'의 예를 열거한 뒤, "이상에서 '동세'라고 한 것은, 대개 바로 오늘날의 '同年'이다"라고 했다. 「돈황군 장사 무반의 비」는 지금 산동성 가상현(嘉祥縣) 무택산(武宅山) 무씨사(武氏祠)에 보존되어 있다. 무씨사는 동한 말기의 저명한 가족 사당과 무덤이다.

방향을 동쪽으로 돌렸다. 잠현(灊縣 : 지금의 안휘성 잠산시(潛山市))의 천주산(天柱山)에 올라서 예를 올리고, 이름을 '남악(南岳)'으로 붙였다."[265]

[전중련] 내 견해는 이렇다. '南岳'은 안휘성 곽산(霍山)이다.[266] 원가 16년(439) 포조는 임천왕 유의경을 따라 강주(江州)로 갔는데, 이곳은 강주로 가는 여정에 거쳐 가는 곳이다. 효무제(454~464 재위) 초에 포조는 해우령(海虞令)이 되었다. 해우(지금의 강소성 상숙시(常熟市) 해우진)의 해안은 양자강과 바다가 교차하는 곳이기에 "조수를 타고 바다 북쪽을 엿본다[登潮窺海陰]"라고 한 것이다.[267]

5 **[전중련]** 송본에는 '游(유)'가 '遊(유)'로 되어 있다.[268]

6 **[전진륜]** 『모시』「주남 · 갈담(葛覃)」 제1장 : "[칡덩굴이, 골짜기로 뻗어나가,] 그 잎사귀 '무성하게 우거졌다'[維葉'萋萋']."

『모시』「소아 · 벌목(伐木)」 제1장 : "[쩡쩡 나무를 베는데,] '짹짹' 새가 우네[鳥鳴'嚶嚶']."

7 **[황절]** 사마천「임안(任安)에게 보내는 답서[報任少卿書]」 : "[저는 이릉(李

---

265) 「효무본기(孝武本紀)」에도 같은 내용이 실려 있는데, '灊(잠)'은 '潛(잠)'으로 되어 있다.

266) 『이아』「석산(釋山)」에 "霍山爲南嶽(곽산이 남악이다)"라고 했는데, 학의행(郝懿行)은 '의소(義疏)'에서 "곽산은 여강(廬江)의 잠현(灊縣)에 있는데, 잠수(潛水)가 발원한다. 별명은 천주산(天柱山)이다. 한 무제가 형산(衡山)이 너무 넓다고 여겨, 그 산신을 이곳으로 옮겼다. 지금 그 지역 사람들은 모두 그것을 '남악'이라고 부른다"라고 했다.

267) 해우의 양자강 북쪽은 지금의 강소성 남통시(南通市)이고, 북동쪽에 양자강 하구의 섬 숭명도(崇明島 : 상해시 숭명구)가 있다.

268) 사고본과 『고시기』에는 '游'로 되어 있다.

陵)과 다 함께 시중(侍中)으로 근무했지만, 평소 서로 친하게 지내는 편은 아니었습니다. 추구하는 바가 서로 달라서,] 일찍이 술 한 잔 같이 나눈 적도 없고, '은근하게 넉넉한 즐거움을 나눈[接殷勤之餘歡]' 적도 없습니다."[269]

269) '墜歡(추환)'은 본래 총애를 잃음을 뜻한다. 『후한서』「황후기(皇后紀)·광무곽황후(光武郭皇后)·논」에 '歡隊(환추)'라는 표현이 있는데, 총애가 사라져 신분이 실추된다는 뜻이다. '隊'는 '墜'이다.

送盛侍郞餞候亭

霑霜襲冠帶, 驅駕越城闉.[1] 北臨出塞道, 南望入鄕津.[2]
高墉宿寒霧, 平野起秋塵.[3] 君爲坐堂子, 我乃負羈人.[4]
欣悲豈等志, 甘苦誠異身. 結涕園中草, 憔悴悲此春.

성 시랑을 전송하며 후정에서 전별연을 베풀어

무서리가 관디에 엄습하는데
수레 몰아 성문을 넘어 나가오.
북쪽으로 변방 요새 나가는 길에
남쪽으로 고향 나루 뒤돌아보오.
높은 성엔 찬 안개가 서리어 있고
평야에는 가을 먼지 자욱하다오.
그대는 당상에 앉은 분이고
이 몸은 굴레를 진 사람이지요.
기쁨과 슬픔이 어찌 한 맘이겠소
단맛과 쓴맛은 실로 딴 몸이지요.
정원의 풀을 보고 눈물지으며
울적하여 이 봄을 슬퍼한다오.

【해제】

[전진륜] '侍郎(시랑)'은 「삼베옷을 벗고 시랑이 됨을 감사하는 표[解褐謝侍郎表]」(해제)에서 보았다.[270]

【주석】

1 **[전진륜]** 「고시십구수」 제3수 「푸르고 푸른 무덤가의 측백나무[青青陵上柏]」 : "'관디'가 서로서로 찾아다닌다['冠帶'自相索]."

『설문해자』 : "'闉(인)'은 성안에 거듭하여 세운 문[城內重門]이다."[271]

2 **[전진륜]** 『후한서』 「효화제기(孝和帝紀)」 : "편사(偏師 : 주력부대 이외의 보조부대)가 '변새로 나가면[出塞]' 고비사막 북방 즉 몽골고원은 땅이 텅 비게 된다."

---

270) 앞의 「오흥 황포정에서 유 중랑을 송별하며[吳興黃浦亭送庾中郎]」 시의 해제에서 전진륜은 안진경(顔眞卿)의 「호주 오정현 저산 묘희사 비명(湖州烏程縣杼山妙喜寺碑銘)」을 인용했는데, 거기에 "황포정이 있으니, 유송 포조가 '성시랑(盛侍郎)' 및 유중랑을 전송하며 시를 지은 곳이다"라고 했다. 정복림은 이를 근거로, '후정(候亭)'이 바로 황포정이며, 이 시는 「오흥 황포정에서 유중랑을 송별하며」와 함께 포조가 오흥에 있을 때 지은 것이라고 보고, "정원을 메운 풀에 눈물을 맺으면서, 우수에 젖은 채로 이 봄을 슬퍼한다"라고 한 마지막 구절을 근거로, 대명 6년(462) 봄에 지은 것이라고 했다(『교주』, 533쪽). 「오흥 황포정에서 유중랑을 송별하며」 해제 및 역주 참조.

271) '闉'은 성문 밖에 쌓은 옹성(甕城)의 문을 말한다. 『설문해자』의 '內' 자는, 단옥재의 『설문해자주』는, 『모시』 「정풍(鄭風)·출기동문(出其東門)」의 '모전'에서 "'闉'은 곡성(曲城 : 성문 밖으로 둘러 가려서 둥글게 쌓은 작은 성)이다"라고 한 것을 인용해 '曲(곡)'으로 고쳤다. 서개의 『설문계전』에서는 "오늘날의 옹성의 문[甕城門]과 같다"라고 했다. '冠帶(관대)'는 본디 관리들이 쓰는 관면(冠冕)과 허리에 두르는 신대(紳帶)라는 뜻으로 관리들이 입는 의복에 대한 총칭으로, 우리말로는 음이 변하여 '관디'라고도 하며, 나아가 그러한 복장을 한 고급 관리를 비유하기도 한다. 시에서는 복장, 장속(裝束)의 뜻으로 쓰였다.

3 **[전진륜]** 『주역』「해괘(解卦)·상륙」: "공(公)이 '높은 성벽[高墉] 위의 새매를 활을 쏘아 잡는다. 이롭지 않음이 없다."

4 **[전진륜]** 사마상여「사냥을 간하는 상소[上書諫獵]」: "[속담에 이런 말이 있습니다.] 집안에 천금을 쌓아두면, '지붕이 무너질 위험이 있는 처마 밑 자리[垂堂]'에는 앉지 않는다고."[272]

『좌전』「희공(僖公)·24년」: "[구범(舅犯)이 공자(公子 : 나중의 진 문공(文公))에게 옥벽(玉璧)을 돌려주면서 말했다.] 신은 '말굴레와 말고삐를 짊어지고'[臣'負羈紲'] [전하를 모시고 천하를 순행했습니다. 신이 지은 죄가 매우 많습니다.]"

---

272) 『사기』와 『한서』의 「사마상여전」에는, '千金之子(천금지자 : 천금 부호의 자제)'가 '家累千金(가루천금)'으로 되어 있다. 『사기』「원앙열전(袁盎列傳)」에는, 문제(文帝)의 물음에 원앙이 대답하면서 인용한 속담이 '千金之子, 坐不垂堂'으로 되어 있다. 번역은 이를 따랐다. 마지막 구의 '憔悴(초췌)'는 근심·걱정·번민을 하고 우수에 젖은 모양이다. 『초사』의 유향(劉向)「구탄(九歎)·원세(怨世)」의 "身憔悴而考旦兮(몸은 '초췌하여' 밤을 새우네)"의 왕일 주에 "'憔悴'는 근심하는 모양[憂貌]이다"라고 했다. 또 같은 작품 중「우고(憂苦)」의 "憂'憔悴'而無樂(근심으로 '초췌하여' 즐겁지 않네)"의 왕일 주는 "마음속이 초췌하여[中心憔悴] 즐거울 때[歡樂之時]가 없는 것이다"라고 했다.

與荀中書別

勞舟厭長浪, 疲旆倦行風.[1] 連翩感孤志, 契闊傷賤躬.[2]

親交篤離愛, 眷戀置酒終.[3] 敷文勉征念, 發藻慰愁容.[4]

思君吟涉洧, 撫己謠渡江.[5] 慙無黃鶴翅, 安得久相從.[6]

願遂宿知意, 不使舊山空.

순 중서와 이별하며

피로한 배 큰 물결에 물려버렸고
지친 깃발 센 바람이 지겨워졌소.
끝없는 유랑에서 고독한 뜻 느끼고
오랜 이별에서 천한 몸도 상했지요.
친한 벗이 이별의 정 돈독하시니
전별연을 하자마자 바로 그립소.
시를 지어 떠나는 맘 다독거리고
좋은 말로 슬픈 얼굴 위로했지요.
그대가 생각나면 「건상褰裳」을 읊조리고
자신을 위로하며 「섭강涉江」을 노래하려오.
황학 날개 못 지닌 것 부끄러운데
어찌 오래 그대를 좇을 수 있소?
바라건대 오랜 지기 뜻을 이루어
옛 산을 비워두진 부디 마소서.

【해제】

[전진륜] 『송서』「백관지 · 하」: "'중서령中書令'이 1인, ['중서감中書監'이 1인,] '중서사인中書舍人'이 1인, '중서시랑中書侍郎'이 4인, '중서통사사인中書通事舍人'이 4인이다. [한 무제가 후정에서 유연遊宴할 때 처음으로 환자宦者에게 상서의 업무를 주관토록 했는데, 그것을 '중서알자中書謁者'라고 하고, 중서알자령中書謁者令과 중서알자복야中書謁者僕射를 설치했다. (…중략…) 급사중給事中 · (…중략…) · '중서시랑' · '알자복야謁者僕射' · (…중략…) 등은 제5품이다.]"

내 견해는 이렇다. 본 문집 제6권 말미의 '연구聯句'「달빛 아래 누각에 올라서 지은 연구(月下登樓連句)」에 '荀中書萬秋중서 순만추'가 있는데, 그 사람이 바로 이 사람이 아닌지 모르겠다.

[황절] 오여륜: "이 '순 중서'는 순창荀昶이다. 『송서』「순백자전荀伯子傳」에 '[순백자의 족제族弟] 순창은 원가 초에 문장 솜씨로 중서랑中書郎에 올랐다'라고 했다."

[전중련] 내 견해는 이렇다. 원가 초이면 포조의 나이가 겨우 십여 세밖에 안 될 때였다. 오여륜의 견해는 옳지 않다. 이 '순 중서'는 바로 순만추荀萬秋이다.[273)]

---

273) 순만추는 순창의 아들이다. 정복림은 전중련의 견해에 동의하면서, 「달빛 아래 누각에 올라서 지은 연구」를 지었을 때 포조의 직책이 태학박사였는데(이 작품의 포조 부분 원주에 '鮑博士'로 적혀 있음), 그 시기가 대략 효무제 효건 3년(456) 전후이므로, 이 시기가 「순 중서와 이별하며」를 지은 시기라고 했다(『교주』, 535~536쪽). 전중련은 「포조 연표」에서 「달빛 아래 누각에 올라서 지은 연구」는 이 해에 넣었지만, 「순 중서와 이별하며」 시의 창작시기는 밝히지 않았다.

【주석】

1 **[전진륜]** 『이아』「석천(釋天)」: "[검은색 광폭의 8자 길이의 (거북과 뱀을 그린) 기를 '旐(조)'라고 하고,] "'조'를 이어붙인 기를 '旆(패)'라고 한다."[274)]

2 **[전진륜]** '連翩(련편 : 쉬지 않고 달림)'은 「'규가의 노래'를 본떠[代邽街行]」(주석 2)에서 보았다.

『모시』「패풍 · 격고(擊鼓)」 제4장 : "죽든 살든 고생하든 함께하자 한[死生契闊], [그 약속을 이루려 했소.]"[275)]

3 **[전진륜]** 『장자』「산목(山木)」: "[공자가 상호(桑雽)에게 말했다. '(…중략…) 내가 이런 여러 환난을 겪자,] "친척 사이의 교분[親交]"이 더욱 소원해지고, [문도와 벗들이 더욱 흩어졌는데, 왜 이렇게 되었는가?']"[276)]

육기 「의고(擬古) · '오늘 이 좋은 연회는'을 본떠[擬今日良宴會]」: "[한적한 밤 친한 벗을 불러 모아서,] 영풍관에 '술자리를 마련하였다'['置酒'迎風館]."

4 **[전진륜]** '敷文(부문 : 글을 지음)'은 「여산에서 동쪽으로 진택을 바라보며[自礪山東望震澤]」(주석 4)에서 보았다.

육기 「당상행(塘上行)」: "(꼬시래기가) 옥 누대 아래에서 '붉은 싹을 틔우고'

---

274) 곽박 주에 "비단으로 '旐'의 끝에 이어 붙여 제비 꼬리[燕尾] 모양으로 만든 것"이라고 했다. 정기(旌旗)의 총칭으로도 쓰이는데, 포조 시에서는 이 뜻으로 쓰였다. 때로는 군대의 선구(先驅), 또는 군대를 뜻하기도 한다.

275) '모전'에서는 "'契闊(결활)'은 애쓰고 고생하는 것[勤苦]이다"라고 주를 달았다. 또 오래도록 헤어져 있는 것[久別]을 나타내기도 한다. 이상 4구는 자신의 고달픈 유환(遊宦) 생활을 통해 심신이 모두 지쳤음을 말했다.

276) '親交(친교)'는 성현영 소에 '친척 사이의 교분[親戚交情]'이라고 했다. 포조 시에서의 의미는 '절친한 교우'라는 뜻으로 보아야 한다.

['發藻'玉臺下],[277] [맑고 푸른 샘물에 그림자를 드리운다.]"

[전중련] 송본에는 '發藻(발조)'가 '罷落(파락)'으로 되어 있다.[278]

5 **[전진륜]** 『모시』「정풍 · 건상(褰裳)」 제2장 : "그대가 날 사랑하고 생각해준다면, 치마 걷고 '유수라도 건너련만'[子惠思我, 褰裳'涉洧']."

『공자가어(孔子家語)』「치사(致思)」 : "[자유(子游)가 말했다. '제가 전에 정(鄭)으로 가는 길에 진(陳)의 들판을 지나는데 다음과 같은] 동요[가 들렸습니다.] "초왕(楚王)이 '양자강을 건너다가', 개구리밥 열매를 얻었는데, 크기는 말만 하고 붉기는 태양처럼 붉네. 쪼개서 먹어보니, 달기는 꿀과 같네[楚王'渡江', 得萍實, 大如斗, 赤如日. 剖而食之, 甛如蜜]"."

[황절] "자신을 위로하며 「양자강을 건너서」를 노래한다[撫己謠渡江]"라고 한 것은 아마 굴원이 「구장 · 섭강(涉江)」에서 아홉 번 '余(여)'라고 하고 여덟 번 '吾(오)'라고 한 뜻을 활용한 것 같다.[279]

---

277) 육기 「당상행」의 '發藻'는 '江蘺(강리 : 홍조(紅藻) 식물의 일종. 꼬시래기)'가 물 속에서 싹을 틔우고 성장하는 것을 표현한 것이다. 포조 시에서는 '문채(文彩)를 발한다'라는 뜻으로서, 나아가 '시문을 짓는다'라는 비유적인 의미로 사용되었다.

278) 오덕풍은 '罷落'은 앞 구절 '敷文'과 전혀 대가 되지 못하므로 '罷落'은 옳지 않다고 했다(81b~82a쪽). 정복림은 장부본과 『고시기』에 근거하여 '發藻'로 고쳤다(『교주』, 536쪽).

279) 왕일은, 「섭강」이 "굴원 자신은 복식(佩服)을 남달리 하고 뜻을 고원(高遠)하게 지녔으나, 나라 안에서 자기를 알아주는 사람이 없어 강가를 배회했지만, 소인은 높은 자리에 오른 데 반해, 군자는 해를 당하게 되어" 지은 것이라고 했다. 황절의 견해는, 굴원이 60구 360자의 비교적 짧은 편폭 속에 일인칭 대명사 '余'와 '吾'를 계속해서 대량으로 사용하여 '양자강을 건너면서' '군자우해(君子遇害)'의 심정을 표현했는데, 포조도 거기에서 자신의 '회재불우(懷才不遇)'의 심정을 공감했다는 뜻이다.

[전중련] 송본에는 '吟(음 : 읊다)'이 '奇(기 : 기이하다)'로 되어 있다.[280)]

6 **[전진륜]** 『문선』 권29 소무(蘇武) 「고시 · 황학은 한 번 멀리 이별을 하자[黃鵠一遠別]」 : "바라건대 '한 쌍의 황학'이 되어, 그대를 전송하며 함께 멀리 날기를[願爲'雙黃鵠', 送子俱遠飛]."[281)]

---

280) 사고본과 『고시기』에는 '吟'으로 되어 있다. 노문초는 '哥(가(歌) : 노래하다)'로 교감했다. 오덕풍은 노문초의 교감이 옳다고 보았다. 글자 형체가 비슷하여 '奇'로 잘못 쓰게 되었거나, 의미가 유사하여 '吟'으로 잘못 쓰게 되었다는 것이다(82a쪽).

281) 마지막 연은 떠나는 순 중서에게, 뜻을 이루고 나중에는 고향으로 돌아오라고 당부하는 말이다. '宿知'는 오랜 지기로 순 중서를 가리키고, '舊山(구산)'은 고향이다.

從過舊宮

肅裝屬雲旅, 奉靮承末塗.[1] 嚴恭履桑梓, 加敬覽枌楡.[2]

靈命蘊川瀆, 帝寶仗篇圖.[3] 虎變由石紐, 龍翔自鼎湖.[4]

功冠生民始, 道妙神器初.[5] 宮陛留前制, 歌思溢今衢.[6]

餘祥見雲物, 遺像存陶漁.[7] 泉流信淸泌, 原野實甘荼.[8]

豈伊愛酆鄗, 天險兼上腴.[9] 東秦邦北門, 非親誰克居.[10]

仁聲日月懋, 惠澤雲雨敷. 盧令美何歇, 唐風久不渝.[11]

微臣逢世慶, 征賦備人徒.[12] 空費行葦德, 採束謝生芻.[13]

시종하여 옛 궁궐에 들러서

옷매무새 여미고 시위대侍衛隊의 일행 되어

가슴걸이 받쳐 들고 행렬 끝을 따라가네.

엄숙하고 공손하게 황제 생가 거닐고

공경심을 배가하여 제왕 고향 살펴보네.

신령한 명령은 하천에 간직됐고

제왕의 보배는 도적圖籍에 감춰졌네.

대우의 범의 변화 석뉴石紐에서 비롯되고

황제의 용의 비상 정호鼎湖에서 시작됐네.

인간의 탄생 이래 공적이 으뜸이요

인류의 시초부터 도덕이 신묘했네.

궁궐의 섬돌에는 이전 제도 남아 있고

사모하는 노래는 길거리에 넘치네.
많은 길상 경물에 드러나 있고
순舜의 유상 요·어업에 남아 전하네.
샘과 강물 정말로 맑고도 깨끗하며
평원과 들 진실로 감미롭고 기름지네.
문왕이 어찌 다만 풍과 호만 아꼈던가?
천험의 요새에다 옥토를 갖추었지.
진나라의 동쪽 땅, 황성 북문 봉한 곳
황친皇親이 아니고서 누가 예서 거주하리?
인자한 명성은 일월처럼 성대하고
은혜와 덕택은 운우처럼 펴져 있네.
제후齊侯 미덕 찬미가 끝날 수가 있으리?
당요唐堯 덕을 읊은 노래 오래도록 지속됐네.
미천한 신하로서 경사를 만나
봉록 받고 하급을 둔 생활 하는데,
베푸신 인자한 덕 헛되이 허비하고
풀 한 묶음 묶어서 사은을 표할밖에.

【해제】

[전진륜]『송서』「무제기」: "팽성현彭城縣 수여리綏輿里 : 지금의 안휘성 숙주시

(宿州市) 소현(蕭縣) 북동[282] 사람으로, 한 고조유방(劉邦)의 아우인 초원왕楚元王 유교劉交의 후예이다."

『송서』「예지·3」: "송 무제는 처음 동진의 명을 받아 송왕宋王이 되자 팽성에 종묘를 건축했다. 위진魏晉의 전고典故에 근거하여 일묘一廟를 세웠다. 처음에는 고조 개봉부군開封府君, 증조 무원부군武原府君, 황조皇祖 동안부군東安府君, 황고皇考 처사부군處士府君과 무경장후武敬臧后[283]를 제사하며, 제후 오묘五廟의 예를 따랐다. 천자에 즉위한 이후에는 7대조 우북풍부군右北平府君, 6대조 상국연부군相國掾府君을 제사하여 칠묘七廟로 늘였다. (…중략…) 고조무제가 붕어하자 신주를 사당에 올리고, 여전히 소목昭穆[284]의 차례를 따라 [위진魏晉의 제도처럼 하고, 태조의 자리를 비워두었다.] 묘전廟殿도 고치지 않음으로써, 또 진晉 초기에 위魏를 답습한 것과 같이했다."

『송서』「형양문왕의계전衡陽文王義季傳」: "원가 22년445 예주豫州의 양군梁郡: 지금의 하남성 상구시(商丘市) 일대, 치소는 상구시을 도독하고, 서주徐州 자사로 옮겼다."

---

282) 저본에는 '綏里'로 되어 있는데, 표점교감본『송서』와『남사』에 모두 '綏輿里'로 되어 있어서 고쳤다. '수여리'는 서진 때에는 예주(豫州) 패군(沛郡) 소속이었고, 동진 때에 군의 치소를 이곳으로 옮겼으며, 유송 때에는 서주(徐州)의 패군 소속이었고 군의 치소였다. '팽성현'은 지금의 강소성 서주시(徐州市) 동산구(銅山區) 일대로, 위진남북조시대 서주 자사의 치소가 있었다.

283) 무제 유유의 부인으로 무제가 유송 황제로 즉위하기 전인 408년에 죽었다.

284) 사당에 조상의 신주를 모실 때, 중앙에 시조를 모시고, 그 앞의 좌측에 2·4·6세를 모시는데 이것을 '昭'라고 하고, 우측에 3·5·7세를 모시는데 이것을 '穆'이라고 한다.

권1에 「정북세자께 왕자의 탄생을 축하하며 올리는 표征北世子誕育上表」가 있는데, 정북세자는 유의계일 가능성이 꽤 있다고 생각된다. 이것은 혹시 그의 부름을 받아 그를 시종하여 부임한 것은 아닌지?

[황절] 문집 권2의 「왕국의 제도를 논하는 계論國制啓」에 "삼가 '팽성국'의 옛 제도를 살펴보니 아직도 몇 권이 남아 있습니다"라고 했다. 전진륜 주는 포조가 틀림없이 팽성의 하급 관리였을 것이라고 했다. 그래서 이 시를 포조가 유의계를 따라 팽성으로 가면서 지은 것이라고 단정했다.285)

---

285) 전중련은 이 견해를 따라, 「포조 연표」에서 원가 22년(445)에 넣었다. 반면 웅청원(熊淸元)은 「포조의 『시종하여 옛 궁궐에 들러서』 시에 대한 새 주석[鮑照『從過舊宮』詩新箋]」(『고적정리연구학간(古籍整理硏究學刊)』, 2001 : 1)이라는 논문에서 새로운 견해를 제시했다. 즉 『송서』 「문제기」에 의하면, 문제가 원가 4년(427)과 26년(449)에 단도(丹徒 : 지금의 강소성 진강시 단도구)의 경릉(京陵 : 문제의 조부모 능인 홍녕릉과 모친의 능인 희녕릉을 가리킴. 「배릉에 시종하여 경현산에 올라서[從拜陵登京峴]」의 해제 참조)을 배알할 때, 반포한 조서의 표현 중, "단도에는 뽕나무와 가래나무 무성하게 우거졌다[丹徒桑梓綢繆]"와 "선조의 옛 능묘를 삼가 배알한다[拜奉舊塋]", "의의는 '뽕나무와 가래나무(「소아·소변」에서 말한 부모님 고향)'보다 배가하고, 감정은 '한 고조가 고향 패군을 지나다 들린' 것을 능가하게[義兼於桑梓, 情加於過沛]" 등에 근거하여, 포조 시의 "엄숙하고 공손하게 상자 밭을 거닐고, 공경심을 배가하여 분유 향사 살펴본다" 2구가, 유유(劉裕)의 출생지인 경구(京口)를 가리킨다고 보았다. 또 『송서』 「부서지(符瑞志)·상」에 실린, 유유가 단도에서 출생하던 당시의 여러 '서상(瑞祥)'과 『남사』 「송본기(宋本紀)·상」에 실린, 유유가 미천한 시절 단도에서 손수 농사짓던 농기구를 보관해둔 것을, 문제가 '구궁(舊宮)'에 행차하여 살핀 일 등을 근거로, 포조 시의 "많은 길상 경물에 드러나 있고, 순(舜)의 유상 요·어업에 남아 전하네" 2구가 유유의 경구에서의 옛일을 가리킨다고 했다. 그래서 황절과 전중련의 견해를 따르면, 이 2구를 귀결시킬 곳이 없다고 했다. 그리고 "황친이 아니고서 누가 예서 거주하랴" 구도, 『송서』 「유연손전(劉延孫傳)」의 "고조가 유조(遺詔)를 남겨, 경구는 요지이고 수도에서 매우 가까워서, 종실 근친이 아니면

【주석】

1 **[전진륜]**『설문해자』: "'旅(려)'는 군인 오백 명이다."[286]

『설문해자』: "'靷(인)'은 수레의 굴대를 잡아끄는[引軸] 도구이다."[287]

살지 못하도록[非宗室近親不得居之] 했다"라는 기록, 그리고 유송 내내 남서주(南徐州) 자사를 맡았던 7인이 모두 황제의 자제였다는 기록 등에 의하면, 바로 경구를 가리킨다는 것이다. 반면 서주 자사 8인 중에는 남군왕(南郡王) 유의선(劉義宣) 1인만 황실 종친이므로, 이 시구가 팽성을 가리킨다면 사실과는 모순된다는 것이다. 그리고 "미천한 신하로서 경사를 만나, 봉록 받고 하급을 둔 생활하는 데다" 2구는, 포조가 당시 집이 경구에 있었기에 가능한 말이라고 보았다. 이런 이유로, 그는 이 시가 원가 26년(449) 문제의 아들 시흥왕 유준(劉濬)을 시종하여, 남서주의 치소인 경구로 가서 지은 것이라고 했다. 정복림은 일단 웅청원의 견해도 성립 가능성은 있지만, 이것만으로 포조가 형양왕 유의계를 수종하여 팽성으로 가서 지었다고 하는 주장을 뒤집을 근거로는 부족하다고 보았다. 그 근거는, 시가라는 예술 형식의 과장되고 과분한 찬사는 매우 정상적인 것으로, "구름같이 많은 경물에 서상이 넘쳐난다"라고 한 것은, 팽성 구거(舊居)에 대한 과분한 찬사이고, "황친이 아니고서 누가 예서 거주하랴"라고 한 것은, 형양왕 유의계가 맡은 서주 자사의 지위가 중요함을 과장한 것이라고, 충분히 볼 수 있다는 것이다. 웅청원이 마지막으로 제시한 근거에 대해, 정복림은 원가 26년에 포조는 이미 집이 수도 건강에 있었기 때문에, 그 2구에서 가리키는 곳은 남서주의 경구와 서주의 팽성 두 곳이 모두 가능하다는 것이다. 결론적으로 정복림은 현재로서는 두 견해 중 어느 쪽이 옳은지는 확정하기 어렵다고 했다(『교주』, 463~465쪽).

286) 『주례』「지관사도(地官司徒)·소사도(小司徒)」에 "5'인'이 1'伍(오)'이고, 5'오'가 1'兩(량)'이며, 4'양'이 1'卒(졸)'이고, 5'졸'이 1'旅'이며, 5'여'가 1'師(사)'이고, 5'사'가 1'軍(군)'인데, 이것으로 '군사 작전[軍旅]'을 일으킨다"라고 했으며, 정현 주에 "1'旅'는 500인"이라고 했다. 『광운』에는 "'旅'는 군대의 편제[師旅]인데, 『설문해자』에 500인이라고 했다"라고 했다. 여기서는 제후왕의 행차를 호위하는 군대를 말한다. '雲(운)'은 구름처럼 많다는 뜻이다.

287) 사마(駟馬)에서 양쪽 곁마는 가슴에 가죽끈을 걸어 수레를 끄는 보조 역할을 하는데, 그 가슴걸이 끈이 '靷'이다. 『좌전』「애공·2년」에 '兩靷將絶(두 "靷"이 끊어지려 한다)'의 공영달 소에 "고대에 네 필의 말로 수레를 끌면, 복마(服馬)는 두 끌채의 사이에서 목에 멍에[軛]를 씌우고, 두 필의 곁마[驂]는 양쪽에 있으면

2 **[전진륜]** 『모시』「소아 · 소변(小弁)」 제3장 : "'뽕나무와 가래나무도, 반드시 공경해야 하나니[維桑與梓, 必恭敬止]'. [우리를 이 아버지 아닌 뉘가 있으며, 의지할 이 어머니 아닌 뉘가 있으랴.]"288)

『한서』「교사지(郊祀志) · 상」: "고조(高祖 : 유방(劉邦))는 고향 풍(豊)의 '분유사(枌楡社)'에 기도했다."

[황절륜] 『한서』「교사지(郊祀志) · 상」 '枌楡社(분유사)' 정씨(鄭氏) 주 : "'枌楡'는 향(鄉) 이름이다."

「교사지(郊祀志) · 상」 진작(晉灼) 주 : "'枌'은 흰 느릅나무[白楡]이다. '枌楡社'는 풍의 북동쪽 15리에 있다."289)

3 **[전진륜]** 장형 「서경부」: "'내와 강'을 휩쓸고, 수풀을 휘저으니[蕩'川瀆', 簸林薄], [새들은 다 놀라고, 짐승들도 달아난다.]"290)

서 '가슴걸이[靷]'를 끌고 보조한다"라고 했다.

288) 주희 집전에서는, '상 · 자(桑梓)' 2종의 나무는, 옛날 5묘의 택지[五畝之宅]에 담장 밑에 심어, 자손들에게 누에의 먹이로 주고 기물을 제조토록 갖춘 것이라고 설명하고, 이 4구의 의미를 "'상자'는 부모가 심은 것이어서 반드시 공경해야 하거늘, 하물며 부모는 지극히 높고 지극히 친하니, 우러러보고 의지하지 않을 수 없는 것"이라고 풀이했다. '상자'는 후한 이후로는 '향리(鄉理)'의 뜻으로 쓰였다.

289) 정씨(이름 미상)의 주에 이어지는 주이다. 이 주에 이어지는 안사고 주에 "이 나무를 사신(社神 : 토지 신)으로 삼았기 때문에, 그것으로 향(鄉)의 이름을 정한 것"이라고 했다. 『서경잡기』 권2에 의하면, 고조는 천자가 된 뒤, 부친을 위해 진의 옛땅 여읍(驪邑 : 지금의 섬서성 임동현(臨潼縣))에 고향 이름인 '풍현(豐縣)'을 살려 '신풍현(新豐縣)'을 설치하여, 부친과 친하게 지내던 고향 사람들을 이주시키고, 고향의 '분유사'도 이곳으로 옮겨 설치하여, 부친의 적적함과 망향의 정을 달래주었다고 한다. '枌楡'는 널리 고향을 뜻하는 말로 사용된다.

290) '靈命(령명)'은 '天命(천명 : 하늘의 명령)'과 같다. '川瀆(천독)'은 하류(河流)의 통칭이다. '瀆'은 '대천(大川)'이다. 『이아』「석수」에 "양자강 · 황하 · 회수 · 제수[江河淮濟]가 '사독(四瀆 : 네 개의 큰 하천)'이다. '사독'은 원천에서 발원하여

반고 「동도부・백치시(白雉詩)」: "신령스러운 서적을 열고 상서로운 도적을 편다[啓靈篇兮披瑞圖]."[291]

[전중련] 송본에는 '仗(장 : 기대다)'이 '伏(복 : 숨다)'으로 되어 있다.[292]

4 **[전진륜]** 『주역』 「혁괘(革卦)・구오」: "'대인이 범 가죽 무늬처럼 아름답게 변하니[大人虎變]', [점을 치지 않아도 미쁘다.]"

『삼국지』 「촉서・진복전(秦宓傳)」: "'우 임금은 석뉴에서 태어났으니[禹生石紐]', 지금의 문산군(汶山郡)이 그곳이다."[293]

『사기』 「봉선서」: "'황제(黃帝)'는 수산(首山 : 하남성 양성현(襄城縣)에 있음)의 동(銅)을 채취하여, 형산(荊山)[294] 아래에서 정(鼎)을 주조했다. 정이 완성되자 용이 수염을 드리우고 내려와 황제를 맞이했다. 황제가 올라타자, 군신(群臣)과 후궁이 따라 탄 자가 70여 명인데, '용은 올라갔다[龍上去]'. 나머지 하급 신하들은 올라갈 수 없어서, 모두 용의 수염을 잡았는데, 용의 수염이 뽑혀 떨어졌고 황제의 활도 떨어졌다. 백성들은 황제가 이미 승천한 것을

바다로 흘러드는 것이다"라고 했다. 『춘추번로(春秋繁露)』 「고공명(考功名)」에 "성인이 천하를 위해 해악을 제거하는 것은 마치 '내와 큰 내가 바다로 쏟아지는 것[川瀆之瀉於海]'과 같이 각각 그 형세의 기울에 응하여 알맞게 제어한다"라고 했다.

291) 『문선』 여연제(呂延濟) 주에 "'靈篇(령편)'이 바로 '瑞圖(서도)'이다"라고 했다. '篇圖'는 도적(圖籍)이다.

292) 장씨원간본 및 『전송시』에도 '伏'으로 되어 있다. 오덕풍은 앞 구의 '蘊(온 : 간직하다)' 자로 미루어보면, '伏' 자가 옳다고 했다(81a쪽).

293) '석뉴'는 지금의 사천성 '아바티베트・강족 자치주[阿壩藏族羌族自治州]' 문천현(汶川縣) 경내에 있었다.

294) 이 '형산'은 하남성 영보시(靈寶市) 문향(閿鄉) 남쪽에 있는 것으로, 호북성의 형산과 다른 산이다.

우러러보면서, 마침내 그 '활[弓]'과 수염을 끌어안고 '부르짖었다[號]'. 그래서 후세에 그곳을 '정호(鼎湖)'라고 이름 짓고, 그 활을 '오호궁(烏號弓)'이라고 불렀다."

5 **[전진륜]** 『모시』「대아 · 생민」 제1장 : "맨 처음 '(주나라) 백성을 낳으신' 이는, 그이는 바로 강원이시다[厥初'生民', 時維姜嫄]."

『노자』 제29장 : "천하(天下)라는 '신성한 기물[神器]'은 인위적으로 어떻게 할 수 없다."[295]

6 **[전진륜]** 『설문해자』 : "'陛(폐)'는 높은 곳으로 올라가는 계단이다."

『열자』「중니(仲尼)」 : "요(堯)임금이 미복을 하고 '강구(康衢 : 사통팔달의 한길)'를 거닐 때 '아이들이 노래하는 것[兒童謠]'을 들었다. '우리 백성을 세우시니, 지극하지 않은 것 없네. 부지불식간에, 임금님의 법도를 따르네[立民蒸民, 莫非爾極. 不識不知, 順帝之則].' [요임금은 기뻐서 물었다. '누가 너희들에게 이 말을 가르쳐 주었느냐?' 아이들이 말했다. '대부(大夫)께 들었습니다.' 대부에게 물으니 대부가 대답했다. '옛 시입니다.' 요임금은 왕궁으로 돌아와 순(舜)을 불러 바로 천하를 그에게 물려주었는데, 순은 사양하지 않고 받아들였다.]"[296]

---

295) 하상공(河上公) 주에 "'器'는 '物'이다. '사람이 바로 천하의 신물[人乃天下之神物]'이다. 신물은 안정(安靜)을 좋아하므로 유위(有爲)로 다스릴 수 없는 것이다"라고 했다. '神器初(신기초)'는 출구의 '生民始(생민시)'와 함께 세상이 생기고 인류가 생긴 이래를 말한다. 이 2구는 대우(大禹)와 황제(黃帝)의 공적과 도덕이 생민 이래로 으뜸임을 말한 것이다.

296) 이 노래를 「강구요(康衢謠)」라고 하는데 나중에 태평성대를 송양하는 노래의 대명사가 되었다.

[전중련] 송본 '前(전 : 이전)' 자 주 : "'昔(석 : 옛)'으로 된 판본도 있다."297)

7 [전진륜] 『좌전』「희공 · 5년」 : "춘 · 추분과 하 · 동지[分至]가 열리고 닫힐 때는 반드시 '구름의 기상 모양[雲物]'을 기록하니 [그것은 길흉에 대비하기 위한 것이다.]"298)

『사기』[오제본기(五帝本紀)」 : "순(舜)은 역산(歷山)에서 밭을 갈고, '뇌택(雷澤)에서 물고기를 잡고, 황하 가에서 질그릇을 만들고[漁雷澤, 陶河濱]', [수구(壽丘)에서 집기(什器)를 만들고, 부하(負夏)에서 시기를 살펴서 장사했다.]"

8 [전진륜] 『모시』「진풍(陳風) · 형문(衡門)」 제1장 : "'샘물이 넘쳐흐르고 있으니[泌之洋洋]', [굶주림은 면할 수 있다네.]" 공영달 소 : "'泌(필)'이라는 것은 샘물이 졸졸 흘러서, 마침내는 광대하게 되는 것이다."

『모시』「대아 · 면(緜)」 제3장 : "주나라의 넓은 들은 비옥하여, 바꽃과 씀바귀도 엿처럼 달다[周原膴膴, 堇荼如飴]."

9 [전진륜] 『한서』「교사지(郊祀志) · 하」 : "태왕(太王 : 고공단보(古公亶父))이 기량(郊梁 : 기산과 양산)으로 국도를 옮기고 문왕과 무왕이 각각 '풍(酆)

---

297) 주응등본 주도 같다. 사고본 주에는 "'皆(개 : 모두)'로 된 판본도 있다"라고 했다.

298) '雲物(운물)'은 구름의 빛깔을 말하는데, 옛날에는 이것으로 길흉과 수·한재 등을 예측했다. 하늘에 나타난 조짐을 뜻하는 '천기(天氣)'와 같은 뜻이다. 두예의 주에서 '雲物'은 '구름의 빛과 그에 따라 발생하는 재변[氣色災變]'이라고 했다. '경물(景物)'의 뜻으로도 쓰인다. 후대이지만 제 사조(謝朓)의 「큰 솔 부[高松賦]」에 "푸른 봄이 이어서 찾아오니 '운물'이 밝은 빛을 머금고, 강언덕에는 푸른 풀이 무성히 우거져 평평해졌다[青春受謝, '雲物'含明, 江皐綠草, 曖然已平]"라고 했다. Chen은 "수많은 사물(numerous things)"로 번역했다(348쪽). '餘祥(여상)'은 매우 많은 서상이고, '遺像(유상)'은 남아 전해지는 모습이다.

과 호(鄗)'에서 발흥했다. 이로써 말하자면 기·량·풍·호 사이가 주나라의 옛 영토이다."[299]

『주역』「감괘(坎卦)·단사」: "'하늘의 험함[天險]'은 오를 수가 없고, [땅의 험함[地險]은 산천(山川)과 구릉(丘陵)을 말한다.]"

반고 「서도부」: "꽃피우고 열매 맺는 초목이 무성하게 자라는 것은, 구주 중에서도 이곳이 '가장 비옥한 곳'이다[華實之毛, 則九州之'上腴'焉]."

10 [전진륜] 『사기』「고조본기」: "전긍(田肯)이 [축하하고 고조(高祖)에게] 말했다. '(…중략…) [진(秦)은 지리 형세가 유리한 나라이고,] (…중략…) 저 제(齊)는 (…중략…) 땅은 사방이 2천 리이고 "창을 지닌 병사[持戟]"가 백만이며, 천 리 밖에 격해 있으면서 제가 제후의 10분의 2를 차지하고 있습니다. 따라서 이들은 "동쪽의 진[東秦 : 齊]"과 서쪽의 진[西秦 : 秦]입니다. 왕실의 친자제가 아니면 아무도 제를 다스리게 해서는 안 됩니다.'"[300]

『좌전』「희공(僖公)·32년」: "[기자(杞子)가 정(鄭)에서 사신으로 와서 진왕(秦王)에게 말했다. '정나라 사람이 나에게 그 북문(北門)의 빗장을 관장하도록

---

299) 표점교감본에는 '太王'은 '大王(태왕)'으로 되어 있고, '호(鄗)'는 '鎬(호)'로 되어 있다. 안사고 주에, "양산(梁山)은 기산(岐山 : 지금의 섬서성 기산현 북쪽)의 동쪽 구종산(九嵕山 : 지금의 섬서성 예천현(禮[醴]泉縣) 경내에 있음)의 북쪽에 있으니, 하양(夏陽 : 지금의 섬서성 한성시(韓城市))의 양산이 아니다. '郊(기)'는 '岐'의 고자이다. 풍(酆 : 지금의 섬서성 서안시(西安市) 호읍구(鄠邑區) 북쪽)은 지금의 장안성(長安城) 서쪽 풍수(豐水 : 호현 남동쪽에서 위수(渭水)로 유입함) 가에 있고, 호(鎬)는 곤명지(昆明池 : 지금의 서안시 남서쪽 두문진(斗門鎮) 남동쪽) 북쪽에 있다"라고 했다.

300) 저본의 '載(재)'는 '戟(극)'의 오자이다. 표점교감본에는 '此東西秦(차동서진)' 앞에 '故(고)' 자가 있다. 번역은 이를 따랐다.

했습니다. 만약 몰래 군대를 이끌고 온다면, 그 나라를 차지할 수 있습니다.'"

장재(張載) 「검각명(劍閣銘)」: "지리 형세가 유리한 지역에는 '친척이 아니면 거주하게 해서는 안 된다[匪親勿居]'."

내 견해로, 이것은 팽성왕(彭城王) 유의강(劉義康)을 말한다.

[황절] 『상서』 「홍범(洪範)」: "주 무왕은 은(殷)을 공격해 승리한 뒤에 '제후를 분봉했다[邦諸侯]'." 『사기』에는 「홍범」의 내용을 수록하면서 '邦(방)'을 '封(봉)'으로 적었으니, 대개 옛날엔 통용한 것이었다.[301]

『석명』 「석주국(釋州國)」: "'邦'은 '封'이니, 공이 있는 자를 여기에 봉하는 것이다."

[전중련] 『송서』 「형양문왕의계전(衡陽文王義季傳)」에 의하면, 유의계가 서주(徐州) 자사가 된 것은 원가 22년(445)이고, 24년(447)에 팽성(彭城)에서 죽었다. 그런데 팽성왕 유의강은 22년 2월에 범엽(范曄)의 모반에 연루되어 폐서인이 되었고, 28년(451)에 사사되었다. 포조가 이때 어찌 감히 '인자한 명성[仁聲]'과 '은혜와 덕택[惠澤]' 등의 말로 유의강을 찬양할 수 있었겠는가? 나는 이하 몇 구는 바로 유의계를 말한 것으로 생각한다.

11 **[전진륜]** 『모시』 「제풍 · 노령(盧令)」 제1장: "'사냥개 방울 소리' 딸랑딸랑, 그 사람 '멋지고도' 어질도다['盧令'令, 其人'美'且仁]."

『좌전』 「양공 · 29년」: "오(吳)의 공자 계찰(季札)을 위해 '「당풍」을 노래하

301) 저본의 '尙書序(상서서)'는 '『尙書 · 洪範(홍범)』'의 잘못이어서 고쳤다. 인용문은 「홍범」에 실린 글이다. 『사기』에는 「주본기(周本紀)」에 홍범의 내용과 같은 글이 있는데, '封諸侯'로 되어 있다.

니[歌唐]', 그가 말했다. '생각이 깊도다! 아마도 도당씨(陶唐氏 : 요임금)의 후손이 남아 있는 것이 아닌가?'"[302]

[전중련] 「노령」 제1장 모전 : "'盧(로)'는 사냥개이고, '令令(령령)'은 목줄에 단 방울의 소리이다. 임금이 '미덕(美德)'이 있어 인애(仁愛)를 다할 수 있어서, 백성들이 기뻐하며 그를 받들고 사랑하여 좋아했다. 때맞추어 사냥을 나가며 백성들과 그 즐거움을 함께하고 그 수확을 나누어 가지기 때문에, 백성들은 듣고 기뻐하여 그 소리가 딸랑딸랑하고 맑게 울린다고 여기는 것이다."[303]

12 **[전진륜]** 『송서』 「주군지 · 1 '서주(徐州) 자사' 조 : "[후한시대에는 치소가 동해군(東海郡) 담현(郯縣)이고 위 · 진 · 송시대에는] 치소가 팽성(彭城)이다. (…중략…) 옛날 다스리던 군이 12개이다." 서주 자사 관할 하에 동해(東海) 태수가 있다.[304]

『관자』 「입정(立政) · 복제(服制)」 : "육축과 '노역자'를 부리는 데는 신분에 따른 등급이 있다[六畜'人徒'有數]."[305]

---

302) '당국(唐國)'은 본래 요임금[唐堯]의 옛 도읍으로, 그 봉역은 태항산(太行山)과 항산(恒山)의 서쪽, 태원(太原)과 태악(太岳)의 평야 지대로, 지금의 산서성 태원시(太原市) 일대이다. 그 도읍 진양(晉陽)은 바로 지금의 태원시이다. 『좌전』과 『사기』에 의하면, 주 성왕(成王)이 아우 숙우(叔虞)를 이곳에 봉하여 당후(唐侯)로 삼았다. 『좌전』 두예 주에서 "진(晉)은 본래 당국이어서, 요임금의 유풍이 남아 있다"라고 했다.

303) 이 시에 대한 『모시』의 소서는 각 장의 모전 풀이와 달리, 제 양공(襄公)이 지나치게 사냥을 좋아하여 민사(民事)를 돌보지 않아 백성들이 괴로워서 그것을 풍자한 것이라고 했다.

304) 전진륜의 말에는 『송서』의 직접 인용과 요약이 섞여 있어서, 문장부호로 구분하고 번역했다.

305) 저본의 '致(치)'는 '數(수)'의 오자여서 고쳤다. 같은 내용은 『예기』 「상복소기(喪服小記)」에도 실려 있다. '六畜'은 집에서 기르는 대표적인 여섯 가지 가축으

[황절] (『남사』의) 포조 본전에 "포조는 '동해(東海)' 사람"이라고 했다. 그래서 "세금을 징수하고 노역자도 갖춰졌다[征賦備人徒]"라고 한 것이다.[306)]

[전중련] 우염의 「포조집서」에 "본래 '상당군(上黨)' 사람"이라고 했는데, 이 '상당'도 서주에 속하는 군이다.

『송서』「주군지 · 1」의 '서주 자사' 관할 하에 '회양(淮陽) 태수'가 있고, 회양 태수 관할 하에 '상당령(上黨令)'이 있다. "(상당은) 본래 유민이 우거한 군인데, 이곳으로 병합하여 함께 배치했다"라고 했다.

13 **[전진륜]** 『모시』「대아 · 행위(行葦)」 서 : "「행위」는 충직하고 도타움[忠厚]을 읊었다. 주 왕실이 충직하고 도타워 인(仁)이 초목에까지 미쳤다. 그래서 안으로는 구족(九族)이 화목하고 밖으로는 노인을 존경하고 섬길 수 있어, 노인을 봉양하여 좋은 말을 해달라고 청함으로써 큰 복을 이루도록 하는 것이다."

『후한서』「서치전(徐穉傳)」 : "곽임종(郭林宗)이 모친상을 당했는데, 서치

로, 소 · 말 · 돼지 · 양 · 닭 · 개를 말한다.

306) 황절의 말은 포조가 '동해 사람'이기 때문에 동해의 치소인 '팽성'에서 "세금을 징수하고 노역자도 갖추었다"고 본 것이다. 이 2구에 대한 풀이는 Chen의 번역(348쪽 : "Which enjoys sufficient taxes and levies of services.")을 참고했다. 정복림은, 『순자』「왕패(王霸)」의 '人徒有數'에 대한 양경(楊倞)의 주 "'人徒'는 서도(胥徒 : 胥는 십장(什長), 徒는 졸(卒), 나중에는 관부의 서리(胥吏)와 그 아랫사람)를 말하는데 요역(徭役 : 관부의 일)을 제공하는 자이다[人徒, 謂胥徒, 給徭役者也]"와 황절의 보주를 인용하고, "포조는 스스로 '人徒(인도)'라고 한 것으로, 대체로 겸사(謙辭)일 뿐이다"라고 했다(『교주』, 470쪽). 스스로 하급 관리에 충당되었다는 뜻으로 본 것 같다. '人徒'에는 또 '사람들, 민중, 서민'의 뜻도 있다. 포조의 「시랑 직을 제수하심에 올리는 소[拜侍郎上疏]」에 "살아서 창성한 국운을 만나서 자신을 '사람들 무리'에 견주게 되었습니다[生丁昌運, 自比'人曹']"의 '人曹(인조)'와 같은 뜻이다. 이 시의 '備人徒'를 '比人曹'처럼 사람무리에 들게 되었다는 뜻으로 풀이할 수도 있다.

가 조문을 가서 '생 꼴 한 묶음[生芻一束]'을 여막 앞에 놓아두고 떠났다. 모두 괴상하게 생각하면서도 알지 못했는데, 곽임종이 말했다. '이는 틀림없이 남주(南州)의 고사(高士) 서치이다. [시에서 말하지 않았던가? "'생 꼴 한 묶음 주는데, 그 사람 옥과 같다('生芻一束', 其人如玉]"라고.[307] 내가 덕이 없어서 그것을 감당할 수 없구나.']"

내 견해로, 이것은 옛 궁궐을 지나며 유의강을 회고한 것이다.

【평설】

[황절] 진조명 : 전아하여 체식體式에 부합한다. 포조에게도 정황에 부합하는 이러한 작품도 있다. 『채숙당고시선』 권19

307) 이것은 『모시』「소아·백구(白駒)」 제4장 "새하얀 흰 망아지, 저 깊은 골짜기에 있네[皎皎白駒, 在彼空谷]"에 이어 나오는 2구로, 흰 망아지에게 '생 꼴 한 묶음'을 먹이면서 그것을 타고 온 그 현인의 덕이 옥처럼 좋다고 칭찬한 것이다. 주희 『시집전』에서는 「백구」는 현자가 떠나려고 하는데 만류할 수 없는 마음을 읊은 시라고 했다.

從臨海王上荊初發新渚

客行有苦樂, 但問客何行.[1] 扳龍不待翼, 附驥絶塵冥.[2]
梁珪分楚牧, 羽鷁指全荊.[3] 雲艣掩江汜, 千里被連旌.[4]
戾戾旦風遒, 嘈嘈晨鼓鳴.[5] 收纜辭帝郊, 揚棹發皇京.[6]
狐兎懷窟志, 犬馬戀主情.[7] 撫襟同太息, 相顧俱涕零.
奉役塗未啓, 思歸思已盈.[8]

임해왕을 시종하고 형주로 가려고 막 신저를 출발하며

나그네 여정에는 고락이 있는 법
어디로 가는지에 달렸을 뿐이네.
용 비늘을 잡으면 날개가 필요 없고
천리마에 붙으면 속진을 벗어나네.
양의 제후가 형초의 자사 되어
뱃길로 온전히 형주를 향해 가네.
구름처럼 많은 배 강을 뒤덮고
천 리 뱃길 정기로 뒤덮였다네.
씽씽 아침 바람 거세게 불고
둥둥 새벽 북은 크게 울리네.
닻줄 거둬 서울 교외 하직을 하고
노를 들어 황성에서 길을 나서네.
여우 토끼 제 살던 굴 그리는 맘과

개와 말이 제 주인을 그리는 정에,
갈이 옷깃 만지면서 한숨을 쉬고
함께 서로 돌아보며 눈물 흘리네.
직무를 받드는 길 출발도 전에
돌아가고 싶은 생각 벌써 넘치네.

【해제】

[전진륜] 『송서』「임천열무왕도규전 · 포조전」: "'임해왕 유자욱劉子頊'이 '형주荊州 자사'가 되었을 때, 포조를 그의 전군참군에 임명하고 서기의 임무를 맡겼다."

『송서』「임해왕자욱전臨海王子頊傳」: "대명大明 [4년460 나이 5세에 역양왕歷陽王에 봉해졌다. (…중략…)] 5년461에 '임해왕'으로 개봉改封되었다. (…중략…) 그 해에 (…중략…) '형주자사'로 옮겼다."

『패문운부珮文韻府』 권36「語韻어운 · 渚저」'新渚신저' 주: "'新渚'는 금릉金陵에 있다."

[황절] 『송서』에 의하면, 유자욱이 형주로 옮길 때 나이는 6세였다. 명제가 즉위하자 형주에서 거병하여 진안왕晉安王 유자훈劉子勛의 반란에 호응했다. 유자훈이 패하자, 형주 치중治中 송경宋景과 토인 요검姚儉 등이 군대를 이끌고 입성하여, 전첨典籤 완도예阮道豫와 유도헌劉道憲 및 포조 등을 살해했다. 유자욱을 체포하여 항복을 받았다. 유자욱은 사

사될 때 나이 11세였다. 형주로 가는 것은 포조가 원하던 바가 아니었기 때문에, 시에 슬프고 우울한 말이 많다.

[전중련] 『송서』 「효무본기」에 의하면, 대명 6년462 가을 7월 경진庚辰에 임해왕 유자욱을 형주 자사로 삼았다.[308)]

【주석】

1 **[전진륜]** 왕찬 「종군 시(從軍詩)」: "종군에는 괴로움과 즐거움이 있으니, 누구를 따르는지에 달렸을 뿐이다[從軍有苦樂, 但問所從誰]."

2 **[전진륜]** 『후한서』 「광무제기(光武帝紀)·상」: "[경순(耿純)이 더 나아가 말했다.] '천하의 사대부가 친척을 버리고 땅을 포기하고, 대왕을 따라 화살과 뇌석(礌石)이 난무하는 전장을 누빈 것은, 그 심계(心計)가 본디 "용의 비늘을 붙잡고 봉의 날개에 달라붙어[攀龍鱗, 附鳳翼]", 그들이 뜻하는 바를 이루기를 바란 것입니다."

『사기』 [백이열전(伯夷列傳)」: "안회(顏回)는 독실하게 배움을 추구하기도 했지만, '천리마(공자)의 꼬리에 붙음으로써[附驥尾]' 행동이 더욱 드러나게 되었다."

『장자』 「전자방(田子方)」: "안회가 공자에게 여쭤 말했다. '선생님께서 천천히 걸으시면 저도 천천히 걸었고, 선생님께서 빨리 걸으시면 저도 빨리 걸었

---

308) 전중련은 이 시를 「번거현에 올라서」, 「황학기에 올라」와 「양기에서 바람을 기다리며」와 함께 대명 6년(462)에 계년했다. 정복림은 「황학기에 올라」와 「양기에서 바람을 기다리며」에 나오는 표현이 심추(深秋)임을 근거로, 이 해 8·9월경에 지은 것이라고 했다(『교주』, 587쪽).

고, 선생님께서 달리시면 저도 달렸습니다. 그런데 선생님께서 "먼지조차 일지 않게 날듯이 달리시면[奔逸絶塵]" 저는 뒤에 처져서 눈을 크게 뜨고 바라볼 뿐입니다.'"

[황절] "용 비늘을 잡으면 날개가 필요 없다[扳龍不待翼]"라고 한 것은, 조식의 「박쥐 부[蝙蝠賦]」의 "[걷는데 발을 이용하지 않고,] '나는 데 날개의 힘을 빌리지 않는다[飛不假翼]'"라고 한 의미를 활용했다.[309)]

3 **[전진륜]** 『사기』「양효왕세가(梁孝王世家)」: "'양효왕' 유무(劉武)는 효문황제(孝文皇帝, 179~157 B.C. 재위)의 아들로, 효경제(孝景帝, 156~141 B.C. 재위)와 어머니가 같다. 어머니는 두태후(竇太后)이다."[310)]

「양효왕세가」 '저선생왈(褚先生曰)'[311)]: "옛날 성왕(成王)은 어린 동생과

309) 조식의 「박쥐 부」는, 박쥐가 "외모가 색다르고 성질이 괴이해서, 통상의 법식을 매번 바꾸는[形殊性詭诡, 每變常式]" 예로, 그것이 "두 발이 깃털이고, 날면서도 이를 가지고 있는[二足爲毛, 飛而含齒]" 특징 때문에 "발로 걷지 않고, 날개로 날지 않는다"라고 한 것이다. 포조 시에서는 '반룡부봉(攀龍附鳳)'의 의미로 쓴 것이기 때문에, 황절의 설명은 적절하지 않다. 전진륜이 인용한 『후한서』「광무제기」의 내용이 더 알맞다. 「광무제기」에 나오는 '뇌석(礌石)'은 공격하는 적에게 성벽 위에서 떨어뜨리는 큰 돌이다. 시의 '扳'은 '攀'의 이체자이다. 『예문유취』에는 '攀'으로 되어 있다.

310) 양효왕은 문제의 차자(次子)로 문제 2년(179 B.C.)에 대왕(代王)이 되고, 2년 뒤에 회양왕(淮陽王)이 되고, 문제 12년(169 B.C.)에 양효왕이 되었다. 봉토인 양국(梁國)은 지금의 하남성 동부에서 산동성 남부, 즉 하남성 개봉(開封)에서 산동성 태안(泰安)에 이르는 지역이었다. 임해왕 유자욱은 효무제의 일곱째 아들로(효무제 태자는 나중의 전폐제 유자업(劉子業)), 효무제 대명 5년에 임해왕이 되고, 같은 해 형주 자사로 나갔다. 포조는 임해왕을 양효왕에 빗대어 '양의 홀[梁珪]'이라고 했다.

311) '저선생'은 서한 학자 저소손(褚少孫)으로, 『사기』의 결루(缺漏)를 보완했다. 『한서』의 「사마천전(司馬遷傳)」에서, 사마천이 「태사공자서」에서 130편 52만 6천 5백 자로 『태사공서(太史公書)』를 지었다고 했지만, "10편은 결실(缺失)되

나무 아래에 서 있다가 오동잎을 하나 따서 주면서 말했다. '나는 이것으로 너를 봉하노라.' 주공(周公)이 듣고 나아가 알현하고 말했다. '천왕(天王)이 아우를 봉한 것은 매우 잘하신 일입니다.' 성왕이 말했다. '나는 그저 장난을 친 것뿐이오.' 주공이 말했다. '임금은 잘못된 행동이 없어야 하니, 실없는 말을 하면 안 됩니다, 말을 했으면 반드시 실행해야 합니다.' 그리하여 어린 동생을 응현(應縣)에 제후로 봉했다."

『주례』「천관총재·태재(太宰)」'목(牧)' 주 : "'목(牧)'은 '구주의 장[州長]'이다."

'羽鷁(우익 : 배)'은 「석범산 명[石帆銘]」 주(주석 16 '龍鷁(용익)')에서 보았다.

4 **[전진륜]** '艫(로 : 고물)'는 「대뢰안에 올라서 누이에게 부친 편지」(주석 24)에서 보았다.

'江汜(강사 : 양자강)'는 「여산에 올라 석문을 바라보며[登廬山望石門]」 주(주석 4)에서 보았다.

『주례』「춘관종백·사상(司常)」 : "[오색의 온전한 깃[全羽]으로 수(旞)를 만들고,] 이삭 모양으로 쪼갠 깃[析羽]으로 '정(旌)'을 만든다."312)

어, 목록만 있고 글이 없다"라고 했다. 이에 대한 장안(張晏)의 주는 "사마천이 죽은 후 「효경본기(孝景本紀)」·「효무본기(孝武本紀)」, (…중략…) 등이 망실(亡失)되었다. 원제(元帝)와 성제(成帝) 연간에 '저선생'이 보결(補缺)하여, 「효무본기」·「삼왕세가(三王世家)」·「귀책열전(龜策列傳)」·「일자열전(日者列傳)」을 지었는데, 언사(言辭)가 비루하니 사마천의 본의가 아니다"라고 했다. 이 인용문은 '태사공왈(太史公曰)' 뒤에 실려 있다. 「외척세가(外戚世家)」의 '저선생왈' 「정의」에서, 장수절(場守節)은 "아마도 원제와 성제 연간에 저소손이 속찬(續撰)한 것 같다"라고 했다.

312) 깃대의 끝에 새의 깃으로 장목을 꾸미는데, 사용하는 새 깃이 온전한 것이냐 쪼

5 **[전진륜]** 『설문해자』: "'遒(주)'는 닥치는 것[迫]이다."

왕연 「노 영광전 부(靈光殿賦)」 '耳嘈嘈以失聽(낙숫물과 우렛소리가 요란하여 귀는 들리지 않고)' 주: "『비창(埤蒼)』에 "'嘈嘈(조조)"는 온갖 소리가 뒤섞여 시끄러운 것이다'라고 했다."

[황절] 『예기』 「제의(祭義)」: "삼궁(三宮)의 부인(夫人)과 세부(世婦) 중 길한 이를 점쳐서, 잠실(蠶室)에 누에씨를 넣고, 누에씨를 개울로 받쳐 들고 나가 깨끗이 씻고, 공부(公府)의 상전(桑田)에서 뽕잎을 따서, '바람에 이슬의 물기를 말려[風戾]' 먹이로 주게 한다."[313] 공영달 「소」: "'戾(려)'는 말리는 것[乾]이다."

[전중련] '戾戾'는 거센 바람을 형용하는데 '遒(주 : 굳세다)' 자와 꼭 서로 호응한다.

반악 「가을 흥취 부[秋興賦]」: "'거센 바람 격렬하게' 휘장에 불어온다['勁風戾'而吹帷]." 이선 주: "'戾'는 거세고 빠른[勁疾] 모양이다."

고대에 양자강을 통행하며 배를 출발할 때는 북을 쳤다. "새벽 북소리 울린다[晨鼓鳴]"라고 한 것은 "노를 들어 황성에서 출발을 한다[揚棹發皇京]"라고 한 것과 서로 호응한다.

6 **[전진륜]** 『옥편』: "'纜(람)'은 배를 매는 밧줄이다."

7 **[전진륜]** 『예기』 「단궁 · 상」: "[옛사람이 이런 말을 했다.] '여우는 죽을 때에

갠 것이냐에 따라 '수'와 '정'이 된다는 뜻이다.

313) '三宮'은 고대 제후 부인의 궁이다. '夫人'과 '世婦'는 주대의 천자와 제후의 여관(女官) 명칭이다.

머리를 자기가 살던 굴이 있는 언덕 쪽으로 똑바로 둔다[狐死正丘首]'[314)]라고. 이것이 바로 인은(仁恩 : 인애로 베푸는 은덕)이다.'"

『전국책』「제책 · 4」: "'교활한 토끼는 굴이 세 개가 있어[狡兔有三窟]' 겨우 죽음을 면할 수 있을 뿐이다."

조식 「'자신을 책망하는 시'와 '응조' 시를 올리는 표[上責躬應詔詩表]」: "'개와 말이 주인을 사모하는 마음[犬馬戀主之情]'을 감당치 못하며, [삼가 표를 올리며 아울러 두 편의 시를 바칩니다.]

8 **[전진류]** 환온(桓溫) 「초수(譙秀)를 천거하는 표[薦譙元彦表]」: "신은 예전에[臣昔][315)] '역사를 받들어[奉役]', 서쪽의 땅 촉(蜀)에서 전쟁을 치렀습니다.]"

314) 이것이 바로 '수구초심(首丘初心)'이다. 저본의 '首丘'는 중간송본에는 '丘首'로 되어 있다.
315) 저본의 '昔我(석아)'는 『문선』 권38에는 '臣昔(신석)'으로 되어 있어서 고쳤다.

還都道中(1)

悅懌遂還心, 踴躍貪至勤.[1] 鳴鷄戒征路, 暮息落日分.

急流騰飛沫, 回風起江濆.[2] 孤獸啼夜侶, 離鴻噪霜群.

物哀心交橫, 聲切思紛紜.[3] 歎慨訴同旅, 美人無相聞.[4]

서울로 돌아오는 길에(1)

기쁘다 귀향의 꿈 이루었으니
펄쩍 뛰며 닥칠 수고 욕심을 냈네.
닭이 울자 채비 차려 길을 나서서
해질 녘이 되어서야 저녁 휴식 취했네.
급류는 물보라를 높이 튀기고
회오리는 강가에서 거세게 이네.
홀짐승은 짝 부르며 밤새도록 울어대고
외기러기 무리 찾아 서리 속에 우짖네.
뵈는 사물 애처로워 마음은 착잡하고
듣는 소리 애절하여 생각은 어지럽네.
탄식하며 길벗에게 하소연하는데
미인은 소식조차 들리지 않네.

【해제】

[전진륜] 제2수는 문인담 주를 수록한다.

[전중련] 임천왕유의경(劉義慶)에게 조칙을 내려 남연주南兗州로 옮겨 지키게 한 것은 원가 17년440 10월 무오戊午로 초사흘이 된다. 포조의 「서울로 돌아오는 길에(2)」에 "차가운 가락은 깊은 계곡 뒤흔든다寒律驚窮蹊", "밀물이 올라오니 얼음물은 소용돌이친다潮上冰結洑", "한밤중에 서리가 서늘하게 내린다夜分霜下凄"라고 했고, 「환도의 송시還都口號」에 "징 노래로 겨울 사물 발단을 열고, 귀환의 취주로 초겨울 시작된다鉦歌首寒物, 歸吹踐開冬"라고 했으며, 「경구로 가는 길에 죽리에 이르러行京口至竹里」에 "얼음이 굳게 얼어 한기 한창 성하다冰閉寒方壯"라고 했고, 「후저를 출발하며發後渚」에 "종군하며 의복 식량 부족한 채로, 초겨울에 가족과 이별을 한다從軍乏衣糧, 方冬與家別"라고 했다. 모두 초겨울임을 분명히 말했다. 이 몇 수의 시는 아마도 다 같은 때에 지은 것 같다.[316]

---

316) 정복림도 전중련의 견해가 상당히 근거가 있다고 보았다(『교주』, 379쪽). 유의경은 원가 16년(439) 강주 자사로 부임했고, 포조는 이때 그의 시랑으로 발탁되어 강주(江州 : 치소는 지금의 강서성 구강(九江))로 갔다. 이듬해인 17년에 유의경이 남연주 자사로 전임하게 되자 그를 수행하여 서울로 돌아와 집에 잠시 머물렀다가 다시 임지인 광릉(廣陵 : 지금의 강소성 양주(揚州))으로 가게 된다. 전중련은 이 시를 비롯한 '환도(還都)' 시 6수와 「경구로 가는 길에 죽리에 이르러[行京口至竹里]」, 「후저를 출발하며[發後渚]」를 모두 이 여정에 지은 것으로 여겨 원가 17년(440) 작이라고 했다. 정복림은 '환도' 시에 대해서는 전중련의 견해에 동의했지만, 뒤 2편에 대해서는 유보적인 견해를 보였다.

【주석】

1 **[전진륜]** 『모시』「소아 · 규변(頍弁)」 제1장 : "[군자들을 만났으니,] '내 마음 기뻐지네[庶幾說懌]'."[317)]

[황절] 『초사』「구장 · 비회풍(悲回風)」 : "[있는 사물 희미하여 보이지 않고,] 마음은 끓는 물처럼 '뛰기만 하네'[心'踊躍'其若湯]."

『한서』「진탕전(陳湯傳)」 : "그래서 종정(宗正) 유향(劉向)이 상소하여 아뢰었다. '(…중략…) 길보(吉甫)가 험윤(玁狁)을 정벌하고 개선하자, 주(周) 선왕(宣王)은 그에게 후사(厚賜)했으니, 그 시에 이렇게 찬미했습니다. "길보가 기꺼워함은, 많은 복을 받았기 때문이네. 호(鎬) 땅으로부터 돌아오니, 나 떠난 지도 오래됐구나."[318)] 천 리의 호(鎬) 땅도 멀다고 했거늘, 하물며 만 리 외지에서 (감연수(甘延壽)와 진탕이 질지선우(郅支單于)를 진압하고 개선한) "그 수고로움은 지극합니다[其勤至]."'"

『설문해자』 : "'勤(근)'은 수고하는 것[勞]이다."

"펄쩍 뛰며 닥칠 수고 욕심을 낸다[踴躍貪至勤]"라는 것은, 마음속으로 뛸 듯이 기뻐하며 탐내는 것이, 바로 닥쳐올 수고해야 할 일임을 말한다.

2 **[전진륜]** 木華(목화) 「해부(海賦)」 : "물보라 흩날리고 물결이 솟구친다[飛沫起濤]."

『설문해자』 : "'濆(분)'은 물가[水涯]이다."

---

317) '說懌(열역)'은 저본에는 '悅懌(열역)'으로 되어 있는데, 중간송본에 근거하여 고쳤다. '悅懌 · 說懌'은 매우 기쁜 것이다.

318) 『모시』「소아 · 유월(六月)」 제6장의 전반 4구로 원문은 다음과 같다. "吉甫燕喜, 既多受祉. 來歸自鎬, 我行永久."

[황절]『초사』「구장 · 비회풍」: "슬프다, 회오리바람이 패란을 뒤흔드는구나[悲回風之搖蕙兮]."[319]

3 [전진륜] 반고「동도부(東都賦)」: "[천 승(乘)의 전차가 우레처럼 달리고,] 만 기의 기병이 '대단히 많도다'[萬騎'紛紜']."

4 [황절]『초사』「구장 · 사미인(思美人)」: "'미인을 그리면서', 눈물을 훔치고 멍하니 바라보네. 중매쟁이 끊어지고 길은 막혔으니, 하고픈 말을 글로 엮어 전할 수도 없구나['思美人'兮, 攬涕而竚眙. 媒絶路阻兮, 言不可結而詒]."[320]

---

319) 앞 연 '鳴雞(명계)' 구는 "닭이 울어서 길 떠날 것을 알려준다"라는 뜻이다.『문선』권43 조경진(趙景眞)의「혜번(嵆蕃)에게 보낸 편지[與嵇茂齊書]」에 "鳴雞戒旦(닭이 울어 아침을 알린다)"의 이선 주에 정현의 말을 인용하여, "경계하여 알려주는 것[警戒告語]"이라고 했다. 대구의 '暮息(모식)'은 저녁의 휴식이고, '落日分(락일분)'은 해 질 무렵으로, '分'은 '時分(시간, 때)'의 뜻이다.

320)「사미인」의 첫 4구이다. 이 작품은 굴원이 강남으로 추방당해 유배되던 도중에 지은 작품으로 '미인'은 경양왕(頃襄王)을 가리킨다.

還都道中(2)

風急訊灣浦, 裝高偃檣舳.[1] 夕聽江上波, 遠極千里目.[2]

寒律驚窮蹊, 爽氣起喬木.[3] 隱隱日沒岫, 瑟瑟風發谷.[4]

鳥還暮林諠, 潮上冰結洑.[5] 夜分霜下凄, 悲端出遙陸.[6]

愁來攢人懷, 羈心苦獨宿.[7]

서울로 돌아오는 길에(2)

바람 세어 포구를 알아보는데
여장이 높이 쌓여 돛대와 배 기우네.
저녁에 강물에서 파도 소리 들으며
아득히 머나먼 길 천 리 밖을 바라보네.
차가운 겨울바람 깊은 계곡 뒤흔들고
싸늘한 겨울 기운 교목 위로 솟구치네.
아련히 태양은 산봉을 넘어가고
쓸쓸히 바람은 골짝에서 불어오네.
새들이 돌아오니 저녁 숲은 시끄럽고
밀물이 올라오니 얼음물은 맴을 도네.
한밤중에 서리가 서늘하게 내리는데
비애의 실마리는 먼 뭍에서 나오네.
슬픔이 밀려와 가슴속에 모여드니
떠돌이 마음은 홀로 자기 괴롭네.

【주석】

1 **[문인담]** 『공양전(公羊傳)』 '君嘗訊臣矣(군께서 일찍이 저에게 하문하셨습니다)' 하휴(何休) 주 : "윗사람이 아랫사람에게 묻는 것을 '訊(신)'이라고 한다."

『광운』 : "'灣(만)'은 물굽이[水曲]이다."

내 견해는 이렇다. 바람을 피할 수 있는 곳을 찾는 것이다.

『당운(唐韻)』 : "'裝(장)'은 차림새[裝束]이다."

『설문해자』 : "'偃(언)'은 넘어지는 것[仆]이다."

『옥편』 : "'檣(장)'은 돛을 다는 기둥[帆柱 : 돛대]이다."

『한서』「무제기」 '舳艫千里(꼬리에 꼬리를 문 배가 천 리에 이른다)' 이비(李斐) 주 : "'舳(축 : 고물)'은 배 뒤쪽 키[舵]를 잡는 곳이다."321)

2 **[황절]** 『초사』「구장 · 비회풍」 : "곤륜산에 기대어 안개를 굽어보고, 민산에 머물면서 양자강을 맑히고자 하네. 콸콸 세차게 흐르는 물 조심하며, '철썩철썩 파도 소리 듣는다네'[馮崑崙以瞰霧兮, 隱岷山以淸江. 憚涌湍之礚礚兮, '聽波聲之洶洶']."

송옥 『초사』「초혼(招魂)」 : "'눈을 들어 천 리 밖까지 살피니' 봄날 마음이 아파지네['目極千里'兮傷春心]."

3 **[문인담]** 사혜련(謝惠連) 「설부(雪賦)」 : "'현율이 막바지에 이르고[玄律窮],'

---

321) '舵(타)'는 표점교감본에는 '柂(타 · 이)'로 되어 있는데, '타'로 읽을 때는 '舵(타)'와 통용한다. 이 2구는 배를 타고 환도하는 도중 거센 바람을 만나 급히 정박할 포구를 찾는데, 실은 짐이 너무 높이 쌓여서 배가 파도에 기우뚱대는 위험한 상황을 묘사했다. 이하는 선상에 묵으면서 듣고 보고 생각하는 것을 묘사 서술했다.

[한기(嚴氣)가 올라오게 된다.]"[322)]

안연지(顔延之) 「추호시(秋胡詩)」: "'무리 잃은 짐승은 거친 오솔길에서 뛰어나오고[離獸起荒蹊]', [놀란 새는 이리저리 흩어져 날아간다.]"

『진서(晉書)』「왕휘지전(王徽之傳)」: "서산에 아침이 되니 '상쾌한 기운'이 생기는구려[西山朝來, 致有爽氣]."[323)]

4 **[문인담]** 고악부 「맥상상(陌上桑)」: "'바람은 쏴쏴 불고', 나뭇잎은 우수수 진다['風瑟瑟', 木榎榎]."[324)]

『모시』「패풍 · 곡풍(谷風)」 '習習谷風(따뜻한 골짜기 바람)' 「시고(詩詁)」: "바람이 골짜기에서 불어오는 것이다[風出谷中]."[325)]

5 **[문인담]** 『광운』: "'洑(보 · 복)'는 물이 빙 돌아 흐르는 것[洄流]이다."

[전중련] 송본에는 '冰(빙)'이 '水(수)'로 되어 있다.[326)]

---

322) 『문선』 권13의 여연제(呂延濟) 주에서는 "'현율이 막바지에 이르는 것'은 섣달이다['玄律窮'十二月也]"라고 했다. '현율'은 하늘의 운행 도수이다. '寒律(한률: 차가운 가락)'은 겨울철이다.

323) 저본의 '殊(수)'는 표점교감본에는 '致(치)'로 되어 있어서 고쳤다. 『세설신어』「간오(簡傲)」에도 '致'로 되어 있다. 번역은 이를 따랐다.

324) 『악부시집』 권28 「상화가사 · 맥상상」에 출처를 '초사초(楚辭鈔)'로 하여 수록된 작품이다. 『초사』「구가」 중의 '산귀(山鬼)'인데, 일부 표현은 다소 차이가 있다. 저본의 '榎榎(복복 · 부부)'은 사부비요본 『악부시집』에는 '榎榎'로 되어 있다. 황절 『포참군시주』의 인용도 『악부시집』과 같다. 저본은 아마 '榎榎'를 잘못 읽어 '榎榎'으로 적은 것 같다. 금본 『악부시집』에는 '搜搜(수수)'로 되어 있다. 『초사』에는 이 부분이 "風颯颯兮木'蕭蕭'"로 되어 있는데, 『문원영화(文苑英華)』에는 '蕭蕭(소소)'가 '搜搜(수수)'로 되어 있다. 바람 소리, 나뭇잎이 바람에 떨리는 소리, 낙엽 지는 소리, 빗소리 등을 나타내는 의성어이다.

325) 「모전」은 '谷風(곡풍)'을 '東風(동풍)'이라고 했고, 공영달 「소」에서는 손염(孫炎)의 견해를 인용하여, "'谷'은 곡식[穀]을 말한다. 곡식은 생장하는 것인데, '곡풍'은 생장하게 하는 바람이다"라고 했다.

6 **[문인담]** 『후한서』「광무제기(光武帝紀)·하」: "'한밤중[夜分]'이 되어서야 비로소 잠자리에 들었다."

사영운 「임해군 고갯마루에 올라 막 강중을 떠나면서 지어 종제 사혜련에게 주며, 양선지(羊璇之)와 하장유(何長瑜)에게 보여주고 함께 창화하도록 하다[登臨海嶠初發彊中作與從弟惠連見羊何共和之]」 시: "[이 감정이 이미 시름겨운 마음을 찢어놓았는데,] 하물며 계절도 '슬픔의 단서'와 부합함에랴[況乃協'悲端']."[327)]

『이아』「석지(釋地)」: "높고 평평한 땅을 '陸(륙)'이라고 한다."

7 **[문인담]** 『창힐편(蒼頡篇)』: "'攢(찬)'은 모이는 것[聚]이다."

『운회(韻會)』: "'羈(기)'는 타지에 머무는 것[旅寓]이다."[328)]

【평설】

[전중련] 왕개운: '저녁에 듣는다夕聽' 2구는 배를 띄우기 알맞은 바람을 기다리는 것을 말한 것으로, 표현이 그림 같다.『상기루설시』 권8

---

326) 사고본과 『고시기』에는 '冰'으로 되어 있다.

327) 사영운 시에서 '悲端(비단)'은 초가을을 가리킨다. 송옥(宋玉)이 「구변(九辯)」에서 "슬프도다! 가을의 기운이여! 소슬하여라! 초목들 흔들려 떨어져 시들어가는구나[悲哉秋之爲氣也! 蕭瑟兮草木搖落而變衰]"라고 한, 이른바 '송옥이 가을을 슬퍼함[宋玉悲秋]'에 근거한 것이다.

328) 저본에는 시 원문의 '羇'가 '羈(기)'로 되어 있는데, 뜻은 '羇'와 같지만 오자여서 고쳤다. 황절의 『포참군시주』에는 원문과 주석 모두 羇'로 되어 있고, 송본에도 '羇'로 되어 있다.

還都道中(3)

久宦迷遠川, 川廣每多懼.[1] 薄止閭邊亭, 關歷險程路.[2]
靄霽冥隅岫, 濛昧江上霧.[3] 時涼籟爭吹, 流洊浪奔趣.[4]
惻焉增愁起, 搔首東南顧.[5] 茫然荒野中, 擧目皆凜素.[6]
回風揚江泌, 寒響棲動樹.[7] 太息終晨漏, 企我歸飇遇.

서울로 돌아오는 길에(3)

긴 벼슬에 먼 타향의 냇가를 헤맸는데
냇물 넓어 언제나 두려움이 많았지.
이문 옆 정자에서 잠시 쉬는데
거쳐 온 길 모두가 험난한 여정이네.
하늘 저편 산봉에는 구름이 빽빽하고
강 위에 피는 안개 자욱하게 끼었네.
서늘한데 바람 소리 앞다퉈 불어오고
끝없이 흐르는 물 세차게 달려가네.
측연히도 겹친 여수 피어오르니
머리를 긁적이며 남동쪽을 돌아보네.
까마득히 펼쳐진 황량한 광야에
보이는 것 모두가 서늘하고 쓸쓸하네.
회오리는 강 물결을 말아 올리고
까마귀는 바람 치는 나무에 깃들이네.

한숨 소리 날 새도록 새어 나오네
귀향길에 회오리바람 만나기를 바라네.

【주석】

1 **[전진륜]** 『사기』 「장석지열전(張釋之列傳)」: "형 장중(張仲)이 있어 같이 살았다. [형 집안의 자산으로 기랑(騎郞)이 되어 효문제(孝文帝)를 모시면서 10년 동안 승직하지도 못하고 이름도 알려지지 않았다.] 장석지가 말했다. '"오래도록 낭관 벼슬을 하면서[久宦]" 형의 재산을 많이 축내었으니, [마음이 편치 못하다.]'"

2 **[전진륜]** 『설문해자』: "'薄(박)'은 다가가는 것[迫]이다."

『설문해자』: "'閭(려)'는 마을의 문[里門]이다."

[황절] 왕인지(王引之) 『경전석사(經傳釋詞)』: "'薄'은 발어사(發語辭)이다. 『모시』 「주남 · 갈담(葛覃)」에 '평복도 빨고, 예복도 빨아[薄汚我私, 薄澣我衣]'라고 했고, 또 「주남 · 부이(芣苢)」에 '질경이를 캐어오자[薄言采之]'라고 했는데, 「부이」의 모전에 '"薄"은 허사[辭]이다'라고 했다."

'薄止(박지)'는 (「갈담」의) '薄汚(박오)', '薄澣(박한)'과 같은 구조이다.[329)]

3 **[전진륜]** 왕연수(王延壽) 「노 영광전 부(魯靈光殿賦)」: "구름이 빽빽하게 뒤

329) '薄'은 발어사이고 '止'가 '머물다'라는 뜻을 지닌 글자라는 의미이다. '閭(려)'는 마을의 문 즉 이문(里門)이다. '關(관)'에 대해 오덕풍은 "『전송시』에는 '閱(열)'로 되어 있는데 옳을 듯하다"라고 했다(82a쪽). '閱歷(열력)'은 몸소 겪는다는 뜻이다.

덮은 듯이, 깊숙하고 어둑어둑하다[雲覆霮霸, 洞杳冥兮].”

장재(張載) 「장마[霖雨]」 시 : “[부슬부슬 오는 비 한 달을 넘겨,] ‘어둑어둑’ 밤낮으로 쏟아진다[‘濛昧’日夜墜].”

[전중련] 송본에는 ‘隅(우 : 구석)’가 ‘寓(우 : 묵는다)’로 되어 있다.330)

4 **[전진륜]** (‘趣(취)’는) ‘注(주 : 흐른다)’로 된 판본도 있다.

‘籟(뢰 : 바람 소리)’는 「벗 마자교에게[贈故人馬子喬]」(제3수 주석 3)에서 보았다.

『주역』 「감괘(坎卦) · 상사(象辭)」 : “물이 끊임없이 흘러온다[水洊至].”

[전중련] 오여륜 : “‘趣’는 ‘注’로 적는 것이 옳다.”331)

5 **[전진륜]** 『모시』 「패풍 · 정녀(靜女)」 제1장 : “[사랑하면서도 만나지 못하니,] ‘머리 긁적이며’ 머뭇거리네[‘搔首’踟躕].”332)

6 **[전진륜]** 『설문해자』 : “‘凜(름)’은 서늘한 것[寒]이다.”

7 **[전진륜]** 『설문해자』 : “‘泌(필)’은 본류로 유입하는 좁고 작은 물줄기[俠流]이다.”333)

---

330) 사고본과 『고시기』에는 ‘隅’로 되어 있다. 오덕풍은 아래 구의 ‘上’과 짝이 되어야 하므로 ‘隅’가 되어야 할 것 같다고 했다(82a쪽). ‘冥隅(명우)’는 하늘의 먼 구석이다.

331) 오덕풍은 “‘趣’가 더 낫다. ‘趣’는 ‘趨(추)’와 같다. 『모시』 「대아 · 역박(棫樸)」에 ‘좌우 신하들이 달리며 섬긴다[左右趣之]’라고 했고 「모전」에 ‘“趣”는 달리는 것[趨]’이라고 했다”라고 했다(82a쪽).

332) ‘惻焉(측언)’은 슬퍼하는 모양을 뜻하는데 ‘惻然(측연)’과 같다. 송본에는 ‘測焉(측언)’으로 되어 있는데, 정복림은 장부본을 따라 고쳤다(『교주』, 384쪽). ‘增愁(증수)’는 근심을 보탠다는 뜻도 있지만, 포조 시에서는 쌓이고 쌓인 시름이라는 뜻이다. ‘重愁(중수, chóngchóu)’와 같다.

333) ‘回(회)’는 장부본에는 본래 ‘同(동)’으로 되어 있는데, 송본과 『전송시』에는 ‘回’로 되어 있다. 오덕풍은 ‘同’은 ‘回’의 오자일 것이라고 했다(82a쪽). ‘寒響(한향 : 차가운 소리)’은 장부본에는 ‘寒’ 뒤에 1칸이 비어 있고, 송본은 ‘寒’ 1자

【평설】

[황절] 방동수: [눈앞에 보이는 일을 그대로 적었는데, 시작이] 가파르고 급하며 긴박하고 굳세다. 나중의 황정견黃庭堅이 늘 이것을 본떴다. 이하는 눈에 보이는 풍경을 그대로 적고 가슴 속 감정을 그대로 표현했으니, 이른바 준일한 것이다. 『소매첨언』 권6

로 되어 있으며, 사고본은 '雅寒(아한)'으로 되어 있고, 『고시기』에는 '寒鴉(한아)'로 되어 있으며, 『전송시』에는 '寒禽(한금)'으로 되어 있다. 정복림은 『고시기』에 근거해 '寒鴉'로 고쳤다(『교주』, 384쪽). 번역은 '寒鴉'를 취했다. Chen은 '寒禽(mournful birds)'으로 번역했다(350쪽).

上潯陽還都道中

昨夜宿南陵, 今旦入蘆洲.[1] 客行惜日月, 崩波不可留.[2]

侵星赴早路, 畢景逐前儔.[3] 鱗鱗夕雲起, 獵獵晚風遒.[4]

騰沙鬱黃霧, 飜浪揚白鷗.[5] 登艫眺淮甸, 掩泣望荊流.[6]

絶目望平原, 時見遠煙浮.[7] 倏忽坐還合, 俄思甚兼秋.[8]

未嘗違戶庭, 安能千里遊.[9] 誰令乏古節, 貽此越鄉憂.[10]

심양에서 서울로 돌아오는 길에

어젯밤은 남릉에서 하룻밤을 묵었고
오늘 아침 갈대 섬에 들어오게 되었다.
여정을 다투느라 날과 달이 아까워
솟구치는 파도에도 머물 수 없었다.
별을 이고 새벽길을 일찍 서둘러
저물녘에 앞선 일행 따라잡았다.
뭉게뭉게 저녁 구름 피어올랐고
씨잉씨잉 새벽바람 거세게 분다.
날리는 모래에 누런 안개 자욱하고
뒤집히는 물결에 갈매기가 솟구친다.
뱃머리에 올라서 회수 가를 살피고
눈물을 씻으면서 형주 물결 바라본다.
평원이 끝난 데서 시선이 다하고

멀리서 피는 연기 때때로 보인다.
홀연 절로 아련한 사색에 빠져드니
한순간의 그리움이 삼추보다 더 심하다.
여태껏은 집 마당도 떠난 적이 없었는데
천 리 길을 어떻게 갈 수가 있었을까.
어느 누가 고인 절조 못 지키게 만들어
고향 떠난 이 근심을 가져다주었는가.

【해제】

[전진륜] 『문선』 권27 「행려行旅 · 하」에는 제목이 '還都道中作'으로 되어 있다. 이선 주를 수록한다.

[이선] 문집에는 '上潯陽還都道中作'으로 되어 있다. '都도'는 도읍 양주揚州를 말한다.[334]

[오신] 유량劉良 : "포조는 임해왕의 참군이 되어 형주荊州 : 지금의 호북성 형주시로부터 돌아왔다. ['都'는 양주를 말한다.]"

[전진륜] 『한서』 「지리지 · 상」 : "여강군廬江郡은 (…중략…) 현[이 열두 개다.] (…중략…) '심양潯陽'."[335]

334) 당시 양주의 치소는 지금의 강소성 남경시였다.
335) '潯陽'은 지금의 강서성 구강시이다. 『진서』 「지리지 · 하」 '양주(揚州)'의 '여강군(廬江)' 소속 현으로 '潯陽'이 있고, 『송서』 「주군지(州郡志) · 2」 '강주자사(江州刺史) · 심양태수(潯陽太守)' 조에 "'潯陽'은 본래 현 이름이다. 물 이름으로 현

[황절] 방동수 『소매첨언』 권5 : "오신의 주에 '포조는 임해왕의 참군이 되어 형주로부터 돌아왔다'라고 했다. 『남사』에 의하면, 포조가 처음 임천왕의 좌리佐吏가 된 것은 강주江州에서고, 국신國臣으로 발탁된 것은 문제文帝, 424~453 재위 때이다. 효무제454~464 재위 때에 이르러 임해왕 유자욱劉子頊의 전군행참군前軍行參軍이 되어 서기의 일을 맡게 된 것은 형주에서다. 명제465~472 재위가 즉위하자 유자욱은 항명했다. 유자욱이 패하자 반란군에게 살해되었다. 그런데 여기서 어찌 '환도還都'라고 하겠는가? 만약 반란군에게 살해된 사람이 유자욱이라고 한다면, 『송서』 「유자욱전」에서는 '유자욱은 일이 실패되어 사사되었는데 나

이름을 지었는데, 물은 남으로 흘러 양자강에 유입된다"라고 했다. 『한서』 「교사지·하」에는 한 무제가 원봉(元封) 5년(106 B.C.) 겨울 남군(南郡 : 치소는 강릉현(江陵縣) 즉 지금의 호북성 형주(荊州))으로 순행하여, 강릉(江陵)을 거쳐 동쪽으로 가서 잠현[灊 : 지금의 안휘성 잠산(潛山)]의 천주산(天柱山)에 올라 예를 올리고 양자강에서 배를 타고 '潯陽(심양)'을 거쳐 종양현[樅陽 : 지금의 안휘성 동릉시(桐陵市) 종양현]으로 나와, 팽려호(彭蠡湖 : 지금의 파양호(鄱陽湖))를 거쳐 그곳의 명산과 하천에 예를 올린 기록이 있다. 이곳의 '潯陽'은 「지리지」의 '尋陽'과 같은 지역이다. 『구당서』에는 '潯陽'으로 나온다. 「지리지·3」 '강남서도(江南西道)'의 '강주(江州)' 조에서, "분성(湓城)·'심양(潯陽)'·팽택(彭澤)의 3현을 다스린다. 정관(貞觀) 8년(634)에 초성현(楚城縣)을 폐지하여 '潯陽'에 편입했다. 천보(天寶) 원년(742) '심양군(潯陽郡)'으로 개칭했다. 건원(乾元) 원년(758) 다시 강주로 개칭했다"라고 했다. 또 '심양(潯陽)' 조에서는, "한대의 현으로 여강군(廬江郡)에 속했다. 진대에는 강주(江州)를 설치했다. 수대에는 팽려현(彭蠡縣)으로 개칭했는데, 주 남동쪽 52리에 팽려호가 있어서 그 이름을 취한 것이다. 양제(煬帝, 605~617 재위) 때에 분성(湓城)으로 개칭했는데, 현 경계에 있는 분수(湓水)에서 이름을 취한 것이다. 무덕(武德) 4년(621) 다시 '심양(潯陽)'으로 불렀는데, '심수(潯水)'가 이곳에 이르러 양자강으로 합류하는 데서 이름을 취한 것이다"라고 했다. 지금은 강서성의 별칭이 '潯'이다.

이 11세였다'라고 했[으니 맞지 않]다. 또 유자욱이 항명하여 죽었다면, 그의 막료가 어찌 '환도'할 수 있겠는가? 오신의 주는 사리에 어둡다. 이것은 대개 유의경劉義慶이 강주에서 제후국의 시랑으로 발탁한 것을 따른 때일 것이다."

오여륜 『한위육조백삼가집선 · 포참군집선』: "대개 임천왕 유의경을 좇아 강주로 갈 때일 것이다. 옛날에는 관직에 나아가는 것을 '上상'이라고 했다. 이것은 임천왕이 '심양潯陽'으로 부임하는 것이지, 포조 스스로 관직에 올라가는 것은 아니다. 유의경은 원가 9년432에 형주로 진수鎭守했다. 이곳에 있은 지 8년 만에 강주로 전임하면서 포조를 좌리로 발탁했다. 이 시를 보면 유의경이 강주로 올라가면서 포조에게 자기를 수행하도록 한 것이다. 포조는 이때 처음 출사했으니, 대개 원가 17년440이다. 유의경은 형주에서 강주로 옮겼다. 그래서 '눈물 씻으면서 형주 물결 바라본다'라고 한 것이다. 포조에게는 「대뢰안에 올라서 누이에게 부친 편지登大雷岸與妹書」가 있는데 이 시와 취지가 같다.

[전중련] 내 견해는 이렇다. 이 시는 포조가 임천왕을 따라 강주에서 남연주南兗州: 치소는 지금의 강소성 진강시로 옮길 때 지은 것이다. 오신 주의 잘못은 방동수가 이미 분명히 밝혔다. 오여륜의 견해 역시 제대로 살피지 못했다. 이 시의 첫 구는 '어젯밤 남릉에서 하룻밤을 묵었고, 오늘 아침 갈대 섬에 들어왔다'라고 했는데, 남릉南陵: 지금의 안휘성 남동부 남릉현은 '심양潯陽'의 동쪽에 있으니, 만약 형주에서 강주로 갔다면, 남릉에서 묵을 까닭이 없고, 또한 '환도하는 도중還都道中'이라고 할 필요도 없

는 것이다.

또 살펴보면 이렇다. 이 시는 『문선』에서 제목을 '還都道中'이라고 했고, 모의毛扆 교감 송본 『포씨집』에서는 '潯陽還都道中심양에서 서울로 돌아오는 길에'이라고 하여, 모두 '上' 자가 없으니, '上' 자는 잘못 들어간 글자이다. 이 시는 대개 심양지금의 강서성 구강시을 출발할 때 지었을 것이다.336)

양장거 『문선방증』: "주에서 '"都"는 도읍 양주이다'라고 했는데, 강고姜皐는 말했다. '『송서』에 "양주揚州는 위진 시기에 치소가 수춘壽春: 지금의 안휘성 수춘현 수춘진이었다. 진이 오를 평정한 뒤 치소는 건업建業: 지금의 강소성 남경시이다"라고 했으며, 『태평환우기太平寰宇記』에 "원제元帝가 양자강을 건너 남도한 뒤 양주는 늘 건업을 치소로 삼아 옮기지 않았다"라고 했고, 『경정건강지景定建康志』에서도 역시 육조의 양주를 논하자면 항상 건강建康: 건업을 치소로 삼았으며, 나중에 비로소 광릉廣陵: 지금의 강소성 양주시의 이름이 되었다고 했다."

【주석】

1 **[이선]** 『선성군도경(宣城郡圖經)』: "'남릉현(南陵縣)' 남서쪽은 물길이 백삼십 리가 된다."

유목지(庾穆之, 자 중옹(仲雍)) 『강도(江圖)』: "'노주(蘆洲)'에서 번구(樊口

---

336) 이 시의 제목이 『예문유취』 권27에는 '還都道中'으로 되어 있다. '上'자가 연자(衍字)인 것과 창작 시기에 대해, 정복림도 전중련의 견해를 따랐다(『교주』, 373쪽).

: 호북성 악주시(鄂州市) 악성구(鄂城區) 번구가도)에 이르는 거리가 20리이다. 오자서(伍子胥)가 고국 초나라를 떠나 오나라로 망명하면서 처음 양자강을 건넌 곳이다. 번구에서 무창(武昌)까지는 10리가 된다."

그러나 포조 시의 '노주'는 이보다 더 하류에 있으니, 오자서가 건넌 곳은 아닙니다.[337]

[황절] 주천(朱琦, 자 난파(蘭坡), 1769~1850) : "내 견해는 이렇다. 『독사방여기요(讀史方輿紀要)』 권27 「남직(南直) · 태평부(太平府)」의 '번창현(繁昌縣)' 조에 이런 기록이 있다. "'남릉수(南陵戍)"가 있어서, 현의 남서쪽에 있는데, 아래로 양자강에 임해있다. 호씨(胡氏)[338]가 말하기를, "육조시대에는 강주의 동쪽 경계는 '남릉'에서 끝났다"라고 했으니, 대체로 양자강 강변 나루의 요처이지 지금의 남릉현은 아닌 것 같다. 의희(義熙) 6년(410) 노순(盧循)[339]이 건강을 침공했으나 실패하고 남으로 심양(尋陽)으로 갔는데, 그 일

337) 『강도』의 노주는 호북성에 있었고, 포조는 그 하류인 강서성 구강시에서 안휘성 남릉을 거쳐 더 하류인 강소성 남경으로 향하는 여정이므로, 이것이 아님은 분명하다. 포조 시의 '노주'는 황절의 견해처럼, 갈대가 많이 자라는 삼각주로, 위치는 남릉에서 남경 사이의 양자강 가운데 있어야 한다. 황절이 인용한 주천의 견해도 취하기 어렵다. '노주'에 대해서는, 정복림도 황절의 견해를 인용했다(『교주』, 375쪽).

338) 호삼성(胡三省, 1230~1302)의 『자치통감(資治通鑑)』 권95 '남릉(南陵)' 주에, "남릉은 선성군(宣城郡)의 경계에 있는데, 양(梁) 때 남릉군을 설치했다. 진(陳) 때에는 그곳에 북강주(北江州)를 설치했으니, 대체로 양자강 강변에 임하고 있다. 강주(江州)의 동쪽 경계는 남릉(南陵)에서 끝났다"라고 했다.

339) 노순은, 399년에서 402년 사이에 있었던 '손은(孫恩)의 난'을 이어, 403년 반란을 일으킨 후 실패하고 411년에 자살했다. 이를 '노순의 난'이라고 하며, 이 두 난을 합쳐서 '손은·노순의 난'이라고 한다.

당인 범숭민(范崇民)을 남겨 남릉(南陵)에 웅거하게 했다.'[340] 이에 의하면 남릉은 심양의 아래에 있었다. 그리고 『강도』의 '노주'는 무창현(武昌縣) 서쪽 30리에 있는데, 『수경주』「강수(江水)」 제3편(권35)의 주에서, '[양자강[江水]은 동쪽으로] 주현(邾縣)의 남쪽으로 흐른다. (…중략…) 성의 남쪽은 "노주(蘆洲)"를 마주하고 있는데 (…중략…) "나주(羅洲)"라고도 한다'라고 했는데, 이 노주이다. 대체로 심양의 상류에 있다. 먼저 남릉에서 묵고 나중에 노주로 들어갔을 리가 없다. 그래서 그것을 변석(辨釋)했다. 지금도 그 장소를 정확히 지정할 수는 없다."

내 견해는 이렇다. '蘆洲'는 갈대와 물억새가 우거진 모래톱을 말하는 것이다. 첫 연(聯)에서는 대우를 맞추면서 반드시 지명으로 할 필요는 없다. 사영운의 「석문산에 산과 내와 숲으로 쌓인 거처를 새로 짓고[石門新營所住四面高山迴溪石瀨茂林修竹]」 시의 첫 연에 "험한 산에 올라가 '그윽한 집' 엮고서, 구름을 헤치고 '석문산'에 누웠다[躋險築'幽居', 披雲臥'石門']"라고 했는데, 이곳의 '그윽한 집[幽居]'이 어찌 지명이겠는가?

2 **[이선]** 곽박 「강부(江賦)」: "[구부러진 강기슭에 부딪혀 소용돌이치고] '무너지는 파도'가 세차게 일어 서로 후려친다[駭崩浪而相礧]."[341]

나그넷길[客行]에 해(낮)와 달(밤)이 아까워, 거세게 이는 파도 위에서도 잠시

340) 저본에는 인용문 표시가 없는데, 여기까지가 모두 『독사방여기요』의 기록이다.
341) 저본의 '淜(붕)'과 '畾(뢰)'는 『문선』 권12에는 '崩(붕)'과 '礧(뢰)'로 되어 있어서 고쳤다. '崩浪(붕랑)'은 강기슭에 부딪혀 솟구쳤다가 떨어지며 되돌아오는 파도인데 거센 물결을 가리키고, '相礧(상뢰)'는 기슭을 향하는 파도와 부딪혀 돌아오는 파도가 서로 부딪는 것을 말한다.

도 머물 수 없이 뱃길을 재촉했다는 뜻이다.

[황절] 오신 주 여향 : "'惜日月(석일월)'은 빨리 돌아가고자 힘쓰는 것이다. '崩波'는 '奔波(분파 : 거센 물결)'와 같다."

[전중련] 호극가 『문선고이』 : "이선 주의 '駭淵浪而相礧'에 대해 청 진경운(陳景雲)은 '"淵"은 "崩"의 오자이다'라고 했는데, 옳다. 각 판본이 모두 틀렸다." 장운오(張雲璈) 『선학교언(選學膠言)』 : "'崩波'는 바로 '奔波'이니 나그넷길[客行]의 고달픔을 말한다. 이선 주는 적확하지 않은 것 같다. 청 황사순(黃士珣)은 말했다. '"무너지는 파도에도 머물 수 없다[崩波不可留]"라는 것은 "해와 달[日月]"을 비유로 끌어 씀으로써, 해와 달이 가는 것이 파도가 무너지는 것처럼, 잠시도 머물게 할 수 없다는 것을 말한 것이다. 앞의 "어젯밤[昨夜]"과 "오늘 아침[今旦]"과 뒤의 "별을 이고[侵星]", "저물녘[畢景]", "저녁 구름[夕雲]", "새벽바람[曉風]"은 하루 또 하루, 그 해와 달이 파도가 부서지듯이 빠르다는 것을 극도로 형상화했다. 그래서 아깝다고 한 것이다. 2구가 일기(一氣)로 상생한다.'"

3 **[전진륜]** 문인담 『고시전』 : "'侵星(침성)'은 '戴星(대성 : 별빛을 받는다)'과 같다. '前儔(전주)'는 먼저 간 사람이다."

[황절] 오신 이주한 : "'早路(조로)'는 일찍 길을 나서는 것이다. '畢景(필경)'은 지는 해이다."

4 **[전진륜]** '晚(만)'은 이선본 『문선』에는 '曉(효)'로 되어 있다.[342)]

---

342) 오신본에는 '晚'으로 되어 있다. 오덕풍은 장씨원간본 주에 "'晚'은 '曉'로 된 판본도 있다"라고 하고, "이선본 『문선』을 좇아 '曉'로 하는 것이 옳다. 이 시는 대체

[이선] 『광아』 : "'遒(주)'는 급한 것[急]이다."

[오신] "'鱗鱗(린린)'은 구름 모양이고, '獵獵(렵렵)'은 바람 소리이다."

5 **[이선]** '鷗(구)'는 물새(갈매기)이다.

[전진륜] 문인담 『고시전』 : "물결이 뒤집히면 갈매기는 날아오른다[浪翻則鷗起]."

6 **[이선]** 『한서음의』(『한서』 「무제기」 '舳艫千里' 주) : "이비(李斐)가 말했다. '"艫(로)"는 배 앞머리의 노를 꽂는 곳이다.'"343)

『초사』 「이소」 : "길게 한숨 쉬며 '얼굴 감싸고 눈물을 흘린다'[長太息而'掩涕']."

[오신] "'掩泣(엄읍 : 얼굴을 가리고 욺)'은 임해왕을 생각하는 것이다."

[황절] 방동수 『소매첨언』 권5 : "오신의 주는 '荊流(형류)' 두 글자를 형주 지방의 양자강으로 잘못 짚은 것이다. 내 생각은 이렇다. '형류'와 '淮甸(회전)'은 다만 심양의 지세를 광범하게 가리킨 것이다. 그래서 '掩泣'이라고 한 것은, 다음에 나오는 고향 생각[思鄉]을 말하는 것일 뿐이다."

[전중련] '荊流(형류)'는 심양(潯陽)의 아홉 가닥 물을 가리킨다.

『서경』 「우공」 : "형산(荊山 : 지금의 호북성 남장현 서부)에서 형산(衡山 :

로 전편이 세상일에 허덕이는 내용으로, 기구에서 '어젯밤 남릉에서 하룻밤 묵고, 오늘 아침 갈대 우거진 모래톱 들어왔다'라고 했는데, 이 2구는 바로 그것과 호응한다. '뭉게뭉게 저녁 구름 피어오르는' 것은 어젯밤의 풍경이고, '윙윙거리며 새벽바람 거세게 부는' 것은 오늘 아침 풍경이다. 즉 앞 2구 '별을 이고 새벽길을 서둘러 떠나, 저물녘에 앞선 일행 따라잡는다'도 역시 그러하다"라고 했다(82a~b쪽). Chen도 "morning wind"로 번역했다(351쪽). '獵獵'은 본래 깃발 따위에 바람이 불어서 나는 소리를 표현한 의성어로, 우리말로는 '펄럭펄럭'이 가장 적합하지만 거센 바람이어서 '씽씽'으로 번역했다.

343) 「서울로 돌아오는 길에(2)」 주석 1 참조.

지금의 호남성 형양시 북부) 남쪽 기슭에 이르는 사이가 형주(荊州)이다. 양자강과 한수(漢水)를 한데 모아 바다로 흘러가게 하니, 아홉 가닥의 강수[九江]가 크게 바로잡히었다."

포조의 시어는 여기에 바탕을 두었다.

7 **[이선]** "'絶(절)'은 다하는 것[盡]이다."

[황절] '遠煙(원연)'은 하늘의 모습이고 '平原(평원)'은 땅의 모습이다.

[전중련] 송본에는 '望(망)'이 '盡(진)'으로 되어 있다.[344)]

8 **[이선]** '兼(겸)'은 '三(삼)'과 같다.

[이선] 『모시』「왕풍·채갈(采葛)」 제2장 : "하루를 못 보면, '세 가을이나 된 듯'[一日不見, '如三秋']."

[문인담] '절로 아련한 사색에 빠짐[坐還合]'은 '멀리서 피는 연기[遠煙]'를 받고, '삼추보다 더 심함[甚兼秋]'은 '형주 물결 바라봄[望荊]'을 받는다.

[황절] '홀연한 슬픔에 저절로 아련한 사색에 잠김[倏悲坐還合]'은 『장자』「천지(天地)」편에 바탕을 둔 것이다.

『장자』「천지」 : "[우주의 시원은 '무(無)'이며, '유(有)'도 없고 명칭도 없었다. 도의 활동은 혼일(混一)의 상태를 드러내며, 혼일의 상태는 아직 형체를 이루지 않았다. 만물이 도를 얻어 생성되는데, 그것이 덕이다. 형체를 이루지 않을 때도 음양의 구분은 있으며, 그러면서도 틈 없는 사이에 유행하는데, 이것을

---

344) 주응등본, 『문선』 및 『전송시』 등도 모두 같다. 오덕풍은 글의 뜻을 따져보면 '盡'이 되어야 할 것 같다고 했다(82b쪽). '望'에도 멀리 바라본다는 의미가 있어서 "시선이 다하도록 평원을 바라본다"라고 해도 의미는 통하지만, 바로 앞 구에 '望'이 있어서 '盡'이 더 낫다.

'명(命)'이라고 한다. 원기의 운동이 잠시 머물면 물(物)을 낳고, 만물이 생성되면 각양각색의 양태가 생기는데, 이것을 '형(形)'이라고 한다. 형체는 정신을 보유하여 각각 궤칙(軌則)을 지니는데, 이것을 '성(性)'이라고 한다. 수양을 거쳐 다시 '덕'으로 돌아오는데, '덕'은 태초와 같다. 태초와 같으면 광활하며 광활하면 광대함을 포용한다. 무심(無心)의 말을 혼합(渾合)하는데, 무심의 말이 혼합되면] '천지와 융합된다[與天地爲合]'. 이러한 융합은 전혀 흔적이 없어서, 마치 질박한 듯하고 또 마치 어두운 듯하다. [이것을 '현덕(玄德)'이라고 하며 자연과 같다.]" 곽상 주 : "'가만히 잊고서도 절로 융합하는 것일 뿐이지[坐忘而自合]', 밝게 살펴서 융합시키는 것이 아니다."

포조의 시는 대개 홀연히 슬픔이 이르면 가만히 잊고서도 천지와 융합하고, 잠시 후에 또 생각하면 삼추[兼秋]보다 더 심함이 있다는 뜻일 것이다.

'還(선)'은 '旋(선 : 신속하다, 곧, 금방)'으로 읽는다.

[전중련] 각 판본은 모두 '倏忽(숙홀)'로 되어 있는데, 황절이 보주에서 '倏悲(숙비)'라고 인용한 것은 근거할 만한 판본이 없다.

양장거 『문선방증』 : "이선 주에 '一日不見如三秋'라고 했는데, 지금의 『모시』에는 '秋' 아래에 '兮(혜)' 자가 있다.

이광지 『용촌시선』 : "'홀연히 저절로 아련한 사색에 잠기'는 것은 먼저 지나간 길의 쉬움을 바라보는 것이고, '한순간의 생각이 삼추보다 더 심하다'라는 것은 닥쳐올 길의 오램을 미루어 생각하는 것이다."

9 **[이선]** 『주역』「절괘(節卦) · 초구」 : "'문밖 뜰에 나가지 않는다[不出戶庭]'. 허물이 없으리라."

「고가(古歌)」[345) : "집을 떠나 '천 리 밖을 떠도는 나그네', 근심 일어 많은 생각 피어오른다[離家'千里客', 戚戚多思復]."

10 **[이선]** 「사현부」 : "고인의 정절을 그리워한다[慕古人之貞節]."

『좌전』「양공·15년」 : "소인은 벽옥을 품고서 '고향을 멀리 떠나지[越鄕]' 못한다."

[문인담] 이것은 ("고인의 절조를 지키지 않고 고향을 떠나서" 벼슬한 것을) 자책하는 말이다.[346)

【평설】

[황절] 방회 : 이 시의 마지막 구절은 매우 훌륭하다. 고인의 절개를 지켜 가벼이 출사하지 않는다면, 어찌 고향을 떠나는 근심을 얻겠는가? [전단前段은 모두 양자강을 따라서 가는 여정이, 새벽 일찍 출발하고 저녁이면 자는 것임을 말했다.] 『문선안포사시평』 권3

오기 : [전체적인 중심은 '나그넷길이라 날과 달 가는 게 아깝다' 1구에 있다. '무너지는 파도奔波' 구는 나그넷길이 급속하여 머물 수 없어 고달프고 험함을 말했고, '어젯밤昨夜', '오늘 아침今旦', '별을 이고侵星', '저물녘畢景'은 해와 달을 아끼는 것을 묘

345) 『문선』 권25 사영운 「임해군 고갯마루에 올라 막 강중을 떠나면서 지어 종제 사혜련에게 주며, 양선지와 하장유에게 보여주고 함께 화시를 짓도록 하다」 시의 이선 주에도 이 2구가 인용되어 있는데, 제목은 '古詩(고시)'라고 했다. 사영운의 시는 「환도하는 길에(2)」 주석 6을 볼 것.

346) '古節(고절)'은 고인의 행동거지의 기준이 되는 절조로, 이 시에서는 『논어』「이인(里仁)」에 나오는 공자의 말 "부모님께서 살아계시면, 먼 길을 떠나지 않아야 한다[父母在, 不遠遊]"를 가리키는 것으로 보인다.

사했다. '뭉게뭉게鱗鱗' 4구는 머물 수 없음을 그렸다.] 옛날에 사내아이가 태어나면 활을 걸어두는데, 이것은 뜻이 사방에 있음을 나타내는 것이다. 만약 고향을 떠나는 것에 근심이 미친다면, 고인의 절개가 아니다. 포조가 어찌 고인의 절개가 없겠는가? 옛날의 이른바 뜻이 사방에 있다는 것은, 바로 뜻을 실현하고 도를 행하여 사방을 경영하는 것이다. 지금은 스스로 하나의 관직을 지키며 풍진에 분주할 따름이니, 어찌 이른바 뜻을 실현하고 도를 행하는 것이 있겠는가?『육조선시정론』 권13

[전중련] 방동수 : 처음 6구는 제의題意를 서술하고 설명하는 것이 명백하다. '뭉게뭉게鱗鱗' 4구는 경치를 묘사했는데, 흥상興象이 매우 묘하니, 두보의 행역시가 항상 본뜬 바이다. '뱃머리에 올라서登艫' 2구는 마무리하여 멈췄다. '평원이 끝난 데서絶目' 4구는 순서대로 번갈아 이어받아 조망하는 것이다. '여태껏 집 마당도未嘗' 4구는 다음 작품「서울로 돌아오는 길에 삼산에 이르러 석두성을 바라보며(還都至三山望石頭城)」의 '偕萃해췌', '宏易굉이'와 함께 모두 무엇을 말하는지 상세하지 않다. (…중략…) 하작何焯은 "글자마다 청신하고 구절마다 신기하다"라고 했다.[347) (…중략…) 이 시 및 사조謝朓의 '환도還都'[348)는 각각 그 감정과 문사의 성대하고 묘함

347) 『의문독서기(義門讀書記)』 권44에 나오는 말로 여기까지가 하작의 말이다. 저본에서 인용문 끝까지 하작의 말로 처리한 것은 틀렸다.

348) 『문선』 권27 「행려·하」에 수록된 「휴가로 환도하는 길에[休沐重還道中]」를 말하는 것 같다. 이 시는 『사선성집(謝宣城集)』에는 제목이 「休沐重還丹陽道中」으로 되어 있다. 선성(宣城) 태수이던 사조가 휴가에 고향인 단양(丹陽 : 지금의 강소성 남경시 강녕구(江寧區)) 즉, 당시의 수도인 건강으로 돌아가며 지은 시이다. 방동수는 이 시에 대해서 "처음 4구는 '휴가[休沐]'를 말했고, '물가 갈대[汀

을 다하여, 다 같이 훌륭하다고 할 만하다.『소매첨언』 권5

葭]' 6구는 '다시 단양으로 돌아가는 도중의 풍경[重還丹陽道中景]'이다. '길동무[征徒]' 이하는 시작의 취지를 서술했다. (…중략…) 고인들은 모두 제의(題意)를 서술하고 설명하는 것을 본분으로 하여, 범범(泛泛)하고 쓸데없는 말로 마구 들어가지 않았다. 사영운과 포조 시를 통해 알아보면 다 그러하다"라고 했다. 시 전문은 다음과 같다.

薄遊第從告　미관말직 잠시간 귀향하고자
思閑願罷歸　쉬고파서 그만두고 돌아가려네.
還邛歌賦似　(사마상여가) 임공(臨邛)으로 돌아가 부 읊은 것 유사해도
休汝車騎非　(원소(袁紹)가) 여남(汝南)으로 쉬러 가던 행차는 아니라네.
霸池不可別　패지(서경)는 떨어질 수 없는 곳이고
伊川難重違　이천(동경)은 거듭 헤기 어려운 데지.
汀葭稍靡靡　물가 갈대 조금씩 흔들거리고
江菼復依依　물억새는 다시금 하늘거리네.
田鶴遠相叫　들판의 두루미는 멀리 서로 부르고
沙鴇忽爭飛　백사장의 너새는 갑자기 다퉈 나네.
雲端楚山見　구름 위로 초산이 드러나 보이고
林表吳岫微　수풀 위로 오산이 희미하게 나타나네.
試與征徒望　길동무와 함께 멀리 바라보면서
鄉淚盡沾衣　고향 눈물 옷을 온통 다 적신다네.
賴此盈樽酌　술동이를 가득 채운 이 술에 의지해
含景望芳菲　햇빛 속에 우거진 초목을 바라보네.
問我勞何事　묻노니 무슨 일에 마음 썼던가?
沾沐仰清徽　황은 입어 맑은 덕을 우러러보네.
志狹輕軒冕　뜻이 좁아 높은 관직 안 바랐는데
恩甚戀重闈　은총 깊어 구중궁궐 그리워지네.
歲華春有酒　고운 시절 봄이라 술이 익으니
初服偃郊扉　평복 입고 고향 문에 기대어 쉬리.

還都至三山望石頭城

泉源首安流, 川末澄遠波.[1] 晨光被水族, 曉氣歇林阿.[2]

兩江皎平逈, 三山鬱駢羅.[3] 南帆望越嶠, 北榜指齊河.[4]

關扃繞天邑, 襟帶抱尊華.[5] 長城非壑險, 峻阻似荊芽.[6]

攢樓貫白日, 摛堞隱丹霞.[7] 征夫喜觀國, 遊子遲見家.[8]

流連入京引, 躑躅望鄉歌.[9] 彌前歎景促, 逾近勸路多.[10]

偕萃猶如玆, 宏易將謂何.[11]

서울로 돌아오는 길에 삼산에 이르러 석두성을 바라보며

샘의 원천 처음부터 잔잔하게 흘러와
내의 끝은 먼 물결이 맑기도 하다.
서광은 수중 족속 뒤덮고 있고
새벽 기운 수풀 위에 어리어 있다.
두 강은 고요하게 멀리 흐르고
세 산은 울창하게 늘어서 있다.
남쪽으로 가는 돛은 월의 산을 바라보고
북쪽으로 가는 노는 제의 물을 가리킨다.
빗장 같은 요새는 도읍을 둘러싸고
띠 같은 산천은 서울을 안았구나.
긴 성곽은 골 깊어서 험한 것만 아니라
험준함이 모형나무 싹과 같구나.

빽빽이 선 보루는 태양을 꿰뚫었고
뻗어나간 성가퀴는 노을 속에 숨어 있다.
떠도는 관리로선 서울 보니 기쁜데
집 떠난 나그네론 귀향길이 더디구나.
「입경入京 곡」 노래하며 배회를 하고
「망향 노래」 부르면서 서성이누나.
앞으로 나갈수록 짧은 시간 탄식하고
가까이 다글수록 많은 길에 지친다.
동행하는 마부도 이렇게 느끼는데
넓고도 평탄하단 말 무슨 뜻인가?

【해제】

[전진륜] 문인담 주를 수록한다.

[문인담] 산겸지山謙之 『단양기丹陽記』: "강녕江寧 북쪽 12리 양자강 가에 세 개의 산이 서로 잇닿아 있는데, 이름을 '삼산三山'이라고 한다. 옛날에 나루를 건너던 길이다."

『일통지一統志』: "'삼산'은 강녕부 남서쪽 57리에 있는데, 아래로는 양자강이 흐르며 세 봉우리가 나란히 늘어서 있어서, 이런 이름을 붙였다."

『명승지名勝志』: "'석두성石頭城'은 일명 토오성土塢城이라고 하는데, 역대로 여기에 곡식을 쌓아두었다. 제갈량諸葛亮이 건업建業에 사신으로 가서 말했다. '석성石城은 범이 무릎을 세우고 앉은 형상이니, 왕업의 기틀이다.' 그리고 손권孫權에게 도읍으로 삼도록 권했다. 비로소 산을 따라 벽돌을 쌓아 성을 만들었다."[349]

【주석】

1 **[문인담]** 『상서』「우공」: "연수(沇水)를 인도하여, [동류하여 제수(濟水)가 되는데, 황하로 흘러든다.]" 공안국 전: "'샘의 근원[泉源]'은 연(沇)인데 흘러서 제수(濟水)가 된다."

『초사』「구가·상군(湘君)」: "양자강 강물이 '고요하게 흘러가도록' 합니다[使江水兮'安流']."

내 견해는 이렇다. 샘의 원천이기 때문에 '첫 흐름[首流]'이라고 했고, 원천에서 멀기 때문에 '하천의 끝[川末]'이라고 했다.

2 **[문인담]** 하안 「경복전 부(景福殿賦)」: "'새벽 여명의 빛'은 안으로 비추고['晨光'內照], [반짝이는 햇빛은 밖으로 뻗는다.]"

장형 「서경부」: "[물고기의 알과 치어도 다 취하고,] '물속 생물'은 다 잡는다[殄'水族']."

『박아』: "'歇(헐)'은 발산하는 것[泄]이다."

---

349) '석두성'은 지금의 남경시 고루구(鼓樓區)에서 진회하(秦淮河)가 양자강으로 합류하기 전인 북쪽 기슭의 청량산(淸涼山)에 쌓은 성이다. 육조 시기 건강(建康)의 군사 요충이었다. 남경의 별칭으로도 쓰였다.

3 **[문인담]** 「사정지 비문[史正志碑]」 : "진회하(秦淮河)는 구용(句容)과 율수(溧水)의 두 산 사이에서 발원하여 방산(方山)에서부터 합류하고, '건강에 이르러 둘로 나뉘어[至建康分爲二]', 하나는 성으로 들어가고 하나는 성 밖을 돌아 흐른다."

왕일 『초사』 「구사(九思) · 애세(哀歲)」 : "위아래로 무리 지어 가고, 대열을 지어 '나란히 줄지었다'[群行兮上下, '駢羅'兮列陳]."

4 **[문인담]** 왕표지(王彪之) 「회계산에 올라서[登會稽山]」[350] 시 : "'험준한 산봉우리'에 자취를 새겼다[銘跡'峻嶠']."

『초사』 「구장 · 섭강(涉江)」 : "[작은 배를 타고 나는 원수(沅水)를 거슬러 오르며,] '노'를 일제히 들어 물결을 친다[齊'吳榜'以擊汰]."

내 견해는 이렇다. 양자강의 남쪽으로는 월(越)과 통하고 북쪽으로는 제(齊)와 통한다는 뜻이다.

5 **[문인담]** 『전국책』 「초책 · 1」 : "[진(秦)이 군대를 내어 위(衛)의] 양진(陽晉 : 지금의 산동성 운성현(鄆城縣))을 [공격하면,] 틀림없이 천하의 요충[天下之匈]을 '열어젖히는[開扃]' 것이 될 것입니다."[351]

---

350) 『예문유취』 권8 「산부(山部) · 하」의 '회계제산(會稽諸山)' 조에는 제목이 「登會稽刻石山(회계의 각석산에 올라서)」로 되어 있다.

351) 저본의 '晉(진)'은 금본에는 '陽晉(양진)'으로 되어 있어서 고쳤다. 전국시대 위(衛)의 지명이다. 또 '關扃(관경)'은 '開扃(개경)'으로 되어 있어서 고쳤다. 『후한서』 「방술열전(方術列傳) · 서」에 "然神經怪牒 · 玉策金繩, '關扃'於明靈之府(그러나 신비한 하고 괴이한 일을 기록한 서적과 옥에 새기고 황금 끈으로 묶은 진귀한 책은 성명하고 신령스러운 곳에 '간직되어 있다')"라고 하여, '關扃'이라는 표현 나오는데, 이 경우는 '굳게 잠가서 못 열게 한다'라는 뜻이다. 포조 시에서의 의미는 '관문의 빗장을 지른 것처럼 방어에 유리한 지형'을 말한다.

『진서(晉書)』「왕도전(王導傳)」: "이때 왕돈(王敦)이 내란을 일으켜, '천읍(天邑)'에 근거하여 찬탈할 기회를 이리처럼 노렸다."

장형 『동경부(東京賦)』 설종 주 : "험준하고 험요(險要)한 지세가 견고하게 사방을 에워싸고, '옷깃과 허리띠[襟帶]'처럼 방어하기가 수월하다."[352)]

내 견해는 이렇다. 이 문집의 다음 시 「환도의 송시[還都口號]」에서 "分壤蕃'帝華', 列正藹皇宮(봉토 받은 제후들은 서울을 호위하고, 다섯 등급 작위들은 황궁을 수호한다)"이라고 했는데, 시의 의미로 보면 황도(皇都)를 '제화(帝華)'라고 한 것이다. 여기서 '존화(尊華)'라고 한 것은 '帝華'와 같다.

[황절] 『상서』「다사(多士)」: "[나 한 사람은 오로지 덕 있는 이의 말을 듣고 채용하려고,] 이제 나는 이 '하늘의 도읍[天邑]'인 상(商 : 지금의 하남성 상구(商丘))에서 그대들을 부르고자 하는 것이오."

『설문해자』: "'尊'은 높은 것을 이르는 것이다."

『이아』: "매우 높은 것[絶高]을 '京(경)'이라고 한다."

'尊華'는 '京華(경화 : 번화한 서울)'와 같다.

6 **[문인담]** 『설문해자』: "'險(험)'은 험하여 나아가기 어려운 산[阻難]이다."

유흠(劉歆) 「감천궁 부(甘泉宮賦)」[353)] : "높은 산은 '가파르고 험하다'[高巒'峻阻']."

---

352) 저본의 '西京賦(서경부)'는 '東京賦'의 잘못이어서 고쳤다. 또 인용문은 「동경부」의 본문이 아니고 본문 중 "何云巖險與襟帶([만약 민심이 신뢰하지 않는다면,] '암험(巖險)과 금대(襟帶)를 어찌 말할 수 있겠습니까)"에 대한 설종(薛綜)의 주이다.

353) 『예문유취』 권62와 『초학기』 권24에 수록되어 있다.

『격물론(格物論)』[354] : "'荊(형 : 모형나무)'은 작은 나무가 뭉쳐나는데, 가지와 줄기는 하늘거리고 잎은 톱니가 있고 거칠며 털이 있다."

『본초강목(本草綱目)』 권36 「목부(木部)」 '모형(牡荊)' 집해 : "'荊'은 가지가 마주나고 한 가지에 잎이 다섯 또는 일곱 개가 있는데, 느릅나무[楡]처럼 길고 뾰족하며 톱니가 있다."

내 견해는 이렇다. 석성(石城)이 우뚝 솟은 것은, 강을 내려다보아서 험하게 보일 뿐만이 아니라, 그 지형의 험준한 형세가 마치 모형나무 싹이 톱니처럼 생긴 것과 같다는 뜻이다.

7 **[문인담]** 사마상여 「상림부」 : "온갖 과일나무가 '한데 모여 우뚝 솟아' 빽빽하게 어우러져['攢立'叢倚], [잇닿아 꾸불꾸불 서리어 있다.]"

『남사』 「송본기(宋本紀) · 상 · 무제기(武帝紀)」 : "[충심은 뜨거워 무쇠도 자르고] '정성은 밝은 해를 꿰뚫는다[精貫白日]'."[355]

『증운(增韻)』 : "'摛(리)'는 펴는 것[布]이다."

『운회(韻會)』 : "'堞(첩)'은 성 위의 여장(女墻 : 성가퀴)이다."

조비(曹丕) 「시」 : "'붉은 노을'은 밝은 달을 껴안고 있고['丹霞'夾明月], [화려한 별 구름 틈으로 얼굴 내민다.]"

8 **[문인담]** 『주역』 「관괘(觀卦) · 육사」 : "'나라의 형편을 살펴보니[觀國之光]' [국왕에게 빈객 노릇을 하는 것이 이롭다.]"

---

354) 송 사유신(謝維新)의 『고금합벽사류비요(古今合璧事類備要)』의 『별집(別集)』 권53 「중목문(衆木門)」 '荊' 조에는 '格物總論(격물총론)'으로 되어 있다.
355) 『송서』 「무제본기」에도 실려 있다.

『정운(正韻)』: "속히 하기를 바라서, 그것이 더디게 느껴지는 것을 '遲(지)'라고 한다."

[전중련] 여기서 "나그네로서는 고향을 보는 것이 더디게 느껴진다[遊子遲見家]"라고 했고, 「후저를 출발하며[發後渚]」에서는 "초겨울에 가족과 이별을 한다[方冬與家別]"라고 했는데, 이를 통해 이때 포조의 집이 아마 건강(建康)에 있었을 것임을 알 수 있다.

9 **[문인담]** 강기(姜夔) 「백석도인시설(白石道人詩說)」: "[법도를 지키어 짓는 것을 '詩(시)'라고 하고,] 시말(始末)을 갖춘 것을 '引(인)'이라고 한다. [체재가 행서체 같은 것을 '行(행)'이라고 하고,] 마음껏 노래하는 것을 '歌(가)'라고 하며, [이 둘을 겸한 것을 '歌行(가행)'이라고 한다.]"

[황절] 『문선』 이선 주에 "고취곡(鼓吹曲)에 「고입조(古入朝)」곡이 있다"[356]라고 했는데, '入京引(입경인)'은 아마 「고입조」곡을 말하는 것 같다. 조비 「연가행(燕歌行)」 제1수: "아쉬워 돌아가고파 고향을 그리는데, 무엇 때문에 오래도록 타향에 머무는가[慊慊思歸戀故鄉, 何爲淹留寄他方]." 이것이 이른바 '「망향 노래[望鄉歌]」'이다.

10 **[문인담]** 『옥편』: "'勸(권)'은 지치는 것[勞]이다."

11 **[문인담]** 『설문해자』: "'偕(해)'는 함께하는 것[俱]이다."

『주례』「춘관종백(春官宗伯)·거복(車僕)」 주: "'萃(췌)'는 副(부: 부거)와

356) 금본 『문선』 권28 '악부'의 사조(謝朓) 「고취곡(鼓吹曲)」 제목 아래 이선 주에 "문집에서는 '수왕의 명을 받들어 「고입조곡」을 지었다[奉隨王教作古入朝曲]'라고 했다"라고 했다. 지금의 『사선성집(謝宣城集)』에는 이 작품은 43수의 「고취곡」 중 네 번째 작품으로 수록돼 있는데, 제목이 「입조곡(入朝曲)」이다.

같다."

『주역』「곤괘(坤卦)·단사」: "[지극하도다. 곤원(坤元)의 덕은. (…중략…)] '넓게 포함하고 크게 빛나서[含弘光大]' [개개의 사물에 다 통한다.]"

『논어』「팔일(八佾)」'喪與其易也寧戚(상례는 "易(이)'하기보다는 차라리 애척(哀戚)해야 한다)' 하안 주: "'易'는 온화하고 까다롭지 않은 것[和易]이다."

내 견해는 이렇다. 포조는 임해왕의 참군으로 형주에서 돌아왔으므로, 당시에 반드시 그의 부관(副官)이 있었을 것이다. 그래서 '偕萃(해췌 : 동행하는 부관)'라고 했다. 시간이 촉박하여 탄식하고 길이 많아 지치는 것은 함께 가는 부관도 오히려 이러한데, '널리 포용하고 온화하고 쉽다고[含宏和易]' 하는 것이 무슨 말인가?

[전진륜] '宏易(굉이)'라는 말은 우곡(迂曲)하여 잘 통하지 않는다. '宏易'는 혹 '孔易(공이 : 매우 쉽다)'의 잘못이 아닌가 한다.

[황절] 『주례』「춘관종백·거복(車僕)」: "거복은 융로(戎路)의 '萃', 광거(廣車)의 '萃', 궐거(闕車)의 '萃', 평거(苹車)의 '萃', 경거(輕車)의 '萃'의 일을 맡아 본다."[357]

---

357) 정현 주에 "'萃'는 '副(부)'와 같다. 이 다섯은 모두 병거(兵車)이니, 이른바 오융(五戎 : 5종 병거)이다"라고 했다. 정현이 말한 '부'는 바로 '부거(副車)'로 제왕의 행차에 여벌로 따라가는 예비용 수레이다. '융로'는 왕이 군영에서 타는 수레이고, '광거'는 횡으로 늘어서 진형을 갖추는 수레이며, '궐거'는 보궐용의 수레이고, '평거'는 적과 대치할 때 사용하는 은폐용 수레이며, '경거'는 적진으로 돌진하는 데 사용하는 수레이다. '거복'은 이 5종의 수레를 모는 일을 맡은 직책이다. 포조 시의 '偕萃(해췌)'는 『주례』와 황절의 견해를 따르면 '마부(馬夫)'의 뜻으로 보는 것이 알맞다. Chen은 "건장한 마부도 이렇게 느끼는데, 내가 어찌 진정하고 편안할 수 있을까(Even the robust carter feels this way, how can I

'萃'는 '거복(車僕)'을 말한다. 윗글의 '긴 성곽[長城]' '험준함[峻阻]'과 '빽빽이 선 보루[攢樓]' '뻗어나간 성가퀴[摛堞]'는 배를 두고 육로로 올라간 것이니, 길이 많다고 할 만하다. 그래서 '거복'조차도 지친 것이다. 『모시』「주남·권이(卷耳)」에서 말하는 "내 하인조차 발병 났으니, 어떻게 하면 그대를 바라볼까[我僕痡矣, 云何吁矣]"와 같은 상황이니, 그렇다면 "임금의 길은 넓으며[王道蕩蕩]" "임금의 길은 평평하다[王道平平]"(이상 『상서』「홍범」)고 하는 것이 무슨 말인가? '弘易(홍이)'는 '蕩平(탕평 : 넓고 평탄함)'과 같다. 먼 길이 험하고 가파르다고 탄식하는 것은 만난 상황의 간난과 곤고를 비유한다.

[전중련] 방동수 『소매첨언』: "주석자(문인담)는 '포조는 임해왕 참군으로 형주에서 돌아왔으므로, 당시에 반드시 그의 부관이 있었을 것이다. 그래서 "偕萃"라고 했다'라고 했다. 내가 살핀 바로는 유자욱은 대명 5년(461) 9월에 임해왕에 봉해져 태시 2년(466) 8월에 주살되었으니, 임해왕 신분을 유지한 것은 모두 6년간이다. 포조는 형주에서 함께 화를 당했으니, 부관이 모시고 환도한 일이 없음을 알 수 있다."[358)]

【평설】

[황절] 방동수 : [앞 14구는 경물을 바라보는 것望景을 총괄적으로 서술했는데, 3단계로 나뉜다. 첫 4구는 강가의 이른 아침 풍경을 그렸고, '두 강兩江' 2구는 제의題意

be calm and feel at ease)"라고 풀이했다(352쪽).

358) 포조의 일련의 '환도(還都)' 시는 원가 17년(440) 임천왕 유의경을 수행하여, 심양에서 수도 건강으로 돌아오는 길에 지은 것으로, 방동수의 이 견해는 옳지 않다.

를 밝혀 설명했으며, '남쪽 돛南帆' 2구는 '望망' 자의 측면의 의미이고, '빗장 같은 관새關扃' 6구는 석두성을 정식으로 묘사했다. '떠돌이 관리征夫' 6구에서는 돌아가고픈 심정歸情으로 이미 들어갔는데, 시구가 북으로 실을 짜듯 경위가 분명하다. 마무리 2구는 사서史書에서 말한 이른바 고의로 '비속하고 결점 많은 표현鄙言累句'을 쓴 것은 아닌지? 주석자들이 억지로 풀이하는 것이 다만 더 혼란스럽게 할 뿐이다.] 첫머리 2구는 강이 고요하여 파도가 일지 않음을 말했을 뿐인데, 시어 선택이 신기하고 특이하다. 이 시는 안연지의 「산산蒜山」[359]에 비길 만하고,

359) 「어가가 경구로 행행함에 시종하여 산산에 유람하여[車駕幸京口侍遊蒜山作詩]」를 말한다. 원가 26년(449) 문제가 산산을 유람할 때 지은 것이다. 장선(張銑)은 "내용을 보면 안연지는 시종할 수 없었으므로, 제목에 잘못이 있는 것으로 보인다"라고 했다(『문선』 권22). 전편은 다음과 같다.

元天高北列　원천산은 북천(北天)에 높이 솟아 있고
日觀臨東溟　일관봉은 동해를 마주하고 있다.
入河起陽峽　(진나라 장성은) 황하 건너 양산의 협곡에 솟았고
踐華因削成　화산을 밟고 깎아지른 절벽에 의지했다.
巖險去漢宇　암벽의 험준함은 한 왕실을 떠나서
襟衛徙吳京　옷깃 같이 에운 방비 오의 도읍(건강(建康)) 찾아왔다.
流池自化造　흐르는 물 둘러친 못 조화로 만들었고
山關固神營　에운 산과 관새(關塞)는 신령이 만들었다.
園縣極方望　산릉(山陵)에선 사방 신을 모두 다 제지내고
邑社總地靈　능읍(陵邑)의 사단(社壇)에는 땅의 신을 다 모았다.
宅道炳星緯　저택과 도로는 별에까지 빛나고
誕曜應辰明　물 위 햇빛 북방의 진수(辰宿 : 송은 수덕(水德)의 왕조)와 호응한다.
睿思纏故里　임금의 생각은 고향 마을 맴돌아
巡駕帀舊坰　순행의 어가가 옛 들판을 두루 돈다.
陟峰騰輦路　봉우리에 올라서 어가의 길 치달려
尋雲抗瑤甍　구름을 찾아서 옥 거처에 오른다.
春江壯風濤　봄 찾아온 강에는 바람 물결 거세고
蘭野茂荑英　택란 자란 들판에는 풀싹이 무성하다.

심약沈約의 「종산鍾山」[360] 보다는 낫지만, 사조謝朓의 「삼산에 올라 서울을 바라보며登三山望京邑」[361] 및 「선성으로 가는 길에 신림포를 나서서之

宣遊弘下濟　두루 유람하며 백성 구제 널리 펴고
窮遠凝聖情　원방까지 다 찾으며 성인의 정 이룬다.
嶽濱有和會　산악 물가 제후들이 화락하게 모이고
祥習在卜征　좋은 점괘 이어져서 순행을 시작했다.
周南悲昔老*　낙양에선 옛 늙은이(사마담(司馬談)) 슬픔에 젖었으니
留滯感遺氓　수행 못 해 남은 일이 이 유민(안연지)을 격동한다.
空食波廊肆　부질없이 녹 먹으며 낭묘(廊廟)에서 지쳤으니
反稅事巖耕　녹봉을 반납하고 암벽 아래 농사하리.

* '周南' 구는 한 무제가 태산(泰山)에 올라 봉선(封禪)할 때, 사마담은 수행하지 못하고 주남(낙양)에 남아 있은 일(『사기』 「태사공자서(太史公自序)」; 『한서』 「사마천전(司馬遷傳)」)을 말하며, '留滯' 구는 안연지가 유송 문제의 산산 행차에 시종하지 못하여 사마담의 심정에 공감한 것을 말한다.

360) 「종산에 유람하여－서양왕 유자상(劉子尙)의 명에 응하여[遊鍾山詩－應西陽王敎]」 5장을 말한다. 제1장은 다음과 같다.

靈山紀地德　신령한 산은 땅의 덕을 나타내고
地險資嶽靈　땅이 험준함은 산악 신령에 의지한다.
終南表秦觀　종남산은 진나라 궐문의 표상이요
少室邇王城　소실산은 동한의 왕성에서 가깝다.
翠鳳翔淮海　비췻빛 봉황이 회해에 날아오르고
衿帶遶神坰　띠 같은 산천이 신령한 도읍(건강(建康))을 에워쌌다.
北阜何其峻　북쪽 언덕(종산) 어찌 저리 험준한가!
林薄杳葱青　우거진 숲 짙푸르게 아득하구나.

361) 「저물녘 삼산에 올라 서울을 바라보며[晚登三山還望京邑]」 시를 말한다. 전편은 다음과 같다.

灞涘望長安　파수 가서 장안을 바라다보고
河陽視京縣　황하 가서 경성을 바라보노니,
白日麗飛甍　밝은 해가 나는 듯한 용마루 비춰
參差皆可見　들쭉날쭉 모두가 볼 만하다네.
餘霞散成綺　남은 노을 흩어져 무늬 비단이 되고
澄江靜如練　맑은 강 고요하여 고운 명주 같다네.
喧鳥覆春洲　시끄러운 새소리 봄 모래톱 뒤덮고

宣城出新林浦」[362]에는 못 미친다.『소매첨언』 권6

雜英滿芳甸　잡다하게 핀 꽃은 교외에 가득하네.
去矣方滯淫　오래도록 머물던 곳 떠나게 되었으니
懷哉罷歡宴　기쁜 연회 파하면 그리워지겠지.
佳期悵何許　좋은 기약 어디서일지 구슬프기만
淚下如流霰　눈물은 싸락눈인 양 흘러내리네.
有情知望鄕　정이 있어 망향의 맘 알 수 있으니
誰能縝不變　뉘라서 검은 머리 변치 않으리.

362) 「선성으로 가는 길에 신림포를 나서서 판교를 향하며[之宣城出新林浦向版橋]」를 말한다. 전편은 다음과 같다.

江路西南永　강변길은 남서로 멀기만 하고
歸流東北騖　돌아가는 물 북동으로 달려가는데,
天際識歸舟　하늘가엔 돌아가는 배 식별이 되고
雲中辨江樹　구름 속에 강가 나무 뚜렷도 하네.
旅思倦搖搖　나그네 마음은 정처 없어 지쳤고
孤遊昔已屢　외로운 유람은 예전 누차 겪었네.
旣歡懷祿情　봉록을 좇는 마음 좋아했는데
復協滄州趣　은자 취향 이제 다시 흡족해하네.
囂塵自玆隔　소음과 먼지는 이로부터 멀어지고
賞心於此遇　마음 맞는 일들을 이제부터 만나리.
雖無玄豹姿　검은 표범 자태는 비록 없지만
終隱南山霧　남산의 안개 속에 끝내 숨기리.

還都口號

分壤蕃帝華, 列正藹皇宮.[1] 禮讌及年暇, 朝奏因歲通.[2]

維舟歇金景, 結棹俟昌風.[3] 鉦歌首寒物, 歸吹踐開冬.[4]

陰沈煙塞合, 蕭瑟涼海空.[5] 馳霜急歸節, 幽雲慘天容.

旌鼓貫玄塗, 羽鷁被長江.[6] 君王遲京國, 遊子思鄉邦.[7]

恩世共渝洽, 身願兩扳逢.[8] 勉哉河濟客, 勤爾尺波功.[9]

환도의 송시

봉토 받은 제후들은 서울을 호위하고
수많은 귀족 고관 황궁을 수호하네.
예연禮宴은 연초 휴가에 베풀어지고
조현朝見은 세초에 시작이 될 터.
배를 매어두고 석양에 휴식하고
노를 묶어놓고 서풍을 기다리네.
찬 경물 시작될 때 요가鐃歌가 연주되고
겨울이 열릴 때 기병 취주吹奏 시작되네.
어둠침침 구름은 변방 하늘 뒤덮고
으스스 찬 기운은 바다 위에 아득하네.
매서운 된서리는 사신 귀환 재촉하고
어두운 구름으로 하늘 모습 처량하네.
정기와 북소리는 아득한 길 이어지고

익조鷁鳥 머리 배들은 장강을 뒤덮었네.
군왕께선 서울 도착 고대하시고
나그네는 고향 땅이 그리워지네.
은혜로운 세상이 두루두루 퍼졌으니
처지와 바라는 일 모두가 때 만났네.
힘쓸지니, 하수 제수 떠나온 나그네여
근면하라, 잔물결의 기여라도 할 수 있게.

【해제】[363)]

【주석】

1 **[전진륜]** '帝華(제화 : 황성)'는 앞 작품 주석 5('尊華')에서 보았다.

『사기』「삼왕세가(三王世家)」「색은」: "'宗正(종정)'은 관직 이름으로 반드

363) '口號(구호)'는 두 가지 의미를 지닌다. 첫째는 '입에서 나오는 대로 음송하면서 짓는 시'이다. 『시인옥설(詩人玉屑)』「시체(詩體)·상」의 '구호체(口號體)'의 소자(小字) 설명에서, "4구 혹은 8구이다[或四句, 或八句]"라고 한 것처럼, 대부분이 절구(絶句) 또는 율시(律詩) 형식의 짧은 시인데, 그 까닭은 구호를 짓는 상황이 장시(長詩)를 제작할 여건이 되지 않기 때문이다. 둘째는 '송시(頌詩)의 일종'으로, 주로 천자에게 바치는 시이다. Chen은 후자의 의미로 보고, '환도의 송시(An Eulogy on Returning to the Capital)'라고 번역했다(352쪽). 반면 정복림은 '구호'는 "입에서 나오는 대로 읊어서 완성하는 작품[隨口吟成之作]"이라고 풀이했다(『교주』, 386쪽). 포조의 시는 즉흥시로 지은 일반적인 '구호'보다 길이가 훨씬 길고, 환도를 기리는 내용이어서 '송시'로서의 성격이 더 강하다.

시 종실 중에서 덕망 있는 자로 임명한다."

[황절] 『상서』「무성(武成)」: "'벌여 놓은 작위[列爵]'는 다섯이요, '분봉해준 땅[分土]'은 셋이다."364)

『주례』「천관총재·궁정(宮正)」: "'궁정(宮正)'은 왕궁의 경계와 율령(律令) 및 [규찰과 금절(禁絶)의 업무를] 관장한다."

2 **[전진륜]** 『사기』「양효왕세가(梁孝王世家)」: "제후왕이 천자를 알현하는 것은, 한대의 예법에는 모두 네 번 알현하도록 규정되어 있다. 서울에 처음 도착하면 들어가서 '소현(小見: 약식 알현)'을 한다. 정월 초하루 아침에 가죽과 깔개와 벽옥(璧玉)을 바쳐 정월 하례를 드리는데 이것이 '법현(法見: 정식 알현)'이다. 3일 뒤에 천자가 '제후왕을 위해 주연을 준비하고[爲王置酒]' 금전과 재물을 하사한다. 2일 뒤에 다시 들어가서 '소현'을 하고 떠난다. 장안(長安)에 머무는 날짜는 모두 20일을 초과하지 못한다. '소현'은 금문 안에서 '의전에 구애받지 않고 편안히 알현하는[燕見]' 것으로, '대궐 안에서 주연을 여는데[燕見於禁門內]', 이곳은 사인(士人)이 들어갈 수 있는 곳이 아니다."

『송서』「예지·1」: "위(魏)의 제도는 번왕은 '조근(朝覲: 조현(朝見))'을 할 수 없었다. 명제(226~239 재위) 때에 '조근'을 한 자가 있었는데, 모두 특별한

---

364) 공전(孔傳)에 "오등의 작위는 공·후·백·자·남(公侯伯子男)작이다"라고 했다. 또 "땅을 나누어 제후국을 봉하는 것은, 공작과 후작은 사방 백 리이고, 백작은 사방 칠십 리이며, 자작과 남작은 사방 오십 리인데, 이것이 '삼품(三品)'이다"라고 했다. '列正(렬정)'은 열후(列侯)와 궁정(宮正) 또는 종정(宗正)을 말한다. '종정'은 왕실 친족의 업무를 담당했다. '蕃(번)'은 '藩(번)'과 통하며 지킨다는 뜻이고, '藹(애)'는 『설문해자』에서 "신하가 임금을 진력으로 섬기는 모습[臣盡力貌]"이라고 했다.

은혜에 의한 것이며 일상적인 것으로 볼 수는 없다. 진 태시(泰始, 265~274) 연간에 유사가 상주했다. '제후국에서 왕공 이하로 천자를 알현하러 오는 것은, 사방의 제후가 각자 두 번으로 하고 3년을 1주기로 하여, 일주하면 다시 시작하기로 합니다. 만약 시기가 되어 변고가 생기면 이듬해로 물립니다. 내조한 뒤에는 다시 만 3년이 지난 후에 새로 시작하며, 내조한 그해를 계산에 넣을 수 없습니다. "조근의 의례[朝禮]"에 집벽(執璧)을 하는 것은 구제(舊制)와 같이합니다. 조근을 하지 않는 해에는 각각 경(卿)을 파견하여 조빙(朝聘)의 예를 받들도록 해야 합니다.' 상주가 허가되었다. 동진에 들어와서는, 왕후로서 분봉 받은 제후국에 부임하지 않고, 임명을 받아 제후국 밖에 거주하면 녹봉이천 석의 방백(方伯)과 자사의 예제와 같이하였으니, 역시 조빙하는 예제가 없었다. 이런 예제는 결국에는 폐지되었다."[365]

3 **[전진륜]** 『모시』「소아 · 백구(白駒)」 제1장 : "[새하얀 흰 망아지가, 우리 텃밭 곡식 싹을 먹는구나.] 붙잡아 '매어놓아'[縶之'維之'], [이 아침 다 가도록 잡아두어. 바로 저 사람이, 이곳에서 노닐도록 하리라.]" 모전 : "'維(유)'가 '縶(집 : 매는 것)'이다."

장형 「동경부」 : "'가을바람을 기다려' 서쪽으로 가서['俟閶風'而西遐], [고조의 사당에 공손히 제지내리라.]" 이선 주 : "'閶風(창풍)'은 추풍이다."

『광아』 : "큰바람[大風]을 '昌(창)'이라고 한다."

365) '禮讌(례연)'은 '禮宴'과 같으며, 황제가 제후에게 베푸는 연회이다. 「양효왕세가」 기록에 의하면, 세초에 제후가 조근(朝覲)을 한 뒤 초사흘에 황궁에서 베풀었다. '朝奏(조주)'는 '朝覲(조근)', '朝見(조현)'과 같다.

[전진륜] 앞 구는 지는 해를 따라 배를 멈춘다는 뜻이다. '金景(금경)'은 서방으로 지는 해이다. 뒤 구의 '昌風'은 바로 '창합풍(閶闔風)'이니 서풍이다. 포조의 환도는 장강을 따라 서쪽에서 동쪽으로 가기 때문에, 서풍을 기다려 배를 출발한 것이다.

4 **[전진륜]** 『설문해자』: "'鉦(정)'은 요(鐃 : 군중에서 쓰는 작은 징)이다. 방울[鈴] 비슷한데 자루가 몸통을 꿰어 반은 위에 반은 아래에 있어 통한다."[366)]

[황절] 『설문해자』 "'鐃(뇨)'는 작은 정(鉦)이다."

'鉦歌'는 요가(鐃歌)이다.

『건초록(建初錄)』: "「무성(務成)」·「황작(黃爵)」·「현운(玄雲)」·「원기(遠期)」는 모두 '기취곡(騎吹曲)'이지, [고취곡(鼓吹曲)이 아니다.]"[367)]

'歸吹(귀취)'는 '騎吹'이다.

시의 내용은 대개 배를 떠나 상륙함을 말한 것이다.

[전진륜] 『송서』「문제기」에 의하면, 임천왕 유의경은 원가 17년(440) 10월 남연주(南兗州) 자사가 되었는데, 시에서 '초겨울[開冬]'이라고 했으니 이것과 부합한다.

---

366) 『강희자전』의 인용인 것 같다. '鐃(뇨)' 뒤의 '類(류)' 자는 단옥재(段玉裁) 주 『설문해자』 등에는 없고, 『강희자전』의 인용에는 있다.

367) 『악부시집』 권16 「고취곡사(鼓吹曲辭)」의 '고취곡' 해제와 『송서』「악지」에 인용된 문장이다. '騎吹曲'은 고대 군중(軍中)에서 마상(馬上)에서 연주하던 기악 합주곡이다. Chen은 "첫 겨울 송가(頌歌)는 요가를 동반하고, 기병 부대가 첫 겨울을 밟는다(First wintry tributes are accompanied by the music of cymbals, The early winter is trampled by the cavalry guard)"라고 번역했다(352쪽). '首(수)'는 시작한다는 뜻이고, '踐(천)'은 실행한다는 뜻이다.

5 **[전진륜]** '蕭瑟(소슬)'은 「가을날-혜휴 스님에게[秋日示休上人]」(주석 6)에서 보았다.

6 **[전진륜]** '羽鷁(우익 : 배)'은 「석범산 명[石帆銘]」(주석 16 '龍鷁')에서 보았다.[368)]

7 **[전진륜]** '遊子(유자 : 나그네)'는 「번거현에 올라[登翻車峴]」(주석 4)에서 보았다.

[황절] '遲(지)'는 앞 작품 주(주석 8)에서 보았다.[369)]

8 **[전진륜]** '渝(유)'는 '淪(륜)'이 되어야 할 것 같다.[370)]

'扳(반)'은 '攀(반 : 붙잡고 오른다)'과 같다.

9 **[전진륜]** 『상서』 「우공」 : "'제수와 황하 사이[濟河]'가 연주(兗州)이다."

육기 「장가행(長歌行)」 : "한 치의 해그림자 잠시도 안 멎는데, '한 자의 파도' 어찌 부질없이 돌겠는가[寸陰無停晷, '尺波'豈徒旋]?"[371)]

[황절] 『송서』 본전에 의하면, 포조는 동해인(東海人)이다. 따라서 '하수 제수 떠도는 나그네[河濟客]'라고 했다. '爾(이)'는 자신을 말한다.[372)]

---

368) 앞 연의 '귀절(歸節)'은 고대에 사자가 천자의 '부절을 지니고[持節]' 사신으로 나갔다가 임무를 마치고 귀환하여 '천자에게 부절을 돌려주는 것'을 말한다.

369) '京國(경국)'은 '京城(경성)'과 같다. '국도(國都)'를 말한다. 이 구는 임천왕의 마음도 빨리 환도하고 싶어 한다는 것을 말했다.

370) '淪洽(륜흡)'은 넉넉하게 두루 스며드는 것이다. '渝'에는 '愉(유 : 즐겁다)'의 뜻도 있다. 정복림은 그렇게 보았다(『교주』, 389쪽).

371) 육기의 시는 세월은 한순간도 쉬지 않고 흐름을 표현한다. '尺波(척파)'는 한 자 높이의 잔물결로 보잘것없거나 덧없음을 비유하는데, 그러한 흐름조차도 세월을 흘러가게 한다는 것이다. 포조 시에서 '尺波功(척파공)'은 미력하나마 국정에 보탬이 되는 기여를 비유한다.

372) 저본의 『宋書(송서)』는 『南史(남사)』의 잘못으로 보인다. 『송서』에는 출신지에

대한 언급이 없고, 『남사』에서 '동해군 사람'이라고 했다. 우염(虞炎)의 「포조집서」에서는 '본래 상당군 사람[本上黨人]'이라고 했다. 「권말」의 '본전' 항목 중 『남사』의 해당 부분에 대한 역주를 볼 것. 포조의 조상은 본래 상당군(지금의 강소성 숙천(宿遷)) 사람인데 나중에 동해군(지금의 강소성 연수현(漣水縣) 북쪽)으로 이주했다. 이 두 지역은 모두 강소성 북부로 산동성에 근접한 지역이어서 황하와 제수에서 비교적 가깝다. 그래서 자칭 '河濟客'이라고 한 것이다. 『교주』, 389쪽 참조. '爾'는 출구의 '哉(재)'와 함께 문중(文中) 어조사로 보는 것이 좋을 듯하다.

行京口至竹里

高柯危且竦, 鋒石橫復仄.[1] 複澗隱松聲, 重崖伏雲色.[2]

冰閉寒方壯, 風動鳥傾翼.[3] 斯志逢凋嚴, 孤遊值曛逼.[4]

兼塗無憩鞍, 半菽不遑食.[5] 君子樹令名, 細人效命力.[6]

不見長河水, 淸濁俱不息.

경구로 가는 길에 죽리에 이르러

높다란 나무는 가파르게 치솟았고
뾰족한 바위는 가로 뻗어 기울었다.
첩첩한 산골에는 솔바람이 숨어 있고
겹겹의 벼랑에는 구름 빛이 간직됐다.
얼음이 굳게 얼어 한기 한창 성하고
바람이 불어오니 새도 날개 기울인다.
포부는 꺾여진 채 조락 엄한 철 만나고
여정은 외로운데 황혼 녘을 만났구나.
길을 재촉하니 말은 쉴 틈 없었고
거친 음식조차 먹을 겨를 없었구나.
군자는 좋은 명성 세우려 하고
소인은 남의 부림 받는다던가.
못 봤는가, 기나긴 황하 물에는
청탁이 뒤섞여 쉬지 않고 흘러감을.

【해제】

[전진륜] '京口경구'는 「배릉에 시종하여 경현산에 올라서從拜陵登京峴」 [해제]에서 보았다.

'竹里죽리'는 「번거현에 올라登飜車峴」 [해제]에서 보았다.[373)]

【주석】

1 **[황절]** 도연명 「연구(聯句)」: "'높은 나무' 가지 줄기 높이 뻗쳐서, 멀리 보니 하늘과 한 빛이구나['高柯'擢條幹, 遠眺同天色]."[374)]

2 **[전진륜]** 송옥 「고당부」: "그 아래는 까마득하여 보이지 않고, 허공에선 '솔바람 소리' 들리어온다[不見其底, 虛聞'松聲']."

『이아』 「석구(釋丘)」: "'重厓(중애 : 중첩된 낭떠러지)'가 '岸(안)'이다." 곽박 주: "두 개의 언덕[厓]이 포개져 있는 것이 '岸'이다."

---

373) 정복림은 이 시의 창작 시기는 아직은 의문으로 남겨둘 필요가 있다는 견해를 제시했다. 이 시는 건강에서 경구로 가는 도중 죽리에 이르러 지은 것인데, 당시 건강에서 양주로 가는 노선은 일반적으로 과보(瓜步)를 거쳤기에, 반드시 경구를 경유할 필요는 없다는 점, 이 시의 '외로운 여정[孤遊]' 등의 정서는, 임천왕을 수행한 일련의 '환도' 시들과는 차이가 큰 점, 당시 포조의 집은 건강에 있었고, 시흥왕 유준을 모시고 경구(京口 : 지금의 강소성 진강시)에 수년간 머물렀기 때문에, 건강에서 경구로 갈 가능성은 항상 열려 있었다는 점, 그리고 설령 임천왕을 수행하여 양주로 가는 길에 경구를 거쳐 갔다고 하더라도, 이 시에서 묘사한 절령(節令)은 '환도' 시들과는 다른 점 등을 고려하면, 같은 시기의 작품으로 인정할 수 없다는 것이다(『교주』, 482~483쪽).

374) 도주(陶澍)의 『도정절집주(陶靖節集注)』 권4에 같은 제목으로 실려 있다. 제1~4구와 제13~16구는 '淵明(연명)'이 제5~8구는 '愔之(음지)'가 제9~12구는 '循之(순지)'가 각각 지은 연구로 인용 부분은 제13·14구이다.

'厓'는 또 '崖(애)'로 쓰기도 한다.

3 **[황절]** 『대대예기』「하소정 · 정월」 '時有俊風(이때 준풍이 분다)' : "['俊'은 큰 것[大]이다. 큰바람은 남풍(南風)이다. 왜 남풍을 큰바람이라고 하는가? 그 이유는 이렇다.] '얼음이 얼어붙는 것[合冰]'은 반드시 남풍(이 그치는 것)에 의해서이고, [얼음이 녹는 것은 반드시 남풍(이 부는 것)에 의해서이다. 만물이 자라는 것은 반드시 남풍(이 부는 것)에 의해서이고, 만물이 거둬지는 것은 반드시 남풍(이 그치는 것)에 의해서이다. 그래서 그것을 '크다'라고 하는 것이다.]"

'閉(폐)'는 '合(합)'과 같다.

4 **[전진륜]** 『초사』 주 : "'曛(훈)'은 황혼 무렵이다."375)

[전중련] 송본에는 '斯(사 : 이)'가 '折(절 : 꺾다)'로 되어 있다.376)

5 **[전진륜]** 위 명제(曹叡) 「선재행(善哉行)」 : "'일정을 재촉하느라' 별빛 아래 달려가니, 가기 험한 이 길을 잘 살펴봐야 한다['兼塗'星邁, 亮玆行阻]."377)

『한서』 「항적전(項籍傳)」 : "병졸들은 '半菽(반숙)'을 먹는다." 신찬(臣瓚) 주 : "사졸은 소채(蔬菜)를 먹는데, '콩을 반쯤 섞은 것'이다."

---

375) 「구장 · 사미인」의 '與纁黃以爲期(저녁 무렵에 만나기로 기약을 한다)'의 왕일 주에 "'纁黃(훈황)'은 대개 황혼 무렵이다. '纁'은 '曛'으로 쓴 판본도 있다[纁黃, 蓋黃昏時也. 纁, 一作曛]"라고 했다.

376) 사고본과 『고시기』에는 '斯'로 되어 있다. 오덕풍은 '折志'는 '屈志(굴지)'의 뜻이므로 더 낫다고 했다(82b쪽). 번역은 이를 따랐다. Chen은 '斯志' 그대로 'my ambition'으로 풀이했다(353쪽). '折志'가 '凋嚴(조엄)'과도 잘 어울린다. '凋嚴'은 엄동(嚴冬)이다.

377) '兼塗(겸도(兼途))'는 '兼程(겸정)'과 같다. 일정을 배로 늘여 하루에 이틀 갈 길을 가는 것이다. '憩鞍(게안)'은 말을 쉬게 하는 것이다. '鞍(안장)'은 말의 환유(換喩)이다.

6 **[전진륜]** 『예기』「단궁 · 상」: "'군자(君子)'가 사람을 사랑하는 것은 덕(자기의 덕을 닦음)으로써 하고, '소인(細人)'이 사람을 사랑하는 것은 고식(姑息)으로써 한다."

『설문해자』: "'命(명)' 부리는 것[使]이다."

'命力(명력)'은 남에게 부림을 당해 전력을 다하는 것이다.[378]

【평설】

[황절] 진조명 : 전단前段은 구절마다 노련하면서도 굳세다. 마지막 4구는 고아하고 질박하여, 한대 시인의 유풍을 지니고 있다.『채숙당고시선』 권19

[전중련] 왕개운 : ["못 봤는가, 기나긴 황하 물에는, 청탁이 뒤섞여 쉬지 않고 흐름을"은] 함축적인 가운데 굳센 기세를 드러내었으니, 결말을 짓는 것이 더욱 훌륭해졌다.『상기루설시』 권8

378) '令名(령명)'은 좋은 명성이나 명예이다.

發後渚

江上氣早寒, 仲秋始霜雪.[1] 從軍乏衣糧, 方冬與家別.[2]

蕭條背鄕心, 悽愴淸渚發.[3] 凉埃晦平皐, 飛湖隱脩樾.[4]

孤光獨徘徊, 空煙視昇滅.[5] 塗隨前峯遠, 意逐後雲結.

華志分馳年, 韶顔慘驚節.[6] 推琴三起歎, 聲爲君斷絶.[7]

후저를 출발하며

강가에는 날씨가 일찍 추워져
중추에 서리와 눈 시작되었다.
종군하며 의복 식량 부족한 채로
곧 겨울에 가족과 이별을 한다.
쓸쓸해라 고향을 등지는 마음
구슬프다 맑은 나루 출발을 한다.
차갑게 이는 먼지 너른 둔치 어둑하고
솟구치는 파도는 키 큰 나무 뒤덮는다.
외로운 햇빛은 저 홀로 배회하고
허공의 구름은 순식간에 명멸한다.
길은, 다가오는 산봉 따라 멀어지는데
생각은, 지나가는 구름 좇아 맺히는구나.
젊은 포부는 뛰는 세월에 흩어져버리고
고운 안색은 빠른 계절에 창백해졌다.

금琴 밀치고 자주 일어 탄식을 하니

음악 소리 그대 때문에 끊겨 버렸다.

【해제】

[전진륜] 문인담 주를 수록한다.

[문인담] '後渚후저'는 건업建業의 성 밖 양자강 가에 있다.379)

『남제서』「장융전張融傳」: "장융이 봉계령封溪令으로 나가게 되었는데, 종숙 장영張永이 '후저'에 나가 전송했다." 바로 이곳이다.

[전중련] 시는 건업에서 지은 것이니, 당연히 「경구로 가는 길에 죽리에 이르러行京口至竹里」 앞에 놓여야 한다.

【주석】

1 **[황절]** 『예기』「월령」: "'중추(仲秋)'의 달에는 (…중략…) 양기가 날로 쇠하여 물이 마르기 시작한다."

시는, 강가에는 추위가 일찍 찾아와 벌써 서리와 눈이 내렸다는 것을 말했다. '始(시)'는 처음의 뜻이다.

[전중련] 둘째 구에서 중추 때에 벌써 서리와 눈을 보기 시작했다고 한 것은, 추위가 이르다는 뜻일 뿐이지, 중추에 후저를 떠났다는 뜻은 아니다.

2 **[문인담]** 『한서』「엄조전(嚴助傳)」: "이제(今)380) 군대를 발동하여 수천 리

379) 석두성 밖 진회하(秦淮河) 강변에 있던 나루터이다.

를 가야 하니, '옷과 양식[衣糧]'을 준비하여 월지(越地)로 들어갈 것입니다."

[황절] 『문선』 권22 강엄(江淹) 「관군장군 건평왕을 시종하여 여산 향로봉에 올라서[從冠軍建平王登廬山香爐峰]」 '方學松柏隱(송백 속에 숨는 것을 장차 배울 것이니)' 이선 주 : "'方(방)'은 '將(장 : 장차)'과 같다."

[전중련] 이 시와 앞의 「서울로 돌아오는 길에」 「환도의 송시」 「경구로 가는 길에 죽리에 이르러」는 다 초겨울임을 분명히 말했으니, 모두 같은 시기에 지은 것이다. '方'은 '將'의 뜻으로 풀이해서는 안 된다. 『광아』 「석고(釋詁)」에 "'方'은 始(시)이다"라고 했으니, '方冬(방동)'은 막 겨울에 들어서는 것이다. 상세한 것은 「환도의 송시」 주(주석 4)를 볼 것.[381]

3 **[황절]** 본 문집 권2 「대뢰안에 올라서 누이에게 부친 편지[登大雷岸與妹書]」 : "'맑은 물가'에서 정신을 노닐게 하다[遨神'淸渚']."

4 **[문인담]** 『장자』 「소요유(逍遙遊)」 : "[하늘에 퍼지는 아지랑이나] '하늘을 떠도는 티끌[塵埃]'[382]은 [생물들이 입김으로 불어내는 것이다.]"

---

380) 저본에는 '슈(령)'으로 되어 있는데, 표점교감본에 '今(금)'으로 되어 있어서 고쳤다.

381) 정복림은, 이 시의 창작 시기 역시 아직은 의문을 남겨둘 필요가 있다는 견해를 제시했다. '方冬'을 전중련처럼 초겨울로 보더라도, '환도' 시들이 모두 한겨울 풍경인데, 이 시는 늦가을 풍경인 점, 임천왕이 남연주 자사에 제수된 것은 음력 10월 하순이기 때문에, 강주를 출발한 것은 아무리 빨라도 11월 초·중순이 되어야 하며, 더구나 당시 왕실 종친들의 경우 지방에서 환도한 후 즉시 다른 임지로 출발하지 않았던 점으로 미루어, 그가 수도 건강으로 돌아온 즉시 남연주로 출발했을 가능성은 매우 적다는 점 등을 고려할 때, '方冬' 구만으로 원가 17년 임천왕을 수행하여 환도한 뒤에 지은 것이라고 단정할 수는 없다는 것이다(『교주』, 447~449쪽).

382) 저본의 '塵, 埃也'는 '塵埃也'의 잘못이다. 『포참군시주』에는 맞게 되어 있다.

사마상여 「진 이세 황제를 애도하는 부[哀秦二世賦]」 : "[세차게 솟구쳐 멀리 흘러가서,] '평평한 기슭' 드넓은 곳으로 흘러든다[注'平皐'之廣衍]."[383)]

『옥편』 : "초 지방에서는 두 그루의 나무가 어울려 그늘을 드리운 아래를 '樾(월)'이라고 한다."

[전중련] 송본에는 '湖(호)'가 '潮(조)'로 되어 있다.[384)]

5 **[전중련]** '孤光(고광 : 외로운 빛)'은 해[日]를 가리킨다.

6 **[문인담]** '華志(화지)'는 젊은 시절[華年]의 포부이다.

『집운(集韻)』 : "'韶(소)'는 아름다운 것[美]이다."

내 견해는 이렇다. '驚節(경절)'은 시절의 변화에 놀라는 것이다. 맺혀 있는 생각은 젊은 시절과 달라져 얼굴이 창백해진 것이다.

[황절] '華志'는 「오흥 황포정에서 유 중랑을 송별하며[吳興黃浦亭庾中郎別]」의 '藻志'와 같은데, 모두 포조가 직접 만든 표현이다.

[전중련] 송본에는 '分(분)'이 '悋(린)'으로 되어 있다.[385)]

7 **[문인담]** 『좌전』 「소공 · 28년」 : "[위헌자(魏獻子)가 말했다. '나는 백숙부들

---

383) 저본에서는 '注(주)' 자를 사마상여 '賦(부)의 주'로 보았는데, 부의 본문으로 '平皐(평고)' 앞에 놓인 동사이다.

384) 주응등본 · 『고시선』 · 『고시원』도 같다. 오덕풍은 '飛湖(비호)'는 잘 통하지 않으므로, '潮'가 되어야 할 것 같으며, 글자가 이지러져 '湖'로 잘못 쓰게 된 것 같다고 했다(82b~83a쪽).

385) 오덕풍은 "마땅히 '悋'으로 되어야 할 것 같다. 『광운』에 '吝(린)'은 속체로는 '悋'으로 쓴다'라고 했고, 『설문해자』에 '"吝"은 "惜(석 : 아까워하다)"의 뜻이다'라고 했다. 육조시대에는 속체가 가장 많았다. 그래서 책에서 '吝'을 '悋'으로 적은 것이다"라고 했다(83a쪽). Chen은 '分' 그대로 보고 이 구절을 '내 젊었을 적 포부는 질주하는 세월에 흩어진다(My youthful ambition is dispersed by fleeting year)'로 풀이했다(353쪽). '分'으로 번역했다.

한테 들었소만,] 속담에 "먹을 때에만 근심을 잊는다"라고 했는데, 그대들은 식사를 차리는 사이에 "세 번이나 한숨을 쉬니[三歎]" 무슨 일이오?'"

[황절] '君(군)' 자는 자신을 가리키는 것이다.

또 『회남자』「남명훈(覽冥訓)」: "[무릇 현을 조정하는 자가 궁현(宮絃)을 두드리면 궁음이 응하고, 각현(角絃)을 뜯으면 각음이 응하니, 이는 같은 음이 서로 호응하는 것이다.] 무릇 '일현(一絃)'을 가락을 바꾸면 그것은 오음(五音)과는 조화되지 않는다. 이것을 퉁기면 25현이 모두 호응하니, 이는 처음부터 성률(聲律)이 변화한 것이 아닌데도 '음의 임금[音之君]'이 이미 바뀌었기 때문이다." 고유 주: "'一絃'은 궁음(宮音)이니, 음의 '임금[君]'이다."

이에 의하면, 이 시의 "聲爲君斷絕"은 궁음(宮音)이 끊어졌음을 말한다.[386]

[전중련] 황절 주의 두 번째 해석은 첫 번째 해석보다 오히려 못하다.

【평설】

[황절] 진조명: 기구는 완만하게 내려간다. '집을 떠나는 것別家'은 본디 슬픈 것이지만 '곧 겨울이 닥칠 때方冬'에는 더욱 비참하다. [시구의 조탁은 반드시 백 번은 불려야 하며, 생소하고 난삽할지언정 평범하고 천근淺近해서는 결코 안 된다. '외로운 해孤光' 2구는 매우 뛰어나서, 특별히 생동하는 운치가 있다.] 『채숙당고시선』 권19

장옥곡: [이것은 정역征役을 읊은 시이다. 앞 6구는 시서時序에서부터 말하기 시작했는데, 집을 떠나 길을 나서는데 행역行役은 방동方冬에 있을 것임을 분명하게 밝

386) 「'갈 길은 험난하고'를 본떠(4)」 주석 2 황절 주 참조.

혔다. 그러면서도 오히려 강가에 날씨가 추워 중추에 서리가 내린다고 하는 것에서 끌고 들어갔는데, 바로 방동方冬의 호된 추위를 위해 먼저 홍탁烘托의 묘사를 한 것이다. 뜻은 추위를 말하는 데 있지만, 실은 의복이 부족한 것이 핵심이다. 양식이 부족한 것을 함께 말한 것도 뒤섞어서, 운치를 더한 곳이다. 중간 6구는 도중의 광경을 정식으로 서술했다. '외로운 해孤光' 10자는 시구의 조탁이 산뜻하고 새롭다. '길은塗隨' 10자는 이 단락을 마무리하면서, 마지막 단락의 내용을 끌어낸다. 끝 4구는] ('젊은 포부華志'와 '고운 안색韶顔'은, 호화로운 포부가 달리는 세월에 분산되고, 아름다운 얼굴이 계절의 변화에 몹시 상했다는 뜻이다.) '달리는 세월에 분산되고分馳年'로 '집 떠나는 것'을 연결해 일깨우고結上,387) '계절에 놀라 참담해진다慘驚節'로 '곧 겨울이 오는 것'을 연결하여 일깨운다結上. [그리고 금성琴聲이 끊어지는 감개로 마무리했다. '爲君' 2자를 붙인 것이 또 허공을 열어 묘체妙諦를 터득했다.] 『고시상석』 권16

오여륜 : '찬 먼지凉埃' 2구는 세란世亂을 비유하고, '외로운 빛孤光'은 자신을 비유하며, '허공의 구름空煙'은 세상사의 변환變幻을 비유했다. 『고시초(古詩鈔)』 권4

[전중련] 왕부지 : 이것은 또 삼사三謝 : 사영운·사혜련·사조와 서로 비슷하면서도 다른 점이 있다. 포조는 재주가 커서, 어떤 것은 재주를 부리는 것이 누累가 되기도 했다. 법도가 있는 것은 이 시와 같다. "외로운 햇빛은 저 홀로 배회한다孤光獨徘徊"라고 한 것은 머리카락과 같은 섬세한

---

387) ( ) 안의 내용은 통행본에는 없다. 뒤 두 곳의 '結上(결상)'은 통행본에는 모두 '繳醒(작성)'으로 되어 있다. '繳醒'은 연결해 제시하여 일깨워주는 것이다.

마음을 샘물 같은 필치로 써낸 것이다.『고시평선』 권5

심덕잠 : 시구의 조탁이 서투르고 떫을지언정 평범하고 천근하려 하지 않았다.『고시원』 권11

방동수 : 처음 6구는 시령時令을 따라 제의題意의 서술을 시작했는데, 평상적인 방법에 지나지 않지만, 눈앞의 풍경을 그대로 그리고 눈앞의 일을 그대로 써내어, 흥상興象이 매우 묘하고 또 절실하여 부박하지 않다. '차가운 먼지凉埃' 4구는 정식으로 풍경을 묘사했다. '길은塗隨' 4구는 감정을 드러내었는데, 조구造句가 기발하고 묘하다. 마지막 구는 일반적인 내용을 평범하게 표현했다. [이것과 다음의 「양기에서 바람을 기다리며岐陽守風」 등은 모두 그 일의 본말을 알 수 없으니, 행역의 작품으로만 간주해도 될 것이다.]『소매첨언』 권6

岐陽守風

差池玉繩高, 掩藹瑤井沒.[1] 廣岸屯宿陰, 懸厓棲歸月.[2]

役人喜先馳, 軍令申早發.[3] 洲迥風正悲, 江寒霧未歇.[4]

飛雲日東西, 別鶴方楚越.[5] 塵衣孰揮澣, 蓬思亂光髮.[6]

양기에서 바람을 기다리며

들쭉날쭉 북두칠성 높아져 가고
어둑어둑 정수는 잠기어 간다.
널따란 강기슭엔 저녁 구름 진을 쳤고
깎아지른 절벽에는 지는 달이 걸려 있다.
역인들은 선발대 된 것 즐거워하며
군령으로 아침 출발을 알리어준다.
모래톱 아득한데 바람 막 울부짖고
강물은 차가운데 안개 아직 안 걷혔다.
나는 구름 오늘 중에 동과 서로 떠나가고
헤어질 학 이제 곧 초와 월로 갈 것이라.
먼지 앉은 의복은 누가 털고 빨아 줄까?
어수선한 생각에 봉두난발 되었구나.

【해제】

[전진륜] 문인담 주를 수록한다.

[문인담] 『모시』「대아 · 황의皇矣」 제6장 : "[문왕께서 선원鮮原 땅을 넘어오셔서,] '기산의 남쪽에 계시고居岐之陽', [위수渭水 옆에 계시네.]"

『설문해자』: "'岐기'는 산 이름이다."

[전진륜] 『좌전』「소공 · 4년」: "주 성왕 때에는 '기양岐陽'에서의 전렵田獵이 있었습니다." 두예 주 : "'기산岐山'은 부풍군扶風郡 미양현美陽縣 : 지금의 섬서성 부풍현 법문진(法門鎭) 북서쪽에 있다."

아래의 몇 수와 함께 살펴보면, 포조는 섬서에서 촉蜀으로 들어간 자취가 있는 것 같다.

『송서』「임해왕자욱전」: "전폐제유자업(劉子業), 465 재위가 즉위하자, 본래의 관호官號인 전장군前將軍으로 형주荊州 · 상주湘州 · 옹주雍州 · 익주益州 · 양주梁州 · 영주寧州와 남 · 북진주南北秦州 등 8주의 제군사諸軍事를 도독했고, 자사 직무는 이전형주 자사과 같았다. 명제明帝, 465~472 재위가 즉위하자 옹주 도독옹주의 치소는 지금의 호북성 양양(襄陽)은 해직하고, 진군장군鎭軍將軍과 단양윤丹陽尹 : 단양군의 치소는 지금의 남경시이 되었다. 잠시 본직을 유임한 후 옹주로 진독進督하고 또 직함이 평서장군平西將軍으로 승진됐다."

포조는 유자욱의 서기가 되었으니, 아마 그를 따라갔던 것이 아닌가 하고 생각된다.

[황절] 방동수 『소매첨언』 권6 : "이 시는 '모래톱의 바람洲風', '강 안개江霧', '초와 월楚越'을 말했는데, 이들이 옹주의 '岐'가 아님은 매우 분

명하다. 그런데도 주석자문인담는 알지 못하고 오히려 『모시』와 『설문해자』를 인용하고 있으니, 어둡고 미혹되기가 심하다. 귀유광歸有光 : 자 태복(太僕)의 「차구지서汊口志序」에 '(…중략…) 신안강新安江[이 된다.] 엄릉탄嚴陵灘을 지나 전당강錢塘江으로 흘러드는데, 차천汊川의 물 또한 [솔구率口에서 모인다. 차천이라는 것은] 낭황琅璜의 물과 합수하여, 기양산岐陽山 아래로 흘러가는데, [두 물이 서로 교차하기에 "차汊"라고 일컫는 것이다]'[388]라고 했으니, 월越 지방임을 알 수 있다."

내 견해는 이렇다. 『수경주』 권18 「위수渭水」 : "(『모시』 「대아 · 황의」의) '居岐之陽'은 ('岐'를) 산으로만 이름으로 삼은 것은 아니며, 또한 물을 가리켜 이름을 취한 것이기도 하다. 『회남자』 「지형훈」에 '기수岐水는 석교산石橋山에서 출원하여 남동쪽으로 흐른다'라고 했고, 사마상여의 「봉선서封禪書」에 '"岐"에서 거북을 잡았다'라고 했으며, 『한서음의』에 '"岐"는 물 이름이다'라고 했으니, 이 물을 말한다. (…중략…) 남으로

388) '汊口'는 지금의 안휘성 황산시(黃山市) 휴녕현(休寧縣)이다. '新安江'은 안휘성 휘주(徽州 : 지금의 황산시) 황산에서 발원하여 천도호(千島湖)를 거쳐 절강성 서부의 건덕(建德)에서 난강(蘭江)과 합류하는데, 여기서부터가 '錢塘江'이다. 지금은 이곳부터 항주시(杭州市)의 포양강(浦陽江)이 합수되는 구간까지는 부춘강(富春江)이라고 부르고, 그 하류를 '전당강'으로 구분하여 부른다. '嚴陵灘'은 절강성 동려현(桐廬縣) 부춘강진(富春江鎭)의 부춘강 가에 있는 여울로 '七里灘(칠리탄)'이라고도 하고, 지금은 '嚴陵瀨(엄릉뢰)'라고 부른다. 후한 초의 은사 엄광(嚴光, 자 자릉(子陵), 39 B.C.~41 A.D.)이 여기서 낚시를 했다고 한다. '率口'는 솔수(率水)가 횡강(橫江)과 합류하여 신안강이 되는 합류 지점으로 휘녕현과 둔계구(屯溪區) 접경지역에 있고, '汊川'과 '琅璜'은 모두 휘녕현에 있는 물 이름이다. '琅璜'은 '琅水(랑수)' 즉 '珮琅水(패랑수)'와 '璜水(황수)' 즉 '方源水(방원수)'를 말한다. '岐陽山'은 일명 '旂山(기산)'으로 휴녕현 남쪽에 있다.

횡수橫水와 합류하여, (…중략…) 속칭 소횡수小橫水라고 한다. (…중략…) 기산岐山의 서쪽을 지나고, 또 주성周城의 남쪽으로 구부러져 지나가고, 또 주원周原의 아래를 지나간다. 물의 북쪽은 바로 기산岐山이다. (…중략…) 또 동쪽으로 옹수雍水로 흘러들고, 옹수는 또 남쪽으로 미양현의 중정천中亭川을 지나 무수武水와 합류한다. (…중략…) 세상 사람들은 적니현赤泥峴이라고 부른다. 흘러가는 물이 산골을 지나는데 속칭 대횡수大橫水라고 한다."[389)]

이에 의하면, '사주의 바람'과 '강 안개'가, 어찌 기수의 북쪽에서 물결을 따라 산골을 지나는 것으로 볼 수 없겠는가? '초와 월'의 경우는 대체로 금곡琴曲 「별학조別鶴操」의 "비익과 헤어져 하늘 끝에 갈라졌으니, 산천은 멀고 길은 아득하다將乖比翼兮隔天端, 山川悠遠兮路漫漫"[390)]의 의미를 사용한 것이지, 지역을 가리켜 말한 것은 아니다. 방동수는 '기수'가 지나는 곳을 모르고, 마침내 귀유광의 「차구지서」를 인용하여, '기양'이 월지越地라고 증명했으니, 크게 잘못되었다.

[전중련] 내 견해는 이렇다. 이상의 모든 주장이 다 옳지 않다. 이 '岐

---

389) 왕선겸(王先謙)의 『합교수경주(合校水經注)』에는 『회남자』 「지형훈」 인용 앞의 문장은 "주성(周城)의 남쪽을 구부러져 지나가고"에 대한 주문(注文)으로 수록돼 있다. 전문은 이렇다. "城在岐山之陽而近西, 所謂居岐之陽也, 非直因山致名, 亦指水取稱矣(주성은 기산의 남쪽에서 약간 서쪽으로 다가가 있는데, 『모시』에서 말한 '居岐之陽'이 이곳이다. 이것은 산으로만 이름으로 삼은 것[岐山]은 아니며, 또한 물을 가리켜 이름을 취한 것[岐水]이기도 하다)."

390) 『악부시집』 권58 「금곡가사 · 2」에 상릉목자(商陵牧子)의 작품으로 3구가 수록되어 있다. 『문선』 권18 혜강 「금부(琴賦)」 이선 주에도, 최표 『고금주』를 인용한 문장에 수록되어 있다.

陽'은 바로 '陽岐'의 잘못된 도치이다. 북송 초의 저술에 인용된 포조 시의 제목은 아직 틀리지 않았다. '양기'는 산 이름으로 강릉江陵의 동쪽에 있다. 포조가 임해왕 유자욱의 참군으로, 임해왕을 시종하여 형주로 부임하려면, 반드시 이곳을 지나야 했다. 그래서 시에 "역인들은 선발대 된 것 즐거워하며, 군령으로 아침 출발을 알리어준다"라는 말이 있는 것이다.

『태평환우기』 권146 「형주 · 석수현石首縣」: "'양기산'은 현 서쪽 백보步에 있다. 유송 포조의 「양기에서 바람을 기다리며陽岐守風」 시에 '사주는 아득한데 바람 지금 구슬프고, 강물은 차가운데 안개 아직 안 걷혔다'라고 했는데 바로 이곳이다. 『형주기』에 있다. '산에서 나오는 것이 없어 기록하기에 부족하다. 본래 남평南平 : 지금의 호북성 형주시 공안현(公安縣) 남평진의 지계地界에 속하는데, 범왕范汪 : 자 현평(玄平)의 「기」에 "고로故老들이 서로 전하여 말하기를, 호광胡廣이 이 현의 경내에 산이 없어서 이 산을 설치하고, 계해부計偕簿[391]에 올렸다"라고 했다.'"

『수경주』 권35 「강수江水」: "양자강 물은 또 오른쪽으로 '양기산' 북쪽을 지나간다." 대진戴震 교본校本 하주下注 : "'양기'를 상고해보면 바로 지금의 석수현石首縣 서산으로, 양자강 남안[392]에 있다."[393]

391) 고대에 계리(計吏 : 주군(州郡)에서 부첩을 관장하고 상급 기관에 보고하는 것을 책임지던 관리)가 호구 · 부세 · 인사 등을 기록한 부첩(簿牒)으로, 계부(計簿)라고도 한다. '호광'은 동한 사람으로 자가 백시(伯始)이다.
392) 지금의 형주시(荊州市)가 관리하는 석수시 북쪽 양자강 남안을 말한다.
393) 전중련은 「포조 연표」에서 이 시를 「번거현에 올라[登翻車峴]」 · 「황학기에 올라[登黃鶴磯]」 · 「임해왕을 시종하고 형주로 가려고 막 신저를 출발하며[從臨海王

【주석】

1 **[문인담]** 『좌전』「양공 · 22년」 '何敢差池(어찌 감히 마음을 달리하겠습니까)' 두예 주 : "'差池(치지)'는 가지런하지 않은 것이다."

『춘추원명포(春秋元命苞)』: "옥형(玉衡 : 북두칠성 제5성)의 북쪽 두 별이 '옥승(玉繩)'이다."

조식 「왕찬(王粲) 뇌문[王仲宣誄]」[394] : "[영예는 당세에 찬란했고,] 아름다운 명성은 '풍성했습니다'[芳風'晻藹']."

『춘추원명포』: "'동정(東井 : 즉 정수)' 8성은 수형(水衡)을 주재한다."[395]

[황절] 『한서』「지리지 · 하」[396] : "진 땅[秦地]은 천관(天官 : 천문)에 있어서는 '동정(東井 : 정수)'과 '여귀(輿鬼 : 귀수)의 분야이다.:

'岐陽'은 진(秦)의 경내이므로 '瑤井(요정 : 옥정(玉井) 즉 정수(井宿))'을 활용했다.

[전중련] 송본에는 '藹(애)'가 '映(영)'으로 되어 있다.[397]

곽박 「강부」: "민산(岷山)의 정기는 '동정'에서 빛을 드리운다[若乃岷精垂耀

上荊初發新渚]」와 함께 대명 6년(462) 작으로 계년(繫年)했다. 정복림도 전중련의 견해를 좇았고, 제목도 『태평환우기』의 기록을 따라 '陽岐守風'으로 고쳤다(『교주』, 599~601쪽).

394) 저본의 '詩(시)' 자는 '誄(뢰)'의 오자여서 고쳤다.

395) 『사기』「천관서(天官書)」의 "東井爲水事(정수는 수리에 관한 일을 한다)" 「색은」에 인용돼 있다. '수형'은 수리를 책임지는 관리이기도 하다. 세금 징수의 일을 담당한 한대(漢代)의 '수형도위(水衡都尉)'와는 다르다.

396) 저본의 '天文志(천문지)'는 '地理志(지리지)'의 잘못이어서 고쳤다.

397) '掩藹(엄애)'와 '掩映(엄영)'은 모두 '덮어서 가린다'라는 뜻이 있다. 그 밖에 전자에는 '어두운 모양, 빼어나게 아름다운 모양' 등의 뜻이 있고, 후자에는 '가려졌다 나타났다 한다, 잘 어우러진다, 압도한다'라는 뜻이 있다.

於'東井'].” 이선 주 : “『하도괄지상(河圖括地象)』에 있다. '민산의 땅은 위로는 “정수의 구역[井絡]”이 된다.'”

포조는 대체로 양기산(陽岐山)이 양자강 가에 위치하기 때문에, '양자강'에서 그것을 인도하는 '민산'이 연상되어 '동정(東井)'을 언급한 것이다. 황절의 견해는 옳지 않다.

2 **[문인담]** '歸月(귀월)'은 '낙월(落月 : 지는 달)'과 같다.

3 **[문인담]** 『회남자』「전언훈(詮言訓)」: “'군중에서는 명령이 많으면[軍多令]' 혼란스러워지고, [술자리에서는 규약이 많으면 변론이 야기된다.]”

『주역』「손괘(巽卦)・단사」: “팔괘의 손괘를 중복한 것으로 '명령을 거듭하는 것이다[申命]'.”

4 **[전중련]** 『태평환우기』의 인용에는 '逈(형 : 멀다)'이 '迴(회 : 돌다)'로 되어 있다.

5 **[문인담]** 「하나라 왕이 정을 주조하고 점쳐서 얻은 점사[夏后鑄鼎繇]」: “'뭉게뭉게 흰 구름[逢逢白雲]', [남쪽 북쪽 왔다 갔다,] '서쪽 동쪽 왔다 갔다[一西一東]', [구정(九鼎)이 완성되면, 삼대로 옮겨가네.]”[398)]

[전진륜] 『장자』「덕충부(德充符)」: “[공자가 말했다.] 그 다른 면에서 살펴보면, '간과 쓸개처럼 가까이 있어도, 초와 월처럼 서로 다르고[肝膽楚越]', [그 같은 면에서 바라보면, 만물은 모두 다 하나이다.]”

---

398) 『묵자』「경주(耕柱)」에, 하후(夏后) 계(啓)가 구정을 완성한 후, 복인(卜人)이 거북점을 친 점사 5구(逢逢白雲, 一南一北. 一西一東, 九鼎旣成, 適于三國)가 실려 있는데, 심덕잠이 『고시원』에 '夏后鑄鼎繇(하후주정주)'라는 제목으로 수록한 것이다.

6 **[문인담]** 육기 「고영(顧榮)을 위해 지어준 아내에게 주는 시[爲顧彦先贈婦詩]」: "서울에는 '바람에 날리는 먼지'가 많아, '흰옷'이 변하여 검은 옷 된다[京洛多'風塵', '素衣'化爲緇]."

『장자』 「소요유」: "[장자가 혜시(惠施)에게 말했다.] '그대는 아직도 "망초가 막고 있는 것처럼 꽉 막히고 비루한 마음[蓬之心]"을 지니고 있구려.'"399)

[전진륜] 마지막 구는 '머리카락은 바람에 날리는 망초와 같다[首如飛蓬]'라는 의미를 아울러 활용했다.

[황절] 『좌전』 「소공·28년」: "옛날 유잉씨(有仍氏)가 딸을 낳았는데, '검은 머리[鬒]'가 매우 아름다우며 '광채가 나서 거울처럼 들여다볼 수 있었다[光可以鑑]'."

문집 권1 「연꽃[芙蓉賦]」: "초나라 미인의 붉은 얼굴을 누추하게 만들고, 하나라 미녀의 '윤기 있는 머리카락'을 비웃는다[陋荊姬之朱顔, 笑夏女'光髮']."

【평설】

[황절] 방동수: 눈앞의 풍경을 곧장 써내었는데, 흥상興象이 아름답고

---

399) 여기서 '蓬心(봉심)'은 식견이 얕고 사리에 어두움을 비유한다. 나중에는 흔히 자신의 천박하고 고루함을 표현하는 겸양어로 사용되었다. 포조 시에서는 망초처럼 뒤엉킨 괴롭고 복잡한 심사를 뜻한다. 그래서 머리카락이 헝클어질 정도로 머리를 긁적인 것이다. 마지막 4구에는 이 여정에서 지은 다른 시 「황학기에 올라」의 "음악과 음식의 즐거움만이, 나그네 시름을 없앨 수 있는가[豈伊藥餌泰, 得奪旅人憂]", 「임해왕을 시종하고 형주로 가려고 막 신저를 출발하며」의 "직무를 받드는 길 출발도 전에, 돌아가고 싶은 생각 벌써 넘친다[奉役塗未啓, 思歸思已盈]"와 같은 복잡한 심사가 드러나 있다.

묘하면서도 맑고 기발한 면은 사조謝朓를 열었고, 함축이 깊으면서도 긴밀하고 굳센 면은 두보杜甫를 열었다. '나는 구름飛雲' 4구는 서정으로 마무리했다. 이러한 시는 한유韓愈도 또한 지을 수 없었던 것 같으니, 나머지 사람들이야 말할 것도 없다.『소매첨언』 권6

[전중련] 왕개운 : '歸月'의 '歸귀' 자가 기이하다.

오여륜 : '바람風'과 '안개霧'는 세상을 비유하고 '구름雲'과 '학鶴'은 자신을 비유한다.『포참군집선』

發長松遇雪

土牛旣送寒, 冥陸方浹馳.[1] 振風搖地局, 封雪滿空枝.[2]

江渠合爲陸, 天野浩無涯.[3] 飮泉凍馬骨, 斲冰傷役疲.[4]

昆明豈不慘, 黍谷寧可吹.[5]

장송을 출발하면서 눈을 만나

토우가 추위 이미 보내었지만
현명玄冥은 아직도 두루 설치네.
세찬 바람 대지를 마구 흔들고
눈 무더기 빈 가지를 뒤덮고 있네.
강과 도랑 하나로 뭍이 되었고
하늘과 들 까마득히 끝도 없다네.
샘물을 마시면서 말뼈는 얼고
얼음을 캐느라 일꾼 손도 상하네.
곤명대의 가뭄이 참담하긴 하지만
기장 골은 그래도 눈 그치길 바랄밖에.

【해제】

[전진륜] 유곤劉琨 「부풍의 노래扶風歌」: "'큰 소나무' 아래에서 말을 매어두고繫馬'長松'下, [높은 산의 꼭대기서 안장을 푼다.]"

[황절] '長松장송'은 지명인데 미상이다.

[전중련] '長松'은 '長林장림'의 잘못이 아닌지 모르겠다.

『태평환우기』 권146 「산남동도山南東道 · 형문군荊門軍」 조: "'장림현長林縣': 동진 안제 융안隆安 5년401에 자사 환현桓玄이 옛 편현編縣의 성에 무녕군武寧郡을 설치했는데, 그 속현에 '장림현'이 있다. 군과 함께 설립하면서, 편현에서 분리하여 설치한 것이다. 성홍지盛弘之의 『형주기荊州記』에 있다. '당양當陽: 지금의 호북성 의창시(宜昌市) 하급의 당양시의 동쪽에 역림장판櫟林長坂: 지금의 장판파(長坂坡)이 있는데, 옛날 무녕에서 낙향樂鄕에 이르는 80리에, 아름드리나무와 수죽修竹이 하늘을 덮고 태양을 가렸으니, "長林"이라는 이름은 대체로 이에서 얻은 것이다.'"[400)]

【주석】

1 **[전진륜]** 『예기』 「월령」: "계동의 달에 (…중략…) '진흙으로 소를 빚어 문밖에 내놓아 한기를 쫓아 보낸다[出土牛以送寒氣]'."[401)]

---

400) 정복림은 '장송'이 지명으로 미상이기는 하지만, 전중련이 '장림'의 잘못으로 본 것은 옳지 않다고 비판하고, 『수경주』의 「하수(河水)」와 「양수(漾水)」에 각각 '長松水(장송수)'와 '長松縣(장송현)'이 나오는데, 이는 물론 이 시의 '장송'은 아니지만, 지명으로 없었던 것은 아니라는 증거가 된다는 점을 제시했다. 이어서, 시에서 눈 내린 뒤의 모습을 묘사한 "江渠合爲陸, 天野浩無涯" 2구 중 '江渠'는 '양자강'과 '거수(渠水)'라고 하여, '거수'를 고유명사로 보았다. 그리고 그것은 바로 『한서』 「지리지 · 하」에 나오는 강도(江都)의 '渠水'이며, 오왕 부차(夫差)가 판 운하인 '한구(邗溝)' 즉, 강소성 회안(淮安)에서 양주(揚州)에 이르는 '회양(淮揚)운하'이므로, '장송'은 당시 남연주 광릉(廣陵)의 한 지명이었을 것이라고 추론했다(『교주』, 738쪽).

401) 나중에는 입춘 전날에 토우를 만들어 문밖에 둠으로써 봄갈이의 시작을 알리고

[황절] 장부본에는 '冥陸(명륙)'으로 되어 있고, 송본에는 '糞陵(전릉)'으로 되어 있다.[402)]

내 견해는 이렇다. 『초사』「대초(大招)」의 '冥凌浹行(명이 질주하며 두루 다닌다)'에 대해, 왕일 주에서 "'冥'은 '玄冥(현명)'으로 북방의 신이다. '凌(릉)'은 馳(치)와 같다. '浹(협)'은 '徧(편 : 두루)'의 뜻이다"라고 했다. 이 시에서 '冥凌浹馳(명릉협치)'라고 한 것은, 「대초」에서 '冥凌浹行'이라고 한 것과 같다. 모든 판본이 다 틀렸다.[403)]

[전중련] 송본에는 '土牛(토우)'가 '出牛(출우 : 토우를 내놓다)'로 되어 있다.

2 **[전진륜]** 땅[地]을 '局(국 : 부분, 구획)'이라고 한 것은 전답[田]을 '畍(괘 : 이랑, 두둑)'라고 한 것과 같다.[404)]

[황절] 『서경잡기』 권5 「동중서천상(董仲舒天象)」 : "태평한 시대에는 (…중략…) '눈이 나뭇가지를 봉쇄할 정도로 내리지는 않고[雪不封條]', [독과 해를 죽일 뿐이다.]"

3 **[전진륜]** '渠(거 : 도랑)'는 「연꽃[芙蓉賦]」(주석 17)에서 보았다.

『여씨춘추』「유시(有始)」 : "'하늘에는 구야가 있고[天有九野]',[405)] [땅에는

농경을 권하는 풍습으로 발전했다.

402) 『전송문』도 송본과 같다. 송본 주에는 "'冥陸'으로 된 판본도 있다"라고 했다.

403) 오덕풍은 황절의 견해에 동의하면서, "'陵'과 '凌'은 통한다. 송본에 '陵'이라고 했는데, 장부본에서 '陸'이라고 한 것은 자형이 비슷하여 틀린 것이다. 본래는 마땅히 '冥陵'이 되어야 한다"라고 보충했다(835a~b쪽). 정복림도 황절의 견해에 동의하고, '糞陵'은 '冥凌'의 잘못이라고 했다(『교주』, 739쪽).

404) 대지를 '地局(지국 : 대지의 구획)'이라고 한 것은 전답을 '田畍(전괘 : 전답을 구획한 바둑판무늬 같은 두둑)라고 한 것과 같다는 뜻이다.

405) '九野'는 하늘을 아홉 방위로 나눈 것으로 '九天'이라고도 한다. 『여씨춘추』에는

구주(九州)가 있다.]"

4 **[전진륜]** 진림(陳琳) 「장성의 굴에서 말에게 물 먹이며[飮馬長城窟行]」: "[장성의 굴에서 말에게 물 먹이니,] '물 차가워 말뼈를 상하게 한다[水寒傷馬骨]'."
『초사』 「구가 · 상군(湘君)」: "[계수나무 노와 목란(木蘭) 삿대로] '얼음을 깨니' 눈처럼 쌓이네['斲冰'兮積雪]."

5 **[전진륜]** 『고승전』 「역경(譯經) · 상 · 축법란(竺法蘭)」: "옛날 한 무제가 '곤명지(昆明池)'의 바닥을 파다가 검은 재를 발견하여 동방삭에게 물었다. 동방삭이 말했다. '[모르겠습니다.] 서역의 범인(梵人)에게 물어보면 될 것입니다.' 뒤에 축법란(竺法蘭)이 오자 뭇 사람이 찾아가 물었다. 축법란이 말했다. '세계(世界)가 다하면, 겁화(劫火)가 깡그리 불태우는데, 이 "재(灰)"가 그것입니다.'"[406]

완적 「태위 장제(蔣濟)에게 나아가 올린 글[詣蔣公奏記]」 '鄒子居黍谷之陰(추연은 기장 골짜기 응달에 살았다)' 이선 주: "유향(劉向)의 『별록(別錄)』에 '추연(鄒衍)이 연(燕)에 있을 때, 추워서[寒] 오곡(五穀)이 살지 못하

인용문 바로 뒤에 '九野'를 다음과 같이 소개했다. "중앙은 균천(鈞天)으로 그 별은 28수 중의 각(角) · 항(亢) · 저(氐)가 속하고, 동쪽은 창천(蒼天)으로 그 별은 방(房) · 심(心) · 미(尾)이며, 북동쪽은 변천(變天)으로 그 별은 기(箕) · 두(斗) · 견우(牽牛)이고, 북쪽은 현천(玄天)으로 그 별은 무녀(婺女) · 허(虛) · 위(危) · 영실(營室)이며, 북서쪽은 유천(幽天)으로 그 별은 동벽(東壁) · 규(奎) · 루(婁)이고, 서쪽은 호천(昊天)으로 그 별은 위(胃) · 묘(昴) · 필(畢)이며, 남서쪽은 주천(朱天)으로 그 별은 자휴(觜巂) · 삼(參) · 동정(東井)이고, 남쪽은 염천(炎天)으로 그 별은 여귀(輿鬼) · 유(柳) · 칠성(七星)이며, 남동쪽은 양천(陽天)으로 그 별은 장(張) · 익(翼) · 진(軫)이다."

406) 축법란은 후한 시기 중국에 처음 불교를 전한 대월지국(大月氏國)의 승려이자 역경가(譯經家)이다.

는 골짜기[谷]가 있었는데, 추연이 "율관(律管)을 불자 따뜻해져, 기장이 자랐다[吹之而溫, 生黍]"[407]라고 했다."

[황절] 『습유기』: "주 영왕(靈王)이 '곤명대(昆明臺)'를 세우고 여러 방사를 불렀는데, 두 사람이 비련(飛輦)을 타고 자리에 올라가 마음껏 취했다. 이때는 매우 가물어 '땅이 갈라지고 나무가 불탔다[地裂木燃]'. 한 사람은 '노래를 불러 서리와 눈을 내리게[以歌召霜雪]' 할 수 있어서 왕이 요청했다. 그래서 '공기를 들이마셔 한 번 내뿜자[引氣一噴]', 구름이 일고 눈이 날려 좌중이 모두 탄복했다."[408]

내 견해는 이렇다. 이 시의 끝 구 "黍谷寧可吹"는 눈이 내리는 것을 좋아하는 것이니, 그것은 가뭄 뒤에 내리는 눈이다. 이른바 '곤명이 참담하다[昆明慘]'라는 것은 바로 땅이 갈라지고 나무가 타는 가뭄이다. 전진륜의 견해는 틀린 것 같다.[409]

---

407) 『문선』 권40 「주기(奏記)」에는 '吹之(취지)'가 '吹律(취률)'로 되어 있다. 『예문유취』 권9의 인용도 같다.

408) 인용문은 통행본의 문장과는 차이가 있지만, 대의는 대동소이하여 그대로 번역했다.

409) '곤명대'와 '기장 계곡'은 각각 『습유기』의 기록과 추연(鄒衍) 고사를 전고로 취한 것으로 보는 것이 더 나아 보인다. 마지막 구는 "기장 계곡은 그래도 추연이 율관을 불어 따뜻하게 해 눈이 그쳤으면 좋겠다"라는 뜻으로 보았다. 오랜 가뭄이 참담하기는 하지만, 내가 갈 여정이 있기 때문이다. Chen은 "곤명대가 가뭄이 없어서가 아니라, 기장 계곡 때문에 눈이 그쳤으면(It's not because Kunming Terrace suffers no drought, but for the Valley of Millet I'd rather have the snow stop)"이라고 풀이했다(354쪽).

【평설】

[황절] 오여륜 : '강과 도랑江渠' 2구는 이른바 '만방에는 오로지 한 소리뿐萬方聲一概'[410]인 것이다.『고시초』 권4

---

410) 두보의 「진주에서 읊은 시[秦州雜詩]」 20수 중 제4수의 제7구이다. 두보는 숙종(肅宗) 건원(乾元) 2년(759) 가을, 화주사공참군(華州司功參軍 : 화주는 지금의 섬서성 화현(華縣)) 직을 그만두고, 서행하여 진주(지금의 감숙성 천수(天水))로 갔다. 이 20수는 진주로 들어가는 데서 시작해 진주를 떠나려는 것으로 마무리한 연작으로, 진주의 자연을 생동적으로 묘사한 데다가, 시세(時勢)를 가슴 아파하는 시인의 감정을 잘 드러내었다. 제4수는 다음과 같다.

鼓角緣邊郡	북과 나팔 소리는 변방 군에 퍼지고
川原欲夜時	강가의 평원은 밤을 향한 때에.
秋聽殷地發	땅 울리며 퍼지는 것 가을밤에 듣는데
風散入雲悲	바람에 슬피 흩어 구름으로 들어가네.
抱葉寒蟬靜	잎사귀 끌어안고 고요해진 가을 매미
歸來獨鳥遲	보금자리 늦게 찾는 외로운 새 한 마리.
萬方聲一概	만방에는 북과 나팔 소리뿐이니
吾道竟何之	내 갈 곳은 도대체 어느 길인지.

詠史

五都矜財雄, 三川養聲利.[1] 百金不市死, 明經有高位.[2]

京城十二衢, 飛甍各鱗次.[3] 仕子彯華纓, 遊客竦輕轡.[4]

明星辰未稀, 軒蓋已雲至.[5] 賓御紛颯沓, 鞍馬光照地.[6]

寒暑在一時, 繁華及春媚.[7] 君平獨寂寞, 身世兩相棄.[8]

역사를 읊다

오도에선 재물이 많음을 자랑하고

삼천에선 명성과 이익만을 추구했지.

재산이 많으면 기시형도 면하고

경술에 밝으면 고위직이 보장됐지.

서울의 열두 거리 중심지에는

날아 갈듯 솟은 건물 비늘처럼 즐비했지.

벼슬아치는 화려하게 관모官帽 끈 휘날리고

나그네는 가뿐하게 말고삐를 치켜들어,

샛별이 아직 밝은 이른 새벽에

고급 수레 구름처럼 모여들었지.

손님과 마부들로 북적거리고

말과 안장 찬란히 땅을 비췄지.

추위 더위 한때에 같이 있어서

화려한 꽃 때맞춰 곱게 피었지.

엄군평嚴君平만 홀로이 적막하여서

그와 세상 양자가 서로 버렸네.

【해제】

[전진륜]『문선』 이선 주를 수록한다.

【주석】

1 **[이선]**『한서』「식화지(食貨志)·하」: "왕망(王莽)은 (…중략…) [마침내] 장안 및 '다섯 도시[五都]'에 균수관(均輸官)을 설립하고, [장안 동·서시의 시령(市令) 및] 낙양(雒陽 : 하남성 낙양(洛陽))·한단(邯鄲 : 하북성 한단시)·임치(臨淄 : 산동성 치박시(淄博市) 임치구)·원(宛 : 하남성 남양(南陽))·성도(成都 : 사천성 성도)의 시장(市長)의 명칭을 모두 오균사시사(五均司市師)로 바꿨다."[411]

『상서대전』「금등(金縢)」'周公輔幼主不矜功則蓂莢生(주공이 어린 임금을 보필하면서 "공을 자랑하지 않으니" 상서로운 풀인 명협(蓂莢)이 돋아났다)' 정현 주 : "'矜(긍)'은 자랑하는 것[夸]이다."

『한서』「서전(敍傳)·상」: "반일(班壹 : 반씨 선조)은 효혜제(孝惠帝, 194~

411) '오균(五均)'은 왕망 때, 정부에서 물가를 균일하게 하여 겸병을 억제하고 빈부의 차가 현격히 나지 않도록 한 다섯 가지 정책이고, '사시사(司市師)'는 이를 관장하는 관리이다.

188 B.C. 재위)와 고후(高后, 187~180 B.C. 재위) 때에 '재물로써 변방에서 영웅으로 자처했다[以財雄邊]'."

『전국책』「진책(秦策)·1」: "장의(張儀)가 말했다. (…중략…) '저는 "명예를 다투는 자는 조정에서 하고, 이익을 다투는 자는 저자에서 한다[爭名者於朝, 爭利者於市]"라고 들었는데, 지금 "삼천(三川 : 지금의 하남성 낙양시 북동 지역)"과 주 왕실이 천하의 저자와 조정입니다.'" 위소 주 : "경내에 황하·낙수(洛水)·이수(伊水)가 있기에 '삼천(三川)'이라고 한다."[412]

2 **[이선]** 『사기』「월왕구천세가(越王句踐世家)」: "도주공(陶朱公)[413]이 말했다. '나는 "천금을 지닌 부호의 아들은 저잣거리에서 죽지 않는다[千金之子不死於市]"라고 들었다.'"

『한서』「하후승전(夏侯勝傳)」: "하후승은 강의를 할 적마다 항상 여러 제자에게 말했다. '선비는 "경술에 밝지 않음[不明經]"을 걱정해야 한다. "경술에 밝다면[明經]" 청자(靑紫)[414]를 취하는 것은, 마치 고개를 숙이고 땅의 쓰레기를 줍는 것과 같을 것이다. [경술 공부가 밝지 못하면 차라리 고향으로 돌아가 농사를 지을 일이다.]'"

---

412) '三川'은 하남성 북서부 지역을 가리킨다. 진(秦)이 '삼천군'을 설치하고 낙양(洛陽 : 지금의 낙양시)을 치소로 삼았다.

413) 범려(范蠡, 536~448 B.C.)는 월왕 구천(勾踐)을 도와 국가를 수복한 뒤에 송국(宋國) 도구(陶丘 : 지금의 산동성 하택시(荷澤市) 정도구(定陶區) 남쪽)에 은거하면서, 스스로 '도주공'이라고 불렀다. '市死(시사)'는 '棄市(기시)'와 같다. 사람이 많이 모이는 곳인 저자에서 죄인을 처형하고 그 시신을 길거리에 버려두는 형벌이다.

414) 공경(公卿)의 지위를 말한다. 한대에 구경(九卿)은 청수(靑綬 : 푸른 인끈)를 차고, 공후(公侯)는 자수(紫綬 : 자줏빛 인끈)를 찬 데서 나온 말이다.

3 **[이선]** 반고「서도부」: "[세 줄기 넓은 길을 열고,] '열두 개 큰문을 세웠다[立十二之通門]'."415)

좌사「오도부(吳都賦)」: "'날듯이 솟은 건물' 이리저리 얽혀 있네['飛甍'舛互]."416)

이우(李尤)「벽옹부(辟雍賦)」: "모여서 배열된 것이 '비늘처럼 늘어서 있다'[攢羅'鱗次']."

4 **[이선]** 조식「칠계(七啓)」: "'화려한 모자 끈[華組之纓]'이 [바람 따라 펄럭인다.]"417)

왕포(王褒)『초사』「구회(九懷)·소세(昭世)」: "'나의 수레를 몰아' 아득하고 드넓은 하늘로 들어가리라['竦余駕'乎八冥]."418)

『광아』: "'竦(송)'은 오르는 것[上]이다."

[황절]『광운』: "'髟髟(표표)'는 긴 끈[長組]의 모양이다."

---

415) 이선의「서도부」주에는,『주례』「고공기(考工記)」의 "장인이 국도(國都)를 건설함에는, 사방을 9리로 하고 도성(都城)의 각 면에 세 개씩의 문을 낸다[匠人營國, 方九里, 旁三門]"와 정현 주 "천자의 열두 개의 문은 십이지(十二支)와 상통하는 것이다[天子十二門, 通十二子也]"를 인용했다.

416) 이선의「오도부」주는 "많은 건물이 서로 즐비하게 늘어서 있는 모양을 말한다[言室屋之多相連下之貌]"라고 했다. '飛甍(비맹)'은 날듯이 하늘로 솟구친 용마루로, 높은 건물을 가리킨다.

417) 이선의「칠계」주는『예기』「옥조(玉藻)」를 인용하여, "검은 모자에 붉은 끈은 제후의 재관(齋冠)이다[玄冠丹組纓, 諸侯之齊冠]'라고 했다. 재관(齋冠)은 재계 시에 쓰는 관이다. '華纓(화영)'은 무늬 있는 관모(官帽)의 끈으로, 고대 벼슬아치의 복식이다.

418) 저본의 '乎八(호팔)'은 통행본『초사』에는 '兮入(혜입)'으로 되어 있다. 번역은 이를 따랐다. '竦(송)'은 목을 빼고 발꿈치를 들고 서는 것으로, '竦轡(송비)'는 말을 타는 것을 뜻한다.

5 **[이선]** 『모시』「정풍 · 여왈계명(女曰鷄鳴)」 제1장 : "[일어나서 밖을 보세요,] 샛별이 환하게 빛나네요[明星有爛]." 정현 전 : "(작은 별들은 이미 보이지 않게 되었고) 샛별은 아직 환하게 빛나고 있어서,[419] [색깔을 구별할 수 있는 시간보다는 이르다는 것이다.]"

『설문해자』 : "'希(희)'는 드문 것[疏]이다."

'希'는 '稀(희)'와 통한다.

『설원(說苑)』 권2 「신술(臣術)」 : "[전자방(田子方)이 서하(西河)를 건너 적황(翟璜 : 위문후(魏文侯)의 재상)을 찾아갔다.] 적황은 '헌거(軒車 : 휘장을 친 수레)를 탔는데, 화려한 산개(傘蓋)를 덮고[乘[軒]車, 載華蓋] 있었다'. 전자방(田子方)이 괴이쩍어하면서 물었다. 적황이 대답했다. '나의 봉록이 많아서 이 "헌개(軒蓋)"를 얻었습니다.'"[420]

『상서중후(尙書中候)』 : "[주공이 7년간 섭정을 하고 성왕에게 정권을 돌려주고, 황하에 벽옥(璧玉)을 빠뜨리며 맹세를 하자, 황하에서 오색 빛이 막(幕)처럼 피어오르고] '푸른 구름이 떠올라 몰려왔다[靑雲浮至]'."

[전중련] 허손행 『문선필기』 : "『설문해자』에 '"辰(진 · 신)"은 방성(房星)이다'라고 했고, 또 '"晨(신)"은 아침에 날이 새려고 하는 어둑어둑한 때이다[早昧爽]. "臼(구 : 절구로 방아를 찧는다)"의 의미이고 "辰"(때)의 의미이며 "辰"

---

419) '明爛然'은 중간송본에는 '明星尙爛爛然'으로 되어 있다. 번역은 이를 따랐다.
420) 통행본 『설원(說苑)』은 인용의 앞부분이 "翟黃乘軒車, 載華蓋黃金之勒, 約鎭簟席, 如此者其駟八十乘, 子方望之以爲人君也(적황은 헌거를 타고 화려한 산개와 황금 굴레를 장식하고 방석을 깔아놓았는데, 이런 것이 사마(駟馬)로 모두 80승이었다. 전자방이 보고 임금인 줄 알았다)"로 되어 있다.

은 독음(讀音)이기도 하다'라고 했다. '丮(극(丮) : 잡다)'과 '夕(석 : 저녁)'을 합치면 '夙(숙 : 夙)'이 되고, '臼'와 '辰'을 합치면 '晨(신(晨) : 새벽)'이 되는데, 모두 같은 취지의 글자이다. '曟(신)'은 방성(房星)으로, '晶(정 : 밝다)'의 의미와 '辰'의 음을 취했는데, 혹 생략하여 '晨'으로 쓰기도 한다. 이 시에서 '샛별은 새벽에 아직 드물어지지 않았는데[明星辰未稀]'라고 한 것은, 바로 아침에 날이 새려고 하는 어둑어둑한 때이다[早昧爽]. 글자는 마땅히 '曟'이 되어야 한다. 지금 경전에선 '晨'으로 통용한다."

양장거 『문선방증』 : "육신본에 '晨'을 '辰'으로 적은 것은 잘못이다. 지금 『설문해자』 '禾(화)'부에 "'稀"는 드문 것[疏]이다'라고 했고, 따로 '希' 자는 없다. 이것은 필시 포조 시의 본문이 '希'로 되어 있어서, 주에서 『설문해자』의 '稀'를 인용하여 '希'와 통한다고 한 것임을 보여주는 것이다."[421)]

6 **[이선]** 『상서』 「오자지가(五子之歌)」 '厥弟五人, 御其母以從(그 아우 다섯이 그 모친을 모시고 따랐다)' 공안국 전 : "'御(어)'는 모시는 것[侍]이다."

오질(吳質) 「동아왕 조식(曹植)에게 답하는 편지[答東阿王書]」 : "마음은 '말을 타고 있는 것'처럼 뜁니다[情踊躍於'鞍馬']."

[황절] 『신서(新序)』 「잡사(雜事) · 5」 : "위(魏) 문후(文侯)가 (…중략…) 말했다. '(…중략…) 단간목(段干木)은 덕성에서 빛나고[光乎德], 과인은 "지위에서 빛나오[光乎地]".'"

[전중련] '颯沓(삽답)'은 많은 모양[衆盛貌]이다.[422)]

---

421) '稀'는 장씨원간본 · 『예문유취』 · 『고시기』에는 '晞(희)'로 되어 있다. 주석찬은 '稀'로 수정했다.

7 **[이선]**『주역』「계사상전」: "해와 달이 운행하여 '추위와 더위가 번갈아 온다[一寒一暑]'."

응거(應璩)「시랑 조조(曹肇)에게 보낸 편지[與侍郎曹長思書]」: "봄에 싹터 자라는 것은 '무성하고 화려하지만'[春生者'繁華'也], [가을에 꽃을 피우는 것은 시들어 떨어지지요.]"

[전중련] 이 2구는 비유이다. '염량세태(炎涼世態)'가 일시에 나타나기 때문에, 벼슬아치가 때맞춰 공명을 좇는 것은, 온갖 꽃들이 농염한 봄철에 앞다퉈 피어 아름다움을 다투는 것과 같다는 것이다.

8 **[이선]** 자신은 세상을 버리고 벼슬하지 않고, 세상은 자신을 버리고 임용하지 않는 것을 말한다.

『한서』「왕길전(王吉傳)」: "촉 땅에 '엄군평(嚴君平)'이 있었다. (…중략…) 그는 성도의 저자에서 점을 쳤다. (…중략…) 하루에 몇 사람을 보고 백 전의 돈을 벌어, 자기가 먹고 살기에 충분하면 가게를 닫고 발을 내리고『노자』를 전수했다."

『초사』「원유」: "[산은 쓸쓸하여 짐승이 없고,] 들판은 '적막하여'[423] 사람이 없다[野'寂寞'其無人]."

『장자』「달생(達生)」: "육신을 위해 수고하는 일을 면하려면 '세상을 버리는

422) '賓御(빈어)'는 모여든 손님과 그들을 태우고 온 수레의 마부를 가리킨다. 이 2구는 이른 아침부터 서울의 열두 거리로 수많은 벼슬아치가 몰려들어 북적거리고, 그들이 타고 온 말과 수레는 광채가 땅을 훤하게 비출 정도로 화려하고 찬란하다는 뜻이다.

423) 이선 주의 '寂寞(적막)'은 석음천총서본에는 '寂漠(적막)'으로 되어 있다.

것[棄世]'이 제일 좋다. '세상을 버리면[棄世]' 연루됨이 없게 된다."

【평설】

[황절] 유리劉履 : '부賦'이다. (…중략…) 이 작품은 본래 시사時事를 지적한 것인데, 영사詠史에 기탁寄託한 것이다. 그래서 한대에 오도五都의 땅에서는 모두 부호富豪를 숭상하고, 삼천三川의 사람들은 주로 명리名利를 좋아한다고 한 것이다. 어떤 사람은 경술經術에 밝아 벼슬길에 나가고, 어떤 사람은 돈을 가지고 놀러 나오는데, 모두 서울에 일시에 함께 운집하여, 그 복식服飾과 수레 · 시종의 성대함이 이와 같다. 비유하자면 네 계절에서 추위와 더위는 각각 다른 것인데, 오늘은 번화하기가 마치 봄날의 밝고 아름다운 것과 같다. 이때 오직 엄군평만은 성도에서 수신修身하여 자신을 지키면서, 부귀에 그 마음이 연루되지 않고 있기에, 홀로 곤궁하게 지내며 적막한 것이다. 자신이 이미 세상을 버리고 벼슬하지 않은 데다가, 세상도 역시 엄군평을 버리고 임용하지 않았다. 그러나 이것이 어찌 포조가 은퇴한 지 이미 오래되어, 그 때문에 자기를 비유한 것이겠는가?『선시보주』 권7

방회 : 이 시는 8운인데, 7운으로 번성함이 저와 같음을 말하고, 1운으로 적막함이 이와 같음을 말했다. 좌사의 「역사를 읊다詠史詩」 제4수도 역시 8운인데, 앞 4운으로 서울의 호화롭고 사치스러움을 말하고, 뒤 4운으로 양웅揚雄의 안빈낙도를 말했다.[424] 대체로 같은 취지이다.

424) 좌사의 「역사를 읊다」 제4수 전문은 다음과 같다.

포조는 뜻한 바를 이루지 못한 데 대한 말을 많이 하여, 한사寒士와 하료下僚의 영달하지 못함을 동정하고, 물질과 이익을 좇는 무리의 구차하고 천박하며 후안무치함을 미워했다. 모든 작품이 다 반드시 이 점으로 주제를 집중했다. 당 이래로는 시인들에게 이러한 체재가 많다. 이백李白과 진자앙陳子昂의 문집에서 확인할 수 있다. 그런데 근대에 유자휘劉子翬, 1101~1147. 호 병산(屏山) 주희(朱熹)의 스승가 오언고시를 지은 것도 역시 여기에서 나왔는데, 건안建安의 체법體法을 참작하여 사용했다.『문선안포사시평』 권1

오기吳淇 : [「역사를 읊다」는 오로지 엄군평의 일 하나만을 읊었다. 전단은 세인世人의 번성함을 묘사했는데 객客이고, 끝 2구는 엄군평의 적막함을 말했는데 주主이다. 한 편을 통산하면 겨우 80자일 뿐이다. 객을 묘사한 데에 70자를 쓰고 주를 묘사한 데

濟濟京城內	화려한 장안성 성안 거리엔
赫赫王侯居	왕후의 저택들 웅장하구나.
冠蓋蔭四術	면류관 수레 덮개 사방 도로 뒤덮고
朱輪竟長衢	붉은 수레바퀴 큰 네거리 다 막는다.
朝集金張館	아침엔 김씨 장씨 집에 모이고
暮宿許史廬	저녁엔 허씨 사씨 집에 묵는다.
南鄰擊鐘磬	남쪽 이웃 종과 경쇠 두드려대고
北里吹笙竽	북쪽 마을 생황 피리 불어대누나.
寂寂揚子宅	적적하다 양웅(揚雄)의 집은
門無卿相輿	대문에 경상(卿相)의 수레가 없다.
寥寥空宇中	쓸쓸하게 텅 빈 집안에서
所講在玄虛	강론함은 노장의 오묘한 도이다.
言論準宣尼	담론은 공자를 준거하였고
辭賦擬相如	사부는 사마상여 본떠 지었다.
悠悠百世後	아득히 백대가 흐르고 난 뒤
英名擅八區	영명은 온 천하에 널리 떨쳤다.

는 10자뿐이다. 게다가 10자 안에서 '身世兩相棄그와 세상 양자가 서로 버렸다' 5자는 또 쌍방으로 다 관련된다. 다만 포국布局이 고초高超 탁월하고 시어를 정묘하고 의미심장하면서도 힘차도록 단련했을 뿐이다. 이 10자로 저 70자를 가리는 데도 오히려 아직도 역량이 남는다.]

온 세상이 변화하기가 이와 같은데, 어찌 엄군평을 버리지 않을 수 있으며, 엄군평이 또한 어찌 세상을 버리지 않을 수 있겠는가? 시에서 '兩相둘이 서로'이라는 말을 쓴 것은 격동하는 바가 있음을 표현한 것이다. 필경 세상이 먼저 엄군평을 버렸기 때문에, 엄군평이 세상을 버렸을 것이다. 이백의 시[425]는 이 5자를 10자로 늘여 "엄군평이 이미 세상을 버렸으니, 세상도 역시 그를 버렸다"라고 했으니, 마침 엄군평이 먼저 세상을 버린 것으로 된다. 이백의 의도는 아래의 글 "변화를 살피어 태초를 궁구했고, 근원을 더듬어 민중을 교화했다"라고 운운한 것을 일

---

425) 「고풍(古風)」 59수 중 제13수를 말한다. 전문은 다음과 같다. "觀變尤大易, 探玄化群生"은 통행본 『이태백전집』에는 "觀變窮太易, 探元化群生"으로 되어 있다.

君平旣棄世　엄군평이 이미 세상을 버리니
世亦棄君平　세상도 역시 그를 버렸다.
觀變窮太易　변화를 살피어 태초를 궁구했고
探元化群生　근원을 더듬어 민중을 교화했다.
寂寞綴道論　적막하게 도론을 저술하느라
空簾閉幽情　빈 휘장에 그윽한 뜻 감추었었다.
騶虞不虛來　추우는 쓸데없이 오진 않았고
鸑鷟有時鳴　봉황은 때맞춰서 울어주었다.
安知天漢上　어찌 알까, 천상의 은하수 가에
白日懸高名　백일처럼 그의 고명 높이 걸렸다.
海客去已久　바닷가 나그네도 (은하수로) 떠난 지 오래이니
誰人測沈冥　어느 누가 숨긴 자취 헤아릴 수 있으랴.

으킴으로써, 마치 공자가 이미 늙어 임용되지 않자, 물러나 산술刪述한 뜻과 같음을 보이기 위해, 먼저 결별의 말을 한 것이다. 틀림없이 엄군평은 종신토록 세상을 버리려 하지 않았을 것이다.『육조선시정론』 권13

[전중련] 심덕잠 : 절벽처럼 험준하게 멈추었으니, 옛사람들이 말하던, '기예를 부리는 말을 고삐를 당겨 갑자기 멈추는 형세勒舞馬勢'이다.『고시원』 권11[426)]

426) '舞馬(무마)'는 '마상재(馬上才)'의 일종으로 훈련된 말에게 여러 기예를 익히게 하는 것, 또는 그러한 말이라는 의미이다. 사장(謝莊)에게 「무마부(舞馬賦)」가 있는데, 토욕혼(土谷渾)에서 바친 '무마'를 보고 읊은 작품이다.

蜀四賢詠

渤澥水浴鳧, 春山玉抵鵲.[1] 皇漢方盛明, 群龍滿階閣.[2]

君平因世閒, 得還守寂寞.[3] 閉簾注道德, 開卦述天爵.[4]

相如達生旨, 能屯復能躍.[5] 陵令無人事, 毫墨時灑落.[6]

褒氣有逸倫, 雅績信炳博.[7] 如令聖納賢, 金璫易羈絡.[8]

良遮神明遊, 豈伊覃思作.[9] 玄經不期賞, 蟲篆憂散樂.[10]

首路或參差, 投駕均遠託.[11] 身表旣非我, 生內任豐薄.[12]

촉의 네 현인을 읊음

발해의 섬에선 물로 오리 씻기고
용산春山에선 까치에게 옥을 던졌네.
위대한 한漢 바야흐로 창성하고 밝으니
수많은 용 조정을 가득 메웠네.
엄준嚴遵은 세상이 한가했기에
돌아와 적막함을 지켜내었네.
발을 치고 『도덕경』에 주를 달았고
점괘 열어 천작天爵을 진술하였네.
사마상여司馬相如 삶의 취지 통달하여서
움츠릴 줄도 뛸 줄도 모두 알았네.
능묘를 관리하며 일이 없어서
지은 문장이 때때로 쇄락灑落하였네.

왕포王褒의 기질은 출중하여서
문장 실로 아름답고 해박하였네.
성군이 현신을 거두었다면
금당金璫으로 말굴레를 바꾸었을 터.
양웅揚雄은 신명에서 노닐었으니
어찌 단지 심사深思하여 지은 것이리.
『태현경』이 찬양 받음 바라지 않고
부賦 짓느라 맘 뺏길까 염려했었네.
네 분 출발 간혹 서로 차이 나지만
수레 몰아 멀리 맡김은 모두 같았네.
몸 밖의 것 이미 다 내 것 아니니
내 안에다 후박厚薄을 맡길 뿐이네.

【해제】

[전진륜] 촉의 네 현인은 사마상여·엄군평·왕포王褒, 90~51 B.C.·양웅揚雄, 53 B.C.~18 A.D.이다.

문인담 주를 수록한다.

[문인담] 『한서』「사마상여전」: "사마상여는 자가 장경長卿이며, 촉군蜀郡 [성도成都] 사람이다. 소싯적에 책 읽기를 좋아하고 [검술을 익혔으며, (…중략…) 효경제孝景帝, 156~141 B.C. 재위를 모시어], 무기상시武騎常侍가 되었

다. (…중략…) 나중에 효문원령孝文園令: 문제의 능을 관리하는 능령에 제수되었다."[427]

『한서』「왕포전王褒傳」: "왕포는 자가 자연子淵이며 촉 사람이다. 선제宣帝, 74~48 B.C. 재위 때에 (…중략…) [왕포를 발탁하여] 간의대부諫議大夫로 삼았다. 그 뒤 태자가 몸이 편치 못하여 홀연히 잘 잊어버리고 우울해하자, 조칙을 내려 왕포 등을 시켜 모두 태자궁으로 가서 태자를 모시고 즐겁게 하도록 하라고 했다. 아침저녁으로 신기한 문장과 자신이 지은 것을 송독誦讀했으며, 질병이 회복되자 돌아왔다. 태자는 왕포가 지은 「감천甘泉」 및 「통소洞簫」의 송頌을 좋아하여 후궁과 귀인 및 좌우 시신侍臣에게 모두 송독하도록 했다. 후에 방사가 익주益州에 금마金馬와 벽계碧鷄의 보물이 있다고 하자, 천자는 왕포에게 가서 제사를 지내도록 했는데, 도중에 병으로 죽었다.".

『한서』「양웅전」: "양웅은 자가 자운子雲이며 성도成都 사람이다. (…중략…) 어려서부터 배우기를 좋아했다. (…중략…) 나이 40여 세에 촉에서 서울로 내유來遊했는데, 대사마大司馬 [거기장군車騎將軍] 왕음王音이 [그 문장이 아정함을 기특하게 여겨] 문하사門下史로 불러 썼고, 양웅을 대조待詔로 추천했다. 1년여 뒤에 [「우렵부羽獵賦」를 지어 바치고] 낭관직으로 급사황문시랑給事黃門侍郎이 되었다."[428]

---

427) 사마상여는 경제와 무제(武帝, 140~87 B.C. 재위) 때에 활동한 한부(漢賦) 대표 작가이다. 『한서』「예문지」에 '사마상여의 부 29편'이라고 했는데, 「자허부(子虛賦)」·「상림부(上林賦)」·「장문부(長門賦)」·「대인부(大人賦)」·「미인부(美人賦)」·「애이세부(哀二世賦)」 등이 현존한다.

엄군평은 「역사를 읊다詠史」 주석8에서 보았다.

【주석】

1 **[문인담]** 『염철론(鹽鐵論)』 「숭례(崇禮)」 : "[남월(南越) 지역에서는 공작새를 문에 꽂아두고,] 곤륜산 아래[下][429]에서는 '까마귀와 까치에게 옥 덩어리를 던진다[以玉璞抵烏鵲]'."

내 견해는 이렇다. 이것은 한(漢) 왕실에 어진 인재가 많음을 비유한 것이다.

[전진륜] 양웅 「해조(解嘲)」 : "비유컨대 강과 호수의 기슭과 '발해의 섬[渤澥之島]'에는, 기러기 네 마리가 모여들어도 그로 인해 더 많아지는 것이 아니고, '두 마리 오리가 날아가도 그로 인해 더 적어지는 것도 아니다[雙鳧飛不爲之少]'."

[황절] '春山(춘산)'은 송본에는 '舂山(용산)'으로 되어 있다.

『논형』 : "종산(鍾山) 위에서는 '옥을 까치에게 던져준다[以玉抵鵲]'."[430]

---

428) 양웅은 서한 말의 사부 작가로, 처음에는 사마상여 부를 모방하여 화려한 부를 지었지만, 나중에는 부 짓는 행위를 어린아이들이 하는 조충전각(雕蟲篆刻) 같은 유치한 것으로 여기고 그만두었다. 만년에 『논어』를 모방하여 『법언(法言)』을 짓고, 『주역』을 모방하고 『도덕경(道德經)』에 바탕을 두어, 『태현경(太玄經)』을 지었다.

429) 저본의 '下(하)'는 통행본에는 '旁(방 : 옆)'으로 되어 있다. 이것은 중원에서 귀하게 여기는 것을 변방 지역에서는 천하게 여긴다는 뜻이다.

430) 『태평어람』 권38에 인용된 문장이다. 통행본 『논형』 「정현(定賢)」에는 "昆山之下, 以玉爲石(곤륜산 아래에서는 옥을 돌로 여긴다)"로 되어 있다. '以玉抵鵲(이옥저작)'은 인간 세상에서는 진귀하게 여기는 옥이지만 곤륜산에서는 평범한 사물일 뿐이라는 뜻이다. '以玉抵鵲'은 지금은 진귀한 사물을 중시하지 않는다는 뜻의 성어로 흔히 사용된다.

『목천자전』에는 '鍾山(종산)'을 '舂山(용산)'으로 적었다. 곽박 주 : "『산해경』에는 '舂' 자가 '鍾'으로 되어 있는데 음이 같다."

학의행(郝懿行) 『산해경전소(山海經箋疏)』: "산은 바로 음산(陰山 : 곤륜산의 북쪽 지맥)이다. 서광(徐廣) 『사기』 주에 '음산은 오원(五原 : 지금의 내몽고자치구 오원현)의 북쪽에 있다'라고 했는데 이것이다."

'舂(용)' 자는 마땅히 송본을 따라야 한다.[431]

2 **[문인담]** 양웅 「하동부(河東賦)」: "건괘와 곤괘의 좋은 점괘를 얻었으니, 장차 '뭇 용'을 다 통솔할 것이다[建乾坤之貞兆兮, 將悉統之以'群龍']."

'群龍(군룡)'은 '群臣(군신)'을 말한다.[432]

「고시십구수 · 북서쪽에 높다란 누대 있는데[西北有高樓]」: "[아름다운 무늬를 아로새긴 창문에,] '네 추녀 높이 솟은 누각 앞 삼중의 섬돌[阿閣三重階]'."

3 **[황절]** 『후한서』 「풍연전(馮衍傳)」: "「현지부(顯志賦)」에서 읊었다. '산골짜기로 다가가 "한가롭게 지내며", "적막함을 지켜서" 정신을 길러 지키리라[陂山谷而"閒處"兮, "守寂寞"而存神].'"[433]

---

431) 오덕풍은 『논형』·『목천자전』과 곽박 주에 근거해, '舂' 자는 송본을 따라 '舂' 자가 되어야 한다고 했다(84a쪽). 그러나 『산해경』 「북산경(北山經)」에는 '邊舂山(변춘산)'이 나오는데, 곽박은 "혹 '舂山(용산)'으로 적기도 한다"라고 했고, 학의행(郝懿行)은 "『목천자전』에 '용산'이 있는데, 바로 '鍾山'이다"라고 했다. 이에 의하면, '춘산'은 '변춘산'의 약칭으로 볼 수도 있다.

432) 반고 「유통부(幽通賦)」 "登孔昊而上下兮, 緯群龍之所經(공자와 태호(太昊)시대로 올라가 그 아래위로, '群龍(군룡)'이 천도의 경위를 추구해 왔다)"의 이선 주에, 응소(應劭) 주를 인용하여, "'群龍(군룡)'은 뭇 성인[群聖]을 비유한다"라고 했다.

433) '세상이 한가했기에'라고 한 것은 「역사를 읊다」에서 말한 '자신과 세상이 서로 버린 것'을 말한다. 방동수는 『소매첨언』 권6에서 "'엄준은 세상이 한가했기에

[전중련] 송본에는 '閒(한 : 한가하다)'이 '閑(한 : 한가하다)'으로 되어 있다.

4 **[문인담]** 『사기』「노자열전(老子列傳) : "그리하여 노자는 [책 상 · 하편을] 지어 '도와 덕[道德]'[의 의미를] 5천여 자로 [말하고 떠났다.]"

『한서』「왕길전」 : "엄군평은 성도의 저자에서 점을 치면서 이렇게 말했다. '점치는 일은 천한 직업이지만 뭇사람에게 은혜를 베풀 수 있다. 사악하고 정의롭지 못한 질문이 있으면 시초(蓍草)와 거북의 점괘에 근거하여 이해(利害)를 말해준다. 자식들에게는 효도에 근거하여 말하고, 아우들에게는 순종에 의거여 말하며, 신하들에게는 충성에 근거하여 말함으로써, 각각 형세에 바탕을 두고 선으로 인도하니, 나의 말을 따른 자가 이미 반을 넘었다.'"

[황절] 『맹자』「고자(告子) · 상」 : "인자하고 정의롭고 충직하고 신의를 지키며[仁義忠信], 선(善)을 즐기어 게으르지 않게 하는 것, 이것은 '천작(天爵 : 자연의 작위)'이고, [공경대부(公卿大夫)의 지위는 인작(人爵 : 인간의 작위)이다.]"

5 **[문인담]** 『장자』「달생(達生)」 : "'삶의 실정에 통달한 자[達生之情者]'는 삶에 없는 [분수 밖의 것]에 애쓰지 않고, [운명의 실정에 통달한 자는 운명에 없는 어쩔 수 없는 일에 힘쓰지 않는다.]"

『주역』「준괘(屯卦) · 상사」 : "구름과 우레는 '웅크리는 것[屯]'이다. [군자는 이로써 일을 경륜(經綸)한다.]"

『주역』「건괘(乾卦) · 구사」 : "혹 '뛰어서' 깊은 물에 있으니[或'躍'在淵], [허

[君平因世閒]' 같은 것은 매우 묘하다. 만약 '與世棄(세상과 버렸다)'라고 했다면, 진부한 말로 익숙하여 누구나 다 지을 수 있을 것이다"라고 했다.

물이 없을 것이다.]”

6 **[문인담]** 『사기』「사마상여전」: “사마상여는 문제(文帝)의 능묘를 관리하는 능원령(陵園令)에 제수되었다.”

『후한서』「가규전(賈逵傳)」: “가규는 모친이 항상 질환이 있어서, 황제가 (…중략…) 특별히 돈 20만 냥을 [영양후(潁陽侯) 마방(馬防)을 시켜] 주면서, [마방에게 일러] 말했다. ‘[가규는 모친이 병이 들었는데,] 이 사람은 외인들과 “널리 교제하고 왕래하는 일이 없어[無人事]”434) 언제나 빈궁하니, 고죽군(孤竹君)의 두 아들(백이(伯夷)와 숙제(叔齊))을 좇아 수양산(首陽山)으로 들어갈 것이다.’”

『운회(韻會)』: “‘灑(쇄)’는 물을 뿌리는 것[汛]435)이다.”

7 **[문인담]** 『삼국지』「촉서 · 관우전(關羽傳)」: “[제갈량은 관우가 남보다 앞서기를 좋아하는 것을 알고 답했다. ‘마초(馬超)는 문무겸전하여 용맹하기가 보통 사람을 능가하는 일세의 웅걸로, 영포(英布)와 팽월(彭越) 무리와 같으니, 당연히 장비(張飛)와는 선두를 다툴 만하지만,] 그래도 미염공(美髯公 : 관우)이 “무리를 초월하여 매우 빼어난 것[絶倫逸群]”436)에는 미치지 못합니다.’”

『주례』「동관고공기(冬官考工記)」: “‘색칠을 하고 수를 놓는[畫繢]’ 일은 청 · 황 · 적 · 백 · 흑색의 오색을 잘 섞어 활용하는 것이 중요하다.”

---

434) 『후한서』 이현(李賢) 주에 “‘인사(人事)가 없다고’ 하는 것은 널리 교제하고 왕래하지 않는 것[不廣交通]을 말한다”라고 했다.

435) 저본의 ‘汎(범)’ 자는 ‘汛(신)’의 오자여서 고쳤다. 『포참군시주』에는 ‘汛’으로 되어 있다.

436) 저본의 ‘逸倫超群(일륜초군)’은 표점교감본에는 ‘絶倫逸群(절륜일군)’으로 되어 있어서 고쳤다.

『급취편』 주 : "'繢(궤)'는 또한 끈[絛組]의 종류로 ['纂(찬 : 붉은색 명주 끈)' 비슷하면서 붉은색이다.]"

내 견해는 이렇다. 이것('雅繢(아궤) : 우아한 끈')으로 왕포의 문장에 비유했다. 양웅 『태현경(太玄經)』 권하 '문(文)' : "위에서 표범처럼 빛나니, 천문(天文)이 '빛나는[炳]' 것이다."

『순자』 「수신(修身)」 : "들은 바가 많은 것을 '博(박)'이라고 하고, [들은 바가 적은 것을 '淺(천)'이라고 한다. 본 바가 많은 것을 '閑(한 : 僩)'이라고 하고, 본 바가 적은 것을 '陋(루)'라고 한다.]"

8 **[문인담]** 『한서』 「왕포전」 : "황상(선제(宣帝))께서 이에 왕포를 불러들였다. 도착하자 왕포에게 조칙을 내려 '성군이 현신을 얻은 것[聖主得賢臣]'을 글로 지어 그 뜻을 기리도록 했다."

『후한서』 「여복지(輿服志)」 : "시중(侍中)과 중상시(中常侍)는 '황금의 귀고리[黃金璫]'를 관모에 붙이고, 매미 날개 모양을 붙여서 무늬[文]를 넣고 담비 꼬리로 장식을 하는데, 이것을 '조혜문관(趙惠文冠)'[437]이라고 한다."

『장자』 「마제(馬蹄)」 : "백락(伯樂)이 나와서 말했다. '나는 말을 잘 관리한다.' 그리하여 털을 쇠로 태우고 칼로 깎고, 발굽을 깎아내고, '雒(락)'하고, '머리와 다리에 굴레를 씌우고 고삐를 묶어[羈馽]' 말구유에다가 묶어두게 되니, [말 중에 죽는 것이 열 중에 두세 마리가 되었다.]" 육덕명 『경전석문』 : "'雒'은

437) 전국시대 조나라 혜문왕이 만든 무관(武冠)으로, 초관(貂冠) · 초당(貂璫) · 초선(貂蟬)이라고도 한다. 저본의 '附蟬爲之'의 '之(지)' 자는 '文(문)'의 오자여서 고쳤다.

(…중략…) 말의 머리를 '굴레로 매는 것[羈絡]'이다."[438]

내 견해는 이렇다. 이 구는 왕포가 끝내 등용되지 못한 것을 안타까워하는 것이다.

9 **[문인담]** 『옥편』: "'遮(차)'는 (…중략…) 대비하여 중간에서 기다리는 것[要]이고, 차단하는 것[攔]이다."

『한서』「양웅전 · 하」: "맑고도 고요하니 '신령스러운 정신이 노니는 전당입니다[遊神之廷]."[439]

『한서』「양웅전 · 하」: "양웅은 부(賦)는 법도가 존재하는 것이 아니라고 여겨 그만두고 다시 짓지 않았으며, '혼천에 대해서 깊이 생각했다[覃思渾天]'."[440]

내 견해는 이렇다. 이 2구는 양웅은 실로 신명(神明)의 뜰을 찾아 노닐었기 때문에 『태현경』도 자연스럽게 이루어진 것이지, 사서에서 말한 것처럼 깊이 생각하여 지은 것은 아니라는 것이다. '遮'자는 『사기』의 '구슬을 가지고 사자를 기다린다[持璧遮使者]'(「진시황본기(秦始皇本紀)」)와 '동공이 기다렸다가 가로막고 말했다[董公遮說]'(「고조본기(高祖本紀)」) 구에서 변용한 것이다.

[전진륜] '良(량)'은 아마도 '雄(웅)'이 되어야 할 것 같다.[441]

---

438) 사마표(司馬彪)의 주를 인용한 견해이다. 왕념손은 사마표의 견해는 옳지 않다고 보고, '雒'을 '銘(락)'과 '落(락)'의 뜻으로 읽어, '털을 깎는다'라는 뜻으로 풀이했다.

439) 저본의 '庭(정)'은 표점교감본에는 '廷(정)'으로 되어 있어서 고쳤다.

440) '혼천'은 중국 고대의 천체설의 하나인 혼천설을 말한다. 이것은 천지의 형상은 새알처럼 둥글며, 껍질이 노른자위를 싸고 있듯이 하늘이 땅의 바깥을 에워, 절반은 땅 위에 있고 절반은 땅 아래에 있으며, 남북의 양극은 하늘의 양단에 고정되어 있어서, 일월성신은 남북양극을 중심으로 매일 회전한다는 견해이다.

441) 앞 3인의 경우 '君平'(제5구), '相如'(제9구), '褒'(제13구)로 시작한 예를 보면,

[전진륜] 송본에는 '遊(유)'가 '游(유)'로 되어 있다.[442)]

10 **[문인담]** 『한서』「양웅전 · 찬」: "거록(鉅鹿 : 지금의 하북성 형태시(邢台市)) 출신 후파(侯芭)는 항상 양웅을 따라 거처하며, 그의 『태현경』과 『법언』을 전해 받았다. 유흠(劉歆)도 역시 일찍이 그것을 보고, 양웅에게 말했다. '공연히 수고하는구먼! 오늘의 학자는 작록의 이로움이 있더라도 『주역』조차도 잘 알지 못하는데, 또 『태현경』은 공부해서 무엇 하겠는가? 나는 후인들이 그것으로 간장독을 덮는 데 쓸까 두렵다.' 양웅은 웃으며 대답하지 않았다."

양웅 『양자법언(揚子法言)』「오자(吾子)」: "어떤 사람이 나에게 부(賦)를 좋아하는지 물었다. 대답했다. '그렇다. 어린애들이 "충서(蟲書)나 각부(刻符)를 연습하듯이 미사여구로 문장을 아름답게 꾸미는 일[雕蟲篆刻]"일 뿐이다.' 잠시 후에 말했다. '대장부는 하지 않는다.'"

『한서』「양웅전 · 상」: "[욕심이 적고, 부귀에 연연하지도 않고] '빈천을 근심하지도 않았다[不戚戚於貧賤]'."

[황절] 방동수 『소매첨언』 권6 : "'散樂(산락)' 2자는 확실치 않다. 지금껏 주를 단 사람이 없다. 몇 년을 생각해봐도 알 수 없었다. 나중에 『예기』(「곡례 · 상」)의 '齋者不樂[不弔](재계를 하는 자는 즐기지도 않고 [조문도 하지 않는다])' 주에 '樂則散(즐기면 마음이 산만해진다)'[443)]이라고 한 것을 읽고서, 비

'雄'이 되어야 한다. Chen은 "Yang Xiong"으로 번역했다(356쪽). 정복림은 전진륜의 견해를 인용했다('교기' 3, 『교주』, 751쪽)

442) 『고시선』과 『전송시』에는 '遊'로 되어 있다.

443) 정현 주를 말한다. 원문은 "爲哀樂則失正散其思也(슬퍼하거나 즐거워하게 되면 정도를 잃게 되어 그 생각이 흩어지게 되기 때문이다)"로 되어 있다.

로소 이것은 양웅이 『태현경』을 깊이 생각하면서 '조충전각'이 그 심지를 흩을까 봐 그것을 하지 않았음을 말한다는 것을 알았다. 육덕명의 『경전석문』에는 음을 '落(락)'이라고 했다. 그러나 진가대(陳可大, 1092~1179)는 『예기』「교특생(郊特牲)」의 '二日伐鼓(이틀 동안 북을 치다)'[444] 아래에서, 음악을 듣지 않는 것[不聽樂]이라고 설명했다. 가만히 생각해보면 두 견해가 다 통하지만, 여기서는 마땅히 '락(落)'음을 따라야 한다."

[전중련] 송본에는 '憂散樂(우산락)'이 '散憂樂'으로 되어 있다.[445]

11 **[문인담]** 안연지 「징사 도연명 뇌[陶徵士誄]·서」: "'처음 나서는 길[首路]'은 은일이라는 곳으로 같이 가지만, 가던 길 그만두고 길을 달리하여 세속으로 돌아가는 [자도 많다.]"

『후한서』「당고열전(黨錮列傳)·장검전(張儉傳)」: "[장검은 망명하여 급박해서 달아나면서] '대문만 보면 투숙했다[望門投止]'."

내 견해는 이렇다. 이 2구는 네 현인은 처음에는 비록 길이 달랐지만, 나중에는 사실 같은 길을 갔음을 말한다.

12 **[문인담]** 『장자』「추수(秋水)」: "[장자가 말했다.] '"그대는 내가 아닌데[子非

---

444) 공자의 말에서 인용한 것으로, 전문은 "三日齊, 一日用之, 猶恐不敬, 二日伐鼓, 何居(사흘을 재계하는 데 있어, 하루라도 행동하는 것이 공경스럽지 못할까 두려워해야 하는데, 이틀을 북을 치는 것은 무엇 때문인가)"이며, 정현의 주에 '齊(재, 齋)'는 음악을 중지하는 것[止樂]이라고 했다

445) 노문초와 주석찬은 모두 '散憂樂'으로 교감했다. 사고본과 『고시기』는 장부본과 같다. 정복림은 '散憂樂'은 그 근심과 즐거움[憂樂]을 해소하여 흩어버리는 것으로, 이것이 바로 "부귀에 연연하지도 않고, 빈천을 근심하지도 않는" 것이라고 했다('전주' 10, 『교주』, 756쪽). Chen은 방동수의 견해를 좇았다(356쪽).

我]", [내가 물고기의 즐거움을 알지 못할 것이라고, 어떻게 아는가?]"

혜강 「양생론의 반박에 답함[答難養生論]」: "'안에 주인이 없으니[無主于內]' 외물을 빌려와 즐기는데, 외물은 비록 풍부해도 슬픔도 갖춰져 있다. [안에 주인이 있어서 내면으로 외면을 즐겁게 하면, 음악이 없어도 즐거움은 구비되어 있다.]"

내 견해는 이렇다. 이 2구는 내 몸 밖에는 실로 나와 함께할 것이 없으니, 풍부하거나 엷거나 간에 내 몸 안에 맡기면 된다는 것을 말한다.

[전중련] 송본 주에 "'任(임)'은 '甚(심)'으로 된 판본도 있다"라고 했다.[446)]

446) '甚'이 되면 의미가 잘 통하지 않는다. 오덕풍, 85a쪽 참조.